Christa von Bernuth

Spur 33

GOLDMANN

Christa von Bernuth

Spur 33

Kriminalroman

GOLDMANN

Sollte diese Publikation Links auf Webseiten Dritter enthalten, so übernehmen wir für deren Inhalte keine Haftung, da wir uns diese nicht zu eigen machen, sondern lediglich auf deren Stand zum Zeitpunkt der Erstveröffentlichung verweisen.

Penguin Random House Verlagsgruppe FSC® N001967

1. Auflage
Originalausgabe September 2022
Copyright © 2022 by Wilhelm Goldmann Verlag, München,
in der Penguin Random House Verlagsgruppe GmbH,
Neumarkter Str. 28, 81673 München
Dieses Werk wurde vermittelt
durch die Literarische Agentur Thomas Schlück GmbH,
30827 Garbsen.
Gestaltung des Umschlags: © UNO Werbeagentur, München
Umschlagmotiv: © Trevillion Images/Nic Skerten, Silas Manhood,
Yolande de Kort
Redaktion: Regina Carstensen
BH · Herstellung: ast
Satz: Uhl + Massopust, Aalen
Druck und Bindung: CPI books GmbH, Leck
Printed in the Czech Republic
ISBN: 978-3-442-31673-1

www.goldmann-verlag.de

»Spur 33« orientiert sich zwar an einem tatsächlichen Kriminalfall, ist aber bewusst kein erzählendes Sachbuch, sondern ein Werk der Fantasie, ein Roman.

Die in diesem Roman geschilderten Handlungen sind deshalb keinesfalls als Schilderungen tatsächlicher Ereignisse zu verstehen. Zahlreiche Personen und Handlungsstränge sind frei erfunden. Auch bei Personen mit scheinbaren Anklängen an die Realität sind deren biographische Details, Verhaltensweisen und subjektive Erwägungen sämtlich verfremdet, fiktionalisiert oder gänzlich erfunden.

Auch scheinbar realistische und detaillierte Erzählungen von Geschehnissen und Schilderungen intimer und intimster Details haben sich in der Realität so nicht abgespielt. Sie dienen wie auch alle Dialoge und Textnachrichten einzig und allein dem Zweck, Abläufe und mögliche Motive eines Kriminalfalls in romanhafter Schilderung zuzuspitzen und zu akzentuieren.

Auch wenn dieser Roman hinsichtlich des geschilderten Tathergangs zu gewissen Bewertungen und Schlussfolgerungen kommt, bedeutet dies nicht, dass sich die geschilderte Tat in der Realität so oder so ähnlich abgespielt hat. In Romanen gibt es keine Unschuldsvermutung – in der Wirklichkeit gilt diese aber absolut.

Das Haus stand zwischen zwei Straßen, die in spitzem Winkel aufeinander zuliefen. Mit der vergilbten Rauputz-Fassade und der Mütze aus dunkel gebeiztem Holz passte es nicht zu seinen Nachbarn – quaderförmige, verglaste Villen und romantisch eingewachsene Jugendstil-Anwesen. Ein Fremdkörper. Ein Mauerblümchen, umringt von Ballköniginnen.

Aber das war eigentlich vollkommen egal. In ein paar Jahren würde trotzdem jemand das Flurstück kaufen, alles bis auf die Grundmauern abreißen, und die beiden finsteren Tannen gleich mit, die es einrahmten wie zwei stumme Wächter. Ein Bauträger würde ein schickes Mehrfamilienhaus hinstellen oder einen hochmodernen Dreispänner. Schimmernde Holzdielen, Bäder mit Sauna und Jacuzzi, riesige Küchen in Weiß und Taupe. Maximale Raumausnutzung, optimale Rendite. Schlüsselfertig.

Ein Grundstück in dieser Lage verlor nicht an Wert. Man musste einfach nur geduldig sein. Warten, bis das Vergessen einsetzen würde.

1

Samstag, 12. Januar

Mam
Hey, Mam! Kann dich nicht erreichen, rufst du mal zurück? Ihr seid doch zurück aus Sirmione? Oder bist du noch mal hingefahren? Melde dich, Kuss, Steff　　　　　　　　　　11:26 ✓

»Hallo Mam. Puh, ich sprech dir jetzt auf den AB, weil … Ich weiß auch nicht, dein Handy ist aus, und du bist seit gestern nicht mehr online … Keiner von euch ist online, macht ihr alle Digital Detox? Ich wollte jedenfalls, ich wollte einfach nur mal hören … Bitte ruf doch mal zurück!«

»Ich noch mal, ich will nicht nerven, aber du hast den Brunch bei Lydia vergessen, und dabei hast du gestern zugesagt, oder? Lydia meint, sie hat extra wegen dir Wildlachs gekauft, und du bist nicht gekommen und hast nicht mal abgesagt, und sie war wirklich … also wirklich traurig, weil sie hat sich auf dich gefreut, und sie versteht, dass es dir nicht gut geht, weil Hannes gestorben ist, und vielleicht willst du dich gerade zurückziehen deswegen, aber wenn du nicht reden magst, dann schreib doch wenigstens ganz kurz oder hinterlass eine Sprachnachricht … An mich oder Lydia. Oder du, Markus, äh, Papa. Kurze Nachricht reicht, ich will einfach nur wissen … Okay? Danke, Bussi!«

Leon
Leon, Schatz, rufst du mal zurück, oder schreib pls ... Kein Netz, oder was? Ciao 13:29 ✓

Markus
Hallo, ihr Lieben! Meldet ihr euch mal? Sagst du Mam Bescheid, dass sie kurz anrufen soll? Danke, liebe Grüße, Steffi
14:48 ✓

*

Kälte. Ein Eisklotz tief drinnen, der nicht schmelzen wollte. Heiße, trockene Luft kam aus dem Fußraum, das Gesicht spannte wie verrückt, aber der Körper weigerte sich, die Wärme aufzunehmen. Stattdessen zog sich die Haut zusammen, wurde eng wie ein eingelaufenes Kleidungsstück.

Dazu das Chaos im Kopf, ein endloser Strom aus Satzfetzen und Bildern, einzelne blitzten auf wie silbrige Fische, die aus dem Wasser sprangen und wieder abtauchten – *ich hab ihn wieder Markus genannt, er wird sauer sein deswegen, vielleicht ruft er deswegen nicht an, es wird nichts sein, es KANN nichts sein, Leon hat eine gute Phase ...*

Mal ehrlich, hatte Leon je eine gute Phase?

Das Hasenkind mit den ausgerissenen Öhrchen. Sie hatte es nie gesehen, aber es reichte, davon erfahren zu haben.

Denk nicht dran!

Aber natürlich dachte sie genau jetzt genau daran. Jo wusste nichts davon, und sowieso nicht alles von den Sachen, die in der Vergangenheit vorgefallen waren, unglaubliche Dinge, die man in der Krassheit niemandem zumuten konnte, und schon gar nicht seinem eigenen Mann, mit dem man einmal Kinder haben wollte. Gesunde Kinder, keine wie Leon.

Jo fuhr in den Luise-Kiesselbach-Tunnel, Lichter tanzten über dem Glasdach, die Steffis Augen wehtaten, bis sie wieder auftauchten in den Nebel über der A95. Januar war der Monat, den sie am meisten hasste. Der Frühling war weit weg, der Winter noch nicht einmal richtig auf Touren gekommen, und Sonne gab es nur in den Bergen ab tausend Meter aufwärts. Sie sah zur Seite, während Jo beschleunigte. 100, 120, 140. Vorbeiziehende Bäume im Restlicht des vergehenden Tages, Reif umhüllte jeden Ast, jeden Grashalm, jede Fichtennadel wie eine zarte, fragile Rüstung, lauter diamantenbesetzte Festgewänder, schimmernd in der Dämmerung.

»Schön«, sagte Steffi.

»Bitte?«, fragte Jo. Er schaute konzentriert auf die Straße.

»Inversionslage«, sagte Steffi.

»Mhm.«

»Die warme Luft liegt über der kalten, und es findet kein Austausch statt, der Nebel friert zu winzigen Eiskristallen, und dann ...«

»Ich weiß, was Inversionslage ...«

»Die Bäume sind wie mit Zucker bestreut. Das ist so schön, oder? Wie im Märchenland, wie in diesem Film, weißt du noch, wie hieß der gleich wieder? Ach ja, *Der Eissturm*, aber gut, da ging es um Eisregen ...«

»Schatz ...«

»... den wir hier gar nicht so kennen, also das war was anderes.«

»Hey, Steff! Entspann dich!«

»Ja, schon gut. Alles gut.«

Wenn sie Angst hatte, geriet sie ins Plappern, und dann konnte sie nicht mehr aufhören. Sie wusste das, sie wusste auch, dass es nervte, aber es half nichts, es sprudelte dann aus ihr heraus, komisches Zeug, das sie ein paar Sekunden später wieder vergessen hatte.

»Keine Hektik«, sagte Jo, der gut reden hatte; es war fast übernatürlich, geradezu beängstigend, wie er sich nie aus der Ruhe bringen ließ. Aber andererseits liebte sie ja genau das an ihm, auch wenn sie es manchmal hasste. Dass ihn nichts zu erschüttern schien. Sie betrachtete seine Hand mit dem Ehering, die auf der Schaltung ruhte, während er den Blinker bediente, einen Mercedes überholte und wieder auf die Mittelspur einschwenkte.

»Mach dir keine Sorgen«, sagte er.

Sie antwortete nicht. Natürlich machte sie sich Sorgen, das Sorgenmachen gehörte zu ihrem Leben, eine alte und nach Lage der Dinge sehr verständliche Gewohnheit, die sich nicht abstellen ließ. Da es gerade nichts anderes zu tun gab, rief sie noch mal alle drei Nummern an, es sprangen auch diesmal nur die jeweiligen Mailboxen an und auf dem Festnetz der AB mit der Stimme ihrer Mam. *Hallo, ihr Lieben, hier ist die schrecklich nette Familie Rheinfeld, wir sind beim Schwimmen, beim Arbeiten oder sonst wo unterwegs, hinterlasst gern eine Nachricht ...*

Später sollte sich dieser Moment bei ihr einbrennen, Mams heitere Stimme mit dem abgründigen Unterton, eine Mischung aus echter Fröhlichkeit, Nervosität und angestrengtem Optimismus. Sie würde davon träumen, weil sie genau jetzt wusste, dass etwas passiert war. Also wirklich etwas passiert war. Etwas, das nie wieder rückgängig zu machen sein würde, etwas, das sie aus der Bahn schleudern würde in ein finsteres, brodelndes Nichts.

Und plötzlich fühlte sie sich ein paar Sekunden lang ganz ruhig. Alles fiel von ihr ab, ein Impuls der Erleichterung, weil sie doch ohnehin nichts tun konnte, oder? Gar nichts. Sie war nicht verantwortlich für irgendwas. Fast wäre sie eingenickt, aber dann waren sie schon da. Fuhren von der Autobahn ab, direkt in das Städtchen hinein, vorbei an der Shell-Tankstelle auf der linken und der Esso-Tankstelle auf der rechten Seite und ein paar Straßen weiter die Anhöhe hoch. Der Nebel war nun dicht, fast opak, die Straßenlaternen – diffuse Lichtinseln, geheimnisvolle Aureolen – erleuchteten nur noch sich selbst.

Jo parkte vor dem Haus. Es war dunkel und still.

»Da ist Lydias Wagen«, sagte Steffi.

Sie stiegen aus in die feuchte, klamme Kälte.

Lydia kam rasch auf sie zu, klappernde Absätze, rot geschminkte Lippen, ein voluminöser Mantel aus schneeweißem Teddystoff – typisch Lydia eben. Die beiden Frauen umarmten sich kurz, Lydia und Jo gaben sich Küsschen links und rechts. Ein paar Sekunden lang schien alles so wie immer zu sein; man traf sich bei Mam und Markus zum Pastaessen, wusste nie genau, wie dieser Abend verlaufen würde, ob die Stimmung ganz cool, sogar lustig sein würde, oder ob sich Markus über Leon aufregen würde, weil er nicht zum Essen kommen wollte, oder ob sich Mam und Markus in die Haare kriegten, weil Mam Leon zu viel durchgehen ließ. Oder alles zusammen.

Ganz normal eben.

Aber es war nichts normal, diese Erkenntnis sickerte bei allen ein, sie sah es Jo und Lydia an, dass sie dasselbe dachten: Etwas war nicht in Ordnung, ganz und gar schief und krumm. Steffi hätte fast aufgelacht über diese idiotische Formulierung, die durch ihren schmerzenden Kopf rauschte, dabei gab es nichts zu lachen, nichts, eine völlig unpassende Reaktion wäre das gewesen.

Stopp!

In ihren Ohren rauschte und klingelte es; sie versuchte flach zu atmen, nicht zu keuchen. In ihrer Manteltasche kramte sie nach dem Blister mit den Migränetabletten.

»Alles okay?«, fragte Lydia.

Sie stand direkt vor Steffi und hielt sie an den Oberarmen fest, ihre kajalumrandeten Augen wirkten sehr groß und ihr roter Mund fast schwarz. Steffi entwand sich ihren Händen; sie konnte jetzt keine Berührung ertragen.

»Alles gut«, sagte sie, und Lydia nickte gedankenvoll, als würde sie ihr nicht glauben (natürlich glaubte sie ihr nicht), aber sie ließ sie trotzdem los und trat einen Schritt zurück.

Lydia war Leons Patentante und Mams engste Freundin, sie wusste Bescheid über alles, was hier in den letzten beiden Jahrzehnten abgegangen war, und das machte Steffi gerade etwas aus, eine Menge sogar, so viel, dass sie sie am liebsten heimgeschickt hätte. Aber das ging nun wirklich nicht; immerhin war Lydia extra aus Garmisch gekommen, um mit ihr zusammen nach dem Rechten zu sehen.

»Du bist ziemlich blass, Süße«, sagte Lydia.

Steffi reagierte nicht darauf. »Hast du geklingelt?«, fragte sie.

»Nein, ich ... Ich hab auf euch gewartet.«

Lydia hätte nicht klingeln müssen. Sie hatte ihren eigenen Türcode, sie hätte einfach reinspazieren können. Aber das war Steffis Aufgabe, schien Lydia mit ihrer Antwort gemeint zu haben, sie musste sich dem stellen.

Allein. Das war ihr Job.

Markus' schwarzer BMW und Mams knallroter Alfa Spider standen beide auf dem Parkplatz innerhalb des Grundstücks, und das Haus wirkte trotzdem leer. Kein einziges erleuchtetes Fenster, auch nicht im Esszimmer oder im Wintergarten, vor dem sich das buschige, winterharte Pampasgras zu wiegen schien, obwohl es völlig windstill war.

»Ich kann das machen«, sagte Jo, fürsorglich wie immer. Er fasste nach Steffis Hand und drückte sie durch den Handschuh.

»Nein«, sagte Steffi unfreundlich, fast brüsk.

Sie drückte auf die Klingel. Sie schloss die Augen, als sie das vertraute melodische Ding-Dong hörte, das durchs ganze Haus zu hallen schien. Sie wartete. Keine Schritte, keine Stimmen, niemand machte das Licht an. Dann: lautes Bellen und Jaulen, Kratzen an der Tür.

»Bodi!«

Hastig langte sie über das schmiedeeiserne Gartentürchen und drückte die Klinke herunter. Es waren nur ein paar Schritte, vier Treppenstufen bis zur Haustür. Die automatische Beleuchtung an der Hauswand flammte auf, spiegelte sich in den abgerundeten Quadern aus dickem, bronzefarbenem Glas zwischen schwarzen Holzstreben; wie riesige Lupen sahen die Dinger aus, weshalb auch alle Besucher fasziniert von dieser Tür waren. *Original aus den Sixties*, sagte Markus dann jedes Mal mit stolzem Grinsen, und dass sein Vater sie damals in Auftrag gegeben habe, weil er genau so eine Tür in *Swinging London* gesehen habe. Eine Geschichte, die er in Steffis Anwesenheit so oft zum Besten gegeben hatte.

Im Ernst? Wie cool ist das denn!

Ja, mein alter Herr war ein geborener Designer.

Steffi gab ihren Code in die Schalttafel im Holzrahmen ein, und die Tür öffnete sich folgsam mit einem metallischen Knacken nach innen, aber sie ließ sich nicht richtig aufstoßen. Der Hund, es war der Hund, der sie halb versperrte, sie hörte sein Winseln und Jammern, konnte ihn aber nicht sehen.

»Bodi!« Sie drängte sich hinein, merkte kaum, dass Lydia und Jo plötzlich direkt hinter ihr waren, irgendwas riefen, vielleicht versuchten, sie zurückzuhalten. Sie machte sich los, weinend. Jo griff über sie hinweg und schaltete das Flurlicht ein.

Bodi lag neben der Tür auf der Seite. Er hob den Kopf und ließ ihn kraftlos wieder sinken.

Blut. Die ganze rechte Seite war blutverklebt.

»Bodi! Armer, armer Bodi!« Steffi kniete sich hin, wiegte ihn in den Armen, streichelte seinen Kopf. Stand dann wieder auf, mit blutverschmierter Daunenjacke. Bodi folgte ihr hinkend, lief schließlich an ihr vorbei die Holztreppe hoch.

Es roch anders als sonst. Dumpf und rostig. Nach Blut und Hundekot und vollem Mülleimer.

Zu dritt gingen sie vorsichtig, wie auf Zehenspitzen ins Esszimmer. Blutflecken auf dem Stäbchenparkett. Einige Patronenhülsen lagen herum.

»O mein Gott«, flüsterte Lydia.

Der Geruch verstärkte sich, und Steffi wurde schwindlig und schließlich übel. Das Brausen in ihren Ohren nahm apokalyptische Ausmaße an. Sie bekam noch mit, dass Jo sie eilig rausführte, dann ganz vorsichtig über die Steinstufen nach unten, und dass die frische, eisige Luft sie traf wie eine Ohrfeige. Sie fiel auf die Knie und übergab sich in den Vorgarten zwischen die zurückgeschnittenen Rosenbüsche.

Sie hob den Kopf und hörte Lydia schreien – »O nein, o nein!« – und dann ein Trommeln und Rumpeln, als wenn jemand auf High Heels die Treppe im Haus herunterstolperte und dabei hinfiel. O nein, o nein, dachte Steffi, immer wieder, Oneinonein, so lange, bis es nach nichts mehr klang, eine inhaltsleere, willkürliche Tonfolge. Sie wollte nach Lydia rufen, aber es kam nur ein unverständliches Krächzen heraus. Neben ihr sagte jemand: »Ich bring dich in den Wagen«, und sie vermutete, dass das Jo war, aber ihre Reaktionen hatten sich derart verlangsamt, dass sie nicht einmal den Kopf schütteln konnte.

Sie war so müde plötzlich. Der Boden war gefroren und hart, sie spürte jeden einzelnen Stein, aber sie schaffte es nicht, sich aufzurichten. Sie machte die Augen zu. Manchmal half nur das. Nicht hinschauen, nicht hinhören, nicht hineinfühlen. Sie lag wieder auf ihrem Bett, ein Teenager mit dicken blonden Haaren, eine glatte Mähne, um die sie alle ihre Freundinnen beneideten, und hörte »Toxic«. *A guy like you should wear a warning / it's dangerous, I'm falling.* Und durch den Kopfhörer hindurch das Schreien von Leon, das Gebrüll von Markus, das Scheppern irgendwelcher Gegenstände.

Dann war alles für ein paar gnädige Sekunden lang pechschwarz. Eine Dunkelheit, die sie erleichtert umarmte, wie eine lang vermisste Schwester.

*

Wenn KK Stettner von seinem Schreibtisch aus den Kopf nach rechts wandte, konnte er rausschauen auf die belebte Straße vor der Dienststelle. Manchmal war das ganz schön. Die dreifach verglasten Fenster schluckten jedes Verkehrsgeräusch, und dann kam es einem vor, als würden die Autos stumm dahinschleichen, eine endlose Parade aus silbernen, weißen, dunkelblauen und nachtschwarzen Playmobilen, die irgendwer irgendwohin steuerte. Stettner kam manchmal auf so merkwürdige Gedanken, zum Beispiel eben, dass sie sich alle nur einbildeten zu existieren und in Wirklichkeit bloß Spielzeug in den Händen eines dicken Kindes waren.

Heute war nicht viel los, draußen nicht und drinnen auch nicht. Ein derart ereignisloser Tag, dass Stettner und PK Obermeier unabhängig voneinander darüber nachdachten, ob schon Zeit für ein Feierabendbier sein könnte. Es war Samstag, ihr Dienst würde in gut zehn Minuten vorbei sein, sie wohnten beide fußläufig vom Revier entfernt, es sprach also nichts dagegen.

Das penetrante Summen der Telefonanlage beendete diese Idee. Hätte Stettner auch nur die leiseste Vorstellung von dem Rattenschwanz an Konsequenzen gehabt, hätte er vielleicht einfach nicht abgehoben. Obermeier war auf der Toilette, es wäre also möglich gewesen, den ganzen verdammten Mist dem Nachtdienst zu überlassen, der in ein paar Minuten eintreffen würde. Aber so war Stettner nicht, Pflichtbewusstsein lautete sein zweiter Vorname, außerdem kam Obermeier nach dem dritten Läuten wieder ins Büro.

Also musste man wohl davon ausgehen, dass Gott – KK Stettner war sehr gläubig und ein eifriger Kirchgänger – all das, was jetzt passieren würde, genauso gewollt hatte. Gott hatte gewollt, dass Stettner neben vier weiteren Kollegen derjenige sein sollte, der Monate später mit allen Anzeichen einer posttraumatischen Belastungsstörung in eine psychiatrische Klinik eingewiesen werden würde, während seine Ehe den Bach runterging und seine Familie zerbrach, weil sich seine Frau in seinen besten Freund Heiner verlieben würde.

Heiner besaß einen gut laufenden Gärtnereibetrieb, der sich auf exotische Pflanzen spezialisiert hatte. Sein Gewächshaus war stets angenehm tropisch temperiert und eine lichte Oase der Ruhe und Schönheit. Er musste sich nicht mit Drogendealern und ihrer Kundschaft abgeben, den bekifften und zugekoksten Schülern mit zu viel Taschengeld, deren Eltern Krach schlugen, sobald man ihre verwöhnte Brut ein wenig härter rannahm. Er musste keine Autofahrer maßregeln, die die neue Tempo-30-Regel als unzulässige Beschränkung ihrer persönlichen Freiheit empfanden und diese Auffassung gern und lautstark kundtaten, weil Reichtum Menschen automatisch zu Arschlöchern machte.

Er musste sich überhaupt nicht mit dem Dreck unter den Schuhen der Gesellschaft befassen, mit dem Gefühl, zu oft erst dann vor Ort zu sein, wenn das Kind bereits in den Brunnen gefallen war. Da Stettner privat nie über *diesen Scheiß* redete, wusste Heiner wahrscheinlich nicht einmal, dass es solche Leute gab, solche Dinge passierten, und zwar genau hier, in dieser netten, sauberen, reichen Stadt, ganz in der Nähe vom Irish Pub, in dem sie sich einmal wöchentlich zu viert trafen, um zu trinken und ein paar Runden Darts zu spielen.

Gott wollte ihn nicht nur prüfen, würde Stettner Monate später oft denken – meistens dann, wenn er im Stuhlkreis wieder mal über seine *Ängste* sprechen sollte, was er nicht ausstehen konnte (was brachte es, etwas herzureden, das man loswerden wollte) –, Gott wollte ihm auf einigermaßen drastische Weise klarmachen, dass er den falschen Beruf gewählt hatte. Das hätte Ihm andererseits auch zwei Jahrzehnte früher einfallen können, und auf die Frage nach einer Alternative schien der Allwissende ebenfalls keine Antwort parat zu haben. Gärtner kam jedenfalls nicht in Frage. Selbst anspruchslosesten Zimmerpflanzen reichte Stettners pure Gegenwart, um kollektiven Selbstmord zu begehen.

Aber noch war nichts davon passiert. Noch war Stettner verheiratet, nicht immer glücklich, aber doch so weit ganz zufrieden, noch kannte er das Wort »Depression« nur aus dem Fernsehen, und so drückte er ahnungslos auf die blinkende Taste, die den externen Anruf einer unbekannten Handynummer anzeigte. Er nahm den Hörer in die Hand und meldete sich mit seinem Namen und seiner Dienststelle. Eine Männerstimme murmelte ihm etwas ins Ohr. Er verstand erst gar nichts, dann: »Es ist was passiert, was ganz Schlimmes passiert.«

»Etwas Schlimmes?«, fragte Stettner, winkte Obermeier heran und stellte auf laut.

»Ja. Ja!«
»Was denn?«
Keine Antwort, nur hastiges Atmen.
»Wie ist denn Ihr Name?«, erkundigte sich Stettner.
Obermeier kam zu seinem Schreibtisch. Sie wechselten einen Blick. Ein Verrückter?
»Jo«, sagte der Mann schließlich. »Johannes«, präzisierte er.
»Johannes, und weiter?«
»Kellermann!« Das kam raus wie ein Geschoss.
»Herr Kellermann, immer mit der Ruhe«, sagte Stettner. »Wo sind Sie gerade?«
»Rosen… Rosenstraße 122. Bitte kommen Sie schnell.«
Es klickte.
»Der hat aufgelegt«, sagte Obermeier erstaunt.
»Wir fahren hin«, sagte Stettner. Was beinhaltete, den geplanten Kinobesuch um sieben mit seiner Frau abzusagen, die wiederum dem Babysitter absagen musste.
Und damit nahm alles seinen Lauf.

Stettner fuhr mit PK Obermeier zur angegebenen Adresse. Die Rosenstraße war sehr lang und mündete in einen unbefestigten Waldweg, der um einen Golfplatz mit abartig hohen Mitgliedsbeiträgen herumführte. Das wusste Stettner, weil in dem hauseigenen Restaurant vor einem Jahr eingebrochen worden war und es jede Menge Scherereien mit den Betreibern gegeben hatte, obwohl der Schaden vergleichsweise gering gewesen war. Während der Fahrt rutschte Jungspund Obermeier hibbelig wie ein Kind auf dem Beifahrersitz hin und her.
Er fragte: »Sollten wir nicht das Martinshorn anstellen?«
»Ach was«, sagte Stettner.
»Aber …«

»Wir sind gleich da. Ich überlass dir gern den Vortritt.«
Schließlich war es dann doch Stettner, der alles in die Hand nahm. Zu seinem eigenen Schaden.

Vor dem Gartentor des V-förmigen Grundstücks befanden sich drei Personen, zwei Frauen und vermutlich der Mann, der ihn angerufen hatte. Die Haustür stand offen, Licht fiel auf die Straße. Die Frauen lagen sich in den Armen, schienen sich regelrecht aneinanderzuklammern. Der Mann stand ein Stück abseits an der Gartentür. Stettner parkte quer auf der Straße und ließ das Blaulicht an. Er ging mit Obermeier auf das Grüppchen zu, mit jedem Schritt wurde ihm ein wenig schwerer ums Herz. Kein Spinner, so viel stand fest.

»Hast du deine Bodycam?«, fragte er Obermeier mit gedämpfter Stimme.

»Ja!«

»Gut. Wir schalten sie ein, sobald wir mit den Zeugen gesprochen haben.«

»Geht klar«, flüsterte Obermeier.

Die eine Frau löste sich von der anderen und schob sie zu dem Mann, der sie auffing und behutsam zu einem silberfarbenen Citroën führte. Er öffnete die Beifahrertür und half ihr hinein. Die Innenbeleuchtung flammte auf, und Stettner sah dunkle Flecken auf ihrer Daunenjacke.

Der Mann kam zurück und stellte sich neben die Frau im Teddymantel. Stettner schätzte ihn auf Mitte dreißig. Die Frau war älter als er, etwa fünfzig, und sah einigermaßen derangiert aus. Blass, verschmierter Lippenstift, Wimperntusche, die sich unter den Augen abgesetzt hatte.

Stettner stellte sich und Obermeier vor und sagte: »Sie haben mich angerufen? Johannes Kellermann?«

Der Mann nickte. Er war schlank und blond, trug einen weich fallenden grauen Mantel, darunter einen naturfarbenen

Rollkragenpullover, ausgewaschene Jeans und dicke Wanderschuhe. Alles wirkte auf undefinierbare Weise teuer, genauso wie der lässige Haarschnitt mit angedeutetem Undercut.

»Was ist passiert?«, fragte Stettner.

Keiner der beiden antwortete.

»Herr Kellermann?«

»Ich weiß nicht«, sagte der Mann. Sein Blick war vollkommen leer, er starrte an Stettner vorbei zu seinem Auto.

»Ist das Ihr Haus?«, fragte Stettner.

Hinter ihm trat Obermeier unruhig von einem Fuß auf den anderen.

»Ich war drin«, schaltete sich die Frau ein. »Also auch oben.« Sie nickte ein paarmal bekräftigend, als müsste sie sich selbst davon überzeugen, dass es wirklich so gewesen war, dass sie sich nichts ausdachte, dann begann sie zu schluchzen. Der Mann legte mechanisch den Arm um sie.

»Ich war drin«, wiederholte die Frau. Sie schauderte und sah Stettner direkt an. Ihr Gesicht spiegelte das Grauen, dem sie ausgesetzt gewesen sein musste, und Stettner wurde kalt.

»Was haben Sie gesehen?«, fragte er. Er ignorierte das Einsatzprotokoll, demzufolge sie erst die Personalien abzufragen hatten, bevor irgendwas anderes passierte.

»Da oben liegt ein Toter.« Die Frau nickte wieder, holte ein zerknülltes Tempo aus ihrer Handtasche und tupfte sich damit das Gesicht ab, als wollte sie es pudern.

»Ein Toter? Sind Sie sicher?« Stettner berührte den Druckknopf seines Halfters.

»Da ist ganz viel Blut an seinem Kopf. Ich weiß nicht, wer das war, ob das Markus war, ich bin gleich wieder runter.«

»Wer ist Markus?«

»Ich weiß nicht mal, ob er's war.« Schluchzen, bebende Schultern. »Er ... Man erkennt ihn gar nicht mehr.«

»Wohnt Markus da?«

»Ja.«

»Allein?«

»Sein Sohn Leon und … und …« Sie wischte sich mit dem Handrücken die Tränen aus den Augen.

»Und wer noch?«, hakte Stettner behutsam nach.

»Barbara, Markus' Frau. Babsi ist meine beste Freundin. Ich bin … Ich konnte das nicht aushalten und bin wieder runter. Ich weiß nicht, ob sie …«

»Das war richtig«, sagte Stettner. »Vollkommen richtig«, betonte er. Aus dem Augenwinkel sah er, dass Passanten – jemand mit Hund, ein junges Paar und noch ein paar Leute – stehen blieben, guckten, tuschelten. Einer zog sein Handy raus. »Haben Sie sonst noch jemanden gesehen? Jemanden gehört?«

Die Frau schüttelte den Kopf. »Da war niemand.«

»In Ordnung. Wir gehen da jetzt rein. Sperr weiträumig ab«, sagte er zu Obermeier. »Und dann benachrichtigst du das Revier, dann den Notarzt und anschließend nimmst du die Personalien auf. Dann kommst du nach. Wir müssen schauen, ob Gefahr im Verzug ist.«

Obermeier nickte und eilte zum Wagen, um das Trassierband zu holen.

»Ich kann da nicht mehr hin«, flüsterte die Frau währenddessen und packte Stettner am Arm, krallte sich förmlich fest, Panik in den schwarz umrandeten, rot geweinten Augen. »Ich kann einfach nicht.«

»Sie bleiben hier stehen. Polizeikommissar Obermeier wird Ihnen gleich ein paar Fragen stellen, während ich ins Haus gehe. Schaffen Sie das?«

»Mir ist wahnsinnig kalt.«

»Nur ein paar Fragen.«

»Ich friere so.«

»Gleich kommt der Notarzt, der hat eine Decke für Sie.«

»Kann ich heimfahren? Bitte? Und morgen wiederkommen?«

»Das geht leider nicht.«

Stettner schaltete die Bodycam ein und ging die Treppe hoch durch die offene Haustür. Als er die Schwelle passierte, war es, als würde er die Realität verlassen und in eine Parallelwelt voller Gespenster eintreten. So würde er es viel später einer Therapeutin zu erklären versuchen, die ihm ermutigend lächelnd zunicken würde, was Stettner wahnsinnig nerven würde, weil er da schon mehrere Therapeuten durchhatte, die das alle machten. Nicken mit wissendem Gesicht, als ob sie nicht genauso ahnungslos wären wie er.

Stettner zog seine Waffe, rief: »Hier ist die Polizei. Bitte kommen Sie mit erhobenen Händen heraus!« Aber da war niemand, er spürte es. Niemand, der lebte. Im Flur roch es unangenehm nach Kot und Müll. Links neben der Tür befand sich ein großer Blutfleck. Stettner rief Obermeier zu, er solle den Kriminaldauerdienst verständigen. »Und dann komm rein!« Obermeier antwortete von draußen irgendwas Zustimmendes.

Stettner ging weiter hinein. Der Flur kam ihm ewig lang vor. Der Geruch verstärkte sich. Links war ein großes Wohnzimmer mit einem angrenzenden Wintergarten. Rechts befanden sich eine Garderobennische und ein Gästebad. Geradeaus ein Esszimmer mit schweren, unmodernen Möbeln. Keine Bilder an den Wänden, alles wirkte so merkwürdig lieblos und zweckmäßig zusammengestellt, als hätte sich hier ewig keiner mehr über so etwas wie Inneneinrichtung Gedanken gemacht. Stettner öffnete die Tür zu einer nicht sehr sauberen Küche, deren Einbauten ebenfalls mindestens zwanzig Jahre alt waren. Auf dem Parkettboden im Esszimmer Blutflecke und Patronenhülsen. Es war totenstill bis auf die Geräusche von draußen.

»Verdammt«, sagte Obermeier hinter ihm. Er klang aufgeregt und eine Spur ängstlich.

»Was ist mit dem KDD?«, fragte Stettner.

»Sitzen in Fürstenfeldbruck, das dauert. Staudinger und Wagner sind gleich da.« KK Staudinger und KK Wagner waren für den Nachtdienst eingeteilt.

»Notarzt?«

»Kommt.«

»Gut.«

»Das Haus gehört Kellermanns Schwiegereltern. Seine Frau ist die im Auto. Das ist die Tochter.«

»Wir müssen hoch«, sagte Stettner. »Packst du das?«

»Klar.«

»Du weißt, was uns da vielleicht erwartet?«

»Kann's mir denken.«

Auf der Treppe blutige Abdrücke von Tierpfoten, wahrscheinlich von einem größeren Hund. Labrador oder Golden Retriever.

»Scheiße, scheiße«, flüsterte Obermeier.

Stettner spürte seinen Atem im Nacken, der leicht nach Alkohol roch. *Noch ein Trinker im Revier.*

Der Flur machte hinten einen Knick nach rechts. Vorne gingen zwei Zimmer ab. Stettner öffnete die Tür des ersten und leuchtete mit der Taschenlampe hinein. Den Lichtschalter fasste er nicht an, das war Aufgabe der Spurensicherung. Im Strahl der Lampe sah er ein schmales Bett mit Patchwork-Überdecke, leuchtete auf verblichene Poster einer Popgruppe, die er nicht kannte, ein Regal mit Pferdebüchern und *Harry-Potter*-Romanen, einen kleinen weißen Schreibtisch und darüber ein Regalbrett mit alten Schulbüchern. Stettner öffnete den Kleiderschrank. Er war staubig und leer. Wahrscheinlich das Jugendzimmer der Frau im Citroën.

Er hörte Obermeier rufen und eilte nach draußen.

»Scheiße, scheiße«, sagte Obermeier. Seine Stimme zitterte. »Oberscheiße«, fügte er hinzu und deutete mit seiner Lampe auf das Bett des zweiten Zimmers. Stettners Funkgerät meldete sich, die Nachtdienstler waren da.

»Mutmaßlich 011, 048«, sagte Stettner.

»Okay. Wir kommen rein.«

Auf dem Bett lag ein junger, sehr schlanker Mann auf dem Rücken, leicht seitwärts gedreht. Der rechte Arm über dem linken, in der rechten Hand eine Waffe. Über seine rechte Gesichtshälfte lief eine breite Spur aus getrocknetem Blut. Sein Oberkörper war nackt und unverletzt.

»Schuss in die Schläfe«, murmelte Obermeier und ging wieder raus.

Stettner hatte schon viele schmutzige und chaotische Zimmer gesehen, aber niemals so ein wüstes Durcheinander. Auf dem Boden lagen gebrauchte Unterhosen, zerknüllte T-Shirts, leere Wodka-, Bier- und Weinflaschen, Waffenteile, Patronenhülsen und Munitionsschachteln, auf dem fleckigen weißen Einbauschreibtisch standen ein Crusher zum Zerkleinern von Marihuana-Dolden und eine rußverschmierte Bong aus Glas. An der Wand darüber war ein Sturmgewehr angebracht, vielleicht eine AK-47. In einer Vitrine neben dem Bett lagen weitere Waffen, darunter zwei Maschinenpistolen. Ob sie echt oder Deko-Objekte waren, konnte Stettner auf die Schnelle nicht beurteilen. Es stank nach Dreck und Tod. Stettner verließ den Raum und ließ die Tür offen.

»Da ist noch einer«, rief Obermeier von irgendwoher. Seine Stimme kiekste und brach.

»Wo bist du?«, rief Stettner. Er bog mit erhobener Waffe um die Ecke des L-förmigen Flurs und sah den blutüberströmten Körper eines Mannes zwischen dem Türrahmen zum mutmaßlichen Elternschlafzimmer. Aus seiner Schulter blinkte etwas. Stettner sah genauer hin; es war vermutlich das Ende einer Patrone. Von unten hörte man die Kollegen hereinkommen, jedenfalls nahm Stettner an, dass sie es waren. Er versuchte, ruhig zu atmen, das Ganze nicht zu nah an sich heranzulassen.

Im Doppelbett des mutmaßlichen Elternschlafzimmers lag eine weitere Tote. Mindestens eine Schusswunde im Kopf, so viel Stettner sehen konnte, denn sie war zugedeckt. Die Bettdecke hatte zwei Löcher in Brusthöhe, aus denen blutverschmierte Daunen quollen. Rechts neben ihr lagerte ein Golden Retriever und hielt Wache. Als sich Stettner der Leiche nähern wollte, richtete sich der Hund auf und begann zu knurren. Stettner zog sich zurück und entdeckte auf der anderen Seite des Betts Obermeier. Er saß auf dem braunen Teppich, kreidebleich, die Pistole lag nutzlos in seinem Schoß.

Stettner war erst sauer, dann ließ er sich neben Obermeier nieder.

»Dein erster Toter?«, fragte er.

Obermeier nickte.

»Der erste ist immer der Schlimmste«, sagte Stettner tröstend, obwohl ihm selbst miserabel zumute war.

»Du meinst, die ersten drei?« Obermeier probierte ein sarkastisches Lächeln, das misslang. Er sah aus, als würde er gleich losheulen.

Stettner legte ihm die Hand aufs Knie. »Kannst du aufstehen?«

»Mir ist sauschlecht.«

»Mir auch. Ist manchmal ein Scheißjob. Der Notarzt kommt gleich hoch.«

»Gewöhnt man sich irgendwann dran?«

Stettner überlegte, dann beschloss er, ehrlich zu sein. »Man packt es irgendwann weg.«

Er tätschelte noch einmal ungeschickt Obermeiers Bein, dann stand er ächzend auf.

»Das ist die Hölle hier«, sagte Obermeier kummervoll und stützte seinen Kopf in die Hände.

»Da hast du recht«, pflichtete ihm Stettner bei.

»Warum tun Leute sich so was an?«

»Keine Ahnung.«

Vor der Tür sah er den Schatten einer Frau mit langen Haaren. Es war die Notärztin, die hier nichts zu tun haben würde, außer den Tod von drei Menschen festzustellen. Und Obermeier wieder auf Betriebstemperatur zu bringen.

Stettner ging nach unten und traf auf der Treppe zwei Kollegen vom Kriminaldauerdienst. Zwei andere sahen sich im Erdgeschoss um.

»Drei Tote. Keine Anzeichen für Einbruch oder Raub«, sagte Stettner und wies mit dem Kinn nach oben.

»Feierabend«, entgegnete einer der beiden. »Wir übernehmen jetzt. Kripo ist unterwegs.«

Stettner nickte, obwohl er natürlich keinen Feierabend hatte.

048. Das war der Polizeicode für Mord.

011. Das war der Code für Selbstmord.

2

Sechs Wochen vor der Tat

Auf Barbaras Nachttisch stand ein Foto von ihr und Markus am Gardasee. Beide strahlten, beziehungsweise Barbara strahlte, und Markus zeigte sein typisches schiefes, ein bisschen widerwilliges Grinsen, das er immer vor der Kamera aufsetzte, falls er sich überhaupt mal fotografieren ließ. Die Aufnahme war einundzwanzig Jahre alt, Barbara war damals noch nicht schwanger mit Leon oder wusste noch nicht, dass sie es war, und es war ein zauberhafter Tag gewesen, voller Liebe und Sonne (und vielleicht war Leon sogar hier entstanden, ganz genau ließ sich das nicht sagen).

Sie hatten sich ein paar Tage in einem Luxushotel in Sirmione geleistet, eine prächtige Villa in Sonnengelb und Cremeweiß, bewachsen mit einer leuchtend pinken Bougainvillea, die sich üppig neben dem säulenbewehrten Eingang hochrankte. Es hatte nur ein bisschen Krach gegeben, weil Markus trotz der vielgepriesenen Gourmetküche keinen einzigen Abend im Hotelrestaurant essen wollte. Seine Begründung – die Kellner taten ihm zu vornehm und zu servil, er fand das dekadent – überzeugte Barbara nicht, sie hätte sich gern einmal von vorne bis hinten bedienen lassen. Und was war gegen Silberbesteck, Stoffservietten und superfreundliche Bedienungen einzuwenden?

Aber das blieb die einzige Unstimmigkeit in diesem Kurzurlaub, ansonsten hatten sie eine fantastische Zeit, und manchmal sehnte sich Barbara so sehr danach zurück, also nicht unbedingt nach Sirmione selbst (ein hübscher, aber überfüllter Touri-Ort), aber an die Stimmung in diesem Hotel. An die Liebe und die Unbeschwertheit in der Zeit vor Leon.

Leon war ein Wunschkind gewesen, daran *konnte* es nicht gelegen haben. Er war so *willkommen* im Leben von Barbara und Markus gewesen, er war die Krönung ihrer noch jungen zweiten Ehe, der Höhepunkt nach Jahren voller Enttäuschungen und Kummer, der Beweis, dass alle Kämpfe sich gelohnt hatten, und vielleicht hatte ihn *gerade das* überfordert.

Diese freudigen Erwartungen, diese übertriebenen Hoffnungen. Welcher Säugling konnte die schon einlösen?

Nun war er jedenfalls da, unübersehbar, unüberhörbar, er wuchs und gedieh, und man musste mit ihm zurechtkommen, denn er würde nicht wieder verschwinden. Leon, Sternzeichen Löwe, ein kraftvoller und besonderer Mensch, mittlerweile ein junger Mann von außergewöhnlicher Intelligenz und mit extrem starken Gefühlen und Ängsten und – ja – auch Aggressionen. Begabt, aber schwierig. Wie so viele Genies passte er in keine Schublade, sprengte jedes Raster, war ein Naturereignis, lieb und böse, großartig und schlimm, hoffnungsvoll und verzweifelt, und manchmal alles zusammen, so wie an diesem Samstag Anfang Dezember.

Barbara hatte sich morgens ausgedacht, mittags zum vorzeitigen Nikolaus-Familienbrunch einzuladen, und war dann, ohne sich mit Markus abzustimmen, in aller Herrgottsfrühe losgefahren, um in einem Feinkostladen die entsprechenden Delikatessen einzukaufen. Das gab dann den ersten Ärger des Tages, weil Markus ein Problem damit hatte, wenn über seinen Kopf hinweg bestimmt wurde. Aber wie immer, wenn Barbara sich etwas spontan ausdachte, entwickelte sie eine derart freudige Energie, dass es praktisch unmöglich war, sie einzubremsen. Markus hatte sie angeschrien, was ihr eigentlich einfiele, Steffi versuchte es auf sanfte Art – »Sehr geile Idee, Mam, aber ich muss für die Prüfungen lernen, und Jo fliegt morgen auf einen Neurologen-Kongress nach New York und hat noch nichts gepackt« – und kam genauso wenig damit durch, weil Barbara, bereits gestählt durch Markus' Gebrüll, alle Einwände einfach weglachte.

Eine kleine Geschäftsreise, also bitte, und lernen könne Steffi auch morgen noch, und so ging das hin und her, bis Steffi nach offenbar resignierter Rücksprache mit Jo doch zusagte.

»Wir können aber nicht lange bleiben, das weißt du.«

»Ich freu mich auf euch!«, sagte Barbara und überhörte absichtlich das »Aber«.

»Ja. Okay.«

»Mach dich nicht immer so rar, Schätzchen«, ermahnte sie ihre Tochter, während leiser Ärger in ihr hochstieg.

»Mam, bitte. Wir haben uns vor 'ner guten Woche gesehen, schon vergessen?«

»Sag ich ja!«

Nach solchen Gesprächen fühlte sich Barbara manchmal erschöpft, ein bisschen wie Sisyphos, der mit allen Kräften schob und schob, sich abrackerte und kämpfte und vermutlich schon ahnte, dass wieder das letzte Quäntchen Kraft fehlen würde, um den Stein über den Berg zu rollen. Ihre Physiotherapeutin und Craniosacral-Expertin Anne arbeitete sich seit Jahren an Barbaras Verspannungen im Nacken ab, die laut Anne ein Symptom ihrer Sehnsucht nach jemandem sei, der ihr Arbeit abnahm, statt ihr noch mehr Lasten aufzubürden.

»Man kann auch zu stark sein«, sagte Anne immer, und

Barbara stimmte ihr zu, zu hundert Prozent. Sie war zu stark, zu leistungsfähig, sie verführte ihr Umfeld dazu, alles bei ihr abzuladen: Sie war im Grunde selber schuld. Es gab immer wieder Phasen, wo ihr das klar wurde, also so richtig klar wurde, nicht nur im Kopf, sondern auch mit dem Bauch und dem Herzen, und dann beschwerte sie sich schon mal. Was natürlich nichts änderte, es gab höchstens eine Riesenschreierei mit Markus und – falls alles ganz schlecht lief – auch mit Leon. Aber irgendwie hatten sie sich doch immer wieder zusammengerauft, oder nicht? Und Leon war in einer guten Phase, das stand fest, es gab Anlass zur Hoffnung. Er machte eine Ausbildung, genau die, die er wollte, und das war ein harter Kampf gewesen. Aber er blieb dran, und das war das Wichtigste, auch wenn Büchsenmacher nicht gerade der Beruf war, den sie sich für ihren Sohn gewünscht hätte.

Sie hörte das trockene Rattern einer Maschinenpistole und horchte nach unten, wo Leon nach eigenen Angaben ein Video drehte. Das war immer so, wenn unten im Werkzeugkeller geschossen wurde, dann durfte ihn niemand stören, sonst gab es eine Riesenaufregung. *Gottverfickte Scheiße, hau ab, verfickte Scheiße, stör mich nicht, wenn es knallt.* Sie verdrehte die Augen. Heute war es besonders laut; Dauerfeuer auf eine Aluplatte, vermutete sie, das machte richtig Lärm. Letzte Woche hatte sie schon ein komplett durchlöchertes Exemplar entsorgt. Der Sinn dieser Aktion erschloss sich ihr nicht, und sie hatte schon längst aufgegeben, Leon zu fragen, was er da eigentlich tat und wozu das gut sein sollte. Warum schoss man auf eine Metallplatte? War das so was wie ein Kunstprojekt?

Im Grunde hätte sie sich spätestens jetzt schon denken können, dass das mit dem Brunch heute keine gute Idee war. Aber hey, no risk, no fun, wie Leon manchmal grinsend sagte, und das hatte er ja vielleicht von ihr, diese Waghalsigkeit, sich in irgendwas reinzustürzen, ganz egal, was dabei rauskam.

Sie ging in die Küche, wo das Rattern aus dem Keller weniger hörbar war, lehnte sich an die Arbeitsplatte neben dem Herd, dachte nach, wobei sie unbewusst die Arme vor der Brust kreuzte, als müsste sie sich vor irgendwas schützen, irgendwen abwehren. Sie überlegte, sich ein Glas Prosecco außer der Reihe einzuschenken, und verwarf den Gedanken wieder.

Dann nahm sie doch ein Fläschchen aus dem Kühlschrank und holte sich ein Glas aus der Vitrine. Et voilà, die richtige Entscheidung. Nach ein paar Schlucken war alles gar nicht mehr so schlimm, und dann fielen sogar ein paar zarte Sonnenstrahlen durch das Fenster, vertrieben die trübselige Wolkendecke, die seit Tagen über dem See hing und alles in winterliches Grau getaucht hatte. Jetzt leuchtete das feurig rote und senfgelbe Herbstlaub im Garten und erinnerte Barbara daran, dass sie den Rasen davon befreien musste, damit er atmen konnte.

Aber das hatte noch Zeit. Barbara, ausnahmsweise entspannt und untätig, ließ den Blick schweifen. Er streifte den altmodischen Elektroherd, den man nicht mehr sauber kriegte, die müffelnde Kunststoffarbeitsplatte in Holzoptik, die an den Rändern schon Risse aufwies, und verweilte schließlich missmutig auf den tannengrünen Hängeschränken. Wie sie diese schweren Dinger hasste, wie sehr sie sich eine neue Küchenzeile wünschte – ohne Hängeschränke, ganz in Weiß, mit einer eleganten Kücheninsel in der Mitte, ihretwegen auch gern von IKEA. Hauptsache neu, Hauptsache anders.

Manchmal hatte Barbara Angst vor diesem Haus. Seit über zwanzig Jahren lebte sie hier, und dennoch fühlte sie sich nie daheim, das hatte sie neulich einer Freundin gestanden. Die Fenster waren zu klein, die Decken zu niedrig und die Atmosphäre auf undefinierbare Weise zäh. Als wäre die Luft hier dicker, als würden sich Gerüche länger halten. Selbst Lüften half nicht wirklich. Und dann war es selbst bei strahlendem Sonnenschein immer zu dunkel für ihren Geschmack. Selbst im verglasten Wintergarten wurde es nie so richtig hell, was unter anderem daran lag, dass der Garten nach Nordosten ging, weshalb auch der Rasen selbst dann vermooste, wenn sie ihn jährlich vertikutierte. Etwas an diesem Haus erdrückte sie. Hinderte sie daran, frei zu atmen, Dinge beherzt in die Hand zu nehmen und zu verändern. Oh, wie sehr sehnte sie sich nach Veränderung! Frischen Wind und mehr Helligkeit! Das brauchte sie!

Egal.

Sie kippte den Rest Prosecco herunter und stellte anschließend fest, dass der schwarz-weiße Linoleumboden schon wieder voller Krümel und anderen klebrigen Ekelhaftigkeiten war, obwohl sie ihn gestern erst gesaugt und gewischt hatte. Zwei Männer im Haus waren eindeutig einer zu viel, vor allem wenn es sich um jene berüchtigten Exemplare handelte, die sich keinen Deut um Ordnung und Sauberkeit scherten.

Egal.

Sie stellte das Glas in die Spülmaschine und machte sie an, obwohl sie erst halb voll war. Eine Verschwendung von Ressourcen, über die sich Markus wahnsinnig ärgern würde, aber wenn sie Glück hatte, würde er es diesmal nicht merken. Sie holte den frisch gekauften Aufschnitt aus dem Kühlschrank, naschte eine Scheibe edlen Pata-Negra-Schinken und probierte ein Löffelchen von dem köstlichen Gorgonzola Cremoso. Danach richtete sie alles schön an und trug es ins Esszimmer, das ebenfalls auf eine komplette Runderneuerung wartete, doch mit einer frisch gebügelten Damast-Tischdecke würde es schon gehen.

Dann stellte sie fest, dass keine saubere mehr da war. Alle in der Wäsche. *Gottverfickte Scheiße.*

*

Als Leon das dritte Mal ins MRT geschoben wurde, war er gerade dreizehn geworden. Natürlich konnte man ihn nicht ohne Sedierung in einem lärmenden Tunnel ausharren lassen, wo er sich eine halbe Stunde lang nicht würde bewegen dürfen, aber Fragen beantworten musste. Also saßen Steffi und Barbara rechts und links neben ihm und hielten seine Hände fest, während ihn zwei Ärzte auf die Liege drückten und ein Pfleger seine Beine fixierte. Dann endlich konnte die Beruhigungsspritze gesetzt werden.

Nach langem Kampf beruhigte sich Leon schließlich, und Steffi sah zum ersten Mal, wie sein Gesicht aussah, wenn er vollkommen entspannt war, aber nicht schlief. Einer der Ärzte war Jo gewesen, damals noch Assistenzarzt auf der Neurologie. Sie erinnerte sich, wie ihr die Tränen in die Augen schossen, weil Leon plötzlich ein normales Kind war, ein hübscher Junge sogar, mit ebenmäßigen Zügen, wie die von Mom. Jo hatte sie dabei beobachtet und sich auf Anhieb in sie verliebt. Davon ahnte Steffi bis heute nichts; es wäre Jo komisch vorgekommen, ihr zu erzählen, dass er sich in eine Frau verliebte, bloß weil sie weinte.

Während der Untersuchung, die von einem Oberarzt durchgeführt wurde, lud er sie und Mam zu einem Kaffee in der Krankenhauskantine ein, aber Mam lehnte ab.

Die Kantine, laut Jo früher ein finsterer Raum in Braun- und Grautönen, war gerade renoviert worden und nun bunt wie ein Pfau. Blaue Wände, orange Tische, weiße Plastikstühle. Diese plötzliche Farbenpracht in dieser optisch eher trübseligen Klinik wirkte so absurd, dass Steffi einen Lachkrampf bekam.

»Ist das hier ein Spielplatz?«

»Wenn Sie so wollen. Der Architekt wollte eine positive Atmosphäre. Eine lebendige Insel inmitten von Leid und Tod.«

»Nicht Ihr Ernst.«

»Seine Worte«, sagte Jo und bot Steffi sehr gentlemanlike einen der Stühle am Fenster mit Blick in den Park an, während sie nicht aufhören konnte, hysterisch zu kichern.

»Fehlt nur noch das Bällebad«, prustete sie, und Jo ließ sich von ihrem Gelächter anstecken, was der Moment war, in dem sie – nein, sich nicht in ihn verliebte, aber immerhin aufmerksam wurde. Ein gut aussehender Mann, der aus vollem Herzen lachen konnte, war wie ein Sechser im Lotto – das würde sie ihren Freundinnen erzählen, später, als sie schon sehnlichst auf seinen ersten Anruf wartete.

Das MRT war ohne Befund. Sie hatten währenddessen verschiedene Tests mit Leon durchgeführt, er hatte erstaunlich kooperativ mitgemacht, als wüsste er, worauf es ankam. Ergebnis: kein Tumor, keine auffälligen Aktivitäten im Frontallappen oder im limbischen System oder sonst wo in seinem Gehirn. Nichts fehlte, alles war da, alles *im Normbereich*. Das, was mit Leon los war, ließ sich nicht messen.

Als sie mittags bei den Eltern ankamen, hörten sie schon von draußen das Geschrei von Markus und Leon, das Scheppern von Geschirr, das auf den Boden oder an die Wand geschleudert wurde, und Steffi wäre am liebsten wieder umgekehrt. Aber es ging nicht, Mam mit dieser Situation alleinzulassen. Also fassten sie sich an den Händen und gingen hinein.

Leon und Markus (nein, sie würde ihn *nicht* Vater nennen, nicht nach allem, was passiert war!) standen einander gegenüber, Markus in seiner typischen Wuthaltung – vorgebeugter Oberkörper, überstrecktes Kinn, die Arme eng nach hinten gestreckt –, die Steffi immer an einen übergroßen Pinguin erinnerte, kurz vor dem Sprung ins Wasser.

Das Esszimmer war ein Schlachtfeld. Jemand hatte die pinkfarbene Tischdecke mit Schwung heruntergezogen, auf dem Boden lagen Scherben von Mams gutem Geschirr zwischen Wurstscheiben, zerplatzten Tomaten, zermatschter Butter und einem klebrigen Käseklumpen.

Leon knallte eine Pistole so vehement auf den Tisch, dass sich die Platte knirschend nach unten bog. Sein blasses Gesicht war verzerrt, der ungekämmte hellblonde Schopf stand fast senkrecht nach oben wie eine Flamme, Schweiß lief ihm in die geröteten Augen. Mam saß am Kopfende des Tisches und hielt den knurrenden und bellenden Bodi am Halsband fest. Ihr Ausdruck wirkte entrückt, als hätte sie sich irgendwohin gebeamt, wo die Sonne schien, es schön warm war und man nichts hörte als friedlich rauschende Meereswellen.

»Hey«, sagte Steffi. »Mordsstimmung hier.«

»Das ist eine Deko-Waffe, Pop! Eine Scheiß-Deko-Waffe!«

»Und was ist das da?« Markus machte eine beinahe elegante Drehung nach hinten, wo eine durchlöcherte Metallplatte an einem Stuhl lehnte, bückte sich und bohrte wie ein Irrer mit dem Zeigefinger in den Löchern herum. Währenddessen schrie er mit überschnappender Stimme: »Peng, Peng, PENG. Na? Ist das vielleicht ein Deko-Ziel?«

»Es reicht jetzt«, sagte Lydia. Sie stand mit verschränkten Armen im Türrahmen zur Küche, wie üblich topgepflegt und -gestylt. Keiner beachtete sie. Steffi beobachtete eine bräunliche Flüssigkeit, die links neben dem Ostfenster herunterlief und über den äußeren Rand des Fensterbretts auf das Parkett tropfte. Da es in dieser Situation nichts weiter zu tun gab, zählte sie die Tropfen und kam auf elf. Mam würde den lang gezogenen Fleck spätestens morgen mit einem feuchten Schwämmchen entfernen, wenn nötig auch drüberstreichen. Es befand sich immer frische Wandfarbe im Haus für solche Fälle.

»Das geht dich nichts an, verfickter …«

»Geht mich nichts an, wenn du mit deinen bescheuerten Freunden in MEINEM HAUS herumschießt? Mit SCHARFER MUNITION?«

»Rede nicht so über meine Freunde, du Spast!«

»Ich rede, wie's mir passt IN MEINEM HAUS! UND IN MEINEM HAUS DULDE ICH KEINE UNTERMENSCHEN WIE DIESEN BEN. DER HAT AB SOFORT HAUSVERBOT!«

»Fick dich, du Scheißrassist. Ich bring dich um, wenn du das machst.«

»Vorher bring ich mich um«, sagte Mam, aber versonnen, fast lächelnd, und immer noch so, als ginge sie das alles überhaupt nichts an.

Am späteren Nachmittag machten Jo und Steffi einen Spaziergang durch ihr Viertel. Es nieselte, Herbstlaub lag nass und platt auf dem Bürgersteig, in den Häusern gingen die Lichter an.

»Es tut mir leid«, sagte Steffi, nachdem sie eine Weile schweigend nebeneinander gegangen waren.

»Was denn?«

»Puh. Was wohl?«

»Ist schon gut«, sagte Jo nach einer Weile, aber seine Stimme klang müde. »Er kann ja nichts dafür.«

»Das sagst du immer, Jo, und ich weiß, dass du es gut meinst. Aber das hilft einfach nicht weiter.«

»Was hilft denn? Willst du ihn wegsperren lassen?«
»Ich liebe ihn, aber so kann es nicht weitergehen. Mam ist Familientherapeutin. Und sie hat Leon überhaupt nicht im Griff. Ich versteh das nicht.«
»Du bist noch keine Mutter. Mit dem eigenen Kind – das ist wie ein blinder Fleck. Man sieht Dinge nicht von außen. Man ist nicht objektiv.«
Sie seufzte. »Vielleicht hast du recht. Aber irgendwas muss sie tun.«
»Du willst, dass sie ihn wegsperren lassen. Das können sie nicht.«
»Ich will, dass er sich ändert.«
»Er wird sich nicht ändern. Er ist Leon.«
»Ich weiß.«
Jo schwieg. Er mochte solche Gespräche nicht, er war ein Mensch für Lösungen, und für dieses Problem gab es keine.

Während Jo abends seinen Koffer packte, versuchte Steffi für ihre Prüfungen zu lernen und gleichzeitig dem Impuls zu widerstehen, ihn zu bitten dazubleiben. Das ging gar nicht, schon gar nicht, weil er es ihr zuliebe vielleicht sogar getan hätte und sie sich dann wie die schlimmste Spielverderberin vorgekommen wäre. Ein internationaler Neurochirurgen-Kongress, ein freier Abend morgen in New York, der Stadt der Städte, wie hätte sie ihm diese Freude verderben können?

Wie immer hatte er sie natürlich gefragt – nein: richtig eindringlich gebeten –, ihn zu begleiten, und wie immer hatte Steffi das Gefühl, gerade jetzt nicht wegzukönnen. Nicht nur wegen ihrer anstehenden Prüfungen, sondern auch wegen Mam, die man nicht alleinlassen durfte.

Deine Mam ist erwachsen. Du kannst nicht ewig ...
Ich weiß.

Irgendwann mal später, wenn Mams Probleme nicht mehr gar so dringlich sein würden, würde sie mit ihm verreisen. Ganz, ganz sicher.
Aber wann wird das sein, Steff?
Bald. Es muss bald sein, weil ich das nicht mehr lange aushalte.

*

Zu etwa derselben Zeit saß ein Mann vor seinem Schreibtisch und surfte durchs Deep Web. Es erforderte ein wenig Übung, um auf die Seiten zu kommen, die ihn interessierten. In erster (und zweiter und dritter) Linie waren das Waffenhändler, die auch an Personen ohne gültigen Waffenschein lieferten. An jemanden wie ihn.

Er wusste selbst nicht genau, woher diese Affinität zu Tötungswerkzeugen stammte. Manchmal fragte er sich das selbst, aber da er nicht zur Innenschau neigte, waren solche Überlegungen selten. Was zählte, war, dass es Möglichkeiten gab, dieses Bedürfnis im Geheimen zu stillen, und dazu zählte das Darknet mit seinen zahlreichen Plattformen für sämtliche illegalen Wünsche. Schon allein die Möglichkeit, sich außerhalb der Gesetze zu bewegen, hatte etwas Inspirierendes.

Dieses Mal war es eine AK-47 Typ II, die es ihm angetan hatte, ein original Kalaschnikow-Sturmgewehr aus den frühen Fünfzigerjahren, voll funktionsfähig, wie der Händler betonte. Dazu gab es die entsprechende Munition. Der Mann klickte das Gewehr an. Es dauerte eine Zeit lang, bis sich die Seite vom Warenkorb aufbaute; das Deep Web war wegen seiner zahlreichen Proxyserver in allen möglichen Ländern, die ausschließlich dazu dienten, seine digitalen Spuren zu verwischen, immer etwas langsamer als das normale Internet.

Er bestellte das Gewehr, das postlagernd versendet werden würde, und bezahlte mit der verlangten Kryptowährung. Dann schaute er sich weiter um. Eine Glock 19 stach ihm ins Auge, bei einem anderen Händler. Er kaufte auch sie. Als Lieferadresse gab er eine seiner Postfachadressen an. Sein Büro-Handy brummte neben ihm, er warf einen Blick darauf und rollte gereizt mit den Augen. Es war seine Ex-Frau, mit der er im Bösen auseinandergegangen war. Mittlerweile – er hatte wieder geheiratet und nun zwei weitere Kinder im Vorschulalter – waren sie allerdings zumindest manchmal ein Herz und eine Seele. Dann, wenn es darum ging, seine aktuelle Gattin in Misskredit zu bringen.

Was jedoch nicht hieß, dass er seine Ex deswegen lieber mochte. Sie war eine früh gealterte, übergewichtige, in jeder Hinsicht unattraktive Erscheinung, und er musste sich wirklich zusammennehmen, um ihr das nicht an den Kopf zu werfen. Er brauchte sie schließlich noch, ohne sie würde Plan A auf keinen Fall funktionieren, und Plan B war noch Zukunftsmusik. Ziemlich genial, jedoch mit sehr vielen Unsicherheiten behaftet, eine wirklich hochriskante Wette sozusagen und definitiv nicht spruchreif.

Die Mailbox hatte sich mittlerweile eingeschaltet, und der Mann überlegte, doch besser gleich anzurufen, statt sich das endlose Geplapper seiner Ex auf Band anzuhören. Er drückte seine EarPods in die Ohren, wählte ihre Nummer und lehnte sich in seinem Bürostuhl zurück. Jetzt sah er nur sich selbst als Schattenriss in der Scheibe, geblendet von der Stehlampe hinter ihm. Tagsüber genoss man hier aber bei sonnigem Wetter einen spektakulären Blick über den See und auf die Alpen.

»Butzi!«, rief seine Ex auf diese exaltierte Weise, in die er sich einmal unsterblich verliebt hatte und für die er sie jetzt töten könnte. Dass er diesen Kosenamen nur anfangs charmant und heute einfach schrecklich fand, kam strafverschärfend hinzu. Wer ihn als Butzi bezeichnete, musste wirklich einen Sprung in der Schüssel haben.

»Mitzi«, antwortete er dennoch mit seidenweicher Stimme, während er einen Spiegel in die Hand nahm und sich selbst begutachtete. Mitzi und Butzi waren einmal ein wunderschönes Paar gewesen, aber nur Butzi hatte diese Phase optisch überlebt. Immer noch dunkelbraunes, volles Haar, sorgsam zurückgelegt, regelmäßige Gesichtszüge, blaue Augen, gebräunter Teint, attraktive Fältchen um Augen und Lippen. Konnte er etwas dafür, dass sich Frauen reihenweise in ihn verliebten? Dass kaum eine seinen Flirtanstrengungen widerstand?

»Ich bin so froh, deine Stimme zu hören!«, miaute Mitzi in ihrem angelernten bayerisch-österreichischen Mix-Akzent, der von vielen Besuchen auf den Salzburger Festspielen und mehreren Luxus-Aufenthalten am Fuschlsee künden sollte, die in der Vergangenheit zwar tatsächlich reichlich stattgefunden (Mitzi hatte gut geerbt), aber mittlerweile aus mehreren Gründen Seltenheitswert hatten.

»Was kann ich für dich tun?«, fragte der Mann und zündete sich eine Zigarette an. Er war der Chef, er durfte das, außerdem war Wochenende und kein einziger Mitarbeiter da, obwohl es genug zu tun gab.

»Ich hab deine Frau beobachtet.« Ihren Namen spuckte sie geradezu aus, nach all den Jahren anscheinend immer noch geifernd vor Eifersucht. Ekelhaft, aber nützlich.

»Wirklich?«

»Wir müssen uns treffen, Butzi. Ich habe gute Neuigkeiten.«

Das war natürlich ein Trick, um ihn wieder in ihre Einflusssphäre zu locken. Meistens waren diese Beobachtungen vollkommen wertlos. Er wählte seine Worte mit Bedacht.

»Schatz, heute kann ich leider nicht. Ich bin im Büro, mit einem Haufen an Arbeit.«

»Heute ist Samstag, Butzi! Du musst doch mal eine Pause machen, du holst dir noch den Tod!«

»Du hast so recht, aber was will man machen. Ich habe Kunden über Kunden, aber nichts zu verkaufen.«

»Komm auf ein Glas Wein vorbei!«

»Mitzi, das müssen wir leider auf nächstes Wochenende verschieben. Magst du mir vielleicht in der Zwischenzeit mailen, was du beobachtet hast? Dann können wir uns nächstes Wochenende darüber unterhalten und einen Schlachtplan entwerfen. Was hältst du davon? Du kochst uns was Schönes, und wir reden über alles?«

»Das sagst du immer, und dann hast du doch nie Zeit!«

»Ich versprech's. Samstag in einer Woche um sieben Uhr bin ich bei dir.«

»Ehrlich?«

»Ich schwör's.« Währenddessen vibrierte sein Zweithandy in der Hosentasche, und er beendete eilig das Gespräch. Julia, die Süße aus dem Rathaus. Eigentlich hatte er sich noch mit einem Porno in Stimmung bringen wollen, aber bei einer Granate wie Julia war das nun wirklich nicht nötig. Er fuhr seinen Computer herunter, verließ sein Büro, sperrte alles ab und fuhr bestens gelaunt in die Tiefgarage.

*

Am Tag darauf, einem Sonntag, hing Ben bei seinem Pa und seinem Bruder Jimmy in Kulmbach ab. Weit weg von Leon, der ihn mit WhatsApps und Sprachnachrichten bombardierte, die er ignorierte. Vormittags gingen sie nach einem ausgiebigen Frühstück ein paar Stunden in den Schützenverein, wo sein Pa Mitglied war. Seitdem Ben über achtzehn war, durfte er unter seiner Aufsicht auch mit großkalibrigen Waffen schießen, nicht mehr nur mit Luftgewehren (da war er ja ohnehin schon längst drüber hinaus). Er entschied sich diesmal für eine SIG Sauer P226, eine Halbautomatik, mit der unter anderem die Navy Seals, die israelischen Streitkräfte und das Berliner SEK ausgerüstet waren.

Das war so cool. Sein Pa lobte ihn, einigermaßen überrascht, weil er sich ziemlich geschickt anstellte und mehrmals sogar auf Entfernungen von über hundert Metern ins Schwarze traf. »Ein Naturtalent«, sagte Pa anerkennend, und das tat so gut, vor allem, weil Bens Verfassung in den letzten Wochen nicht so besonders gewesen war. Das lag vor allem an Leon, aber nicht nur an ihm. Das alte Jahr ging zu Ende, das neue stand vor der Tür, und Ben hing in der Luft.

Gaby, die Freundin seines Vaters, hatte Dampfnudeln gebacken, und die aßen sie am Nachmittag mit Vanillesauce. Danach zockten sein Bruder Jimmy und er »Zombie Apokalypse« bis zum Abendessen. Jimmy war cool und ein Spaßvogel, wie Ben es mal gewesen war, irgendwas war da zurzeit in ihm verschüttet, aber Jimmy konnte es wieder rausholen aus ihm. Also den Witzbold, das Spaßvogel-Gen.

Das Abendessen war nicht so cool, weil sein Pa wieder mit Bens Ausbildung anfing und sich Ben alle möglichen Geschichten ausdenken musste, weil er *den Scheiß* ja schon längst geschmissen hatte. Warum er es geschmissen hatte, darüber dachte er nicht so viel nach, weil das ja gar nichts brachte. Es ging im Wesentlichen um das frühe Aufstehen, das er auf die Dauer nicht gepackt hatte, und dass sich der Lehrstoff eines angehenden Elektrotechnikers nicht mit seinem Drogenkonsum vertrug. Oft war er deshalb in der Berufsschule weggedöst, speziell in Fächern wie Chemie, Physik,

Informationstechnik oder Messtechnik hatte er schließlich nur noch Bahnhof verstanden.

Und so war er nach ein paar Wochen eben einfach nicht mehr hingegangen, und da nützte es auch nichts, dass Gaby ihn jeden Morgen anrief, um ihn zu wecken. Er ging dann immer brav an sein Handy, behauptete, er sei im Bad oder beim Frühstücken, und nachdem er aufgelegt hatte, schlief er weiter bis zehn oder zwölf. Dass das so nicht weitergehen konnte, wusste er selber. Irgendwann würde sein Pa ihm auf die Schliche kommen, dann würde er die Wohnung nicht mehr bezahlen, und es würde überhaupt einen Mega-Stress geben. Seine Ma würde davon erfahren, wahrscheinlich musste er am Ende wieder zu ihr ziehen und wieder in diese verfickte Kirche gehen.

Und was dann?

All diese Gedanken waren ständig da, aber eher wie eine Art Background-Geräusch, etwa wie in dem Film *Die nackte Kanone*, den er mal total high gestreamt und sich halbtot gelacht hatte, weil sich die verrücktesten Sachen immer ein paar Meter hinter den Hauptdarstellern abgespielt hatten. Und so war das eben auch bei ihm. Seiner Familie erzählte er komplett erfundene witzige Storys von komischen Mitschülern und nervenden Lehrern, und währenddessen machte er sich Sorgen um alles Mögliche, und es war fast ein wenig unheimlich, wie leicht ihm das fiel. Diese Gleichzeitigkeit von Lüge und Wahrheit. Dass beides in ihm drin war und er es fertigbrachte, nur das eine zu zeigen und das andere mit sich auszumachen.

Gerade als es begann, anstrengend zu werden, weil selbst ihm langsam die Ideen ausgingen, klingelte sein Handy. Natürlich war es wieder Leon, aber diesmal kam ihm die Unterbrechung zupass, und so entschuldigte er sich und ging ins

Wohnzimmer. Räumte die Laptops weg und lümmelte sich der Länge nach auf das zerknautschte Ledersofa. Guckte an die Decke, über die seit Jahr und Tag ein zackenförmiger Riss von der linken vorderen bis zur rechten hinteren Ecke lief, den sein Pa immer noch nicht verspachtelt hatte, und stöpselte seine Kopfhörer in die Ohren.

»Hi«, sagte er.

»Fuck«, sagte Leon. Im Hintergrund lief ziemlich lautstark »Gangsta's Paradise«.

»Bist du high?«, fragte Ben. Er dachte an die Bong in Leons Zimmer, fühlte den süßlich-erdig-bitteren Geschmack auf der Zunge, das Gefühl, wenn der Rauch in der Lunge festsaß und man ihn auf einen Schlag wieder rausließ. Die Watte im Kopf, der Lachflash, die verschobene Zeitwahrnehmung (eine Minute konnte sich ewig hinziehen, eine Stunde wie nichts verschwinden), das supergute Gefühl, nicht mehr Herr seiner Sinne zu sein, sondern ihr Sklave. Er zündete sich eine Zigarette an.

»Haha. Ja«, sagte Leon, und man hörte es auch an seiner Stimme, die tief und dumpf klang.

»Was rauchst du?«

»Bester Shit ever, Digga. Komm vorbei.«

»Kann ich nicht. Du weißt, dass ich bei meinem Vater bin.«

»Fuck. Mir geht's scheiße, Bro.«

»Wieso?«

»Ich bring ihn um.«

»Wen?«

»Pop. Ich hasse ihn.«

Tatsächlich war Leons Vater ein Idiot. Kam in Leons Zimmer rein und führte sich auf. »Was ist passiert?«, fragte Ben, obwohl es ihn nicht wirklich interessierte; es war ohnehin immer das Gleiche. Die beiden stritten wie die Kesselflicker um irgendeinen Scheiß.

»Egal«, murmelte Leon.

»Echt jetzt?«

»Komm einfach.«

»Kann ich nicht. Rauch was für mich mit.«

»Ich hab geile Spielzeuge, Boi.«

»Nenn mich nicht Boi, okay?«

»Ich hab Spielzeuge. Hammer.«

»Welche?«

»Zeig ich dir, wenn du kommst.«

»Okay. Cool.«

»Wann kommst du?«

»Keine Ahnung. In der Woche nicht mehr. Vielleicht am WE.«

»Mir geht's scheiße, okay? Manchmal will ich sterben. Sterben wär 'ne prima Alternative.«

»Hör auf.«

»Pop will mich in die Klapse schicken.«

»Das sagt er doch nur so. Leere Drohungen, Bro.«

»Es ist wahr. Aber das kann er nicht.« Leon lachte leise in Bens Ohr, aber nicht fröhlich, sondern in einem unheimlichen Tonfall, der Ben Gänsehaut verursachte.

»Okay«, sagte er langsam.

»Ich bin erwachsen. Er kann mir gar nichts.«

»Okay.«

Manchmal hatte Ben Angst vor Leon, dann wieder tat er ihm leid, dann mochte er ihn, dann wieder überhaupt nicht. Er beendete das Gespräch und machte auf dem Sofa Platz für Jimmy und seinen Pa, die *Tatort* gucken wollten.

Er machte sich Sorgen. Leon war nicht gut für ihn, aber alleinlassen konnte er ihn auch nicht, er war schließlich Leons einziger echter Freund. Freunde verließ man nicht einfach so. Man hatte Verpflichtungen. Ben seufzte. Trotzdem musste er sein Leben ändern. Irgendwie.

*

Nachts schlich sich Barbara aus dem Schlafzimmer und klopfte an Leons Tür. Als keine Antwort kam, drückte sie die Klinke runter. Entweder war abgeschlossen und/oder er schlief und/oder er hörte Musik mit seinem nagelneuen und unfassbar teuren Bluetooth-Kopfhörer, dessen sensationelle Funktionsweise (*detailreicher Sound, präzise Bässe*) inklusive sämtlicher technischen Details er nicht müde wurde, mit der Leon-eigenen Ausführlichkeit zu erläutern. Weshalb dieses Geschenk nicht nur für Leon ein Segen war, sondern auch für den rheinfeldschen Haushalt, denn es war der erste Kopfhörer, den Leon tatsächlich wenigstens nachts ab und zu benutzte, weil die Klangqualität angeblich sogar besser war als die einer CD.

Die Tür war nicht abgeschlossen. Leon lag in adidas-Shorts und T-Shirt auf dem Bett und hatte den Kopfhörer auf, aus dem leise quäkende Musik ertönte. Neben seinem Kopf befand sich Markus' Aschenbecher aus Rauchglas, gut gefüllt mit Kippen und einem abgebrannten, zerfledderten Joint. Es roch nach Zigarettenrauch, Alkohol und Dope. Ein Nachttischlämpchen brannte, sonst war es dunkel. Leon wandte den Kopf und sah Barbara einen Moment lang an, als würde er sie nicht erkennen. Die Nachttischlampe erleuchtete sein mageres Gesicht mit den sanften Augen. Er lächelte, seine Pupillen waren riesig, und sie sah sofort, dass er high war.

Egal.

Er hatte sich beruhigt, er fühlte sich besser, das war alles, was zählte.

In solchen stillen Momenten liebte Barbara Leon über alles, viel mehr als jeden anderen Menschen. Bevor Leon auf die Welt gekommen war, hatte sie gar nicht gewusst, dass es eine derart umfassende Zuneigung geben konnte, eine nagende Besessenheit, die einem alles abverlangte, einen schier aussaugte und dabei trotzdem so starke Glücksgefühle verursachte. Sie würde alles für ihn tun, sie würde sogar töten für ihn, und diese Überzeugung war herrlich und furchtbar, denn sie war häufig gekoppelt mit einer kaum erträglichen Hellsichtigkeit. Leon, ihr wunderbarer verlorener Sohn, würde es nicht schaffen, dieses Leben, diese Gesellschaft waren nicht für ihn gemacht oder er nicht für sie. Was aufs Gleiche herauskam.

Und dabei hatten sie alles versucht.

Sechs Schulen, die ihn nicht förderten, sondern auf die Straße setzten.

Zehn nervenschwache Schulbegleiter, von denen keiner länger als vier Monate durchhielt.

Der von der Jugendhilfe organisierte zweijährige Aufenthalt auf den Kanaren, der so hoffnungsvoll begonnen hatte und dann doch wieder abgebrochen worden musste, weil niemand von diesen therapeutischen Versagern mit wirklichen Herausforderungen zurechtkam.

Barbara stieg über auf dem Boden verstreute Waffenteile und näherte sich Leon, vorsichtig wie einem bissigen Hund. Schließlich setzte sie sich auf die Bettkante.

Sie machte eine Geste, dass er den Kopfhörer herunternehmen solle. Stattdessen sprach er den Text eines Songs, den er gerade hörte, laut mit – es ging über weißen Staub, voller Hass sein und einer Fahrt schwarz ins Paradies. Er grinste sie dabei an. Versuchte, sie zu provozieren, aber darauf ließ sie sich nicht ein. Diesmal nicht.

»Setz das mal ab«, sagte sie, ohne die Stimme zu erheben. Und tatsächlich machte er es nach ein paar Sekunden, legte den Kopfhörer neben sich auf die zerknüllte Decke, deren Bezug längst in die Wäsche gehörte. Die Musik mit dem harten, rhythmischen Sprechgesang lief weiter, leise und scheppernd wie aus einem uralten Transistorradio.

»Gefällt dir das?«, fragte Barbara.

»Nee, ich hör mir das an, weil ich es hasse.«

»Würde mich bei dir nicht mal wundern.«

»Interessiert dich das wirklich?«, fragte Leon. Er hatte sich aufgesetzt, sah sie nicht an, spielte mit einer kleinen Purpfeife herum. Er war so blass, so dünn, das machte sie so traurig.

»Ja, es interessiert mich wirklich«, sagte sie.

»Wieso?«

»Diese Typen verherrlichen Gewalt. Sie fahren mit Geländewagen rum, sind schwer bewaffnet, benehmen sich wie Gangster in brasilianischen Favelas. Das ist doch krank. Wieso stehst du auf so was?«

Leon lächelte anerkennend. »Du hast dich informiert.«

»Also, warum?«

Er überlegte, und Barbara hoffte, dass er nicht zu einem längeren Vortrag über Bedeutung und Historie des Raps im Allgemeinen und Besonderen aushole. Aber er sagte nur: »Denen geht es wie mir.«

»Wie dir?«

»Sie passen nirgendwohin. Fahren schwarz ins Paradies, weil ihnen keiner eine Fahrkarte gibt.«

3

Samstag, 12. Januar

KK Stettner hieß mit Vornamen Paul, wurde aber von seiner Frau und seinen engen Freunden Effe genannt. Effe kam von Effendi, und Effendi war ein Protagonist in *Irgendwie und Sowieso*, dem Stettner angeblich wahnsinnig ähnlich sah. Da es wahrscheinlich kaum einen hiesigen TV-Konsumenten zwischen zwanzig und achtzig gab, der die x-mal wiederholte Serie nicht kannte, war Stettner quasi gezwungen, sich anlässlich entsprechender Mottopartys eine dunkle Lockenperücke aufzusetzen und den bayerisch-marxistischen Philosophen und Frauenhelden wider Willen zu geben.

Nach ein paar recht geglückten Vorstellungen dieser Art, unterstützt von seinem Freund Karl, der kongenial den liebenswerten dicken Sir Quickly mimte, begann es ihm Spaß zu machen, den zur Schüchternheit neigenden Paul hinter sich zu lassen und in eine andere Identität einzutauchen. Effendi war ein cooler Typ mit einer attraktiv melancholischen Aura und vor allem immer ganz er selbst. Seine Komik war leise und vollkommen absichtslos. Wenn Stettner schwierige Vernehmungen vor sich hatte, versuchte er mittlerweile, sich ganz bewusst in den Effendi-Modus zu begeben. Und schon fiel es ihm leichter, selbst misstrauischste, maulfaulste Zeugen mit einem Strom harmlos-verquerer Sprüche derart einzulullen, dass sie redeten und redeten und manchmal gar nicht mehr aufhörten, und irgendwann zum Kern stießen, ohne dass sie es so richtig merkten. Das war für ihn die wahre Polizeiarbeit. Der Blick hinter die Kulissen und durch die Masken, der Moment, in dem Menschen nicht mehr spielten, sondern echt waren. Nackt. Verletzlich. Und ehrlich.

Man musste dann behutsam mit ihnen umgehen, sonst machten sie schnell wieder dicht. Man musste sie andererseits auch von den Teflon-Persönlichkeiten unterscheiden lernen, denen das Lügen so zur zweiten Natur geworden war, dass sie ehrlich wirkten, ohne es jemals gewesen zu sein. Die konnte man ruhig hart anfassen, da war ohnehin Hopfen und Malz verloren.

Als Stettner das Haus verließ, blendeten ihn sechs blinkende Polizeiautos und ein Notarztwagen mit eingeschalteten Scheinwerfern. Es war taghell. Nachbarn standen in Grüppchen hinter dem Trassierband, tuschelten und riskierten scheue Blicke. Ein Journalist, den Stettner kannte, kam auf ihn zu. Stettner schüttelte den Kopf, kein Kommentar. Ein Kollege namens Gerald Schneider von der Kripo Fürstenfeldbruck, mit dem er früher manchmal Squash gespielt hatte, vernahm vor dem silbernen Citroën Johannes Kellermann. Im Auto saßen die Tochter und die Freundin der Ermordeten und hielten sich in den Armen. Eine Therapeutin von der Krisenintervention stand untätig daneben und zitterte in der feuchten Kälte. Während Stettner auf das Grüppchen zuging, versuchte er, sich an ihren Namen zu erinnern. Er fiel ihm einfach nicht ein. Das war besonders peinlich, weil sie, wenn er sich recht erinnerte, seit einem feuchtfröhlichen Abend per Du waren.

Sie lächelte ihn an, und er lächelte beherzt zurück, hob die Hand.

»Hallo, Paul. Gutes neues Jahr!«

»Gleichfalls. Schön, dich zu sehen«, antwortete Stettner mit leicht übertriebener Herzlichkeit, sich auf diese Weise um den Namen herummogelnd. »Wie geht's dir?«

»Gut. Okay. Und dir?«

»Gut. Konntest du schon mit ihnen reden?« Er deutete mit dem Kopf auf die beiden Frauen im Wagen. Der Motor lief mit einem leise brummenden Leerlauf-Geräusch und produzierte stinkende Benzinwölkchen, aber jetzt war nicht der Moment, das zu sanktionieren.

»Die sind gerade beschäftigt. Ich will da nicht stören. Es gibt sicher noch Gelegenheiten …«

»Klar. Man sollte nichts überstürzen.« Sie hieß Christine, fiel Stettner endlich wieder ein. Christine, und wie weiter? Keine Ahnung, aber das war nicht so wichtig. Aus dem Augenwinkel nahm er wahr, dass sich die Frauen voneinander lösten, sich die Augen rieben, die Nase putzten. Er entschuldigte sich bei Christine und fragte den Kollegen Wagner, ob er die Vernehmung der Tochter übernehmen dürfe.

»Ich war als Erster am Tatort, die Meldung ging bei uns rein.«

»Du warst das? Bist allein ins Haus?«

»Mit Obermeier. Ich dachte, es ist Gefahr im Verzug, also …«

»Mutig, Paul. Nicht gerade nach Protokoll, aber Kompliment.« Schmidt sah sich um, doch von der Kripo war niemand zu sehen. »Klar«, sagte er schließlich. »Mach du das. Bist ja eh bald bei uns.« Er zwinkerte ihm zu, woraus Stettner schloss, dass sich seine Bewerbung in Fürstenfeldbruck schon herumgesprochen hatte. Und wenn sie sich herumgesprochen hatte, konnte er davon ausgehen, dass sie erfolgreich sein würde, inklusive einer möglichen Beförderung zum Kriminalhauptkommissar. Er straffte die Schultern.

Dann klopfte er vorsichtig an das beschlagene Seitenfenster. Christine trat neben ihn. »Kann ich zuerst mit ihr reden?« Stettner war die Verzögerung nicht recht, aber er nickte widerwillig und trat einen Schritt zurück. Er beobachtete, wie sich Christine in den Fond setzte. Die Tochter fing wieder an zu weinen. Christine legte ihr die Hand auf die zuckende Schulter und redete beruhigend auf sie ein. Ein paar Minuten vergingen, dann reichte sie eine Visitenkarte nach vorne, stieg wieder aus und winkte ihn heran.

»Kann ich?«

»Ja, sie ist einverstanden. Nimm sie nicht hart ran, sie ist alles andere als stabil.«

»Was denkst du denn von mir?«

Sie lächelte. »Ich denke, du machst das bestimmt sehr gut.«

*

Steffi drehte sich um, als der Polizist von vorhin ins Auto stieg. Er hatte ein freundliches Gesicht, das sie vage an einen Schauspieler erinnerte.

»Wie geht es Ihnen?«, fragte er behutsam, und sie sagte: »Na, wie schon?« – viel unfreundlicher, als sie beabsichtigt hatte, weil sie nicht wieder losheulen wollte. Sie schaute nach vorn und wischte sich mit der Hand über das Gesicht. Ihr ganzer Körper tat weh, die Tränen brannten in ihren zugeschwollenen Augen, ihr Hals war rau, und ihr Brustkorb schmerzte wie bei einer schlimmen Bronchitis, dabei war doch noch gar nicht klar, was genau passiert war.

Aber im Grunde, und das war das Schrecklichste an der ganzen Situation, wusste sie es schon. Es war so, als hätte sie es immer gewusst, und mit diesem Gefühl würde sie ab jetzt leben müssen. Dass sie es gewusst und nichts dagegen unternommen hatte.

»Soll ich hierbleiben, Süße?«, fragte Lydia neben ihr.

»Nein«, sagte Steffi heftig. Ein weiteres Wölkchen von

Lydias Lieblingsduft, irgendwas von Prada, das einigermaßen streng nach Patschuli roch, stieg ihr in die Nase.

»Ich schaff das allein«, fügte sie versöhnlicher hinzu. Lydia – die liebe Lydia, sie war nie beleidigt – drückte ihre Hand und stieg aus. Ein Schwall kalter Luft drang in den Wagen, dann fiel die Fahrertür zu. Sperrte alles, was da draußen war, aus. Steffi sah durch die Windschutzscheibe in das Lichtergewirr. Die Notärztin und zwei Sanitäter verließen das Haus, ohne Trage, ohne jemanden mitzunehmen, dafür betraten jetzt mehrere Menschen in weißen Kapuzen-Overalls das Grundstück. An der Schwelle zum Haus zog jeder von ihnen sorgfältig weiße Überzieher über die Straßenschuhe.

Steffi schloss die Augen. Sie wollte nichts und niemanden mehr sehen, nicht einmal Jo. Nichts und niemanden, dachte sie noch mal. Am liebsten würde sie sich hier, in dem geheizten Wagen, zusammenrollen und sich die nächsten drei Tage nicht mehr bewegen.

»Spurensicherung?«, fragte sie stattdessen nach hinten.

»Ja«, sagte der Polizist. Auch seine Stimme war angenehm. Eine Spur heiser, aber angenehm neutral. Kein Mitleid lag darin, jedenfalls nicht mit ihr. Sie verdiente auch keines. Wieder breitete sich der Eiskern in ihr aus, schien sich in ihrem Bauch zu vergrößern und wuchs bis in ihre Fingerspitzen und Haarwurzeln.

»Kann ich rauchen?«, fragte sie.

»Klar. Es ist Ihr Auto.«

»Es gehört Jo. Er hasst es, wenn ich drinnen rauche.«

»Damit wird er schon zurechtkommen.«

»Das sagen Sie.« Sie lächelte matt. Das Gefühl totaler Erschöpfung legte sie völlig lahm, aber dann griff sie in ihre Handtasche, wühlte darin herum und zupfte schließlich die Schachtel heraus. Das Feuerzeug fand sie nicht, wahrscheinlich hatte sie es wieder einmal zu Hause liegen gelassen. Und fast wäre sie ausgerastet über diese zusätzliche Katastrophe, doch plötzlich gab der Polizist ihr von hinten Feuer. Sie nahm einen tiefen Zug und überlegte, ob sie wenigstens das Fenster aufmachen sollte, ließ es dann aber sein.

Die Zigarette schmeckte gut, füllte sie mit Wärme, und der Rauch, der sich im Auto ausbreitete, erinnerte sie an früher, als Markus noch geraucht hatte und alle Zimmer danach rochen …

Sie machte das Fenster auf und warf die Zigarette raus. Nie wieder. Sie würde nie wieder rauchen, so viel stand fest.

»Verhören Sie mich jetzt?«, fragte sie.

»Das ist eine Zeugenvernehmung«, verbesserte sie der Polizist.

»Oh! Gut. Das klingt besser.«

»Es ist näher an der Wahrheit dran.«

Steffi stellte den Rückspiegel so ein, dass sie sein Gesicht sehen konnte. Es war gelassen, fast gleichmütig. »Kommen Sie nach vorn«, sagte sie. »Neben mich.«

»Das ist in Ordnung?«

»Soll ich mich etwa durch einen Rückspiegel *vernehmen* lassen?«

Sie hörte etwas, das wie ein leises Lachen erschien, und ein paar Sekunden später saß er neben ihr und stellte sich vor. Kriminalkommissar Paul Stettner. Sie nickte zu dieser Information und vergaß sie sofort wieder, nur nicht, dass er Kommissar war. Also wusste sie wenigstens, wie sie ihn anreden musste. Oder doch nicht? Herr Kommissar? Wie bescheuert klang das denn!

Der Kommissar fragte sie nach ihrem Namen, ihrer Adresse, ihrem Familienstand und *belehrte* sie anschließend, wie er es ausdrückte. Die *Belehrung* lautete, dass sie ihm die

Wahrheit sagen müsse, dass sie nichts dazuerfinden und auch nichts weglassen dürfe.« »Sollten Sie durch Ihre Aussage sich selbst oder einen Angehörigen belasten, können Sie die Aussage verweigern. Haben Sie das verstanden?«

»Gehört das auch zur Belehrung?«

»Ja. Haben Sie das verstanden?«

»Okay. Ja.«

»Möchten Sie aussagen?«

»Ja.«

»Darf ich Ihre Aussage aufnehmen?«

»Wenn Sie mir endlich sagen, was passiert ist.«

»Sie sind Stephanie Kellermann, geborene Rheinfeld, die Tochter von Barbara und Markus Rheinfeld und die Schwester von Leon Rheinfeld?«

»Ja. Sie sind alle tot, oder?«

»Es tut mir sehr, sehr leid. Für solche Fälle haben wir die Kriseninterventionsstelle der Polizei. Es wäre sehr ratsam, sich mit ihr in Verbindung zu setzen.«

»Das war die Frau eben, die mir ihre Karte gegeben hat?«

»Ganz genau. Sie ist wirklich gut, wir arbeiten schon sehr lange mit ihr zusammen.«

»Leon hat sie erschossen.« Steffi sagte diesen unerhörten, unfassbaren Satz erst ganz locker, und in der nächsten Sekunde war es, als würde er sie erwürgen.

»Das glauben Sie? Warum?«

»Und dann sich selbst.« Die Schlinge zog sich dichter um ihren Hals.

»Wie kommen Sie darauf?«

»Es war doch so, oder?«

»Das ist Gegenstand der Ermittlungen, das können wir jetzt noch nicht sagen.«

»Aber sie sind erschossen worden, oder?«

»Wir informieren Sie, sobald wir mehr wissen.«

»Ach, seien Sie nicht so. Bitte.«

Sie sah nach vorne, weil Bewegung in die Szenerie geraten war. Der Notarztwagen stieß zurück und entfernte sich, an seiner Stelle parkte nun ein ziviler Pkw. Zwei Männer stiegen aus und hielten ihre Ausweise in die Höhe. Die uniformierten Beamten, die nun überall herumstanden – man wusste gar nicht, wo die plötzlich alle herkamen, irgendwo musste hier ein Nest sein –, ließen sie passieren. Auch diese beiden Männer stiegen in weiße Overalls, die offenbar jemand vorsorglich auf die Haustürschwelle gelegt hatte.

»Und? War es so?«, fragte Steffi, als keine Antwort erfolgte.

»Ich kann Ihnen zum jetzigen Zeitpunkt nicht mehr sagen. Um ehrlich zu sein, wissen wir kaum mehr als Sie. Aber noch mal zu Ihrem Bruder. Warum denken Sie, dass er es war?«

Steffi wandte den Kopf und fixierte das Profil des Kommissars, dessen Namen sie sofort wieder vergessen hatte.

»Ich habe Leon geliebt«, sagte sie. »Er war krank, er war oft ganz furchtbar, aber er war mein Bruder, und ich hab ihn geliebt.«

»Was meinen Sie mit krank?« Jetzt sah er Steffi direkt an, und am liebsten hätte sie gar nichts gesagt, aber nun war es auch egal. »Krank im Kopf«, antwortete sie. »Meine Eltern – meine Mama –, sie haben alles versucht. Aber er war einfach nicht zu bändigen. Was hätten sie tun sollen? Ihn abschieben in eine geschlossene Anstalt? Einen erwachsenen Mann, der nicht einsieht, dass er Hilfe braucht?«

»Ich verstehe.«

»Nein, das verstehen Sie nicht. Niemand versteht das.«

Es gab eine Pause. Man hörte Stimmen jenseits ihres warmen Kokons aus Blech und Glas, leichter Benzingeruch drang ins Auto; jemand rief etwas, das Steffi nicht verstand. Nach einer Zeit, die ihr ewig vorkam, sagte der Kommissar: »Ich muss Sie fragen, wo Sie in den letzten beiden Tagen gewesen sind und was Sie getan haben.«

Steffi nickte. Ihr Kopf war so leer wie die Wüste Gobi. Sie hatte keine Ahnung, wo sie gewesen war und was sie getan hatte.

»Ich war jedenfalls nicht hier, um es zu verhindern.« Und dann begann sie doch wieder zu weinen, diesmal so schlimm und qualvoll, dass sie unfähig war, noch ein weiteres Wort rauszubringen. Sie bekam noch mit, dass der Kommissar seine Hand auf ihren Arm legte und verschwand und dass sich Jo an seine Stelle setzte.

Und dann fuhren sie nach Hause. Jo weinte fast die ganze Fahrt über, und sie liebte ihn dafür, auch wenn es keinen Trost gab, nirgends.

*

Stettner fuhr nach der Zeugenvernehmung heim, aber nur, um seiner Frau Bescheid zu sagen, dass es eine lange Nacht werden würde. Er wusste, dass sie sich darüber ärgern würde, deswegen wollte er ihren Unmut lieber jetzt sofort live und in Farbe hinter sich bringen, statt ihn tagelang schwelen zu lassen, bis es zu einem dramatischen Ausbruch käme. Seine Frau hieß Juliane, hatte aber irgendwann in ihren Zwanzigern die Idee, sich fortan Giulia zu nennen und das in ihren Pass eintragen zu lassen, sogar mit dieser Schreibweise, was Stettner ein bisschen peinlich fand. Weshalb er die Anrede künftig mied, obwohl der Name tatsächlich viel besser zu ihr passte. Giulia war mindestens so temperamentvoll wie eine Sizilianerin, obwohl sie aus Weilheim stammte.

Stettner wohnte mit ihr und ihren beiden Kindern in einem Reihenhaus im Osten der Stadt, das sie mithilfe ihrer beiden Eltern gekauft hatten, bevor die Preise in die Höhe geschossen waren. So waren sie mittlerweile auf dem Papier wohlhabend, aber da sie den Gewinn nicht realisieren konnten – es gab mittlerweile keinen anderen bezahlbaren Wohnraum mehr –, stotterten sie weiter den Kredit ab. Dabei war das Haus für eine vierköpfige Familie mit zwei lebhaften Kindern fast zu klein.

Stettner schloss die Tür auf, zog sich die Schuhe aus und ging auf dem knarzenden Dielenboden so leise wie möglich ins Wohnzimmer, wo eine *Tatort*-Folge aus der Mediathek lief, die sie letzten Sonntag verpasst hatten. Seine Frau liebte vor allem den Münchner *Tatort* mit Batic und Leitmayr, und Stettner verzichtete schon lange darauf, ihr zu erklären, was daran alles nicht stimmt.

»Hallo Schatz«, sagte er und setzte sich neben sie auf das Sofa, wo sich Giulia mit angezogenen Knien in eine flauschig aussehende Decke eingekuschelt hatte. Auf dem Glastisch vor ihr stand ein mehr oder minder leeres Glas Weißwein. Sie sah ihn aus halb geschlossenen Augen an. Es war nicht ganz klar, ob sie müde oder sauer war. Vielleicht beides; der Kinobesuch war ausgefallen, und er hatte nicht mal die Zeit gehabt, ihr zu erklären, warum. Und nun saß sie allein vor dem Fernseher statt mit ihm zusammen.

»Was?«, fragte sie unwirsch.

»Tut mir leid«, sagte er.

»Wieso sitzt du so komisch da?«

»Ich sitze nicht komisch da, ich sitze ganz normal.«

»Du sitzt auf dem Rand der Couch, wie jemand, der gleich wieder aufspringt und losstürmt.«

Stettner seufzte. Das Gespräch lief irgendwie in die falsche

Richtung. Giulia wickelte sich langsam aus ihrer Decke und kuschelte sich an ihn wie eine Katze. Er umarmte sie, schlug die Decke um sie beide und vergrub seine Nase in ihren Haaren. Müdigkeit überkam ihn, obwohl es noch gar nicht spät war, nicht einmal zehn. »Ich muss wieder los«, murmelte er.

»Was?«

»Leider.«

Sie wurde starr unter seinen Händen. Schließlich setzte sie sich auf, zog ihm die Decke weg und verkroch sich in die andere Ecke der Couch. »Bist du wieder Mr Wichtig?«

»Komm schon, Schatz …«

»Mr-Ohne-mich-kommen-die-Jungs-nicht-klar?«

»Hör auf.«

Er wusste, dass sie recht hatte. Sein Ehrgeiz, den er bis zu ihrer Ehe nie hinterfragt hatte, gehörte zu ihm wie seine Sommersprossen, sein Bauchansatz, der allen Fitnessübungen widerstand, und seine drahtigen Locken, die kein Styling-Produkt der Welt bändigen konnte. Die Kollegen der Kripo Fürstenfeldbruck konnten die Ermittlungen weiterführen – ohne ihn. Er hatte sich dorthin beworben, aber es gab noch kein Go; es sah gut aus, alles in allem, aber sicher war gar nichts. Fürs Erste würde es vollkommen reichen, einen Bericht zu schreiben, aber ihm war das nicht genug. Er wollte – was eigentlich?

Dabei sein. Da, wo die Action abging.

Er wollte dabei sein. Punkt.

Aber das konnte er Giulia nicht so sagen, das wäre Wasser auf ihre Mühlen gewesen.

»Ich muss einen Bericht schreiben«, sagte er stattdessen.

»Einen *Bericht*«, äffte sie ihn nach. »Hat wieder jemand falsch geparkt in deinem *Revier*?«

Langsam wurde er ärgerlich, und das machte die Sache

letztlich leichter.« »Ich hab dir schon am Telefon gesagt, dass in meinem *Revier* drei Leute umgebracht worden sind. Okay? Drei. Leute. Tot. Die liegen da in einem Haus. Erschossen. Und das heißt: Jemand muss sich darum kümmern.«

»Aber nicht unbedingt du.«

»Doch, genau ich. Ich hatte nämlich zufällig Dienst, als das gemeldet wurde, ich war mit Obermeier der Erste, der die Leichen gesehen hat, und deswegen muss ich einen Bericht schreiben und für weitere Fragen zur Verfügung stehen. Das läuft so in meinem Job.«

»Schrei nicht so, du weckst die Kinder auf.«

»Ich schrei nicht.«

»Tust du wohl.«

»NEIN.«

»DOCH.«

Stettner stand auf und sah auf Giulia herunter, über die er sich manchmal so aufregte, dass ihn die Wut zu überwältigen drohte. Aber das hieß nicht, dass er ohne sie klarkommen würde. Sie sah hoch zu ihm, und irgendwas veranlasste sie, seine Hand zu nehmen.

»Drei Leute?«, fragte sie.

Stettner nickte. »Eine Familie«, sagte er.

»Wow. Das ist schrecklich.«

»Ja.«

»Erweiterter Suizid?«

»Das wissen wir noch nicht.«

»Ich halt dir das Bett warm.« Das war ihr persönlicher Code für: Du bist und bleibst ein Idiot, aber ansonsten ist alles in Ordnung mit uns.

Ein paar Minuten später fuhr Stettner über Unterbrunn, Geisenbrunn und Gilching nach Fürstenfeldbruck. Der Nebel hing so tief und war so dicht, dass er stellenweise mit vierzig Stundenkilometern dahinschleichen musste. Ein paarmal verfluchte er sich selbst. Er hätte den Bericht ganz gemütlich auch in seinem eigenen Revier schreiben können und dann an die Kollegen mailen können, aber er wollte ja unbedingt dort sein, wo alle waren. Wo die Entscheidungen getroffen werden würden.

Später würde sich Stettner immer wieder fragen, wann es angefangen hatte. Wann ihn die schwarze Braut zum ersten Mal besucht oder zumindest ihren Schatten vorausgeworfen hatte. Für ihn würde die schwarze Braut kein abstraktes Sinnbild für irgendwas sein, er würde sie vielmehr in seinen schlimmsten Momenten ganz konkret vor sich sehen: eine Frau ohne Gesicht, die ihren finsteren Schleier über ihn warf, der innerhalb von Millisekunden alles eintrübte, seine Bewegungen verlangsamte und ihm jegliche Kraft raubte. So lange, bis er sich gar nicht mehr vorstellen konnte, wie sich Lust, Energie und Lebensfreude anfühlten.

Vielleicht begann es wirklich schon auf der Fahrt nach Fürstenfeldbruck, über nass schimmernde Straßen, vorbei an Häusern, die im Scheinwerferlicht schemenhaft auftauchten und wieder verschwanden wie Trugbilder. Kein Fenster erleuchtet, alle verrammelt, als wären die Besitzer ausgewandert und hätten Geisterdörfer zurückgelassen. Es war niemand unterwegs, außer ein paar entgegenkommende Autos.

Stettner kam sich vor wie der letzte Mensch auf der Welt, und das war ein unheimlicher Gedanke, der ihm überraschend stark an die Nieren ging. Andererseits hatte das Land schon immer diese Wirkung auf ihn gehabt. Land war etwas Schönes im Hochsommer am See, beim Rafting in tiefen Schluchten oder beim Skifahren auf sonnigen Pisten mit weitem Blick über das Gebirgspanorama. Den weitaus größeren

Rest des Jahres war das Wetter allerdings mäßig bis schlecht und Land in Stettners Augen dann eine unromantische Ansammlung schmuddelig aussehender Äcker, unterbrochen von kastigen Gewerbeimmobilien, lärmenden Sägewerken und Großbauernbetrieben, auf deren schlampig asphaltierten Vorplätzen gigantische lehmbespritzte Traktoren auf ihren Einsatz warteten.

Er seufzte, ohne es zu merken. Dann wurde es endlich heller, belebten sich die Straßen, saßen Leute in Restaurants oder rauchten in Grüppchen vor Kneipen, und Stettner atmete auf.

Zwei Stunden später hatte er seinen Bericht im Büro eines Kollegen geschrieben. Anschließend nahm er an der allerersten Sitzung teil, um seine Ergebnisse in der Runde vorzutragen. Sie waren nicht viele, insgesamt fünfzehn Kollegen, aber man spürte jene sirrende Spannung, die alle Beteiligten zuverlässig befiel, wenn es so aussah, als würde ein Fall richtig groß werden. Dieser hier hatte das Potenzial dazu, nationale Schlagzeilen zu machen. Und das lag unter anderem an den Erstermittlungen Stettners.

Er fühlte sich gut. Er stand auf und griff nach seinen Unterlagen.

*

Als sie zu Hause angekommen waren, klingelte Steffis Handy. Eigentlich wollte sie nicht rangehen, aber dann sah sie, dass es Susanne war, Mamas engste Kollegin und mindestens zweitbeste Freundin. Irgendwann würde sie sowieso mit ihr reden müssen, also warum nicht jetzt.

»Hi Susanne«, sagte sie, während sie langsam ins Wohnzimmer ging, steif wie eine alte Frau. Sie setzte sich auf ihren Lieblingsplatz, ein mit Kissen und Polstern bestücktes breites Fensterbrett mit Blick auf die Terrasse. Im Hintergrund sah man die Kuppel der Münchner Frauenkirche. Sie streckte ihre Beine aus und spürte, wie die Anspannung langsam aus ihr wich und einer Traurigkeit Platz machte, die sie ganz weit nach unten zog, bis sie sich fühlte, als wäre sie auf dem Grund eines Schachts angelangt.

»Liebes! Ist es wahr?« Susannes Stimme klang verweint, und aus irgendeinem Grund nahm Steffi ihr das übel. Als hätte Susanne kein Recht zu trauern, als wäre das allein ihre Angelegenheit.

»Ja«, sagte sie.

»O mein Gott. O mein Gott!«

»Woher weißt du … Wie hast du's erfahren?«

»Es steht schon überall, Liebes. Überall im Netz.«

»Okay. Scheiße.«

»Hast du … hast du …«

»Nein, nicht ich. Lydia.«

»Lydia?«

»Sie ist hochgegangen. Sie hat Markus gefunden. Dann haben wir die Polizei gerufen.«

»Ich hab's immer geahnt. Ich wusste immer, das geht nicht gut.« Jetzt weinte Susanne richtig.

Steffi schwieg, um nicht zu sagen: Dann hättest du halt was unternommen, denn dieser Vorwurf wäre direkt auf sie selbst zurückgefallen.

»Susanne?«

»Ja, Liebes?«

»Können wir morgen sprechen?«

»Natürlich. Kommst du zurecht? Ist Jo da?«

»Ja. Und ja, Jo ist da.«

»Du hast's gut. Ich sitze hier ganz alleine, und diese Bilder … diese Bilder … ich krieg sie nicht mehr aus dem Kopf …«

Steffi lehnte den Kopf an den Fensterstock. Vor dem Fenster setzte Schneegriesel ein, winzige glitzernde Eiskristalle, die reglos in der Luft zu schweben schienen, so leicht waren sie.

»Tut mir leid«, sagte sie und konnte nicht verhindern, dass das ironisch klang. Susanne bezeichnete sich selbst gern als ausgewiesene Empathin, aber Steffi fand, dass *Achtsamkeit* mehr sein sollte, als das Umfeld im Zehnminutentakt über die eigenen Gefühle zu informieren.

»Bis morgen, okay?«

»Ja, Liebes. Ich werde versuchen zu schlafen.«

»Mach das.«

Sie drückte Susanne weg, ohne auf eine Antwort zu warten. Der einzige Vorteil, wenn man in Trauer war: dass man keine Rücksicht auf andere nehmen musste.

*

»Der Junge war total verrückt, ja?«

»Natürlich können wir das noch nicht sicher sagen …«

»Gute Arbeit, äh …«

»KK Stettner.«

»Stettner, richtig. Solche Leute brauchen wir. Sie haben die Zeugin geknackt, und das in einer psychischen Ausnahmesituation.«

»Also …«

»Stellen Sie Ihr Licht nicht unter den Scheffel!«

»Nein, der Punkt ist, sie war zu dem Zeitpunkt in einer psychischen Ausnahmesituation, und …«

Fünfzehn Kollegen sahen ihn an, und Stettner fiel nicht mehr ein, wie er diesen Satz zu Ende bringen könnte. Was er dachte, war, dass die Frau unter Schock gestanden hatte und dass er sich mies vorkam, ihre Verzweiflung ausgenützt zu haben. Es wäre allerdings nicht professionell gewesen, so etwas vor fünfzehn Leuten zu sagen, die er überhaupt nicht kannte.

Er riss sich zusammen und fing noch mal von vorne an.

»Die Frau stand völlig neben sich. Ich weiß nicht, inwiefern wir ihren Verdacht ernst nehmen sollten. Ich denke, wir stehen ganz am Anfang der Ermittlungen.«

Das war gut. Alle nickten beifällig, auch der Chef. Im Grunde hatten sie nämlich alle die Hoffnung, dass der Fall nicht gar so einfach sein würde.

Erweiterter Suizid. Wie tragisch. Wie langweilig.

Der Pressesprecher meldete sich. »Was kann ich den Medien sagen? Die rennen mir die Bude ein.«

Der Chef antwortete mit einem Blick auf Stettner: »Wir stehen am Anfang der Ermittlungen.«

4

Fünf Wochen vor der Tat

Seit ein paar Jahren joggte Barbara jeden Morgen, egal wo sie sich befand und wie das Wetter war, selbst im Urlaub am Strand, selbst bei Schneetreiben in den Bergen. So war Barbara, so kannte man sie. Wenn sie etwas angefangen und für gut befunden hatte, integrierte sie das in den Kosmos ihrer Gewohnheiten, und dann konnte sie niemand mehr davon abhalten, auch nicht Markus. Schon gar nicht Markus.

Aber sie nahm insofern Rücksicht, als sie immer erst loslief, wenn Markus bereits auf dem Weg nach München zu seinem Fernsehsender war, wo er als Toningenieur arbeitete. Und an den Wochenenden schlich sie sich ganz früh aus dem Schlafzimmer, ihre Joggingschuhe in der Hand, um zurück zu sein, sobald Markus wach wurde.

Heute war ein müder, verhangener Dezemberdienstag, und Barbara wachte trotzdem um sechs Uhr mit einem Lächeln auf. In dieses frühmorgendliche Lächeln hatte sich Markus einst verliebt. Wie konnte man eine Frau nicht heiraten, die schon glücklich aussah, bevor sie den ersten Kaffee ans Bett bekam? Das fragte Markus manchmal rhetorisch in die Freundesrunde hinein und legte nach diesem, für Barbaras Geschmack ein bisschen zu intimen Geständnis den Arm um sie und drückte sie sehr fest an sich. Wie in einem Schraubstock fühlte sie sich manchmal in diesem Griff, ihre an sich eher breiten Schultern ganz schmal gepresst, aber natürlich machte sie dabei immer gute Miene, das war bei Markus ganz wichtig.

Er war so furchtbar empfindlich, man musste wahnsinnig aufpassen, um ihn nicht auf dem falschen Fuß zu erwischen.

Woran denkst du, wenn du lächelst?, hatte einmal eine Freundin in einer derartigen Situation gefragt, und Barbara hatte ein bisschen verlegen geantwortet, dass sie es nicht wisse. Und so war es auch. Sie hatte keine Ahnung, wo diese merkwürdige gute Laune zu Tagesbeginn herkam, es hatte jedenfalls nichts mit irgendwelchen Träumen zu tun, und sie fand es sowieso nicht gut, wiederholt für etwas gelobt zu werden, das vielleicht einfach nur ein komischer emotionaler Zufall war.

Doch heute war alles anders, nämlich trotz des trüben Wetters ein besonders erfreulicher Morgen, denn sie war allein zu Hause. Ganz allein, bis auf Bodi, der diese Nacht auf Markus' Seite hatte schlafen dürfen. Markus befand sich seit gestern auf einem mehrtägigen Außendreh, Leon seit Sonntagabend für zwei Wochen im Wohnheim neben der Berufsschule in Stuttgart. Solche Tage, hatte sie gestern ihrer Freundin Susanne per WhatsApp gestanden, seien eine willkommene Auszeit.

So ähnlich wie Ferien.
Dann lass uns das morgen Abend feiern!
Puh! Ja, warum nicht?
Um acht bei unserm Italiener?
Okay!
Freu mich!
Dito! Kuss!

Barbara stand auf, schälte sich aus ihrem Pyjama und zog ihre Sportklamotten an. Bodi hechelte und wedelte um sie herum, in freudiger Erwartung seines Frühstücks und eines Waldlaufs danach. Er legte sich auf den Rücken und ließ sich mit genussvollem Brummen ausgiebig den Bauch rubbeln.

»Komm, mein Schatz«, sagte Barbara schließlich und schnalzte mit der Zunge. »Ab in die Küche.«

Sie gab Bodi sein genau abgemessenes Futter in den Napf aus blau glasiertem Ton, den ihre Freundin Lydia extra für ihn getöpfert hatte. Sie selbst trank nur ein Glas Wasser und betrachtete ihren Hund, den nichts so sehr interessierte wie die nächste Mahlzeit. Das lag an der Rasse; Golden Retriever, hatte sie in der Hundeschule gelernt, besaßen kein Sättigungsgefühl. Sie waren immer hungrig. Weswegen man sie kurzhalten musste, sonst wurden sie fett und starben früh.

»Los geht's, mein Schatz.«

Barbaras Praxis öffnete erst um halb neun, also würde sie heute die große Runde machen, vielleicht mit einem Abstecher bei Friedrich, falls er schon wach war.

Die Luft war klamm, der Weg kam Barbara beschwerlicher vor als sonst. Reste von Herbstlaub lagen platt und schmuddelig auf dem Asphalt. Sie lief auf der Straße an den parkenden Autos vorbei, bis sie den Waldweg erreichte. Bodi rannte ausgelassen um sie herum. Die blattlosen Bäume ragten wie Skelette in den grauen Himmel, ein paar Krähen flogen kreischend über sie hinweg. Es ging leicht bergauf bis zu dem Golfclub, dann konnte man entweder umdrehen oder noch ein Stückchen weiter die Anhöhe hoch und wieder zurück zum Golfclub und dann heim. Das war die große Runde.

Ihr Telefon klingelte. Bestimmt Markus, dachte sie, und ging gerade extra nicht ran. Markus, der Kümmerer, ach, das war ja schon süß, aber jetzt musste er mal ohne sie auskommen. Sie mochte es nicht, wenn er sie beim Laufen störte, er hasste es, wenn sie allein im Wald unterwegs war. Argumente wie die unbestreitbare Tatsache, dass sie dort so gut wie nie allein war, sondern fast immer auf Gleichgesinnte traf – man winkte sich zu und ließ sich ansonsten in Ruhe –, ließ er nicht gelten. Auch nicht, dass hier in den letzten hundert Jahren kein einziger Vergewaltigungs- oder gar Mordfall bekannt geworden war.

Sie hörte ihren Atem, ein und aus, ein und aus im Rhythmus ihrer Schritte. Sie warf den Kopf zurück, ihr feuchter Pferdeschwanz klatschte auf den Rücken, eine unbewusste Bewegung, wie ein scheuendes Pferd. Markus war, wie er war, und sie hatte ihn genau so haben wollen, oder etwa nicht? Zuverlässig, hilfsbereit, lustig, fürsorglich und manchmal ganz furchtbar anstrengend für jemanden wie sie. Eine ausgewachsene Eigenbrötlerin, die sich bemühte, es allen recht zu machen, aber immer wieder feststellte, dass ihre Mühen nicht ausreichten.

Und dann gab es eben Stress.

Puh.

Die Feuchtigkeit lag als unangenehm kalter Film auf ihrem Gesicht, aber die Luft war wunderbar frisch, roch erdig nach Blättern, Holz, nassem Moos und überreifen Pilzen. Sie schaute im Laufen auf ihren Fitnesstracker am Handgelenk und stellte fest, dass sie zu schnell geworden war; Puls auf 178, Sauerstoffsättigung knapp 95. Sie lief langsamer, schließlich im Schritttempo. Es ging jetzt ohnehin bergab, und sie musste aufpassen, um nicht auszurutschen. Als der Golfplatz wieder vor ihr auftauchte, machte sie einen Schlenker nach links, zu einem kleinen Nebengebäude. Es war erst Viertel vor sieben, noch Zeit für einen Kaffee mit Friedrich.

Friedrich war der Hausmeister des Golfclubs und ein ehemaliger Klassenkamerad von Barbara. Niemand wusste *von* ihm und schon gar nicht von ihren gelegentlichen Besuchen *bei* ihm, nicht einmal Susanne oder Lydia, ihre engsten Freundinnen. Das war ihr kleines Geheimnis, vollkommen harmlos, fand sie, also *fast* vollkommen harmlos, weshalb es auch keinen Grund gab, irgendjemandem davon zu erzählen.

Sie klingelte an der niedrigen Holztür, wo nur Friedrichs Name stand. Es gab noch eine weitere Wohnung über ihm, aber sie war nicht vermietet. Neben ihr hechelte Bodi mit weit heraushängender Zunge. Er hatte sich ziemlich eingesaut, sein Bauch war ganz schwarz, wahrscheinlich von einer Pfütze, aber glücklicherweise hatte Friedrich das noch nie gestört.

Friedrich öffnete nach einer knappen Minute. Er war so alt wie sie, sechsundfünfzig, sah aber mit seiner ergrauten, struppigen Mähne älter aus. Erst wenn er grinste, war er wieder der Friedrich von früher, der Strizzi, wie man damals sagte, der Schrecken aller Lehrer, der vor nichts Angst hatte, nichts ernst nahm und bei dem man sich immer sicher fühlte.

»Hallo, Schöne«, sagte Friedrich. Er trug Jeans und einen grauen, löcherigen Strickpullover und bat sie und Bodi mit seiner typischen ironisch-grandseigneurmäßigen Verbeugung herein. Bodi wedelte freudig in Erwartung eines Leckerlis.

*

Während Leon im Unterricht saß, ploppte eine WhatsApp-Nachricht bei ihm auf. Sie stammte von einem Freund, der eigentlich Simon hieß, aber von Leon nur Honk genannt wurde, weil er ein Idiot war. Während sich der Lehrer lang und breit über das Thema Waffenreinigung ausließ, schaute sich Leon das geschickte Video an. Es war ziemlich lang und zeigte einen Jungen beim Zugsurfen, vermutlich an einem Güterzug. Der Junge hielt sich mit einer Hand an einem Griff außerhalb der geöffneten Tür fest, beide Beine standen auf der Schwelle, die andere Hand hing frei. Der Zug fuhr ziemlich schnell, vorbeiziehende Bäume und Büsche waren nur als schemenhafte grün-braune Streifen zu sehen. Dann verschwand der Junge ganz plötzlich. Man konnte nicht sehen, ob er überrollt oder nur gestürzt war. Vielleicht hatte ihn auch ein Pfosten oder etwas Ähnliches einfach abgestreift; tödlich war der Unfall auf jeden Fall, nahm Leon an. Man wusste nur nicht, wie blutig sich das Ganze gestaltet hatte, weshalb das Video eine ziemliche Enttäuschung war.

Komm schon, Honk. Das geht noch besser.

Ok. Wie ist das hier?

Eine zweite WhatsApp, ein zweites Video, wieder von Honk. Diesmal sah man ein Hochhaus, davor eine Menschenmenge. Ganz oben stand jemand, der sich offenbar herunterstürzen wollte. Die Menge schrie irgendwas, einige sah man applaudieren, und dann fiel die Person tatsächlich, und die Kamera verfolgte sie, bis sie auf dem Boden aufkam. Der Körper schien aufzuplatzen, doch bevor man mehr sehen konnte – das ganze Blutbad –, endete der Film. Aber immerhin besser als das erste.

Du steigerst dich.

Dann sieh mal das hier. Voll krass.

Ein Fitnessstudio. Ein Mann, der mit einer sichtlich schweren Hantel auf ein vielleicht sechsjähriges Kind einprügelte, bis es aus mehreren Wunden blutete. Das immerhin ließ an Deutlichkeit nichts zu wünschen übrig.

Ja, krass, Alter. WOW

Noch mehr?

Später.

Leon war nervös, und wenn er nervös war, dann war das nicht wie bei anderen Leuten. Andere Leute konnten sich zusammenreißen, keine Ahnung, wie sie das anstellten, er schaffte das nicht. Sein Körper machte, was er wollte, als wäre er kein Teil von Leon, sondern von ihm abgespalten. Sein Körper gehorchte ihm nicht, und seine Gefühle erst recht nicht. Eine Zeit lang hatte sich Leon mit Besessenheit befasst – vielleicht war ja tatsächlich so etwas wie ein Dämon in ihm –, aber dann hatte er das wieder aufgegeben, weil ihn die bloße Beschäftigung noch mehr aufregte.

Er bemühte sich zuzuhören, obwohl der Dozent, ein dicker, kleiner Glatzkopf, Dinge erzählte, die Leon längst zu wissen glaubte, aber in den Momenten, wo es darauf ankam, oft nicht abrufen konnte. Heute aber schon, heute war ein guter Tag. »Die Brünierung der metallischen Oberflächen von Waffen sorgt nicht nur für eine ansprechende Optik, sondern dient in erster Linie ... Wozu?«

Ein Mitschüler meldete sich. »Korrosionsschutz«, sagte er. Der Mitschüler hieß Manuel. Leon und er tauschten sich häufig über Waffen aus. Sonst hatten sie nicht viel miteinander zu tun. Manchmal gingen sie ein Bier trinken, manchmal kifften sie auf dem Mäuerchen vor dem Wohnheim.

»Ganz richtig, Manuel. Dabei handelt es sich nicht um eine Schicht, die aufgetragen wird wie ein Lack, sondern um eine Oberflächenveränderung des Metalls, bei der sich eine schwarze oder dunkelblaue Mischoxidschicht aus FeO und Fe_2O_3 bildet.«

Leons Geist flitzte davon, produzierte Bilder von erlesener Grausamkeit. Er knibbelte an seinen ohnehin schon abgekauten Fingernägeln, um die Anspannung abzubauen, gegen die nur Pot und MDMA halfen, und davon immer höhere Dosen. Er sah auf die Uhr über der Tür, deren Zeiger sich nicht fortbewegte. Er hatte Lust, sich in die Hand zu beißen, richtig fest, bis es blutete, wusste aber mittlerweile, dass ihn das direkt in die Klapse bringen würde, oder zumindest, dass der Rest der Welt denken würde, dass er da reingehörte.

Was in gewisser Weise aufs Gleiche herauskam.

Niemand verstand seinen täglichen Kampf gegen das, was in ihm tobte. Niemand konnte ihm helfen. Er war ein einundzwanzigjähriger Mann, der immer noch bei seinen Eltern wohnte, und soweit er das einschätzen konnte, würde sich das in diesem Leben nicht mehr ändern. In diesen Momenten gnadenloser Klarheit sah er seine Klassenkameraden, die meisten jünger als er, erwachsen werden, heiraten, Kinder zeugen, ihren Job machen oder auch etwas ganz anderes. So stumpf und dumpf wie sie alle waren, sie würden klarkommen. Alle. Irgendwie. Er nicht. Er war nicht mal in der Lage, das von der Schule seit Monaten geforderte Berichtsheft fertigzustellen.

Jemand wie er war nicht für diese Welt bestimmt, aber er würde sie trotzdem nicht so einfach verlassen. Wenn er gehen würde – und das würde er –, dann mit einem Knall, den die Welt, die ihn so schmachvoll im Stich gelassen hatte, nicht so schnell vergessen würde. Und ein paar Leute würde er mitnehmen, das stand fest.

»Leon?«

Leon starrte wieder auf die Uhr, ein rundes Ding mit einem Rand aus blinkendem Metall. Es kam darauf an, den Zeiger dabei zu erwischen, wie er von einer Minute auf die nächste sprang, allerdings musste es spontan passieren. Er hatte mehrere solcher Rituale: genau achtzig Schritte zum Wohnheim, genau drei Züge an der Bong, bis er sie weitergab, eine M16 in einer bestimmten Zeit auseinanderzubauen und wieder zusammenzusetzen.

»Leon!«

Leon sah auf. Der Dozent streckte den Finger aus und zielte auf ihn, aber Leon spürte trotz dieser merkwürdig aggressiven Geste, dass der Typ Angst hatte. Oder nicht direkt Angst, eher ein Gefühl des Unbehagens, eine Art archaischer Instinkt, wie ihn Hasen hatten, die einen Wolf witterten.

»Ja?«, fragte Leon und dehnte das *Ja* absichtlich so aus, dass es maximal respektlos klang. Dabei lächelte er. Was für ein Wicht.

»Was ... äh ... was muss man beim Überarbeiten des Schafts bedenken?«

»Bedenken? Geht's nicht vielmehr darum, was man tun soll?«

Der Dozent ließ den Finger sinken, wusste nun offensichtlich nicht mehr, wohin mit seinen Händen, und steckte sie schließlich in die Hosentaschen. Einige Schüler kicherten, schließlich wurde es still.

Leon wartete gerade so lange, bis das Schweigen lastend wurde, dann leierte er nicht nur die ersten zehn Zeilen aus Kapitel dreiundzwanzig (»Ölen und Überarbeiten des Schafts«) herunter, sondern betonte sie noch extra schräg. »Je nach Zustand des Holzschafts muss er zunächst mit SCHMIRGELPAPIER abgeschliffen werden. Zuerst mit einer gröberen Körnung von etwa 280, bis alle SPÜRBAREN Unebenheiten beseitigt sind. Im Anschluss mit einem feineren Papier, beispielsweise mit einer 400er-Körnung. Um eine MÖGLICHST glatte Oberfläche zu erzielen, wird der Schaft zudem mit feinem Schleif-Fleece nachpoliert.«

»Schon gut«, sagte der Dozent mit erschöpfter Stimme, aber Leon ließ sich nicht beirren. »Wird ein SCHAFT komplett überarbeitet, sollte er nach dem letzten Feinschliff ZWISCHENGEWÄSSERT werden. So kann das Holz quellen. Nach der anschließenden Trocknung können aufstehende Holzfasern mit FEINSTEM Schmirgelpapier beigeschliffen werden. Wichtig ist dabei, immer in Faserrichtung zu schleifen.«

»Danke«, entgegnete der Dozent. Er war blass geworden. Den Rest der Stunde rief er Leon nicht mehr auf.

Abends holte sich Leon einen Burger und ging anschließend mit Manuel in die Post, wo sie sich mit ein paar anderen Mitschülern betranken. Alkohol machte Leon manchmal stumm und manchmal übertrieben gesprächig, das kam immer darauf an, wie er sich vorher gefühlt hatte. Einigermaßen *relaxed*, dann redete er wenig bis nichts. Sehr *tight*, dann plapperte er drauflos, als müsste er etwas abbauen, im Zweifel seine üblichen Ärgernisse und Ängste, die sich wie ein Schuttberg angestaut hatten. An diesem Abend war es wieder wie ein Zwang, irgendetwas in ihm blies sich auf, drückte die Worte nach oben und nach draußen, und er ließ sie fließen, während ein Bier aufs nächste folgte, völlig egal, ob man ihm glaubte oder nicht.

»Hat einer von euch schon mal jemanden getötet?«, fragte er in die Runde und wusste augenblicklich, dass er wieder einmal einen Schritt zu weit gegangen war.

Hör auf, die Leute zu provozieren, du hast andere Möglichkeiten, auf dich aufmerksam zu machen.

Ja? Welche denn?

Komm schon, Leon! Du bist intelligent, du hast Empathie, du brauchst das nicht.

Ich kann aber nicht anders.

Du kannst, Leon, ich weiß das!

Nein! Fuck!

Die anderen schüttelten den Kopf, einer – er hieß Falk – lächelte dabei spöttisch, und ihn nahm Leon besonders ins Visier. Falk war groß und gut aussehend und prahlte manchmal mit seinen Eroberungen, gerne bis ins sexuelle Detail. Glaubte man Falk, standen die Mädchen Schlange, um sich von ihm flachlegen zu lassen. Neulich hatte Leon nach einer dieser Storys gefragt, wie die Mädchen das wohl finden würden, wenn sie wüssten, wie Falk über sie redete, und ob sie vielleicht ganz andere Geschichten auf Lager hätten bezüglich seiner angeblich nie ermüdenden Potenz. Seitdem war er Falk ein Dorn im Auge.

»Aber du, was?«, fragte Falk, immer noch das Grinsen im Gesicht, das Leon ihm gerne herausgeprügelt hätte, wenn er sich denn prügeln würde.

Leon fixierte ihn mit kaltem Blick. »Ja«, sagte er. So weit war er noch nie gegangen. Der Alkohol machte das mit ihm, vor allem in Kombination mit Dope und Ecstasy. Er kippte einen Schnaps und wartete, dass jemand nachfragte. Würde niemand es tun, würde er es auf sich beruhen lassen, er hieß schließlich nicht Falk. Er hatte es nicht nötig anzugeben.

»Wann denn?« Das war Manuel.

»Weiß nicht mehr genau. Vor zwei Jahren oder so.«

»Und warum?«

»Fuck. Das war so eine Gang. Rocker. Ich war da mal kurz Mitglied.«

»Du warst Mitglied in einer Rockergang? Die wie bitte schön hieß?« Falk.

»Das willst du nicht wissen.« Leon machte sein Hemd auf und entblößte seine linke Schulter, wo ein Totenkopf-Tattoo mit zwei gekreuzten Schwertern prangte. Es stammte nicht von einer Rockergang, aber wer sollte ihm das schon nachweisen?

»Kannst du überhaupt Motorrad fahren? Hast du überhaupt 'nen Führerschein?«

»Das muss man nicht mehr können, verstehst du, Alter? Hells Angels, Bandidos, Outlaws – da sind doch nur noch Migranten drin, verstehst du, da geht's um Drogenhandel und ob du mit 'ner Waffe umgehen kannst. Na, und ich kann das eben.«

»Aha. Klar. Und bei der Gelegenheit ...«

»Es war ein Test«, unterbrach ihn Leon.

»Hä?«

»Es war ein Test, Mann. Schaffe ich es, bin ich dabei, schaffe ich es nicht, bin ich raus. Ich hatte Schulden bei denen, also musste ich es schaffen.«

Die Runde schwieg und verdaute das. Falk verdrehte die Augen und winkte der Kellnerin, um zu zahlen. Leon hätte jetzt aufhören können, aber irgendwie stellte ihn das Ganze nicht zufrieden, er *musste* noch eine Schippe drauflegen. Und so erzählte er die ganze Geschichte, wie sie sich spontan in seinem Kopf zusammensetzte, derart bildhaft und real, als wäre sie tatsächlich genau so passiert. Die Geschichte über den gegnerischen Club und den Krieg der beiden Clans und wie sie sich an einem geheimen Ort trafen, um die Revierstreitigkeiten endgültig zu klären, und wie er dann geschossen hatte, weil die anderen zuerst geschossen hatten. Und einer lag dann tot vor ihm. Erschossen mit seiner Glock. »Der blutete wie ein Schwein, das spritzte so aus seiner Halsschlagader, das sprudelte zwischen seiner Hand so durch. Da hätte ihm keiner mehr helfen können, sonst hätte ich ihn ins Krankenhaus gebracht ...«

»Wann genau soll das gewesen sein?«

»Sag ich doch, vor zwei Jahren, Alter, das ist ein Scheißanblick, so ein Mensch, der stirbt, und das siehst du voll. Du siehst voll den Moment, wenn seine Augen dich nicht mehr sehen, aber immer noch offen sind, und das Gras um ihn herum ist total schwarz von dem Blut ...«

»Hab nichts drüber gelesen. Komisch. Über so was schreiben die doch gern.« Aber Falk klang schon weniger selbstbewusst.

Leon lächelte verächtlich. »Du glaubst nur das, was du liest, Alter? Das ist so panne, Alter, du denkst doch nicht, dass die warten, bis das in den Medien ist? Nein, Mann, da wird ganz sorgfältig aufgeräumt, da wird alles beseitigt, die haben Säurefässer, Mann!«

Und so ging es immer weiter, bis auch die Letzten gezahlt hatten und Leon merkte – wie so oft zu spät –, dass sein Publikum das Interesse verloren hatte.

Nachts rief er Ben an, aber er erreichte nur seine Mailbox. Er schrieb ihm eine WhatsApp. Keine Reaktion. Ben hatte irgendwann seine Lesebestätigung deaktiviert, sodass die Häkchen nicht mehr blau wurden und man nicht mehr feststellen konnte, ob er eine Nachricht geöffnet hatte oder nicht. Aber auf Instagram konnte man sehen, dass er gerade online war. Leon schickte ihm eine Sprachnachricht, die vermutlich ziemlich wirr geriet, denn er hatte auf seinem Bett noch einen Joint geraucht. Was natürlich streng verboten war, aber nichts machte, weil er den Rauchmelder gleich zu Anfang des Semesters außer Betrieb gesetzt hatte.

Leon schlief allein, da niemand mit ihm ein Zimmer teilen wollte. Woran das lag, wusste er selber nicht genau; einige hatten sich offenbar beschwert, dass er jeden Morgen das Bad unter Wasser gesetzt habe und sich davon auch nach mehreren Beschwerden nicht abbringen ließ. Leon erinnerte sich an nichts dergleichen und glaubte auch nicht, dass so eine verfickte Lappalie der wahre Grund sein konnte. Allerdings wies sein Gedächtnis oft Lücken auf, wenn es um die Bedürfnisse anderer ging.

Ich bin kein Egoist.

Nein, du bist kein Egoist, du hast nur manchmal – äh – keinen Sense für Gefühle, die nicht deine sind.

Das stimmt nicht.
Doch, das stimmt, Leon.
Fick dich!
Er machte die Augen zu und gleich wieder auf, weil ihm schwindlig wurde. Die Straßenlaterne vor dem Wohnheim warf eine verzogene Raute aus fiesem kaltem Licht auf seine Bettdecke. (Nicht hinsehen, das Ding bewegte sich, als wäre es lebendig.) Die Rollläden mussten trotzdem offen bleiben, weil er Dunkelheit erst recht nicht ertrug. Mittlerweile war es eins oder halb zwei, und der Unterricht begann um acht. In sechs Stunden würde er aufstehen müssen. Sein Körper fühlte sich taub an, seine Beine kribbelten vor unterdrücktem Bewegungsdrang. In seinem Kopf ging ziemlich viel durcheinander, Denkschleifen verknoteten sich, bildeten wirre Knäuel aus Worten und Szenerien.

Irgendwann würde er überhaupt nicht mehr schlafen können, ohne sich komplett abzuschießen. Das waren keine besonders guten Aussichten. Immerhin gab es noch einige Pfeile im Köcher. Oxys hatte er noch nicht probiert, Heroin auch nicht. Vielleicht wäre es an der Zeit, sich an den härteren Stoff zu wagen. Wovor hatte er Angst? Schlimmer als jetzt konnte es doch gar nicht mehr werden.

Er machte das Licht an, zog den Laptop vom Nachttisch auf seinen Schoß und spielte eine Runde »Hatred«. Eigentlich ein auf die Dauer langweiliges Game, wenn auch in cooler Schwarz-Weiß-Optik (rot war nur das spritzende Blut). Das Ego war ein Amokläufer, der keine andere Aufgabe hatte, als so viele Menschen wie möglich zu erschießen, zu erstechen, zu erschlagen und so fort – aber genau richtig, wenn man zu müde war, um sich mit komplexen Herausforderungen aufzuhalten.

Traf man sich mit Susanne, durfte man nicht damit rechnen, früh genug ins Bett zu kommen. Schließlich landeten sie trotz Barbaras Protest noch in einer Bar, wo Susanne den Barkeeper kannte, weswegen es einige Drinks aufs Haus gab.

»Ich muss jetzt wirklich los«, sagte Barbara nach dem zweiten Hugo, aber ahnte schon, dass Susanne sie nicht ohne Weiteres ziehen lassen würde. Und so war es auch.

»Sei nicht so fad, Süße«, sagte Susanne und hielt sie fast ein bisschen grob am Ärmel fest.

»Du hast morgen frei, ich nicht.« Manchmal fragte sich Barbara, ob Susanne vor allem deshalb noch allein war, weil man sie so schwer loswurde. Sie bekam nie genug, es war wirklich ein Problem, vor allem für jemanden wie Barbara, die so ungern Menschen kränkte.

»Deine Haare sind toll, Babs. Bist du immer noch bei Kayla?«

»Ja, Kayla ist die Beste. Vor Weihnachten hab ich noch einen Termin.«

»Ich finde, es sieht toll aus. Die Farbe ist super.«

»Danke. Färben ist die Pest, der Gestank ist fies, aber wer will schon grau sein, oder? Grau ist scheiße.«

»Eh klar! Darauf trinken wir noch einen!«

»Nein, Süße, ich muss wirklich los.«

»Nee, oder? Den Schlaf holst du wieder nach.«

»Susa...«

»Kein Markus, der daheim hockt und die Minuten zählt. Mach dich mal locker!«

»Ich mag es nicht, wenn du so über Markus redest.«

»Ich mag Markus. Weißt du doch.«

»Er mag dich auch. Es würde ihm nicht gefallen, dass du über ihn herziehst.«

»Tust du aber auch.«

»Ich darf das. Mein Mann, meine Klagen. Du musst dann sagen: ›Ach komm, ihr seid ein Traumpaar. Mit ein paar Dellen, aber ein Traumpaar.‹«

»So, das muss ich also?«

»Auf jeden Fall. Sag es!«

Susanne verdrehte die Augen und sagte mit Barbie-Stimmchen: »Baby, ihr seid ein Traumpaar, mit ein paar *ganz winzigen* Kratzern, aber die sieht man nur bei Flutlicht …«

»So ist es richtig, Baby. Darauf trinken wir.«

»Und ich platze vor Neid angesichts eurer *traumhaften* Beziehung …«

»Mit ein paar Dellen.«

»Minimalen Kratzern!«

Sie kicherten und stießen an.

»Beneidenswert«, sagte Susanne seufzend, als sie ihren Drink wieder abgesetzt hatte.

»Neid? Du spinnst.«

»Ja, ja, ja.«

»Das mein ich ernst, Susa. Du könntest jeden haben.« Der Barkeeper ignorierte dermaßen hartnäckig ihr Winken, dass sie ihn fast verdächtigte, mit Susanne unter einer Decke zu stecken.

»Die, die mich wollen, die will ich nicht – und umgekehrt. Das alte Lied.«

»Hallo! Kann ich die Rechnung haben, bitte?«

»Was ist los mit dir, du bist so hektisch? Probleme mit Leon?«

»Nein.«

»Mir kannst du … Mit mir kannst du offen sprechen. Ehrlich.«

»Ich weiß. Alles gut, Schatz.«

Schließlich musste sie die stolpernde und kichernde Susanne

in ein Taxi verfrachten und setzte sich mit schlechtem Gewissen in ihr Auto, weil sie selbst alles andere als fahrtüchtig war.

Als sie am nächsten Morgen ihre Praxis öffnete, wartete eine ihrer Klientinnen bereits vor der Tür. Sie hatte ihre Tochter dabei, eine liebe und sehr schüchterne Fünfjährige, mit der man gut arbeiten konnte. Die Konflikte gingen eher von der alleinerziehenden Mutter aus. Frau Baumgartner war wie üblich perfekt geschminkt und trug ein Kostüm im eleganten Trachtenstil. Den Lodenmantel hatte sie ausgezogen und über den Arm gehängt, vermutlich um zu demonstrieren, wie lange sie schon hier ausharren musste.

»Hallo, ihr zwei«, sagte Barbara und zwang sich eine freundliche Miene ab, obwohl sie todmüde war und einen Kater hatte.

»Wir stehen hier seit zehn Minuten in der Gegend herum«, sagte Frau Baumgartner mit vorwurfsvollem Unterton. Der Unterton war aus Barbaras Sicht das Hauptproblem. Deswegen waren sie hier, auch wenn Frau Baumgartner noch weit entfernt davon war, das einzusehen.

»Das tut mir leid«, sagte Barbara. »Wir hatten halb neun ausgemacht, und es ist halb neun.«

»Ja, aber Sie sind ja noch ned amal drinnen! Des kost doch wieder Zeit!«

»Das ist jetzt nicht Ihr Ernst.«

Barbara neigte tatsächlich dazu, sich zu verspäten, manchmal auch gar nicht zu erscheinen, aber das traf nicht auf ihren Job zu. Da war sie normalerweise pünktlich wie die Maurer. Sie schloss die Tür auf, jetzt richtig sauer, und führte Mutter und Tochter ins kleine, in positivem Orange gestrichene Wartezimmer. Dort befahl sie ihnen – für ihre Verhältnisse einigermaßen streng –, sich ein paar Minuten zu gedulden.

Einmal wöchentlich ging Barbara zur Supervision. Dort bekam sie von den anderen Kollegen in aller Regel das denkbar positivste Feedback. Stets wurde dort ihre heitere Ausstrahlung, ihre Gelassenheit, die Klarheit ihrer Diagnosen, das Fehlen von Ungeduld gelobt. Falls Klienten Probleme hatten, lag das also nicht an ihr, so viel stand fest. Das musste man sich bei den Frau Baumgartners dieser Welt immer wieder vorsagen.

Nicht sie war das Problem!

Barbara schälte sich aus ihrem Mantel und hängte ihn in den Schrank des Behandlungsraums, wo auch ihr Schreibtisch stand, ein Biedermeier-Erbstück ihrer Eltern, das sie schon längst durch ein schickeres und praktischeres Exemplar ersetzen wollte. Das schwere, dunkle Möbelstück war ihr jeden Morgen ein Dorn im Auge, aber dann war immer so viel los, dass sie den Plan im Lauf des Tages vergaß. Weswegen es weiterhin hier herumstand, ein fremdartiger Monolith in ihrer hellen, freundlichen Praxis im Zentrum.

Die Praxis befand sich in einem Rückgebäude, dessen Vorderhaus so massiv war, dass man den Verkehr praktisch nicht hörte. Deswegen hatte Barbara sich dafür entschieden. Und weil das Behandlungszimmer große Fenster hatte, die viel Helligkeit hereinließen. Nichts hasste Barbara mehr, als Kunstlicht am Tag. (Einer ihrer Spleene, über die sich Markus stundenlang aufregen konnte: lieber im Halbdunkel zu hocken, als eine Lampe einzuschalten.)

Eine halbe Stunde später saß die kleine Lena vor einem Puzzle mit glitzernden Elfen und knuffigen Trollen, das sie gemeinsam mit ihrer Mutter vervollständigen sollte. Barbara beobachtete die Interaktion der beiden und seufzte im Stillen, weil die mütterliche Aufgabe – das eigene Kind loben und ermutigen – wieder einmal nicht zur vollsten Zufriedenheit gelöst wurde. Sie ermutigte nicht, sondern gab Anweisungen in grantigem Bayerisch. Dabei konnte sie auch anders sein, lustig und nett, und dann klang ihr Bayerisch gar nicht mehr grantig, sondern charmant, witzig und bodenständig. Nur eben nicht bei ihrem eigenen Fleisch und Blut. Frau Baumgartner, so lautet Barbaras Analyse, war das Opfer einer transgenerationalen Ausweitung des Delegationsprinzips. Barbara hatte bereits in mehreren Einzelgesprächen versucht, ihr diesen zugegebenermaßen störrischen Terminus zu erklären, war aber jedes Mal an bockigem Unverständnis gescheitert.

Dabei war es recht einfach. Frau Baumgartner stammte aus einer alteingesessenen urbayerischen Unternehmerdynastie aus der Nähe von Bad Tölz mit bewusst hochgehaltenen Traditionen und festen Vorstellungen über die Geschlechterrollen im familiären Gefüge. Eine Frau hatte mütterliche und repräsentative Funktionen zu erfüllen. Eigener beruflicher Erfolg war nur in den engen Grenzen der Firma vorgesehen, und ein uneheliches Kind ging gar nicht. Frau Baumgartner hatte sich diesen anachronistischen Zwängen tapfer widersetzt, eine kaufmännische Lehre gemacht, ohne in den elterlichen Betrieb einzutreten, sich stattdessen in einem Münchner Kaufhaus Stufe für Stufe hochgearbeitet bis zur Chefeinkäuferin. Seit mehreren Jahren war sie Besitzerin eines sehr gut laufenden Geschenkeladens in Bestlage. All das hatte sie aus eigener Kraft geschafft, wie sie nicht müde wurde zu betonen. Ihre Emanzipation war aber nicht vollständig geglückt. In Wirklichkeit, so hatte Barbara versucht mit ihr gemeinsam herauszuarbeiten, kämpfte sie immer noch mit Erwartungen, die sie nicht erfüllen wollte oder konnte.

»Sie übertragen das auf Ihre Tochter, verstehen Sie?«

»Ich will, dass des Kind seinen Weg macht.«

»Seinen Weg?«

»Des kann sich ned durchsetzn bei den andern Kindern im Kindergarten. Und jetzt will's allaweil zu der Oma.«

»Die Lena ist sensibel, aber das heißt ja nicht, dass sie nicht ihren eigenen Weg macht. Und wenn sie gern bei den Großeltern ist ...«

»Die ham nix für uns getan! Ich hab mir alles erarbeiten müssen!«

»Sie laden Sie und die Lena immer wieder ein. Das haben Sie mir selbst erzählt. Also strecken sie doch die Hand aus nach Ihnen. Besser spät als nie, oder?«

»Die verwöhnen des Kind. Des is eh scho so weich.«

»Sie meinen die Lena?«

»Wen sonst?«

»Sie nennen sie nie beim Namen. Warum nicht?«

»Was isn des für a Frage?«

»Ist Ihnen das noch nie aufgefallen?«

»Na!«

Diese Unterhaltung hatte vor ziemlich genau einer Woche stattgefunden. So liebenswürdig, humorvoll und höflich sich Frau Baumgartner in ihrem hübsch gestalteten Geschäft gab, wo Barbara sie einmal besucht hatte, um sich ein Bild von der anderen Frau Baumgartner zu machen, so derb verhielt sie sich oft in Gegenwart ihrer Tochter. Das hatte Barbara ihr geradeheraus zum Schluss gesagt, und diese Äußerung hatte sichtlich eine Bresche in den Panzer geschlagen. Frau Baumgartner gab sich heute erkennbar mehr Mühe als sonst. Mühe allein genügte zwar nicht, schon gar nicht, wenn sie nicht von Herzen kam, aber es war ein Schritt nach vorn erkennbar.

»Fertig«, sagte Lena und strahlte ihre Mama an, vor ihr das komplett zusammengesetzte Puzzle.

Und da passierte es, das vorweihnachtliche Wunder: Frau

Baumgartner hob die Hand und strich ihrer Tochter zart über die Wange.

»Wie fühlen Sie sich jetzt?«, fragte Barbara sanft.

Frau Baumgartner antwortete nicht darauf, aber das war auch nicht nötig. Zum ersten Mal verabschiedete sie sich mit einem Lächeln. Zum ersten Mal zerrte sie ihre Tochter nicht wie ein widerspenstiges Hündchen zur Tür, sondern passte sich behutsam der Geschwindigkeit Lenas an.

»Ciao, Lena«, sagte Barbara und winkte dem kleinen Mädchen hinterher, das so glücklich aussah wie noch nie.

Dieser kleine, aber hoffentlich bedeutsame Durchbruch ließ Barbara förmlich durch den Tag schweben, bis Markus gegen drei seine Heimkehr per kurz angebundener WhatsApp um zirka halb acht ankündigte, mehrere Stunden früher als gedacht. Barbara bestellte daraufhin Sushi, was sie beide gleichermaßen liebten, weshalb sie da nichts falsch machen konnte. Sie eilte um sechs nach Hause, saugte und putzte und deckte den Tisch, mit Damast-Tischdecke und angezündeten Kerzen in silbernen Kandelabern. Die Sushis kamen pünktlich an, sodass sie sie noch hübsch arrangieren konnte.

Alles war demnach in bester Ordnung, als sie das Klicken der Haustür hörte, und das war auch sehr notwendig, als quasi prophylaktische Stimmungssteigerungsmaßnahme, denn in der Regel war Markus nach mehrtägigen Drehs schlecht gelaunt. Woran das lag, hatte Barbara nie herausgefunden, weil er den Zusammenhang stets energisch bestritt, aber sie rechnete auch heute damit, dass er sich erst einmal über alles Mögliche beklagen würde – das Team, das Wetter, die Anweisungen der Redaktion, den Regisseur, die Unterkunft, das Essen.

Irgendwas war immer.

Deshalb ließ sie ihn in aller Ruhe ankommen. Saß geduldig am Tisch, hielt Bodi am Halsband fest, damit er Markus nicht mit seinen Liebesbekundungen belästigte, und hörte versonnen die vertrauten Geräusche ihres Mannes, das rhythmische Swisch-swisch, wenn er seine Stiefel ausgiebig und sorgfältig am Fußabstreifer säuberte, das leise Metall-auf-Metall-Quietschen von Garderobenstange und Kleiderbügelhaken, wenn er seinen Mantel aufhängte. Sie schloss die Augen, sah ihn wie aus einer Drohnenperspektive von oben. Jetzt würde er sich auf den Hocker neben die Garderobe setzen und mit einem leisen Stöhnen (der Rücken!) seine Stiefel aus- und seine Hausschuhe anziehen. Danach würde er aufstehen, sich seufzend dehnen und strecken und wahrscheinlich erst nach oben gehen, um sich frisch zu machen.

Bingo! Barbara hörte die Holztreppe knarzen und nahm einen Schluck Rotwein. Bodi legte schnaufend seinen Kopf auf ihre Knie, sie streichelte ihn abwesend.

Eine Nachricht ploppte auf, sie warf einen kurzen Blick aufs Telefon neben ihrem Teller, aber es war nur Susanne, die wissen wollte, ob sie gestern gut nach Hause gekommen war. Bisschen spät die Frage, dachte sie. Sie nahm das Handy an sich, antwortete aber nicht, sondern legte es wieder weg. Markus würde sich ärgern, wenn er sie schon wieder mit dem Ding erwischte, von dem er gern behauptete, dass sie daran festgewachsen sei. Was natürlich so nicht stimmte, aber in gewisser Weise doch stimmte; tatsächlich fiel es Barbara manchmal schwer, sich auf ihren Mann zu konzentrieren, sich wirklich mit ihrem ganzen Wesen auf ihn einzulassen.

Ein paar Minuten später hörte sie ihn herunterkommen. Bodi bellte kurz, beruhigte sich aber schnell. Markus hatte geduscht und trug Jogginghosen und ein Kapuzenshirt. Er sah immer noch gut aus, fand Barbara. Dichte graue Haare, schmales Gesicht, nur in der Mitte ging er etwas auseinander, so um Bauch und Hüften herum. Sie stand auf, um ihm einen Kuss zu geben, und war überrascht, dass er sie fest und liebevoll in den Arm nahm und sie richtig lange hielt, als hätte er etwas aufzuholen oder gutzumachen oder – sie wusste es auch nicht. Sie schloss die Augen und roch sein Duschgel. Antaeus von Chanel. Seitdem sie ihm das einmal geschenkt hatte, musste es immer dieses sein.

»Ist schön, wieder zu Hause zu sein«, murmelte er in ihre Haare.

Barbara lachte, aber nicht so richtig, es war eher ein Ausdruck des Genervtseins, für den sie sich sofort schämte. Im Stillen analysierte sie blitzschnell den Anflug von Ärger (woher kam er, was war ihr Anteil daran?), gelangte aber zu keinem Ergebnis und machte sich los.

»Du warst gerade mal zwei Tage weg!«

»Viel zu lang.«

Markus hatte seinen Job früher geliebt, auch und gerade das gelegentliche Reisen, aber diese Zeiten waren lange vorbei. Jetzt sah er nur noch die negativen Seiten, vor allem die jungen Leute, die nichts verstanden, aber alles besser wussten. In den Teams war er oft der Älteste, und trotzdem musste er selbst dann Anweisungen befolgen, wenn er sie für falsch hielt. Von arroganten Regisseuren und Produzenten, die seine Söhne hätten sein können. Das war demütigend, und darunter litt er in erster Linie, vermutete Barbara, auch wenn er das nie zugegeben hätte. Und sie war nicht so dumm, ihn darauf anzusprechen. Aber was es letztlich war, das ihm so zu schaffen machte, es tat ihr so wahnsinnig leid, schon weil sie in einer völlig anderen Situation war, nämlich hochzufrieden und supermotiviert. Niemand spielte sich ihr gegenüber als Chef auf, sie konnte schalten und walten, wie sie es für richtig hielt. Und gab es darüber hinaus einen schöneren Beruf, als mit Kindern und ihren Eltern zu arbeiten? Eine sinnvolle Tätigkeit, als zerrüttete Familien wieder zusammenzuführen? Mit dem Zusatzbonus, so manche Ehe zu retten, die sonst todsicher den Bach runtergegangen wäre?

Markus setzte sich und griff zu. Draußen pfiff der Wind ums Haus, ein Herbststurm kündigte sich an.

»Ich hatte heute ein ganz großartiges Erfolgserlebnis«, sagte Barbara, ein Versuchsballon, in der Erwartung, dass er nachfragte.

Markus nickte immerhin, tauchte mit den Holzstäbchen vom Bringdienst eine Scheibe Lachs-Sashimi in den trüben Mix aus Sojasauce und Wasabi und schob sie sich in den Mund. Eine Nachfrage erfolgte nicht, und auch sonst kein Kommentar. Er interessierte sich nicht besonders für ihren beruflichen Alltag, das war Barbara klar, aber etwas in ihr hoffte immer noch, ihn davon zu überzeugen, dass das, was sie tat, wichtig war. Bedeutsam, relevant. Nicht dass sie ein Lob erwartete, aber ein bisschen Ermutigung wäre schön, ein bisschen Anerkennung für das, was sie täglich leistete. Einmal nur! Ein einziges Mal!

Obwohl sie ahnte, dass sie sich ab jetzt auf dünnes Eis begeben würde, begann sie von Frau Baumgartner zu erzählen, ignorierte absichtlich die wachsenden Anzeichen von Unmut – steile, sich vertiefende Stirnfalte, umherwandernde Blicke –, die häufig einem Ausbruch vorangingen.

Irgendwann gab sie auf. Ein paar ewige Minuten lang aßen sie schweigend.

»Wie war der Dreh?«, fragte sie schließlich.

»Ging so. Schmidt war ein Arsch, wie immer.«

»Schmidt ist wer?«

»Regie und Drehbuch. Hab ich dir doch erzählt. Hörst du eigentlich jemals zu, wenn ich dir was sage?«

»Entschuldige. Was war denn mit ihm?«
»Dem passt nichts. Jede Szene mindestens fünfmal. Wird wieder eine teure Produktion.«
»Oje. Das klingt nicht gut.«
»Hör mal.«
»Ja?«
»Wir müssen was besprechen.«
»Okay.« Barbara nahm das letzte Rettichröllchen und kaute lustlos auf dem säuerlichen Teil herum.
»Wir müssen über die Zukunft sprechen. Unsere Zukunft.«
»Was meinst du damit?«
»Wie stellst du dir das eigentlich alles weiter vor?«
»Ich …«
»Ja, sag mal was dazu!«
»Würde ich gern, aber du lässt mich ja nicht zu Wort kommen.«
»So geht's jedenfalls nicht weiter.«
»Wie geht's nicht weiter?«
»So.«
»Wie?«
»Na, das hier alles.«

Markus machte eine Armbewegung, die *das hier alles* einzuschließen schien – das Esszimmer, das Haus, ihr Leben der letzten zwei Jahrzehnte. Vielleicht auch: Barbara? Einen Moment lang packte sie die Angst, dass er ihr in den nächsten Sekunden eine Affäre beichten würde. Oder noch schlimmer: die ganz große, markerschütternde Liebe zu einer zwanzig Jahre jüngeren Frau. Vielleicht gekrönt von einer unerwarteten Schwangerschaft?

Sie merkte, dass sie blass wurde, und trank hastig einen Schluck Wein. Es war kalt, stellte sie fest. Die Heizung – ein steinaltes Ding aus den Neunzigerjahren – war vermutlich wieder ausgefallen. Das lag nicht am Brenner, sondern am Temperaturfühler, der ab und zu schwächelte aufgrund irgendeines Defekts, den kein Installateur bislang beheben konnte. In solchen Fällen musste man den Knopf auf K wie Kaminkehrer drehen, warten, bis das Haus durcherhitzt war, dann den Knopf wieder zurückstellen und hoffen, dass sich das Ding von selbst wieder einkriegte.

Puh.

Egal.

Die Panik verschwand so schnell, wie sie gekommen war. So war Markus nicht, das wusste sie, in dieser Hinsicht konnte sie ihm blind vertrauen. Er würde sie nicht im Stich lassen mit alldem hier.

»Was genau geht nicht weiter?«, fragte sie vorsichtig.

»Wir müssen planen«, antwortete Markus, und sein Gesicht erhellte sich, leuchtete geradezu. Auch seine Stimme hatte plötzlich etwas Freudiges, Optimistisches, so weit ein eher skeptischer Mensch wie Markus zu solchen Gefühlen überhaupt in der Lage war. Das Depressive, die lauernde Aggression, diese latent bedrohliche Stimmung, als ob er nur darauf wartete, dass sie etwas falsch machte – all das war wie weggeblasen. Sie überlegte, ob dieses Thema schon länger in ihm brodelte und heute seinen Abschluss gefunden hatte. So wirkte es jedenfalls: Es war ein großer Moment für ihn, er war aufgeregt. Dafür liebte sie ihn, auch wenn sie wusste, wie das Ganze enden würde. Je konkreter alles benannt wurde, desto unausweichlicher wurde der Streit.

Markus nahm ihre Hand und sah sie endlich direkt an. Sie lächelte automatisch, was er als Ermutigung verstehen musste weiterzusprechen, auch wenn sie am liebsten das Thema gewechselt hätte.

*

Markus hatte einen blinden Fleck, und der hieß Zorn. In dem Moment, in dem sich der Zorn näherte wie eine schäumende Welle, die ihn Sekunden später schluckte, vereinnahmte, vorantrieb, schien es das normalste Gefühl der Welt zu sein. In Markus' Universum gab es immer einen berechtigten, absolut vernünftigen Grund, sich dieser Kraft zu überlassen, ohne dagegen anzukämpfen. Erst der Welle, dann dem Feuer.

Anschließend fühlte er sich oft auf gute und schlechte Weise gleichzeitig erschöpft; einerseits erfrischt wie nach einem langen Spaziergang, andererseits dumpf und seltsam angestrengt, als würde er aus einem wirren Traum erwachen und sich in der nüchternen Realität nicht sofort zurechtfinden. Die Ehe mit Barbara bot, so sehr er sie liebte, viele Anlässe, sich zu ärgern. Sie waren nun seit mehr als zwei Jahrzehnten ein Paar, und noch immer kam er nicht wirklich an sie heran. Barbara war der freundlichste Mensch, den man sich vorstellen konnte, und gleichzeitig wahrte sie manchmal selbst in intimsten Momenten eine geradezu höfliche Distanz. Ihre Ironie in unpassenden Momenten, ihre Schlamperei in alltäglichen Dingen, ihre Unpünktlichkeit und Vergesslichkeit waren Symptome dieser nicht böse gemeinten, aber doch fatalen Achtlosigkeit seinen Bedürfnissen gegenüber.

Als er nach dem wie üblich unbefriedigenden Dreh heimfuhr, beschloss er, spätestens nächstes Jahr seine Kündigung einzureichen. Darüber dachte er schon seit Monaten nach, und nun wurde unversehens aus einem zögerlichen Vielleicht ein mutiges Ganz-Bestimmt, aus einer bislang noch nicht konkreten Idee innerhalb weniger Stunden ein fester Plan. Wie es seine Art war, durchdachte Markus alles sehr genau, wägte das Für und Wider ab, prüfte sich selbst. Wie würde er sich als Frührentner fühlen? Was würde er mit seinem Leben anfangen? Würde er sich langweilen?

Nein, antwortete er sich, im Gegenteil. Allein die Vorstellung, keinen Zwängen mehr zu unterliegen, alleiniger Herr seiner Zeit zu sein, hatte etwas ungemein Befreiendes. So vieles würde möglich werden – spontane Reisen, völlig andere, gern auch ehrenamtliche Tätigkeiten, vielleicht gab es sogar die Option, woanders noch einmal ganz neu anzufangen. Nur Barbara und er. Genug Geld hatten sie für diesen Schritt.

Im Oldie-Sender im Radio kam jetzt »Ground Control To Major Tom«, und er sang den Song aus voller Kehle mit, mitgerissen von der Vorfreude auf viel bessere Zeiten. Und so war noch alles in bester Ordnung, als er zu Hause ankam, sein Auto auf dem Stellplatz innerhalb des Grundstücks parkte, den Türcode eingab. Seine Stimmung kippte erst, als er auf dem Hocker neben der Garderobe seine Stiefel auszog und bei der Gelegenheit unter den Mänteln einen einzelnen Herrensocken entdeckte. Er hob das verstaubte, löcherige Ding mit spitzen Fingern auf. Jungmänner-Schweißgeruch stieg ihm in die Nase. Verärgert und angeekelt ließ er den Socken einfach in den Schirmständer fallen. Es war nicht seine Aufgabe, sich um *alles* in diesem Haus zu kümmern.

Er ging nach oben und nahm eine Dusche, um sich wieder zu beruhigen. Ein wichtiger Aspekt seines Plans war seine Beziehung zu Barbara. Sie musste neu gestaltet werden, das war vollkommen klar. Was aber auch bedeutete, dass Barbara mitspielen musste.

Würde sie mitspielen?

Diese Frage musste heute Abend geklärt werden. Während er sich unter dem heißen Wasser einseifte, den ganzen Stress der beiden Tage abwusch, ging es ihm langsam wieder besser. Dieser ermutigende Zustand hielt exakt so lange an, bis er die Dusche verließ. Das Handtuch war kalt, der beheizbare

Handtuchhalter ebenfalls. Er legte die Hand auf den Heizkörper unter dem beschlagenen Fenster. Kalt.

Es war nicht der richtige Moment, um sich aufzuregen. Die Heizung zickte schon seit Jahren, eine neue wäre teuer, und außerdem hatte ihm der Kaminkehrer schon mehrmals augenzwinkernd den Tipp gegeben, die alte Krücke so lange wie möglich zu behalten, weil das *moderne Graffel* zwar Kosten sparen, aber dafür nach spätestens zehn Jahren den Geist aufgeben würde. Markus rubbelte sich die Haare trocken, föhnte kurz drüber, schlüpfte schließlich in seine Jogginghosen und das Kapuzenshirt aus Kaschmir, das ihm Barbara zum Geburtstag geschenkt hatte. Als er das Bad verließ, hörte er Bodis kurzes, scharfes Gebell und Barbaras beruhigende Stimme.

Als er das Esszimmer betrat, lächelte Barbara ihn lieb an, wunderschön in dem sanften Kerzenlicht, und sie hatte extra für ihn den Tisch hübsch gedeckt, weil sie wusste, dass ihm das gefallen würde. Die appetitlich angerichtete Sushi-Platte war ebenfalls eine angenehme Überraschung. Barbara war als Hausfrau normalerweise ein Totalausfall, aber heute hatte sie sich richtig Mühe gegeben, und das tat gut.

Dann allerdings begann sie von ihrem Tag zu erzählen, mit dieser ihm völlig fremden, geradezu manischen Begeisterung, die ihn an Barbara schon immer gestört hatte.

»Ich hatte dir doch von Frau Baumgartner erzählt. Ja, oder?«

»Keine Ahnung. Vielleicht.«

»Du weißt schon, die mit dem Geschenkeladen in der Maximiliansstraße. Die mit der Tochter Lena.«

»Aha.«

»Wir haben heute einen *Riesenschritt* nach vorne geschafft.«

»Aha.«

»Ich glaube, wir sind auf einem richtig guten Weg, wir drei.«
Merkte sie nicht, wie lächerlich sie sich machte? Prahlte von ihren Erfolgen und hatte daheim einen Sohn sitzen, an dem sämtliche therapeutischen Anstrengungen angeblich renommiertester Fachleute abprallten wie Gummibälle an einer Betonmauer. Eine Familientherapeutin, die ihren Sohn nicht im Griff hatte, gab anderen wohlfeile Ratschläge. Lächerlich. Glaubte sie wirklich, dass es all diesen fremden *dysfunktionalen Familien* – was für ein schrecklicher Begriff, als handelte es sich nicht um Menschen, sondern um defekte Schrottkarren! –, dass es all diesen Leute nach ihrer großartigen Behandlung besser ging? Fielen die nicht alle wieder in den alten Trott, sobald niemand mehr da war, der ihnen sagte, wo es langging?

Er schloss die Augen und nahm sich zusammen. Heute war ein besonderer Tag, er hatte einen besonderen Entschluss gefasst, und deshalb wollte er keine Diskussion. Er wollte einfach nur abwarten, bis der Redestrom versiegte und er zu Wort kommen würde. Nachdem sie endlich fertig war mit dieser Geschichte über eine ihm fremde Frau, deren Probleme ihn nicht die Bohne interessierten (mal abgesehen davon, dass Barbara streng genommen gar nicht darüber reden durfte, weil sie unter Schweigepflicht stand), klingelte ihm die Stille geradezu in den Ohren. Eine Erleichterung: Man hörte nichts mehr außer dem Wind draußen und Bodis leisem Schnarchen unter dem Esstisch.

»Wie war der Dreh?«, fragte sie schließlich, ein weiteres Thema, das er lieber vermieden hätte, aber Barbara war einfach zu schnell für ihn. Wie alle Frauen, die Markus kannte, hielt sie ein Schweigen keine zwei Minuten lang aus.

»Ging so«, antwortete er widerwillig. »Schmidt war ein Arsch, wie immer.«

»Schmidt ist wer?«

»Regie und Drehbuch. Hab ich dir doch erzählt. Hörst du eigentlich jemals zu, wenn ich dir was sage?«

»Entschuldige. Was war denn mit ihm?«

»Dem passt nichts. Jede Szene mindestens fünfmal. Wird wieder eine teure Produktion.«

»Oje. Das klingt nicht gut.«

»Hör mal.«

»Ja?«

»Wir müssen was besprechen.«

Endlich waren sie da, wo er hinwollte.

»Wir müssen über die Zukunft sprechen«, fuhr er fort, bevor Barbara ihn wieder unterbrechen konnte. »Unsere Zukunft.«

Jetzt hatte er ihre Aufmerksamkeit.

»Was meinst du damit?« Sie sah ihn fragend an.

»Wie stellst du dir das eigentlich alles weiter vor?«

»Ich …«

»Ja, sag mal was dazu!«

»Würde ich gern, aber du lässt mich ja nicht ausreden.«

»So geht's jedenfalls nicht weiter.«

»Wie geht's nicht weiter?«

»So.«

»Wie?«

»Na, das hier alles.«

Barbara schwieg. Erst an ihrem schreckgeweiteten Blick erkannte er, wie missverständlich das klingen musste. Als wollte er ihre Ehe beenden.

»Was genau geht nicht weiter?«, fragte sie mit ganz kleiner Stimme, und Markus war wider Willen gerührt. So selbstbewusst sie sonst auftrat, ihre Angst, ein zweites Mal verlassen zu werden, würde sie vermutlich nie mehr verlieren. Da nützten all die *Lehranalysen zur individuellen Potenzialoptimierung* nichts; tief im Herzen blieb sie ein kleines Mädchen, das ohne Vater aufgewachsen war und das die Sehnsucht nach einem starken Mann, der sie stützte und auffing, nie verloren hatte. Markus wäre sehr gern dieser starke Mann gewesen, wenn Barbara ihn nur gelassen hätte, statt darauf zu bestehen, sich eine eigene Karriere aufzubauen, die ihn ausschloss.

»Wir müssen planen«, sagte er, und indem er es aussprach, sah er es vor sich, und die Vorstellung machte ihn glücklich. Ihr herrliches gemeinsames Leben als ungebundene Weltenbummler, die es mal hier, mal dorthin zog, immer der Sonne nach und am liebsten ans Meer. Ohne Fesseln, ohne Verpflichtungen. Nur sie beide.

»Ich werde kündigen«, sagte er.

Unter dem Tisch jaulte Bodi leise auf, wie ein Kommentar zu dieser gewichtigen Eröffnung.

Barbara war blass, das fiel Markus als Erstes auf.

»Oh«, sagte sie. Und dann: »Wann?«

»Ich fühle mich nicht mehr wohl.«

»Ja, schon, aber ... Ich meine, es ist dein Beruf, und du bist noch nicht mal sechzig ...«

»Ich werde nächstes Jahr sechzig.«

»Ja, das weiß ich, aber ...«

»An meinem sechzigsten Geburtstag. Da werde ich kündigen. Das halbe Jahr Kündigungsfrist werde ich nicht mehr vollmachen müssen, die lassen mich bestimmt früher gehen. Dann können sie einen billigen Anfänger einstellen.«

»Aber ...«

»Und dann bin ich frei. Sind wir frei.«

»Und ich hab einen Rentner im Haus. Wie wär's mit Filzpantoffeln?«

Die Bemerkung war natürlich daneben. Trotzdem würde

es im Rückblick nicht ganz klar sein, warum dieses doch einigermaßen zivile Gespräch in Geschrei und Gebrüll ausartete und zum Schluss zwei zerbrochene Teller zu beklagen waren. Vielleicht fing alles mit Leon an. Leon war nicht zu Hause, aber natürlich trotzdem ständig präsent, auch wenn man seine Existenz noch so gern vergessen wollte.

Also begann das Drama wahrscheinlich mit Barbaras Killersatz: »Wir werden nie frei sein, Schatz. Leon wird immer da sein.«

*

Gegen halb eins nachts war der Mann, den seine Ex-Frau Butzi nannte, auf dem Weg zu seiner zweiten Geliebten. Sie hieß Miriam und arbeitete als Sekretärin für den Ortsverband einer Hilfsorganisation. Dort engagierte sich der Mann seit Jahren. Nicht unbedingt aus reiner Nächstenliebe, wenn er ehrlich war. Solche Organisationen waren gut, um sich mit wichtigen Leuten zu vernetzen. Den Bestimmern, ohne die nichts ging und die ihn schließlich in den Gemeinderat brachten. Sein Masterplan war, sich weit genug nach vorne zu arbeiten, um irgendwann selbst ein Bestimmer zu werden. In der Wirtschaft oder in der Politik oder in beiden Bereichen. Er war vierzig Jahre alt und auf dem besten Weg dahin. Er war gut aussehend, wirkte sportlich und fit, und den Alkoholiker sah man ihm noch lange nicht an.

Es gab allerdings ein paar Stolpersteine. Hohe Schulden, abenteuerliche Kreditgeber gehörten dazu. Der Mann galt als charismatischer Redner, als blendender Verkäufer und als durchaus tüchtig in seinem Beruf. Nur mit Geld konnte er nicht besonders gut umgehen. Es war immer ein Tick zu wenig da für seine hochfliegenden Ambitionen. Er war der klassische Wenn-schon-denn-schon-Typ. Luxus? Ja bitte. Es musste das Fünfsternehotel sein, es musste der Porsche sein, die Designersportklamotten, die maßgefertigten Anzüge, und unter dem Gourmetlokal ging gar nichts. Dazu kam das Thema Frauen. Auch die waren teuer, auch hier kannte er kein Maß.

Jede neue Bekanntschaft begeisterte ihn und holte das Beste aus ihm heraus, bei jeder neuen Frau dachte er, die sei es für ewig, und immer wieder spürte er in solchen Momenten die Vergangenheit wie einen Betonklotz am Bein. Die Zukunft war ein wunderschöner Traum, die Vergangenheit sein schlimmster Feind. Hätte der Mann sich jemals einem Therapeuten anvertraut, hätte der ihm sagen können, dass er bestimmte narzisstische Muster ständig rekapitulierte, dass er in einer fatalen Wiederholungsschleife gefangen war, die er erst einmal als solche erkennen müsse, um sich daraus befreien zu können.

Aber natürlich dachte der Mann überhaupt nicht daran, jemals einen Therapeuten aufzusuchen. Menschen wie er standen über langweiligen Psychoklischees, sie waren eine eigene Klasse, die ihre Gesetze selbst machte. Ein biederer Seelenklempner wäre vollkommen unfähig, ihre Großartigkeit zu verstehen.

So kam es, dass sein Leben immer wieder dem Tanz auf einem Drahtseil glich. Und dass er in den letzten Jahren nicht nur mächtige Freunde, sondern auch ein paar erbitterte Feinde erworben hatte.

Auch deswegen die Waffen ohne Waffenschein. Was das betraf, wollte er unter dem Radar bleiben. Also kein Schützenverein oder Ähnliches. Nichts, was Verdacht erwecken könnte.

Er klingelte bei Miriam, eine bezaubernde Zwanzigjährige,

die keine Ahnung hatte, dass er a) eine weitere Geliebte hatte, b) immer noch verheiratet war und c) bereits über eine fordernde Ex-Frau verfügte. Stattdessen erzählte er ihr, dass das Trennungsjahr demnächst vollendet sei, und als sie sich damit immer noch nicht zufriedengeben wollte, hatte er ihr sogar eine gefälschte Scheidungsurkunde angedient. Hübsch gerahmt, zum Übers-Bett-Hängen.

»Miri«, sagte er zärtlich, als sie ihm endlich aufmachte, völlig verpennt im Pyjama und offenbar ein klein bisschen mürrisch über den nicht angekündigten Besuch.

»Warum hast du nicht angerufen?« Sie gähnte und streckte sich, ihre Haare waren reizvoll zerstrubbelt, und ihr schmaler Körper duftete nach dem Armani-Privé-Duschgel, das er ihr kürzlich geschenkt hatte.

»Du machst mich zu einem besseren Menschen, weißt du das? Das musste ich dir sofort sagen. Bist du böse auf mich? Dann gehe ich sofort wieder.«

Miri zog eine Schnute, lächelte dann aber doch und zog ihn an sich.

5

Sonntag, 13. Januar

Wenn Stettners Frau ihre üblichen Fernsehkrimis guckte, musste sich Stettner oft zusammenreißen, um ihr nicht schon wieder einen unerwünschten Vortrag über tatsächliche Polizeiarbeit zu halten. Was man in diesen Machwerken, wie Stettner sie zu bezeichnen pflegte, kaum zu sehen bekam, war der Alltag des Berufs. Als Polizist rannte man beispielsweise so gut wie nie mit gezogener Waffe Verbrechern hinterher, und schon gar nicht trat man Wohnungstüren Verdächtiger ein.

Dabei würdest du dir höchstens den Knöchel brechen. Die Dinger sind doch nicht aus Pappe!

Na und?

Na und? Das ist Blödsinn! Leute sehen das und denken, man kann Wohnungstüren eintreten. Kann man nicht!

Du nervst.

Stattdessen saß man sich viel zu oft den Hintern platt, und zwar meist vor einem Computer der vorletzten Generation. Man telefonierte hinter Leuten her, schrieb E-Mails, Berichte und Aktennotizen wie ein x-beliebiger Buchhalter, und zerbrach sich bei diesen wenig glamourösen Tätigkeiten ständig den Kopf, wie man komplexe Einerseits-andererseits-Sachverhalte so formulierte, dass sie jeder verstand. Also wirklich jeder, auch diejenigen Kollegen, die später dazustießen, wenig bis gar keine Ahnung von dem jeweiligen Fall hatten und auf korrekte Informationen angewiesen waren.

Das traf besonders auf diesen Tatort zu, der sich nicht in einer Großstadt befand, wo man alle notwendigen Beamten mehr oder weniger auf einem Fleck beisammenhatte. Hier musste man Kollegen von anderen, oft weiter entfernten Dienststellen anfordern, um überhaupt in der Lage zu sein, eine Sonderkommission zu bilden, die diesen Namen auch verdiente.

Am 13. Januar war dieser Prozess in vollem Gang. Die Manpower war immer noch überschaubar, Stettner wurde als einer der ersten angefordert und blieb deshalb einfach in Fürstenfeldbruck. Nahm an der Morgenlagebesprechung teil und aktualisierte anschließend seinen Bericht über die Auffindesituation der Leichen. Dann telefonierte er mit der Münchner Rechtsmedizinerin, die mit ihren Kollegen eine Nachtschicht eingelegt hatte, anschließend erstellte er ein schriftliches Protokoll ihres Berichts. Das wäre eigentlich Aufgabe des Kollegen gewesen, der bei der Sektion anwesend war, aber der hatte sich krankgemeldet.

Barbara Rheinfeld stirbt infolge zweier Brustdurchschüsse. Auffällig ist, dass die beiden Schusskanäle in unterschiedlicher Richtung verlaufen.

Stettner versuchte, sich die Szene vorzustellen. »Der muss einen Schuss von der linken Seite und einen von vorne abgegeben haben«, hatte die Rechtsmedizinerin gesagt. Ein Schuss von links, dann einer von vorn oder umgekehrt. Er schloss die Augen, vergegenwärtigte sich den Tatort und sah den Täter vor sich. Wie er das Schlafzimmer betrat, fest entschlossen, ohne Zögern. Es hatte keine Diskussion, kein Flehen um Gnade, keinen Kampf, keine Abwehrverletzungen gegeben.

Eine saubere Hinrichtung sollte es werden wie aus einem Computerspiel, mutmaßte Stettner. Der Täter stand mit dem Rücken zur Schlafzimmertür, links neben dem Bett, und gab den ersten Schuss ab. Dann machte er ein, zwei Schritte zurück und einen nach rechts vors Bett und schoss ein zweites Mal. Dieser Ablauf erschien Stettner logisch, denn auf der rechten Bettseite lag Markus Rheinfeld, den der Täter vermutlich anschließend treffen wollte. Aber natürlich war auch eine andere Reihenfolge denkbar.

Markus Rheinfeld stirbt infolge von drei Schussverletzungen. Der Kopfdurchschuss verläuft von rechts nach links, von der rechten Schläfe in Richtung der linken Ohrmuschelregion, das Projektil lag linkseitig auf der Schulter auf.

Der Kopfschuss musste der letzte Schuss gewesen sein, das bewies das Projektil auf der Schulter, das nur auflag. Andernfalls wäre es heruntergefallen.

Der erste Schuss drang im Bereich des linken Brustkorbs ein, verletzte die Lunge, das Herz, die rechte Niere und die Hauptschlagader.

Der zweite Schuss wurde in die Rückenregion abgegeben. Dieser Schuss führte zu erheblichem Blutverlust in der Lunge.

Rheinfeld versuchte zu fliehen, war aber möglicherweise nicht mehr in der Lage zu laufen. Das Opfer kroch also zur Tür, die etwa vier Meter vom Bett entfernt war und wo er später gefunden werden sollte. Sein Mörder, dachte Stettner, sah ihm dabei ungerührt zu. Erst dann schoss er ihn in den Rücken. Und schließlich in den Kopf, um ganz sicherzugehen.

Er kannte kein Erbarmen. Weder mit seinen Eltern noch mit sich selbst.

Leon Rheinfeld stirbt infolge eines Kopfdurchschusses. Die Einschussöffnung befand sich in der rechten Schläfenregion, die Ausschussöffnung im Bereich der linken zentralen Hinterhauptregion. Kein aufgesetzter Schuss, aber ein Nahschuss. Der Verstorbene – falls er Rechtshänder ist – könnte ihn sich selbst beigebracht haben. Kein Hinweis auf einen Kampf.
Am Fuß des Toten befindet sich ein Blutfleck. Vielleicht sein eigenes, vielleicht fremdes Blut.

Laut dem Kriminaldauerdienst gab es keine Einbruchsspuren, nichts, was darauf hinwies, dass sich jemand mit Gewalt Zutritt verschafft hatte. Die Haustür ließ sich nicht mit einem Schlüssel, sondern mit einem Code auf einem Display öffnen. Der Mörder musste entweder diesen Code gekannt haben, oder ein Hausbewohner hatte ihn hereingelassen, und zwar aus freien Stücken. Eine dritte Möglichkeit schied aus. Alle Fenster waren geschlossen. Keine Anzeichen für einen aus dem Ruder gelaufenen Raubüberfall, keine aufgerissenen Schubladen oder herausgebrochene Parkettstücke. Der gut sichtbare Safe im Schlafzimmer war intakt. Auf der Kommode stand ein abgesperrtes Schmuckkästchen, deren wertvollster Inhalt zwei mit Saphiren besetzte Platinohrringe waren. Niemand hatte versucht, das Kästchen aufzubrechen.

Erweiterter Suizid. Ein junger Mann, der mit seinem Leben nicht zurechtgekommen war, nahm seine Eltern mit in den Tod – das war im Moment die Arbeitshypothese. Normalerweise wurden solche Taten von Familienvätern begangen, denen vorher keiner so etwas zugetraut hätte. Auf Erfolg gepolte Männer mit einer beruflichen, emotionalen oder finanziellen Pechsträhne, die nie gelernt hatten, Schwäche zuzulassen. Die sich niemandem öffnen konnten. Die tatsächlich glaubten, ihre Frau und ihre Kinder wären ohne sie tot besser dran.

Das hier wirkte eher wie ein Amoklauf. Dafür allerdings war die Zahl der Opfer sehr klein.

Stettner beendete seinen Bericht und mailte ihn an die Rechtsmedizinerin mit der Bitte, ihn auf eventuelle Fehler zu checken.

Keine fünf Minuten später rief sie ihn an.

»Alles in Ordnung?«, fragte er.

»So weit schon. Ist natürlich nicht präzise, aber eine ganz gute Zusammenfassung. Den genauen Bericht bekommen Sie dann noch, zusammen mit den Bildern. Schick ich das an Sie?«

»Ja, das wäre gut.«

»Wollen Sie sonst noch was wissen?« Sie hatte eine schöne Stimme, erstaunlich frisch und munter.

»Sie müssen müde sein«, sagte Stettner.

»Passt schon. Ist halt schwierig, an Leichen zu arbeiten, wo einem das Hirn durch die Finger läuft.«

Stettner verschlug es einen Moment lang die Sprache – er hatte eine Butterbreze in der Hand, die er vorsichtig wieder auf den Teller legte –, dann sagte er trocken: »Tut mir leid, dass der Zustand nicht besser war. Das nächste Mal geben wir uns mehr Mühe.«

Er hörte leises Lachen. »Entschuldigung. Das sollte kein Vorwurf sein.«

»Passt schon«, sagte er. Die Breze sandte fettige Geruchsschwaden in seine Richtung, und er rückte den Teller von sich weg, an den Rand des Schreibtischs. Normalerweise war er nicht so empfindlich. Er schob es auf den Schlafmangel, weil ihm kein besserer Grund einfiel. »Wir wurden erst gestern Abend benachrichtigt. Das letzte Lebenszeichen war am Freitagabend. Den – äh – 10. Januar.«

»Mhm. Das entspricht so ungefähr den Fäulnisveränderungen.«

»Können Sie das genauer …«

»Geht erst mal nicht. Da spielen viele Parameter eine Rolle. Die Temperatur im Haus zum Beispiel, der Grad der Trockenheit durch die Heizungsluft … Das müsste alles nachträglich gecheckt werden.«

Er seufzte. »Ist mir schon klar.«

»Das Problem ist, dass es bei derart fäulnisveränderten Leichen ziemlich lange dauert, bis man den Schusskanal feststellen kann. Das fällt dann alles so zusammen. Nehmen Sie den älteren Mann. Fäulnisbedingte Gewebszerfließungen an der Leber, lochartiger Defekt an der Rumpfwand, der die elfte Rippe zerstört hat, auch die rechte Niere war total aus der Form geraten. Gewebszerfließungen erschweren alles. Aber wir haben es irgendwie hinbekommen. Ich denke, so ist es korrekt.«

»Die Leiche von Markus Rheinfeld wurde an der Schlafzimmertür gefunden. Meinen Sie, dass er noch laufen konnte?«

»War das der Ältere?«

»Ja.«

»Ganz schwer zu sagen. Wahrscheinlich ist er eher zur Tür gekrochen als gelaufen. Aber das erfahren Sie ja spätestens bei der Blutspurenanalyse.«

»Klar.«

»Wie geht's Ihrem Kollegen? Der ist uns bei Leiche drei zusammengeklappt.«

Deshalb die Krankmeldung. »Keine Ahnung«, antwortete Stettner.

»Na gut. Er war wirklich ziemlich am Ende. Ist eben nicht jedermanns Sache. Wenn Sie noch Fragen haben, rufen Sie gern an. Aber erst heute Nachmittag. Wir brauchen eine Pause.«

»Mach ich, vielen Dank.« Er legte auf und unterdrückte ein Gähnen. Der Tag würde noch lang werden.

*

Wenn es etwas gab, das Steffi durch den Stress ihrer Jugend gerettet hatte, war es ihr guter Schlaf. Schlafen ging immer, selbst in den schlimmsten Zeiten absolvierte ihr Körper brav seine empfohlenen acht Stunden, und wenn es ganz furchtbar wurde, konnten daraus auch mal zehn werden.

An diesem Tag, dem Tag eins nach der Katastrophe, wachte sie um halb elf auf. Draußen hörte sie Jo herumfuhrwerken. Er war extra für sie zu Hause geblieben, obwohl er heute Dienst gehabt hätte. Mit dieser Erkenntnis kam die Erinnerung zurück, ganz langsam, Stück für Stück. Ihre Familie war tot.

Alle.

Tot.

Draußen dröhnte und brummte der Staubsauger, ein absurd alltägliches Geräusch, als wäre nichts passiert. Steffi stellte fest, dass sie nicht im Bett lag, sondern auf dem Teppichboden. Sie hatte manchmal diese Zustände, dann war sie wie Sand, formlos und wehrlos, und dann brauchte sie eine harte Unterlage, um ihren Körper zu spüren, um wieder zu wissen, wer sie war und wo sie war.

Sie zog sich langsam an der Bettkante hoch. Jeder einzelne Knochen tat ihr weh, jeder einzelne Muskel schien verkrampft zu sein, als hätte sie einen Marathon hinter sich. Kopfschmerzen kamen dazu. Sie tastete nach ihren Migränetabletten im

Nachtkästchen und schluckte eine ohne Wasser – sie hatte Übung darin. Ihr war schrecklich kalt, obwohl Jo sie fürsorglich zugedeckt hatte und die Fußbodenheizung lief.

Sie stand auf und stolperte zum Fenster. Die Rollläden schlossen so dicht, dass zwischen den einzelnen Gliedern nur fadendünne Lichtstreifen sichtbar waren. Sie zog sie mit einem Ruck hoch, das Krachen tat ihren Ohren weh und die gleißende Helligkeit ihren Augen. Ihre rechte Kopfseite war ein einziges Hämmern. Dann wurde ihr übel, und sie stürzte ins angrenzende Bad, aber glücklicherweise kam nichts, also würde die Tablette vielleicht doch etwas bewirken. Aus dem Badezimmerschränkchen nahm sie eine zweite, eine Schmelztablette, die sich unter der Zunge auflöste und direkt in die Blutbahn gelangte.

Steffi legte sich aufs Bett und setzte ihre Schlafbrille auf. Sie schlief noch mal ein, und als sie eine Stunde später wieder aufwachte, waren die Schmerzen weg und hatten der Verzweiflung Platz gemacht. Wahrscheinlich war das jetzt ihr Leben, zwischen Schmerzen einerseits und Verzweiflung andererseits. Das Staubsaugergeräusch hatte aufgehört. Vielleicht war Jo noch da, vielleicht auch ins Krankenhaus gefahren, um doch liegen gebliebenen Bürokram zu erledigen, oder es hatte einen Notfall gegeben. Steffi ertappte sich dabei zu hoffen, dass er nicht da war. Am liebsten wäre sie jetzt allein. Dann gäbe es keine Fragen, und sie wäre niemandem über ihren Zustand Rechenschaft schuldig. Solange sie allein war, musste sie sich nicht mit dem beschäftigen, was über sie hereinbrechen würde. Solange konnte sie so tun, als wäre nichts.

Es klopfte an der Schlafzimmertür. Leise, taktvoll. Wie Jo eben war. Manchmal zu leise und taktvoll.

»Ja«, sagte sie. Sie hörte Jo hereinkommen. Sie hatte

immer noch die Brille auf. Zeit, sie abzusetzen, aber andererseits fühlte sie sich ganz wohl in der Dunkelheit.

»Steff?«

»Mir geht's gut, danke.«

Das Bett knarrte leise, aber sie spürte keine Bewegung. Jo hatte sich auf die andere, seine Seite gesetzt. Warum war er nicht zu ihr gekommen, wenn er schon mal da war? Sie wollte einerseits allein sein, und sehnte sich andererseits nach jemandem, der sie in den Arm nahm, ganz fest, wie ein Bollwerk gegen all das Furchtbare da draußen.

»Migräne?« Seine Stimme klang vorsichtig, tastend.

»Ist vorbei, glaube ich. Ich hab zwei Tabletten genommen.«

»Das ist gut. Hast du Hunger?«

»Nein.«

»Kaffee?«

»Ja, Kaffee wäre toll. Danke.«

Er verließ das Zimmer und ging in die Küche. Geklapper von Geschirr, das zischende Geräusch der Espressomaschine, ein brandneues und sauteures Teil, das sie sich zu Weihnachten gewünscht hatte. Sie setzte die Brille ab und rieb sich die Augen. Weißgraues Tageslicht durchdrang den Raum, flutete jede Ecke. Nach ein paar Minuten kam Jo zurück mit einer Tasse Cappuccino. Diesmal setzte er sich zu ihr, reichte ihr die Tasse, während sie sich aufsetzte, sah sie aber nicht an.

»Jo?«, sagte sie.

»Hm?«

»Ich bin immer noch dieselbe, oder?« Das klang selbst in ihren eigenen Ohren komisch.

»Wie fühlst du dich?«, fragte er zurück.

Sie überlegte, nippte an dem Kaffee, stellte ihn schließlich auf den Nachttisch. Es war sehr still. Nur in ihren Ohren rauschte es. »Ich glaube, ich hab einen Tinnitus.«

»Wirklich?«
»Nein.«
»Steff?«
»Ja.«
»Alles okay?«
»Was denkst du denn?«

Endlich umarmte er sie, aber nicht wirklich liebevoll, so kam es ihr vor, sondern eher ein bisschen steif und unbeholfen. Oder war sie es, die zu steif und unbeholfen war, um sich helfen zu lassen? Sie entspannte sich ganz bewusst, drückte sich an ihn, und langsam schmolz das Eis in ihr und löste sich in Wasser auf. Sie machte sich los und ging pinkeln.

Als sie zurückkehrte, informierte Jo sie, dass die Polizei angerufen habe und mit ihr sprechen wolle. »Ist das in Ordnung? Du musst auch nirgendwohin, sie kommen extra her.« Das sagte er, als ob man ihr einen besonderen Gefallen damit täte, dabei fand sie den Gedanken schrecklich, sie hier hereinzulassen, in ihre Wohnung, in ihren intimen Bereich. Andererseits war die Vorstellung, jetzt ein Polizeirevier aufzusuchen, noch schlimmer. Allein der Gedanke, raus in die Kälte zu müssen, fühlte sich furchtbar an.

»Hab ich eine Wahl?«, fragte sie.
»Na ja …«
»Egal. Ist schon gut. Du musst mich nicht wie ein rohes Ei behandeln, okay?«
»Ich …«
»Entschuldige. Das war blöd.«
»Nein, Steff. Alles gut.«

Sie kamen am Nachmittag, um halb drei. Zu zweit, eine blonde Frau etwa in ihrem Alter und ein Mann, den sie als den Kommissar wiedererkannte, der sie gestern im Auto vernommen, verhört, befragt oder was auch immer hatte. Also, es zumindest versucht hatte, bevor sie zusammengebrochen war. Sie hatte keine Ahnung mehr, was sie ihm erzählt hatte. Jo bot ihnen Tee oder Kaffee an, sie lehnten beides ab, aber nahmen jeder ein Wasser. Es war beinahe rührend, wie sie nebeneinander auf dem grauen Ledersofa saßen, sichtlich bemüht, keine Umstände zu machen.

Nachdem sie erneut *belehrt* (an dieses umständliche Prozedere konnte sie sich immerhin erinnern) wurde, dass sie die Wahrheit sagen müsse, dass sie als Halbschwester Leons das Zeugnisverweigerungsrecht habe, fragte man sie, ob sie trotzdem aussagen wolle.

Hatte er das gestern auch gefragt? Sie erinnerte sich nicht. Dann sagte sie: »Ja.«

»Sie möchten Angaben machen?«, sagte die blonde Frau, die sich als Kriminaloberkommissarin Karin Lakotta vorgestellt hatte. Kriminaloberkommissarin Karin Lakotta und Kriminalkommissar Paul Stettner. Sie versuchte, sich die Namen zu merken.

»Ja«, sagte sie.

»Wir nehmen die Befragung auf Band auf. Ist das in Ordnung?«

»Ja.«

Ihr Kollege Stettner sagte: »Wir würden Sie gern zu den familiären Verhältnissen befragen. In Ordnung?«

»Fangen Sie einfach an.«

»Okay«, sagte Kommissarin Karin Lakotta. »Wie würden Sie Ihren Halbbruder Leon beschreiben?«

Sie zögerte. »Das ist nicht so einfach.«

»Natürlich nicht. Nehmen Sie sich Zeit.«

»Er ist ... liebevoll. Höflich. Und manchmal ... Ich meine, man liegt schon mal mit seinen Eltern im Clinch, also genau wie ich als Jugendliche. Da schreit man schon mal rum. Das ist normal, oder?«

»Natürlich. Was waren denn so die Streitpunkte im Wesentlichen?«

»Die Waffen.« Das platzte so aus ihr heraus, und erst als die Kommissare still wurden, so still, dass man nur die antike Standuhr ticken hörte, war ihr klar, was sie gesagt hatte. Und natürlich stürzten sie sich darauf. Nicht so, dass man es gleich merkte, dafür waren sie zu geschickt. Aber die nächsten Minuten kreisen sie um das Thema. Wie viele er hatte? (Das wusste sie nicht.) Ob er auch im Haus geschossen habe? (Keine Ahnung.) Ob er einen Waffenschein besessen habe? (Keine Ahnung, wahrscheinlich nicht.)

Aber dann brach es doch aus ihr heraus. Die Angst und die Sorge und überhaupt das Absolut-unmöglich-Finden, als sie erfahren hatte, dass ausgerechnet jemand wie Leon, der schon als Kind seine erste Minibombe gebaut hatte, eine Büchsenmacherlehre machen wollte.

»Sie fanden das nicht in Ordnung?«

»Nein! Ausgerechnet Leon! Ich bin zu Mama – ich bin zu Mama und hab gesagt, das geht nicht. Leon und eine Ausbildung mit Waffen, das geht nicht mit seiner Krankheit. Ich meine, Leon ist ein diagnostizierter Asperger-Autist, er weiß nicht, was richtig und falsch ist, das ist nicht in ihm drin, er ist superintelligent, aber solche Dinge versteht er nicht. Gesellschaftliche Vereinbarungen, Gesetze, die uns das Zusammenleben ermöglichen, Verbote, die sinnvoll sind, all das versteht er nicht. Er geht zum Bahnhof mit einer Tasche voller Waffen, und zeigt sie dort den Drogendealern, um anzugeben oder warum auch immer, und vor allem eben, *weil er das nicht kapiert*. Danach sagt er dann schon, ja, stimmt, das war scheiße, tut mir leid, aber in der Situation selber zeigt er diese Waffen rum und weiß genau, dass dort ständig Polizei patrouilliert.«

»Wir wissen, dass deswegen ein Verfahren gegen Leon eröffnet wurde. Er wurde zu Sozialstunden verurteilt.«

»Ja, keine Ahnung, ich weiß gar nicht, ob er die schon abgeleistet hat.«

»Das wissen Sie nicht?«

»Nein, weil ich das gar nicht wissen wollte! Ich hab zu meiner Mutter gesagt, Mam, das ist die falsche Ausbildung, das triggert Leon, der doch sowieso kein Maß kennt, das könnt ihr nicht verantworten!«

»Wie hat Ihre Mutter reagiert?«

»Darf ich rauchen? Nur eine, Jo, bitte!«

Jo nickte, sichtbar widerwillig, aber schließlich stand er sogar auf und holte ihre Schachtel aus der Handtasche. Schüttelte eine Zigarette heraus und reichte sie ihr.

»Danke«, sagte sie kleinlaut, schämte sich irgendwie, aber dann gab ihr der Kommissar – genau wie gestern – Feuer, und diesmal musste sie nicht an Markus denken, diesmal schmeckte sie richtig gut.

»Ihre Mutter«, erinnerte sie die Kommissarin.

»Ja, Mam. Sie ist so lieb, aber sie hat den Leon … Die ganzen Therapien, all das … Sie wollte einfach nur, dass es ihm gut geht, und das war eben auch ihre Begründung, dass der Leon … Dass diese Ausbildung dem Leon richtig Spaß macht und dass er etwas braucht, woran er richtig Spaß hat, weil er ja irgendwann mit irgendwas auch mal Geld verdienen muss.«

»Und Ihr Vater? Wie hat der das gesehen?«

»Markus? Der ist nicht mein Vater!«

»Entschuldigung, Ihr Stiefvater.«

»Über Markus will ich nicht sprechen.«

Wieder diese Stille, das Ticken der Uhr. Die Frage, die im Raum stand wie ein Gespenst. Einatmen, ausatmen.

»Markus wollte immer gern mein Vater sein. Das wollte er immer. Aber das ging nicht.« Sie schüttelte energisch den Kopf, ganz hinten im Nacken war ein winziger Punkt, der wehtat. Steffi ignorierte ihn. Und dann kamen die Worte langsam und von ganz tief drinnen. Von unten, aus dem Bauch, so kam es ihr vor. Aus dem Augenwinkel nahm sie wahr, dass Jo eine Bewegung machte, als wollte er sie aufhalten. Jo mochte Markus, das wusste sie, er mochte auch Leon und Mam, dauernd versuchte er, sie vor ihr zu verteidigen, und zum ersten Mal fragte sie sich, warum er das tat, wovor er sie schützen wollte.

Es war ihre Familie, sie hatte die Deutungshoheit.

»Sie haben Probleme mit Markus?«

»Ja.« Sie nickte und sah jetzt nur noch den Kommissar an, hielt sich quasi fest an seinen warmen braunen Augen. »Wir haben uns gestritten, weil ich nicht wollte … Weil ich nicht wollte, dass er mich zum Altar bringt, als Jo und ich geheiratet haben. Ich hab zu ihm gesagt, Markus, ich mag dich wahnsinnig gern, aber als Vater, der mich zum Altar bringt, nein.«

Jo legte ihr die Hand auf den Arm, sie streifte sie unwillig ab.

»Stiefvater sein ist nicht jedermanns Sache«, sagte der Kommissar. »Da gibt's immer wieder diese Missverständnisse. Ich hab einen Freund, der ist Stiefvater, und der gibt sich Mühe, aber irgendwie ist er immer der Eindringling, den keiner für voll nimmt.«

»Ja«, sagte Steffi, »so war Markus. Er hat so gekämpft, er wollte es wirklich, er wollte diese Familie, aber es lief nicht so harmonisch und nett, wie er sich das vorgestellt hat.«

»Wie lief es denn?«

»Chaotisch, schon wegen Leon und seinen Wutanfällen. Und Markus hasst Chaos. Er rastet dann total aus, und dann schlägt er um sich.«

»Mit Worten?«

»Nicht nur.«

Wieder diese Stille. Ticktack. Ticktack.

»Er hat einmal Leon die Treppe hinuntergestoßen. Und einmal die Tür zu meinem Zimmer eingetreten. Das sieht man heute noch, und neulich hat er mich gefragt, was das da an der Tür ist, wieso die da so kaputt ist, und dann hab ich ihm das gesagt. Und dann hat er es reparieren lassen.«

»Er hat es nicht mehr gewusst?« Die Stimme des Kommissars war so angenehm leise, dass man sie kaum wahrnahm, sie drang quasi widerstandslos direkt in den Kopf, ohne Umwege über die Ohren, und einen Moment lang erkannte sie, dass das nicht ungefährlich war. Andererseits, was konnte er ihr schon anhaben? Sie hatte doch schon alles verloren, das schlimmste Denkbare war bereits passiert, ihre Wurzeln waren gekappt, sie trudelte vollkommen allein durch Raum und Zeit.

»Er hat es nicht mehr gewusst. Ich hab ihm gesagt, das warst du, Markus, du hast diese Tür eingetreten. Und irgendwann mal, da war ich so sechzehn, siebzehn, da hatten wir ein langes Gespräch, und da hat er sich entschuldigt für die Sachen, die passiert sind. Und das war dann in Ordnung, aber ein inniges Verhältnis war es trotzdem nicht, nicht von meiner Seite, das ging nicht. Ich konnte ihn nicht Papa nennen. Und mit der Hochzeit, das ging nicht. Also ist er nicht gekommen.«

»Er war nicht auf Ihrer Hochzeit, weil er Sie nicht zum Altar führen durfte?«

»Ja. Er ist einfach nicht gekommen.«

Die Kommissarin Karin Lakotta schaltete sich jetzt ein. »Zurück zu Leon. Was für ein Verhältnis hatte er zu seinem Vater? War sein Vater auch gewalttätig gegen ihn?«

Jo sagte: »Da habe ich nie was mitgekriegt.«

Steffi sagte: »Weißt du, Jo, du musst da nichts schönreden, das bringt nichts. Unsere Familie war ein ziemlicher Saustall. Wir haben uns alle geliebt, aber heile Welt ist was anderes.«

»Das bedeutet?«, insistierte die Kommissarin. Sie war ganz anders als der Kommissar. Direkter, professioneller, aber bei aller Höflichkeit irgendwie auch kälter. Steffi mochte den Kommissar lieber, der immer so ein leises Lächeln in den Augenwinkeln hatte, selbst bei den ernstesten Themen.

»Er hat Leon geschlagen«, sagte sie und sprach extra ihn an und nicht seine Kollegin. »Er hat Leon geschlagen und auch meine Mutter. Einmal mindestens, vor zehn Jahren oder so.« Erst als Jo ihr ein Tempo in die Hand drückte, merkte sie, dass sie weinte, dass ihr ganzes Gesicht nass war von Tränen. Das war ihr erst wahnsinnig peinlich und im nächsten Moment so egal wie nur was.

Sie schnäuzte sich und wischte sich mit dem Taschentuch das Nass aus dem Gesicht. Wahrscheinlich sah sie furchtbar aus, aber auch das spielte keine Rolle, genauso wenig wie diese Vernehmung oder dieses Verhör oder was immer das war. Das alles führte zu gar nichts, weil es zu spät kam.

»Wie hat Leon reagiert? Welche Probleme hatte er?«

»Er hatte viele Probleme, er war so unglücklich. Und schwierig manchmal, und – ich weiß nicht – alles.« Leon hatte Mam, Markus und sich selbst getötet, weil er verzweifelt war, und verzweifelt war er sein ganzes Leben lang gewesen, so verzweifelt, dass er schon viel früher hatte sterben wollen.

Aber: Konnte das wirklich sein? Er hatte Mam doch abgöttisch geliebt! Hätte er sie wirklich mitgenommen? Als Achtjähriger war Leon einmal aufs Dach geklettert, um sich herunterzustürzen, und das war vermutlich nicht sein letzter Selbstmordversuch gewesen. Sie hatte nie vergessen, was er gesagt hatte, als man ihn schließlich heruntergeholt, ihn in eine Decke gewickelt und versucht hatte, ihn zu beruhigen.

Die Welt ist ohne mich besser dran.

Sie erzählte auch das den beiden Kommissaren, ein Ereignis, das sie ganz tief in ihrem Unterbewusstsein vergraben hatte und das sie nun heimsuchte wie ein Albtraum am helllichten Tag. Und als ob sich in diesem Augenblick irgendwelche Schleusen in ihrem Gehirn geöffnet hatten, kamen immer mehr Erinnerungen, eine schrecklicher als die andere, als ob es die guten Zeiten nie gegeben hätte. Aber darüber würde sie nicht sprechen, nicht mit der Polizei und nicht mit Jo, nicht mit ihren Freundinnen, nicht mit ihrer Therapeutin. Es würde so sein, dass sie – die Letzte, die alles wusste – ihr Wissen mit ins Grab nehmen würde. Und aus irgendeinem Grund tat diese Vorstellung fast noch mehr weh als der Verlust der drei Menschen, die ihr am meisten bedeutet hatten.

»Ich hätte mich mit Markus vertragen müssen. Wenn ich gewusst hätte ... Ich hätte mich mit ihm versöhnt. Ich hätte mich mehr um Leon kümmern sollen, ich hätte überhaupt mehr tun können, und jetzt ist es zu spät«, sagte sie weinend, während sich die Polizisten erhoben und der Kommissar ihr die Hand auf die Schulter legte, ganz kurz nur, aber auf seltsame Weise tröstlich. Als er die Hand wegnahm, wurde die Stelle kalt.

Schließlich waren sie gegangen und sie und Jo wieder zu zweit. Steffi legte sich auf das Sofa und platzierte ein Kissen unter ihren Kopf. Sie wünschte sich das Alleinsein so schmerzlich, und hatte gleichzeitig dermaßen viel Angst davor, dass sie mit dem Weinen nicht aufhören konnte, einfach weitermachte mit dem Schluchzen und dem Sich-Schnäuzen und wieder Schluchzen und dabei eine Zigarette nach der anderen rauchte, weil Tränen und Rauchen so gut zusammenpassten.

Sie versuchte, das Jo zu erklären, der bei ihr sitzen blieb und ihr übers Haar streichelte, obwohl er den Rauchgeruch schrecklich fand und wahrscheinlich schon darüber nachdachte, wie er ihn aus der Wohnung wieder herauskriegte.

»Warum hat er das getan, Jo?«

»Ich weiß nicht.«

»Warum hat er sie mitgenommen? Er hätte allein gehen können. Warum mussten sie auch sterben?«

»Man konnte ihn nicht mit normalen Maßstäben beurteilen. Das haben wir immer gewusst.«

»Ich habe nicht gewusst, dass er ein Mörder ist. Ich kann das auch nicht glauben. Das kann einfach nicht sein.«

»Das habe ich nicht gemeint, Schatz.«

»Dann glaubst du, dass er es vielleicht nicht war?«

Darauf sagte Jo nichts, musste er auch nicht, die Antwort lag ja auf der Hand.

*

Sie kamen direkt in den Feierabendverkehr. Als sie nach einem fast halbstündigem Stop-and-go-Geschleiche über das Nadelöhr Landshuter Allee, Donnersbergerbrücke und den Trappentreutunnel endlich auf die A96 einbogen, war es schon fast wieder dunkel. Karin Lakotta fuhr, Stettner dachte über alles nach beziehungsweise glaubte, dass er über alles nachdachte, war aber dermaßen übermüdet, dass er in Wirklichkeit einnickte. Nur undeutlich nahm er wahr, dass Karin etwas sagte, was sich in einen wirren Wachtraum einfügte.

»Paul?«

Er schreckte hoch. »Was?«

»Oje, tut mir leid. Du bist ziemlich müde, was? Soll ich dich erst heimfahren, und du schläfst dich mal richtig aus?«

»Nein, passt schon, danke. Die Abendlagebesprechung nehm ich auf jeden Fall noch mit.«

Sie sah ihn von der Seite an. »Dein Freund, der Stiefvater...«

»Mhm.« Stettner gähnte ausgiebig.

»Existiert der?«

Stettner zögerte. »Nicht wirklich«, gab er zu.

»Verstehe.«

»Du findest das nicht gut?«

»Ich weiß nicht. Also: Nein, ich finde solche Tricks nicht gut.«

»Du hast mit einem vom Jugendamt gesprochen?«, fragte er, ohne darauf einzugehen.

»Ja, hab ich doch schon erzählt.«

»Klar, aber du hast das während der Befragung gar nicht erwähnt. Die Schwester muss das doch als Jugendliche alles mitbekommen haben. Die ständigen Schulwechsel, die Schulbegleiter, die alle das Handtuch geschmissen haben, die Mutter, die im Zweifelsfall lieber den Gutachter gewechselt hat, statt etwas zu unternehmen...«

»Und, was hätte das geholfen?«

»Ich finde, dass sie dazu hätte Stellung nehmen müssen. Vielleicht hätte sie was dazufügen können, was wir bislang nicht wissen?«

»Und was?«

»Ich weiß nicht. Irgendwas.«

»Wollen wir einen Kaffee trinken? Bis zur Abendbesprechung haben wir noch Zeit.« Ohne Stettners Antwort abzuwarten, verließ sie bei Gräfelfing die Autobahn und steuerte zielsicher in die Bahnhofstraße.

»Kennst du dich hier gut aus?«, fragte Stettner.

»Ich bin in der Nähe aufgewachsen«, antwortete sie knapp.

»Wo genau?«

»In Krailling. Da, wo die beiden Mädchen vom Schwager der Mutter ermordet wurden. Da war ich in der Abiturklasse.«

Stettner erinnerte sich an den Fall. Zehn Jahre war das her. Der Mörder behauptete noch immer, er sei unschuldig, obwohl sämtliche DNA-Spuren seine Schuld bewiesen.

Karin Lakotta parkte den Wagen vor einem italienischen Lokal kurz vorm S-Bahnhof. Sie stiegen aus, gingen hinein und setzten sich an eines der großen Fenster.

»Hier gibt's den besten Cappuccino und das beste Tiramisu im ganzen Landkreis«, sagte sie.

»Okay«, entgegnete Stettner. Es gefiel ihm gut hier. Viel Holz, lange Tische, lederbezogene Bänke. Eher ein Restaurant als ein Café, weshalb es relativ leer war. Fürs Abendessen war es noch zu früh, erst halb sechs. Sie bestellten Cappuccino und Tiramisu.

Mittlerweile war es dunkel, ihre beiden Gesichter spiegelten sich in der Glasfront.

Karin sagte: »Laut dem Jugendamt ist das hier der Eins-a-Lebenslauf eines Serienmörders.«

»So schlimm? Das war mir nicht klar.«

»Schlimmer. Ich musste das selbst erst mal verarbeiten.« Ihre Bestellung kam, sie nahm einen Schluck Kaffee. »Er hat einem Hund einen angezündeten Kracher ins Maul gesteckt. Er hat einem Hasenbaby beide Ohren ausgerissen. Erst hat er es geleugnet, dann hat er die Quälerei in allen Einzelheiten beschrieben. Er hat schon als Kind mit Sprengstoffen experimentiert. Wenn er im Stress war, und das war er anscheinend so gut wie immer, hat er seine Arme und Hände blutig gebissen. Einmal hat er einen Stein in eine Gruppe von Kindern geworfen – einfach nur so, weil er wissen wollte, was passieren würde. Er war ein Waffenfanatiker und hantierte im hauseigenen Chemiekasten gerne mit Sprengstoffen. Er hat erzählt, dass er aus einer mit Splittern gefüllten Weihnachtskugel eine Streubombe gebastelt und zu Hause vor der Eingangstür gezündet habe. Er hat Flaschen, Scherben, Steine, Dosen, Feuerzeuge oder andere Gegenstände an unübersichtlichen Stellen auf die Straße gelegt. Dann auf Teneriffa ...«

»Was war auf Teneriffa?«

»Eine Jugendamtsmaßnahme. Leon hat dort zwei Hunde so sehr getreten, dass sie gejault hätten, sagt der Betreuer. Er hat gedroht, seine Betreuer mit einem Messer umzubringen. Leons Eltern haben offenbar auch nicht so richtig mit den Betreuern zusammengearbeitet. Vielleicht hatten sie Angst vor ihrem Sohn.«

»Krass«, sagte Stettner. Wieder überfiel ihn die Müdigkeit und noch etwas anderes, was er nicht benennen konnte, eine Art von Sorge, deren Ursprung ihm schleierhaft war.

»Sei ehrlich, hätte ich das alles wieder vor der Halbschwester ausbreiten sollen? Was hätte das gebracht?«

»Wahrscheinlich nichts«, sagte Stettner. Das Tiramisu stand vor ihm, bislang noch unangerührt, und plötzlich verspürte er einen Wahnsinnshunger auf Süßes und Sahniges. Das passierte ihm oft, wenn er müde war. Er aß das Stück in einem Rutsch auf, und seine Stimmung hob sich sofort. Karin beobachtete ihn lächelnd.

»Was?«, fragte Stettner.

»Magst du meine Hälfte noch?«

»Wenn du sie nicht mehr …«
»Ich bin pappsatt.«
»Dann gern!«
»Das mag ich an euch Männern. Ein Stück Torte intus, und ihr seid sofort wieder auf Zack.«

Flirtete sie mit ihm? Stettner wollte das gern glauben, denn sie war sehr hübsch mit ihren dicken blonden Haaren und dem feinen Gesicht. Er würde trotzdem nur sehr sparsam darauf eingehen, aus sehr vielen Gründen, von denen einer Giulia hieß und seine Frau war. Es hatte deswegen in der Vergangenheit Probleme gegeben, und auf eine Neuauflage dieser Probleme war er nicht scharf.

»Auf Zack wäre etwas übertrieben«, sagte er und sah ihr gerade so lange in die Augen, wie es ging, ohne allzu interessiert zu wirken.

Nach der Abendbesprechung wollte er eigentlich nach Hause, aber dann gab es noch eine weitere Zeugenvernehmung, und er war einverstanden, sie wieder zusammen mit Karin Lakotta zu führen. Die Idee gefiel ihm sogar. Ein bisschen zu gut vielleicht.

Es handelte sich um Markus Rheinfelds Sohn Christoph aus erster Ehe, ein großer, schlanker Mann mit dunklen Augen und modisch geschorener Halbglatze. Sein Alter gab er mit achtunddreißig an, seinen Beruf mit »Architekt«. Ein größerer Kontrast zu seiner Halbschwester war kaum denkbar, nicht nur, was das Aussehen betraf. Die ganze Art war völlig anders. Keine Tränen, keine sichtbare Bestürzung. Ein Gesicht wie Beton. Stettner startete einen Versuchsballon, indem er ihm nach der Belehrung kondolierte.

Rheinfeld nickte nur, als würde er das Manöver durchschauen, aber Stettner sah, dass er blass wurde und sich ein feiner Schweißfilm auf der Haut bildete. Jeder geht anders mit Trauer um, dachte er, und Rheinfeld schien sie auf den Magen zu schlagen. Oder steckte etwas anderes dahinter?

»Ist alles in Ordnung mit Ihnen?«, fragte er.

»Ja. Sicher.« Rheinfeld schüttelte den Kopf, aber nicht wie eine Verneinung, sondern eher unbewusst, als wären ihm die Ohren zugefallen. Seine Kiefer mahlten. Eine Pause trat ein.

»Möchten Sie ein Glas Wasser?«, fragte Karin Lakotta schließlich.

»Haben Sie vielleicht Kaffee? Schwarz, ohne Zucker? Ich bin todmüde nach der ganzen – der ganzen Scheiße.«

Karin Lakotta nickte und stand auf. Sie sprach auf Band, dass sie nun den Raum verlasse und die Vernehmung unterbrochen werde, anschließend drückte sie auf die Pause-Taste. Stettner blieb zurück und musterte den Mann vor ihm. Es war wichtig, jetzt nichts von Belang zu fragen, deshalb erkundigte er sich nach der Herfahrt und ob alles glatt gegangen sei, erzählte dann seinerseits von dem Vierzigstundentag, der hinter ihm lag. Alles in ruhigem, besänftigendem Tonfall, aber nicht gefühlvoll, denn auf der Schiene, das spürte er, war Rheinfeld nicht zugänglich.

Ein Mann-Mann, so schätzte Stettner ihn ein. Einer, dem seine eigenen Emotionen fremd waren. Gab es da ein Aggressionsproblem wie bei seinem Vater? Nicht nur bei Stephanie Kellermanns Vernehmung, auch bei der Abendbesprechung war genau das zur Sprache gekommen. Zwei Kolleginnen hatten die Schwester der ermordeten Barbara Rheinfeld vernommen und Übereinstimmendes über Markus Rheinfeld berichtet.

Der konnte supernett sein und in der nächsten Sekunde das letzte Arschloch. So oder ähnlich hatte sich laut den Kolleginnen die Schwester geäußert.

Wenn der gebrüllt hat, haben die Gläser in der Vitrine gewackelt.

Karin Lakotta kam zurück und stellte eine dampfende Kaffeetasse vor den Zeugen. Dann schaltete sie das Aufnahmegerät ein und erklärte, dass die Vernehmung nun fortgesetzt werde.

»Wann hatten Sie das letzte Mal Kontakt zu Ihrem Vater und Ihrer Stiefmutter?«, fragte sie.

»Am 26. Dezember.« Kurz und bündig.

»Telefonisch oder persönlich?«

»Persönlich. Ich war da. Telefoniert haben wir vor etwa einer Woche das letzte Mal.«

»Bei diesem Telefonat – war da irgendwas Besonderes?«

»Nichts. Es ging ums Haus. Mein Vater wollte renovieren. Also im größeren Stil. Den Anbau mit dem Wintergarten vergrößern, einige Wände rausreißen, Räume zusammenlegen, eventuell das Dach anheben, solche Sachen. Er wollte von mir wissen, wie da die Genehmigungsverfahren laufen. Es war eine Art Arbeitsgespräch.«

»Das Haus gehörte Ihrem Vater?«

»Ja.«

»Dann wären Sie als leiblicher Sohn möglicherweise der Alleinerbe?«

»Ja, und deshalb hab ich gleich die ganze Familie um die Ecke gebracht. Oder hätte es getan, wenn ich kein Alibi hätte, was Sie wüssten, wenn Sie mit Ihren Kolleginnen gesprochen hätten, die das heute überprüft haben. Okay?«

Da war sie, die Wut. Stettner schaltete sich ein. »Wir wissen, dass Sie ein Alibi haben. Sie werden nicht als Beschuldigter, sondern als Zeuge vernommen. Die Frage meiner Kollegin diente lediglich dazu, das Umfeld abzuklären.«

»Welches Umfeld denn? Ich denke, die Sache ist klar.«

»Das ist sie nicht, die Ermittlungen laufen noch. Sonst könnten wir uns das hier ersparen. Wollen wir weitermachen?«

Rheinfeld zuckte mit den Schultern.

»Ja oder ja?«, fragte Stettner trocken.

»Von mir aus.«

»Wir können das auch abbrechen. Sie sind nicht verpflichtet auszusagen.«

»Passt schon.«

»Dann noch mal zurück zum 26. Dezember. Gab es da irgendwelche Auffälligkeiten, irgendeinen Streit, etwas in der Richtung?«

»Wie immer halt. Streit zwischen meinen Eltern, also meinem Vater, Barbara und Leon.«

»Wie immer – das heißt?«

»Er hat mal wieder nicht das gemacht, was von ihm verlangt wurde. Er hat herumgeschrien.«

»Worum ging es denn?«

»Wir wollten Mittagessen, Leon war in seinem Zimmer und lag auf dem Bett. Und dann war es so gegen vierzehn Uhr, und es gab eine Riesenschreierei, weil er nicht zum Essen kommen wollte.«

»Wer hat denn geschrien?«

»Leon.«

»Und das geschah öfter?«

»Allerdings. Er wollte immer nur auf seinem Bett liegen oder an seinem Computer sitzen. Er wollte nicht essen, sich nicht waschen, und wenn man irgendwas davon verlangt hat, gab's Stress.«

»Kam es auch zu körperlichen Auseinandersetzungen?«, fragte Karin Lakotta.

»Diesmal nicht. Aber schon auch.«

»Von Leons Seite aus?«

»Ja.«

»Wie sah das dann aus?«

Zum ersten Mal wirkte Rheinfeld verunsichert. Dann sagte er: »Es ist wohl mal vorgekommen, dass er Barbara geschubst hat. Das hat mir Steffi erzählt.«

»Ihre Halbschwester Stefanie?«

»Ja.«

»Wann ist das passiert?«

»Keine Ahnung. Irgendwann vor ein paar Jahren.«

»Hat Leon mal damit gedroht, dass er der Familie was antut?«

»Nicht dass ich wüsste. Aber ich weiß auch nicht alles. Steffi hat mir bestimmt nicht alles erzählt.«

»Wir haben in Leons Zimmer Drogen, Alkohol, einen Marihuana-Crusher und eine benutzte Bong gefunden. Wissen Sie etwas darüber?«

»Er hat viel getrunken und gekifft, das weiß ich. Darüber hat sich Barbara Sorgen gemacht, und das war auch immer wieder Thema. Also, wenn Leon mal aus seiner Höhle auftauchte.«

»Mein Kollege hat von seiner Erstvernehmung mit Ihnen berichtet, dass Sie etwas von einem geplanten Amoklauf erwähnt haben. Dass Sie die Sorge gehabt haben, dass so etwas passiert. Meinten Sie damit, dass Leon einen Amoklauf geplant hat? Und wenn ja, wie kamen Sie darauf? Hat er Ihnen so etwas erzählt?«

»Nein, das nicht.«

»Aber?«

»Er war – er war ein ganz eigener Mensch. Also eigenartig. Er war total introvertiert und verschlossen. Er hatte, soviel ich weiß, keine Freunde. Er hatte nie eine Freundin gehabt. Er war ein Einzelgänger und ein Waffenfetischist und hatte als Kind schon Bomben gebaut. Er spielte Computerspiele, also diese Horror-Games wie ›Zombie Apokalypse‹ und so. Wo das Blut nur so rumspritzt. Machen das nicht alle Amokläufer?«

»Das kann man so generell nicht sagen.«

»Wenn er mal geredet hat, dann ohne Punkt und Komma, und immer über diese Scheißwaffen. Das hat ihn total fasziniert. Diese Scheißwaffen.«

»Was genau daran?«

»Wie man sie baut, dass man sie im Darknet bestellen kann, wie einfach das ist und so weiter. Er hat im Keller damit geschossen.«

»Wir haben im Keller Schrotkugeln und andere Patronen gefunden. Und eine Aluplatte mit Schusslöchern.«

»Ja. Meine Eltern – ich versteh's nicht, sie haben ihn nicht daran gehindert. Das war so verrückt.«

»Trauen Sie Ihrem Halbbruder zu, dass er sich selbst und seine Eltern erschossen hat?«

»Ich würde am liebsten Nein sagen. Aber das kann ich schlecht, oder? Es ist ja schließlich passiert.«

Als Stettner endlich auf dem Weg nach Hause war, war es fast Mitternacht. Zum Schluss hatte Rheinfeld doch noch Gefühle gezeigt. Vielmehr eine Art Kreislaufzusammenbruch, was in seinem Fall vermutlich aufs Gleiche herauskam. Nachdem er sich in den Papierkorb übergeben hatte, hatte ihn ein Kollege schließlich nach Hause gefahren.

Wieder die Dunkelheit, der Nebel, der sich bis auf die Straße senkte, die totenleeren Dörfer. Dazu sein übermüdetes und gleichzeitig überwaches Hirn, das ihm seltsame Streiche spielte. Einmal glaubte er, einen Schatten zu sehen, der sich vom Gehsteig Richtung Straße bewegte, weswegen er scharf bremste, nur um festzustellen, dass da außer einer weggeworfenen Plastiktüte nichts war.

Er versuchte, die Bilder aus seinem Kopf zu bannen, die Bilder eines jungen Mannes, der die Waffe auf seine Eltern richtete – sie hinrichtete –, sich dann auf sein Bett legte und die Pistole an die Schläfe, um sich dafür zu bestrafen. Oder um sie im Himmel wiederzusehen? Was zum Teufel bewegte einen jungen Mann, der sein ganzes Leben noch vor sich hatte, dazu, so etwas zu tun?

Leon hatte sein Leben nicht vor sich, hatte Karin Lakotta gesagt, kurz bevor Stettner gefahren war. *Er hatte es schon hinter sich. Für Leute wie ihn gibt es keine Hoffnung.*

Das ist schrecklich.

Ja.

6

Vier Wochen vor der Tat

»Autismus«, sagte Barbara und nickte bekräftigend, wie immer, wenn sie das Wort in den Mund nahm. Autismus. Das Wort, die Diagnose, das Urteil. Autismus hatte man von Geburt an, es handelte sich um einen nicht heilbaren seelischen Defekt. Das war schrecklich, aber auch eine Erleichterung, denn es hieß im Klartext: Nicht Barbara oder Markus waren schuld an Leons Problemen, sondern ein fataler Mix ihrer gemeinsamen genetischen Ausstattung. Und dafür konnte sie kein vernünftiger Mensch verantwortlich machen. Autismus war Schicksal. Gottes Wille.

Oder auch: Shit happens.

Denn Leon hatte es besonders schlimm erwischt. Es gab so viele Kinder aus dem *Spektrum*, wie man es heute nannte, die ähnliche Schwierigkeiten hatten, aber doch irgendwann ihr Leben in den Griff bekamen. Sie sammelten keine Kriegswaffen und schossen damit im Keller herum, sie waren still und ernst und ein bisschen seltsam, sie flippten manchmal aus, aber sie lernten irgendwann zu funktionieren. Warum war Leon das nicht möglich? Würde er jemals auf eigenen Füßen stehen können?

Barbara saß in Friedrichs kleiner Hausmeisterwohnung und trank Schwarztee mit Milch und einem Schuss Stroh-Rum. Aus dem Panoramafenster konnte sie den Golfplatz sehen, beziehungsweise den vorderen Teil, der erleuchtet war. Friedrich saß neben ihr auf dem Sofa, die Beine lang ausgestreckt auf dem wackligen Couchtischchen vom Sperrmüll. Eine Lavalampe, die es irgendwie aus psychodelischeren Zeiten in die viel zu unterkühlte Gegenwart geschafft hatte, produzierte lilafarbene Blasen. Der Himmel leuchtete in einem unwirklichen Rubinrot, das überging in Dunkelblau und schließlich in die Schwärze eines späten Winternachmittags mündete.

»Ich wüsste so gern, was in seinem Kopf vor sich geht, was in ihm passiert, wenn er seine Anfälle hat, aber er sagt, er wüsste es selber nicht. Er hätte es nicht in der Hand. Meinst du, das stimmt? Blöde Frage, woher sollst du das wissen? Ich bin seine Mutter und habe genauso wenig Ahnung wie ein x-beliebiger Fremder.«

Wie so oft sagte Friedrich nichts dazu, sein Kopf ruhte entspannt auf dem abgeschabten Cord-Bezug, aber das war in Ordnung. In seiner Gegenwart fühlte sich Schweigen nicht bedrückend, sondern beruhigend an.

»Ich rede zu viel«, sagte sie trotzdem. »Tut mir leid. Und dann immer das Gleiche. Ich bin eine echt langweilige Person, keine Ahnung, warum du dich mit mir abgibst.«

Friedrich legte den Arm um sie, und sie kuschelte sich an ihn. Manchmal saßen sie eine halbe Stunde nur so da, manchmal küssten sie sich auch, knutschten herum wie Teenager, aber mehr passierte nie. Ihre Beziehung hatte keinen Namen, nährte sich aus der Vergangenheit und brauchte keine Zukunft. Alles war gut so, wie es war.

Ein paar Minuten vergingen. Dann sagte Barbara: »Manchmal hab ich Angst. Um ihn. Aber auch vor ihm.« Das war eines ihrer Geheimnisse, die sie mit niemandem teilen konnte, außer mit Friedrich.

»Baby«, sagte Friedrich. »Ich bin doch bei dir.«

»Du bist lieb.«

»Bring ihn mit. Dann lerne ich ihn kennen.«

»Vielleicht mache ich das.« Der Vorschlag kam nicht zum ersten Mal, und bislang hatte sie nie darauf reagiert. Aber heute hielt sie es mindestens eine Minute lang für eine richtig gute Idee. Warum eigentlich nicht? Friedrich war so außerhalb von allem, was Leon Angst machte, er besaß kaum etwas, erwartete nichts vom Leben, liebte die Natur und hatte keine therapeutischen Ambitionen, auf die Leon allergisch reagierte. Seine gelassene Bedürfnislosigkeit wäre Balsam für Leons gequälte Seele. Aber dafür müsste sie ihn erst mal hierherkriegen, und das war unmöglich. Allein der Gedanke an die wilden, fruchtlosen Diskussionen, die dieses harmlose Ansinnen lostreten würde, machte sie schon todmüde.

»Er würde nicht kommen«, sagte sie mutlos.
»Versuch's doch mal.«
»Das ist ja seine Krankheit. Diese Soziophobie.«
»Soziowas?«
»Nicht schon wieder.«
»Was?« Er grinste.
»Du weißt, was das ist. Tu nicht so, als ob du nicht zehn Semester Philosophie studiert hättest.«
»Neun. Und drei Semester Politikwissenschaften.«
Sie seufzte. »Diese Angst vor Menschen. Menschen machen ihn so verdammt nervös. Und dann kriegt er diese Meltdowns ...«
»Er schmilzt?«
»Etwas in ihm schmilzt. Wie eine Kernschmelze, verstehst du? Die Reize werden zu stark, er fühlt sich nicht mehr. Und dann explodiert er. Wie eine Atombombe. Und wir sind die Schlacken. Ich krieg ihn nicht in den Griff. Ich schaff's einfach nicht. Ich bin eine sauschlechte Mutter. Bei anderen Kindern bin ich top, bei meinem eigenen Sohn ein Totalausfall. Aber mach mal was gegen Meltdowns. Da bist du wehrlos.«

»Das sind doch nur Worte, Babsi. Du steckst ihn in eine Schublade randvoll mit Worten.«

»Das tue ich nicht! Meltdowns sind keine simplen Wutausbrüche, das ist was anderes!«

»Ein zorniger junger Mann. So war ich auch mal.«

»Nein, Friedrich. So warst du nie.«

»Woher weißt du das?«

»Niemand ist wie Leon.« Sie richtete sich auf, sah auf die Uhr. »Ich muss los.«

Friedrich legte seine warme Hand auf ihren Rücken. »Nicht immer weglaufen«, sagte er.

»Ich laufe nicht weg. Ich muss einfach nur ... los.«

»Um was zu tun?«

»Um Bodi zu füttern, der ist bestimmt schon ganz verhungert und sauer, dass er nicht mitkommen durfte. Um meinem Mann was zu essen zu machen. Um den morgigen Tag vorzubereiten. Und Weihnachtsgeschenke hab ich auch noch keine.«

»Bring Leon das nächste Mal mit.«

»Ich versuch's mal mit einem Greifbagger. Wenn ich ihn vorher gefesselt und geknebelt habe, könnte es funktionieren.«

»Komm schon. Ein Versuch ist es wert.«

»Er ist sowieso gerade in der Berufsschule. Das kriegt er wenigstens noch hin. Deswegen mach ich mir noch Hoffnungen. Ich meine, er steigt in den Zug nach Stuttgart, das ist für ihn eine große Sache. Sonst geht gar nichts, aber die Schule und an seinem Praktikum, da bleibt er dran. Das ist doch was, oder?«

Friedrich sagte nichts darauf. Sie nahm einen letzten Schluck von dem mittlerweile kalten und bitter schmeckenden Tee-Rum-Gemisch, verzog das Gesicht und stand auf, bevor Friedrich Fragen stellen würde, die sie nicht beantworten konnte. Er wusste schon viel zu viel, und bisher hatte er alles so hingenommen, voller Verständnis, wie sie gedacht hatte, aber heute war er irgendwie anders. Fordernder. Hatte er sich bisher nur zurückgehalten, um sie in Sicherheit zu wiegen? War er vielleicht doch in sie verliebt, und sie hatte es nur nicht wahrhaben wollen? Was machte sie eigentlich hier?

»Puh«, sagte sie. »Bin ganz schön angeschickert.«

Sie schlüpfte in ihre ärmellose Daunenjacke über den Sportklamotten. Auch vor sich selber brauchte sie immer eine Ausrede, um Friedrich zu besuchen, und das war eben das Laufen, zu dem sie heute früh nicht gekommen war, weil sich eine Notfall-Patientin angekündigt hatte.

»Ich fahr dich.«

»Musst du nicht. Zu Fuß ist das nicht mal eine Viertelstunde.«

»Es ist zu dunkel, und du hast deine Stirnlampe nicht dabei«, sagte Friedrich, und da hatte er recht, weswegen sie widerwillig zustimmte.

Als Barbara in der Küche stand und das Abendessen zubereitete, erinnerte sie sich an die Zeit, als Leon weit weg auf den Kanaren im Rahmen der *Maßnahme* des Jugendamts war. Allein die Tatsache, dass sie, die erfolgreiche Familientherapeutin, diese Behörde bemühen musste, war schlimm genug. Und in Wirklichkeit war er dann gar nicht richtig weg gewesen. Immer wenn man gedacht hatte, es läuft, er schafft es, wir können uns entspannen, auch mal an uns denken, war ein Anruf gekommen.

Sie gab die Penne ins sprudelnde Wasser, ließ das Öl mit dem Knoblauch und den Chilischoten in der Pfanne heiß werden, öffnete eine Dose mit Kirschtomaten für den Sugo. Wie sie die Anrufe mit der Auslandsvorwahl gehasst hatte. Anrufe hießen Probleme, die sie aus der Ferne lösen sollte, wo es doch im direkten Umfeld ausreichend geschulte Therapeuten gab, die dafür bezahlt wurden, genau das zu tun. Probleme zu lösen, die ihr über den Kopf gewachsen waren.

Die Tomaten zischten in der Pfanne, sie nahm sie rasch vom Herd. Noch heute konnte sie sich über die Unfähigkeit dieser Leute aufregen, so sehr, dass sie beinahe das Essen anbrennen ließ. Nie waren sie in der Lage gewesen, selbst Strategien zu entwickeln, immer musste man sie ihnen auf dem Silbertablett präsentieren, und dann waren sie nicht nur beratungsresistent, sondern wurden auch noch unverschämt.

Sie haben Leon eine Kreditkarte geschickt!

Na und? Ein junger Mann muss sich auch mal was kaufen können!

Er hat sich ein Klappmesser gekauft, keine Ahnung, wo er das herhatte. Frau Rheinfeld, Klappmesser sind hier nicht erlaubt, überhaupt keine Waffen! Wir wollen das nicht!

Ja, was fragen Sie mich? Tun Sie was dagegen! Was soll ich denn von hier aus machen?

Ihm die Kreditkarte sperren. Sofort. Er hat einen Betreuer bedroht und einen elfjährigen Jungen angegriffen. Frau Rheinfeld, so geht das nicht. Die Leute haben Angst vor ihm. Wir können nicht ...

Das können Sie laut sagen. Ich frage mich wirklich, wozu das Ganze überhaupt stattfindet.

Wenn das so weitergeht, müssen wir ihn wieder nach Hause schicken.

Herrje! Zu Ihnen kommen Jungs, die mit dreizehn ihren ersten bewaffneten Raubüberfall hinter sich haben. Da brauchen Sie mir nicht zu erzählen, dass Sie mit jemandem wie Leon nicht fertigwerden.

Wir werden mit ihm fertig. Aber nur, wenn Sie nicht ständig reingrätschen und alles besser wissen.
    Die Nudeln waren weich, der Sugo perfekt. Nur Markus verspätete sich und würde sich dann über eine verkochte Mahlzeit beschweren.
    Auch vor Markus hatte Barbara manchmal Angst, aber das hatte sie wirklich noch niemandem erzählt. Nichts von der Tür, die er ihr vor einigen Monaten ins Gesicht geschleudert hatte. Zurückgeblieben waren eine blutige, wenn auch glücklicherweise nicht gebrochene Nase und ein immerhin zutiefst zerknirschter Markus.
    Über so etwas redete man nicht, wenn man als selbstbewusste Frau auftrat, die glücklich wirkte, viele Freunde hatte und im Beruf ihren Mann stand. Es war zu peinlich.
    Sie hörte die Haustür aufgehen, aber das war nicht Markus, sondern Leon, der wie üblich einen Mordslärm veranstaltete. Bodi bellte, Leon brüllte ihn an, vermutlich setzte es auch einen Schlag, denn Bodi jaulte nun jämmerlich auf. Barbara verzichtete darauf, Leon zu fragen, ob er mit ihnen essen würde. Er würde ohnehin Nein sagen, sich türenknallend in sein Zimmer verziehen, und auf diese ganze Scheiße hatte sie gerade keine Lust.
    Überhaupt keine Lust.

*

Am nächsten Tag, einem Samstag, traf sich Leon mit einem Mädchen namens Isabella, genannt Isa. Das war eine absolute Ausnahme; Leon hatte normalerweise keinen Kontakt zu Mädchen. Aber Isa kannte er über Ben und schätzte sie, weil sie keine dieser Tussis war, deren Sprache er nicht verstand und deren Gekicher und albernes Rumgetue er ätzend fand, weil er das auch nicht verstand. Ben hatte sich vor fünf Monaten von Isa getrennt, tat aber vor Leon und den anderen so, als wären sie seit Ende November wieder ein Paar. Leon glaubte ihm das aus verschiedenen Gründen nicht, und einer davon war – auch wenn sich das oberscheiße anhörte; man sah schließlich nur mit dem Herzen gut, und so weiter, bla, bla, bla – ihr Übergewicht. Ben hatte ihm erzählt, dass ihn das irgendwann extrem gestört hätte, und na ja, das konnte man schon nachvollziehen. Isa war nämlich nicht einfach nur ein bisschen mollig, sondern richtig dick.

Jedenfalls hatte sie es schwer, und zwar in jeder Beziehung. Das wiederum verband sie mit Leon, und unter anderem traf er sich deshalb mit ihr, auch wenn er nicht wusste, was sie sich davon versprach. Sie hatte ihn gestern angerufen und darum gebeten, und er hatte zugesagt, weil er ohnehin nichts anderes vorhatte. Ben hatte ihm nämlich ein paar Minuten davor in einer langen und ziemlich fiesen Sprachnachricht angekündigt, er plane ein Wochenende ohne Leon, aber mit Isa. (»Du würdest dabei nur stören.«)

Das stimmte nun offensichtlich nicht. Was stimmte dann? Leon kam mit Lügen sehr schlecht zurecht, er fühlte sich in solchen Momenten regelrecht nackt und sehr hilflos. Was seltsam war, wo er doch selber mit der Wahrheit nicht selten auf Kriegsfuß stand. Aber eben nicht so. So ging man mit echten Freunden nicht um. Vielleicht war Ben gar kein Freund mehr? Der Gedanke fühlte sich ganz furchtbar an.

An der Haustür warf er einen widerwilligen Blick in den Spiegel und sah einen jungen hageren Mann mit müdem, bleichem Gesicht und verstrubbelten Haaren, der seit Tagen nicht mehr geduscht hatte. Wasser brannte in den Augen, und nach dem Duschen spannte seine Haut, und oft quälte ihn ein fast unerträglicher Juckreiz. Die Alternative war, sich verschwitzt und verklebt zu fühlen, was ähnlich scheiße war. So stand er jeden Morgen zwischen Pest und Cholera. Tolles Leben, herzlichen Dank. Er trat hinaus in die feuchte Kälte und schwang sich aufs Rad.

Isa wartete am Dampfersteg auf ihn. Während er die leere Promenade herunterfuhr, sah er schon von Weitem ihre Gestalt in einem unförmigen Parka an der Holzabsperrung lehnen, und das machte ihn aus irgendwelchen Gründen noch deprimierter. Am liebsten hätte er umgedreht, aber sie hatte ihn bereits entdeckt und winkte. Er trat heftig in die Pedale, brauste direkt auf sie zu und bremste in letzter Sekunde scharf ab, dabei spritzte er feuchten Dreck an ihre Schuhe. Geflissentlich übersah er, dass sie zurückzuckte.

»Hi«, sagte er und schloss sein Rad ab.

»Hi«, antwortete sie. Es klang fast schüchtern.

»Bist du zu Fuß hier?«

»Ja.« Sie nickte.

»Nice«, sagte Leon und schaute auf den Bommel ihrer schief aufgesetzten Pudelmütze, der sich beim Nicken auf sehr komische Art bewegte. Beinahe hätte er gegrinst, aber er nahm sich zusammen. Den Bommel musste er trotzdem weiter anstarren, so lange, bis Isa nach hinten fasste, die Mütze zurechtrückte und lachte. Ihr Lachen war echt schön. Angenehm, nicht hämisch, ohne Hintergedanken, einfach nur lustig. Er ertappte sich dabei, dass er mitlachte, und das passierte selten, wenn er nicht gerade high war.

Sie liefen die leere asphaltierte Promenade entlang, und Leon fragte sie, woher sie seine Nummer hatte. Ben konnte sie ihr ja schlecht gegeben haben, der hätte ihm sonst kaum etwas von einem Liebeswochenende aufgetischt.

»Martin«, antwortete sie. Martin war ein gemeinsamer

Freund, den Leon allerdings auch schon ewig nicht mehr gesehen hatte.

»Martin? Wieso nicht Ben?«

Sie zögerte kurz, dann sagte sie: »Den konnte ich nicht erreichen, der hat wieder sein Handy geschrottet.«

What? Bens Handy war nicht geschrottet, erst vorhin war er auf Insta online gewesen. Also, wer log jetzt, Ben oder Isa oder beide?

»Woher weißt du das?«

»Er hat mir 'ne Mail geschickt. Er kauft sich heute ein neues in den Pasing Arcaden. Vielleicht ein gebrauchtes iPhone.«

Lüge, Lüge, Lüge! Und warum hatte sie Ben dann nicht per Mail nach Leons Nummer gefragt? Also logen sie beide. Fuck!

»Wie geht's dir?«, fragte Isa nach einer Pause.

»Scheiße, und dir?«

»Auch Scheiße.« Sie senkte den Kopf. Kies knirschte unter ihren Sneakern.

»Wieso?«

»Ich habe einen Chef, der lässt mich rund um die Uhr schuften. Das ist so krass. Heute ist mein erster freier Tag seit – keine Ahnung.«

Leon erkundigte sich nicht nach Einzelheiten ihrer Tätigkeit – soweit er wusste, machte sie irgendeine Ausbildung im Hotelfach –, aber egal, es interessierte ihn eh nicht.

»Chefs sind Arschlöcher«, sagte er stattdessen.

»Kannst du laut sagen.«

»Aber du hast ja Ben.«

»Ach, du weißt es schon?« Das klang vorsichtig.

»Klar, ihr seid wieder zusammen«, sagte er lässig. »Glückwunsch.«

»Wow, danke!« Isa strahlte ihn plötzlich von der Seite an,

da ging richtig die Sonne auf, nichts mehr von *Mir geht's scheiße* oder so, im Gegenteil, wahnsinnig erleichtert und froh sah sie aus. In seinem Kopf zog sich etwas zusammen, ein Wirbelsturm, der drohte, sich zum Tornado auszuwachsen. Es stimmte also, sie waren wieder ein Paar. Das zumindest stimmte. Er zupfte einen fertig gedrehten Joint aus der Jackentasche, zündete ihn an und zog hastig daran. Haschisch beruhigte ihn, machte ihn zwar auch dumpf in der Birne, aber alles besser, als hier in der Öffentlichkeit auszurasten.

Was war faul an dieser Geschichte? Warum ging Isa an ihrem einzigen freien Tag mit ihm spazieren, statt sich mit Ben eine gute Zeit zu machen?

Weil Ben sein Handy geschrottet hatte und sich ein neues kaufte?

Bullshit. Arschloch.

Aber es war trotzdem ein Trost, dass Ben sie beide beschiss. Langsam entspannte er sich wieder und reichte Isa den halb aufgerauchten Joint. Sie schüttelte den Kopf, und dann fiel ihm ein, dass sie nie kiffte.

»Siehst du Ben heute oder morgen?«, fragte sie.

Was sollte er antworten? Nein, er kauft sich ein iPhone in den Pasing Arcaden? Nein, er wartet im Bett auf dich?

»Hab tausend Sachen zu erledigen. Du?«

»Nee. Morgen ist er bei seiner Mutter. Kirche.« Sie rümpfte die Nase und schüttelte den Kopf. »Er hasst die Kirche und den ganzen Scheiß. Aber sie kriegt ihn immer wieder dazu.«

»Kirche ist scheiße«, sagte Leon versonnen. Die Wirkung des Marihuanas setzte ein, er fühlte sich in einem angenehm unwirklichen Scheiß-egal-Schwebezustand.

»Und was machst du morgen so?«, fragte Isa. Sie klang erleichtert, warum auch immer. »Musst du lernen?«

Er hielt den Rauch so lange in der Lunge, bis sie fast platzte, dann ließ er ihn so langsam wie möglich herausströmen. »Auch«, sagte er mit erstickter Stimme, blieb stehen und sah hinaus auf den bleigrauen See. Eine Bö kräuselte das Wasser, wanderte wie ein Gespenst immer weiter Richtung Ufer, bis der Luftzug Leon und Isa erreichte und danach wieder abflaute.

»Wollen wir umdrehen?«, fragte Isa.

»Okay. Ist mir egal.«

»Gefällt's dir dort?«

»Wo?«

»Na, bei deiner Lehrstelle. Bei diesem Büchsenmacher.«

»Ja. Nee. Ist okay. Da ist ein Typ, ein Angestellter, der ist neu, und der kann mich nicht ab.«

»Das tut mir leid.«

»Der andere hat gekündigt. Der war nett. Aber der Neue ist ein Arschloch.«

»Wieso, was macht der denn?«

»Der beschuldigt mich. Ich würde klauen oder so. Kein Wort wahr, der Typ spinnt.« Tatsächlich stimmte es aber doch; es fehlte eine Glock 19, und die lag jetzt ganz unten in Leons Kleiderschrank. Er brauchte sie für seinen Plan. Der Plan war das Einzige, was ihn noch aufrecht hielt. Ohne den Plan hätte er sich schon längst ins große Nichts geballert. Es war so, dass er nie hätte geboren werden dürfen, und das hatte die Welt nun davon. Er war da, ohne darum gebeten zu haben, und er würde seine Mission erfüllen. Jeder Mensch hatte eine Mission, und Leon konnte nichts dafür, dass seine derart spektakulär ausfallen würde.

»Die Welt«, sagte er, »ist besser ohne mich dran.«

Isa blieb stehen, erschrocken. »Hey!«

Leon zündete sich eine Zigarette an. Zwei weißhaarige

Spaziergänger in abscheulich bunten Anoraks kamen ihnen entgegen und watschelten grußlos an ihnen vorbei. Leon setzte sich auf das Mäuerchen, das die Promenade begrenzte. Wasser leckte an dem schmalen, gekiesten Uferstreifen unter ihnen.

»Was meinst du damit? Leon! Hey!« Isa setzte sich neben ihn, zu dicht für seinen Geschmack. Er konnte sie riechen, trotz der Zigarette, ihr süßliches Deo, die feuchte Wolle ihrer Mütze und den ekligen Geruch von Klamotten, die frisch aus einer chemischen Reinigung kamen.

»Irgendwann knall ich mir die Birne weg.« Er wusste nicht genau, wo dieser Satz herkam – nicht gerade förderlich für seinen Plan, der eigentlich geheim bleiben sollte –, aber nun war er draußen.

»What? Nein!«

»Doch.«

»Bitte, Leon! Du musst ... Du musst dir von wem helfen lassen!«

»Mir kann keiner helfen. Ich bin am Arsch. Meine Eltern hassen sich, ich hab eine Scheißkindheit gehabt ...«

»Ich hab auch eine Scheißkindheit gehabt, aber das bedeutet nicht ... Das heißt nicht, dass man sich umbringt.«

»Du hast keine Ahnung.«

»Dann erzähl's mir.«

Leon drehte den Kopf und sah Isa kurz direkt an, dann über ihre Bommelmütze hinweg zu den verrammelten und winterfest gemachten Bootshäusern. Die Atmosphäre war so traurig. Alles grau und kalt und tot. Er könnte es auch jetzt tun, dachte er. Nach Hause fahren, all die Waffen, die er nicht aus Furcht vor einer Razzia bei Ben gelagert hatte, in den Rucksack stecken und Angst und Schrecken verbreiten.

»Das willst du nicht wissen«, sagte er.

Noch war es nicht so weit. Alles musste sorgfältig überlegt werden, um den maximalen Output zu erreichen.

*

Als Isa wieder zu Hause war, holte sie sich eine Tüte Chips aus der Küche, setzte sich an ihren Schreibtisch und begann eine WhatsApp an Ben. Dann löschte sie alles wieder, fing von vorne an, löschte. Anrufen wollte sie ihn nicht. Ben war dran mit Telefonieren, und langsam glaubte sie ihm das mit den geschrotteten Handys nicht mehr. Dauernd passierte das, langsam wurde es verdächtig, und Leon hatte auch ganz komisch geguckt, als sie ihm das erzählt hatte.
Aber immerhin wusste Leon von Ben, dass sie wieder zusammen waren. Ein gutes Zeichen, oder?
Andererseits hatten sie sich seit drei Wochen nicht gesehen. Immer wenn sie Zeit gehabt hätte – so wie heute –, war irgendwas bei ihm. Allmählich reichte es. Waren sie nun ein Paar oder nicht?
Schließlich schrieb sie: *Hab Leon getroffen.*
Und wartete.
Ben hatte die blauen Häkchen deaktiviert, sodass sie nicht sehen konnte, wann er die Nachricht lesen würde. Und ob überhaupt. Er hatte das angeblich wegen Leon getan, weil Leon ihn manchmal regelrecht belästigte. Aber vielleicht stimmte das ja gar nicht, vielleicht hatte er irgendwas anderes am Laufen. Eigentlich hatte sie Leon vorsichtig danach fragen wollen, also, ob er eine andere hätte, aber dann hatte sich das Gespräch nicht in diese Richtung lenken lassen. Und nach Leons krassem Geständnis – sie bekam immer noch Gänsehaut davon! – konnte sie erst recht nicht mehr das Thema auf Ben bringen. Das hätte irgendwie nicht gepasst.

Leon war schon immer seltsam gewesen. Sie erinnerte sich an den letzten Frühsommer, wo er dauernd was von einer Apokalypse gefaselt hatte und dass er sein Haus zum Bunker umrüsten würde. Dann dieses abgefuckte Zimmer voller Waffen! Überall standen und lagen die herum, ein riesiges Gewehr mit Zielfernrohr lehnte an seinem Bett, und selbst aus seinem Kleiderschrank schauten welche heraus. »Am besten wäre es, wenn ich alle totballere und dann mich selbst.« Solchen krassen Scheiß hatte er damals schon erzählt, aber er hatte dabei auf seine hohe, bisschen hysterische Weise gelacht, und so hatte sie es nicht ernst genommen.

Aber vielleicht hatte er immer alles todernst gemeint. Sie musste mit Ben darüber reden, aber erst, wenn er von sich aus anrief.

Isa schnappte sich ihren Laptop, legte sich aufs Bett und streamte über den Account ihrer Mutter *Euphoria*. *Euphoria* spielte irgendwo in Amerika und handelte von krassen Mädchen und ihren krassen Abenteuern. Es gab eine Junkiebraut, die entweder immer high oder auf Entzug war, ein Transmädchen, das sich heimlich prostituierte, und eine Dicke. Die Dicke war anfangs superverklemmt und beschloss dann, ihr Leben radikal zu ändern. Ab da trug sie sexy Gothic-Klamotten und verdiente viel Geld damit, sich nackt vor dem Bildschirm zu räkeln und online hässliche alte Säcke aufzugeilen. Das war einerseits voll widerlich, andererseits lief sie plötzlich voll selbstbewusst durch die Schule, aufrecht, Busen raus, Schultern zurück, mit schwarz geschminkten Lippen und Augen. Und paff! Alle Typen glotzten ihr hinterher, und schon wurde sie nicht mehr gedisst und hatte sogar Sex im Real Life.

Isa war noch nicht so weit. Sie schminkte sich aber zumindest manchmal so – schwarze Lippen, Smoky Eyes – und trug schwarze Klamotten, ab und zu sogar was mit Spitze oder

Netzstrümpfe, aber richtig hot sah das trotzdem noch nicht aus. Etwas in ihr sperrte sich dagegen, voll aufzudrehen.

Vielleicht war es Ben, seine liebe, zärtliche, eher brüderliche Art. Früher hatte Ben monatelang hier bei ihr gewohnt, sie hatten zusammen gelernt, zusammen gezockt, hatten gemeinsam Leon besucht. Sie hatte die Jungs beim Schießen und Waffenzusammenbauen gefilmt. Dann war ihr das zu eng geworden und – ehrlich gesagt – auch ein bisschen zu unbefriedigend, weil Ben gern kuschelte, aber sonst nicht viel mit ihrem Körper anfangen konnte, und sie hatte sich von ihm getrennt. Er hatte geweint, aber nicht um sie gekämpft. Das war einigermaßen enttäuschend gewesen und hatte sie in ihrem Entschluss bestärkt.

Im Sommer war Ben dann zu seinem Vater nach Kulmbach gezogen, und nun wohnte er seit Oktober wegen seiner Ausbildung in Aubing. Ende November hatten sie sich in seiner Wohnung getroffen, weil sie ihm ein paar Behördenbriefe mitgebracht hatte (in all der Zeit hatte er es natürlich nicht geschafft, sich endlich mal umzumelden). Dann hatten sie einander gestanden, noch Gefühle füreinander zu haben, und feierlich beschlossen, es noch einmal miteinander zu probieren. Es hatte anschließend eine heftige Knutscherei gegeben.

Vor drei! Wochen.

Seitdem – nichts!

Also viele WhatsApps und voll süße Sprachnachrichten und Telefonate, aber keine Treffen. Und das tat weh, und oft bereute Isa, überhaupt jemals Schluss gemacht zu haben. Ben hatte sich verändert, und möglicherweise war die Trennung ja mit daran schuld. Das Liebe, Zärtliche war nicht mehr so da. Er war schlanker und muskulöser geworden, und selbst seine Stimme war tiefer und härter.

Oder bildete sie sich das nur ein?

Ihr Handy neben dem Laptop pingte, sie warf einen hoffnungsvollen Blick darauf. Tatsächlich war es Ben, der ihr antwortete.
Hä???Wieso Leon???
Sie ließ fünf Minuten vergehen und antwortete dann so wortkarg wie möglich.
Hä???Wieso nicht Leon???
Auf dem Bildschirm rauchte die Süchtige, die eigentlich gerade auf Entzug war, bei ihrem Dealer irgendein Zeug, wahrscheinlich Meth. In amerikanischen Serien rauchten sie immer Meth. Die Süchtige sah dabei – natürlich – voll cool aus. Sie war dünn wie ein Model. Sie brauchte keine Schminke oder Gothic-Klamotten oder sonstige Hilfsmittel. Isas Gedanken wanderten woandershin. Vielleicht sollte sie eine neue Diät probieren oder gleich Intervallfasten. Intervallfasten klang cool; innerhalb von acht Stunden konnte man alles essen und nahm trotzdem ab.
Ping.
Woher hast du überhaupt Leons Nummer???
Darauf würde sie nicht antworten, das ging Ben einen Scheißdreck an.

Fünf Minuten später – die Süchtige wälzte sich mit Schaum vor dem Mund in ihrem Zimmer, draußen hämmerte die brave und cleane Schwester gegen die verschlossene Tür, die Mutter alarmierte im Hintergrund weinend den Notarzt – rief Ben tatsächlich an.
»Hi«, sagte Isa so trocken wie möglich und hielt die Serie an. Der Notarzt beugte sich gerade über die Süchtige, die mit verdrehten Augen auf dem Weg ins Nirwana war. (Und selbst da sah sie voll gut aus!)
»Hi, Baby«, sagte Ben. Sie mochte seine Stimme. So soft und süß und durchwirkt mit schönen Erinnerungen.

»Und?«, fragte sie.
»Was war das mit Leon? Wieso triffst du den?«
»Rufst du deswegen an? Bist du eifersüchtig?«
»Auf Leon? Haha.«
»Na dann. War's das?«
»Jetzt sei doch nicht so. Baby, komm schon.«
»Dich krieg ich ja nicht zu Gesicht.«
»Und deswegen versucht du's jetzt bei Leon? Komm schon, der Typ ist irre.«
»Ja. Deswegen hab ich dir geschrieben. Ich mach mir Sorgen.«
Schweigen am anderen Ende.
»Du nicht?«, fragte sie.
»Doch.« Das klang anders, ernster und gleichzeitig so, als wären sie endlich auf einer Wellenlänge.
»Er hat voll schreckliche Sachen gesagt«, sagte sie. »Voll kranker Scheiß. Irgendwann ballert er sich den Kopf weg.«
»Das hat er gesagt?«
»Ja, so ähnlich. Man müsste … Ich weiß nicht, man müsste irgendwas tun, oder?«
»Dem kann man nicht helfen. Ich seh den auch kaum noch.«
»Echt? Ich dachte, ihr seid Freunde?«
»Leon war mal ein cooler Typ, ich hab ihn gerngehabt, aber jetzt …«
»Was?«
»Er hat meine Steinschleuder kaputt gemacht. Er hat in meiner Wohnung rumgeschossen, das Fenster ist kaputt …«
»Wow.«
»Die Scheibe ist kaputt. Hier sieht's aus wie Scheiße. Deswegen kannst du auch nicht kommen, das ist mir echt peinlich, wie das hier … Leon will Aufmerksamkeit, der ist ein Aufmerksamkeitsbündel.«

»Okay.«

Ben, jetzt voll in Fahrt, imitierte eine weinerliche Stimme: »Ich bin hier, ich bin Psycho, ich weiß viel über Waffen, und wenn ich nichts zu sagen hab, dann erklär ich, wie es geht, und zwar stundenlang ...«

Isa musste lachen. Leon, wie er leibte und lebte.

»Es kotzt mich an, Baby. Er hat meine halbe Wohnung zerlegt. Ich mag ihn sehr, aber er muss sich an Regeln halten, sonst kann er seine Sachen packen.«

»Das ist doch verrückt.«

»Hör zu, Baby, es ist ein Problem, wenn man jemanden mag, der ein Wichser ist. Ich glaube, der hat viel zu viel Zeit allein verbracht. Der baut die ganze Zeit Scheiße und merkt es nicht. Am schlimmsten ist es, wenn er andere in Gefahr bringt, weil er selber Bock auf Schießen hat und die anderen gar nicht.«

»Wen hat er in Gefahr gebracht? Dich?«

Schweigen.

»Ben?«

»Er hat mich ...«

»Was?«

»Er hat ein Video gedreht, also, ich sollte filmen, und dann schießt der Idiot, und ein Querschläger trifft mich am Arm, zerfetzt mir die Haut. War nicht schlimm, aber die Narbe kannst du immer noch sehen.«

»Scheiße. Wann war das? Warum hast du mir nichts gesagt?«

»Vor zwei Wochen oder so. Keine Ahnung. Ich hab überhaupt keine Lust mehr, den zu sehen, verstehst du, was ich meine?«

Isa überlegte. Dann sagte sie: »Sollten wir nicht irgendwem was sagen? Seinen Eltern oder so? Ich meine, der Typ ist doch voll krank.«

»Seinen Eltern? Haha. Guter Witz.«

»Wieso?«

»Die Mutter glaubt dem sogar sein Gerede über die Apokalypse. Der hat die voll im Griff. Der ist so manipulativ, die glaubt dem jeden Scheiß.«

»Fuck.«

»Jeden verdammten Scheiß, ich schwöre.«

*

Ben übernachtete bei seiner Mutter, weil er nach endlosen Diskussionen versprochen hatte, am nächsten Morgen mit ihr zum Gottesdienst zu gehen. Die Kirche befand sich zehn Autominuten entfernt in einem Kloster, das von russisch-orthodoxen Schwestern gepachtet worden war. Sein Verhältnis dazu war gespalten. Als Junge war er Ministrant gewesen und hatte die Fülle an feierlich-farbigen Ritualen geliebt. Noch heute löste der Duft nach Weihrauch wunderschöne, fast beängstigend starke heimatliche Gefühle in ihm aus. Er spürte dann seine wahre Herkunft – groß und weit wie die Taiga, tief und unergründlich wie die Wolga – und vergaß die hiesige Welt, die ihm Knüppel zwischen die Beine warf. Dazu gehörte Schulstoff, der ihn nicht interessierte, Mitschüler, die ihn mobbten, ein deutscher Vater, der Leistung erwartete, die Ben nicht erbringen konnte, ganz viel Langeweile und zu wenig Geld, um sich kühne Träume zu erfüllen.

Aber der Glaube, früher ein stabiler Teil seines Lebens, zeigte, je älter Ben wurde, immer mehr seine unerfreuliche Kehrseite. Am schwersten zu ertragen waren die strengen Fastenzeiten, speziell jetzt im Dezember, kurz vor Weihnachten. An insgesamt elf Tagen war alles verboten, was schmeckte und guttat. Fisch, Fleisch, Öl, Eier, Milch, Käse, Alkohol, Süßigkeiten, Rauchen. Vor Ostern war es noch schlimmer, da musste man ganze siebenundvierzig Tage Verzicht üben.

Natürlich hielt sich kaum ein Gläubiger sklavisch an diese absurden Ge- und Verbote, außer Bens Mutter. Sie kochte während dieser Zeit Breie aus Perlgraupen, Haferflocken und Buchweizen und servierte dazu fade vegetarische Frikadellen, denn würzen war ebenfalls verboten. All das war ungenießbar, aber ein Wochenende lang hielt man das notgedrungen aus, vor allem, wenn man Geld brauchte, um die nächste Woche zu überstehen und aufgelaufene Schulden beim Dealer zu bezahlen, dessen Freunde langsam ungnädig wurden.

In der Kirche traf man fast immer einige wohlwollend großzügige Tanten. Sie erinnerten sich gern an Borja, der immer so lieb zu kleinen Kindern und Tieren gewesen war, aber sich nun Ben nannte und so groß und blass und schmal geworden war, dass man ihm unbedingt etwas zustecken musste, wo er doch während seiner anstrengenden Ausbildung fast nichts verdiente. Mit dieser Aussicht ertrug man schon mal Liturgien, die stundenlang dauerten (und an religiösen Feiertagen sogar die ganze Nacht), was die geschätzten Gläubigen auch noch stehend über sich ergehen lassen mussten; Sitzplätze gab es nur für Alte und Gebrechliche.

Um die zu erwartende Tortur zu überstehen, schob sich Ben morgens um acht zwei Snickers rein und rauchte danach einen fetten Joint zum Klofenster hinaus. Anschließend putzte er sich sorgfältig die Zähne, schob sich einen Kaugummi in den Mund und wechselte heimlich seinen Pullover, weil seine Mutter Rauchgeruch witterte wie Bären ein frischgeborenes Rehkitz in zehn Kilometer Entfernung.

»Borja, wo bleibst du!«

»Ja, verdammt!«

»Nu davay zhe!«

»Ich komm gleich!«
»My opazdyvayem!«
»Ja!«

Zum Leidwesen seiner Mutter sprach Ben Russisch schlechter als Deutsch, und die kyrillische Schriftsprache beherrschte er überhaupt nicht, wofür sie seinen deutschen Vater verantwortlich machte. Das war ein ständiger Streitpunkt vor ihrer Scheidung gewesen. Bens Mutter war leidenschaftliche Patriotin, was nicht hieß, dass sie nach Wladiwostok zurückwollte; Bens Vater fand diese Haltung inkonsequent und verlangte im Gegenzug, dass sie sich besser in Deutschland integrierte, wenn sie denn schon hier lebte. Nie hatte er den Versuch gemacht zu verstehen, worum es ihr wirklich ging. Einem Deutschen konnte man das vielleicht gar nicht erklären, diesen ewigen Zwiespalt, den auch Ben in sich zu spüren glaubte. Zwei Seelen, die nebeneinander existierten, sich manchmal bekämpften und sich meistens nichts zu sagen hatten. Was dazu führte, dass man innerlich hin und her sprang, wie dieser Typ aus dem Film Identity, der zig Persönlichkeiten hatte, die sich untereinander nicht kannten.

Heute fühlte sich Ben jedenfalls sehr russisch – russkiy muzhchina, ein russischer Mann –, als er seine Mutter in schwarzer Stoffhose und schwarzem Pullover über einem blütenweißen, frisch gebügelten Hemd in die Kirche begleitete. Er war stolz auf sie, so zart und hübsch in ihrem adretten dunkelblauen Mantel und mit dem rot bestickten Tuch, das sie lose über ihre hochgesteckten Haare gelegt hatte. Diesmal standen sie sehr weit vorne, vor der Ikonenwand, die den Altar dahinter verbarg. Wie es üblich war, zeigte die linke Wand die Jungfrau Maria und die rechte Jesus Christus nach seiner Auferstehung. Dazwischen befand sich die Heilige Pforte, durch die der Priester das Evangelium zur Gemeinde bringen würde. Sie bestand aus zwei Flügeln mit Darstellungen der vier Evangelisten und der Verkündigungsszene.

Das Heilige Tor öffnete sich, und der dicke Diakon trug mit singender Stimme die Ektenien vor. Es folgte der Einzug der Ministranten mit ihren Lichtern und den schwingenden Weihrauchgefäßen. Der Duft! Die Lichter! Der Chorgesang junger Frauen! Der Farbflash bunter, golddurchwirkter Gewänder! Ben merkte, dass er ziemlich high war, obwohl die Dosis gar nicht so hoch gewesen war. Er schwankte ein wenig und versuchte, sich nichts anmerken zu lassen, aber das schien nicht so richtig zu funktionieren. Seine Mutter betrachtete ihn irritiert von der Seite, und ihr Blick hatte etwas ... etwas Stechendes, wie ein Laserstrahl, der sich in seinen Kopf bohrte und darin herumsuchte, nach dem echten Ben, den es vielleicht gar nicht gab.

Was zum Teufel war in diesem Stoff drin gewesen? Er fühlte sich fast wie auf einem Trip. Sein Mund wurde trocken, und er befürchtete ein paar grässliche Augenblicke lang, sich auf der Stelle übergeben zu müssen. Er riss sich mit aller Gewalt zusammen; das ging nun gar nicht, und man konnte auch nicht rausrennen. Einfach aus einem Gottesdienst zu verschwinden würde ein Mordsgerede unter den Gläubigen auslösen, und seine Mutter würde ihm diese Schande noch wochenlang übelnehmen.

Außerdem bliebe dann das Problem mit dem Geld ungelöst.

Einen Moment lang überlegte er, eine Ohnmacht zu faken, dann fiel ihm gerade noch rechtzeitig ein, dass er sich ein Drogenscreening im Augenblick überhaupt nicht leisten konnte. Er holte tief Luft und versuchte, sich auf den Gesang, die Predigt einzulassen, nicht nachzudenken, und tatsächlich beruhigte sich sein Magen allmählich. Bald war er wieder drin in allem, sang sogar aus voller Kehle mit und fühlte sich beinahe glücklich.

Drei Stunden später erwachte er wie aus einem Traum. Der Gottesdienst war vorbei, und sie wurden erwartungsgemäß zu Graupensuppe, Mineralwasser und Schwarztee bei Tante Mina eingeladen. Tante Mina lebte nach dem Tod ihres Mannes allein in einem überheizten Hexenhäuschen, dessen Wände mit goldschimmernden Ikonen gepflastert waren. Andere Gäste kamen später hinzu, russische und deutsche Scherze flogen hin und her, man schimpfte über die Dreistigkeit der Ukrainer, die sich von der russischen Orthodoxie abgespalten hatten und nun kirchlich ihr eigenes Süppchen kochten. Jemand weinte bitterlich aus unerfindlichen Gründen, fürchterlich schmeckende, fastenkonforme Honig-Plätzchen wurden gereicht, und Ben schaffte es im Lauf des Nachmittags mit seiner Kombinationsstrategie aus Liebenswürdigkeit, betrübter Miene und vielen Komplimenten an die Adresse der Tanten eine Summe von insgesamt knapp hundert Euro abzustauben.

Nur ein Tropfen auf den heißen Stein, aber besser als nichts.

Als alle geeigneten Besucherinnen angezapft und keine weiteren Wohltaten zu erwarten waren, verzog er sich mit seinem Freund Tom in den winterkahlen und verfroren aussehenden Garten. Sie setzten sich auf ein Holzbänkchen hinter einer Tanne, und Ben drehte den zweiten Joint des Tages. Tom und er waren zusammen aufgewachsen, sie hatten beide als Messdiener die Weihrauchgefäße geschwenkt und beide einen deutschen Vater und eine russische Mutter. Auch Toms Eltern waren geschieden, und seine Mutter war fast noch strenggläubiger als die von Ben. Das reichte für genügend Gesprächsstoff zum Ablästern. Nachdem sie ihre üblichen Witze über den verfetteten Diakon und seine devote Gefolgschaft gemacht hatten, kam Tom urplötzlich zum Wesentlichen.

So war er, das war die deutsche Seite in ihm: erst ein bisschen Geplänkel, dann ohne Umschweife geradeheraus, keine Mätzchen.

»Brauchst du Geld?«, fragte er.

Ben grinste lässig, aber innerlich wand er sich. »Wer braucht kein Geld, Alter?«

Tom grinste nicht. »Ich hab dich beobachtet, Bruder.«

»Und?«

»Du hast Probleme.«

»Bullshit.«

»Hör auf, ich kenn dich, schon vergessen? Du bist anders als früher.«

»Mann, Tom, wir haben uns ewig nicht gesehen. Menschen ändern sich.«

»Ja, aber du hast dich nicht gut verändert. Du bist so ernst. Sag's mir doch einfach.«

»Was denn?«

»Was los ist mit dir? Ich liebe dich, Bruder, ich mag dich so nicht sehen.«

»Spinnst du, Alter? Bist du high?«

»Du hast Tante Agafia angepumpt. Sie kommt selber kaum über die Runden, seit Onkel Oleg im Krankenhaus ist, und das weißt du.«

»Ich hab sie nicht angepumpt. Sie hat mir zwanzig Euro geschenkt, voll freiwillig. Zwanzig Euro, Mann! Da stirbt man nicht den Hungertod!«

»Ich hab deinen Insta-Kanal gesehen.«

»Und?«

»Du nennst dich Gopnik, Alter! Du trägst eine Gasmaske!«

»Das ist doch nur Spaß!«

»Gopnik heißt jugendlicher Krimineller, Bruder! Bist du ein jugendlicher Krimineller?«

»Und wenn?«

»Das ist kein Spaß! Die Gasmaske! Mit was für Leuten gibst du dich ab?«

»Hör doch mal auf!«

»Dieser Leon mit seinen illegalen Waffen – das ist gefährlich, das ist kein Umgang für dich! Was ist los mit dir? Dieses Foto ist nicht cool, das ist krank!«

»Das ist Spaß, sonst nichts. Du hast überhaupt keinen Humor mehr, das ist los mit *dir*!«

Tom setzte zu einer Antwort an, schüttelte dann den Kopf, als würde er es aufgeben, sah geradeaus auf den windschiefen Maschendrahtzaun, und zündete sich eine Zigarette an, ohne Ben eine anzubieten. Das morsche Holzbänkchen ächzte und knarzte unter ihrem Doppelgewicht. Die Luft war kalt und neblig, ein Schleier aus Raureif glitzerte auf dem bräunlichen Gras. Jemand – ein Mann – lachte so dröhnend, dass man es bis zu ihnen hörte. Ben beobachtete Tom von der Seite. Unter seiner blauen Sportalm-Mütze schauten dunkle Locken heraus, er trug frisch gebügelte Chinos, neu und wertig aussehende Wanderschuhe und einen olivfarbenen Parka mit Moncler-Logo – Scheiße, er sah aus wie jemand, der es geschafft hatte.

Ganz im Gegensatz zu Ben.

»Cooler Parka«, sagte Ben nach einer Pause.

»Danke. Ist ein Weihnachtsgeschenk von Papa.«

»Wie?«

»Er ist Weihnachten mit seiner Neuen in der Karibik. Auf irgend so einer Scheißinsel.«

»Okay.«

»Ist ein Vorab-Geschenk. Also der Parka.«

»Schon kapiert, Alter. Wie findest du das?«

Tom zuckte mit den Schultern. »Mit Mama und uns war er nie in der Karibik, der alte deutsche Geizhals. Da gab's Billigurlaub auf dem Campingplatz. Also heult sich Mama den ganzen Tag die Augen aus.«

»Scheiße. Tut mir leid.«

Tom legte, offenbar versöhnt, den Arm um Bens Schultern und hielt ihm jetzt doch die Zigarettenschachtel hin. Ben nahm sich eine, und Tom gab ihm Feuer. Sie steckten die Köpfe zusammen, fast so wie früher. Ben fand Tom einmal attraktiv, zu einer Zeit, als er noch nicht checkte, wie falsch dieses Gefühl war. Glücklicherweise war er zu schüchtern gewesen, um sich zu offenbaren. Das wäre peinlich geworden.

»Komm zu mir nach Passau«, sagte Tom. Tom hatte eine Klasse übersprungen, dieses Jahr Abi gemacht, und studierte seit einem Semester Jura. Ben hatte mit Ach und Krach die Mittelschule geschafft und tat so, als mache er eine Ausbildung, während er in Wirklichkeit in der Luft hing.

»Was soll ich in Passau?«, fragte er, und nun fühlte er sich genauso mies, wie Tom es ihm vor ein paar Minuten unterstellt hatte.

»Ich wohne in einer coolen WG. Echt nette Leute, und einer ist jetzt zu seiner Freundin gezogen. Das Zimmer ist frei. Hat sogar einen Balkon.«

»Cool.«

»Wir haben die coolsten Partys der Stadt. Mit den coolsten Bräuten.«

»Wow.«

»Komm doch! Deinen Elektrotechniker kannst du auch dort machen.«

»Nee, das geht nicht. Das läuft bei mir alles ganz gut, verstehst du? Ich kann nicht einfach die Ausbildungsstelle wechseln.«

»Schade.«

»Aber ich werd dich besuchen. In deiner coolen WG. Und dann machen wir die Bräute klar.«

»Das sagst du immer, und dann tust du's nicht.«

»Doch, werd ich. Ich hab gerade nur kein Geld für die Fahrkarte.«

»Das kann ich dir geben. Papa ist ein Arsch, aber er hat so ein schlechtes Gewissen, dass er mich zuscheißt mit Kohle.«

»Tja, kann ich von meinem Alten nicht behaupten. Der hat einen Igel in der Tasche mit ganz scharfen Stacheln. Immer wenn er reinlangt, verzieht er das Gesicht, so weh tut's ihm.«

»Aber ich geb's dir nur für die Fahrkarte. Nicht für Drogen oder so einen Scheiß.«

»Den Scheiß, den du gerade intus hast, schon vergessen?«

Tom grinste und schlug Ben auf die Schulter. »Von mir aus kannst du kiffen, bist du nur noch Kreise siehst, Alter. Aber mein Geld gibst du nur für eine Fahrkarte aus.«

»Ja, ja.«

»Nee, noch besser, ich kauf dir eine online.«

»Tom ...«

»Und schick sie dir. Wann kannst du kommen?«

»Weiß nicht. Vor Weihnachten nicht mehr.«

»Du hast meine Nummer. Schick mir 'ne WhatsApp und das Ticket kommt. Ich mein's ernst.«

»Ich weiß. Danke, Bruder.«

»Du siehst scheiße aus. Ich will, dass es dir wieder gut geht.«

»Mir geht's gut.«

»Erzähl mir keinen Scheiß.«

»Ich brauch nur Kohle.«

»Geld löst keine Probleme.«
»Kein Geld auch nicht.«
»Hör zu, ich hab 'ne Idee.«
»Ach ja?«
»Morgen nehm ich dich wohin mit.«
»Wohin?«
»Wirst schon sehen. Du brauchst Freunde, echte Freunde, keine wie Leon. Die sind cool, ehrlich.«
»Lass uns reingehen. Mir ist kalt.«
»Ich ruf dich an.«
»Ja, mach das. Danke, Bruder.«
»Und hör auf, Fotos mit Waffen und Gasmasken zu posten. Das bist du nicht.«
»Ja. Schon gut.«
»Echt jetzt!«
»Ja!«

*

Am Montag saß der Mann, den seine Ex-Frau immer noch Butzi nannte, übermüdet und stocksauer in einer Gemeinderatssitzung. Die Punkte, die für ihn von Interesse waren, wurden erst ganz zum Schluss abgehandelt, und so musste er endlose und sturzlangweilige Diskussionen über eine geplante Einbahnstraße in der Innenstadt, nicht ausreichende Kitaplätze für Flüchtlingsfamilien und die seit Jahren beabsichtigte, aber wegen Budgetkürzungen noch immer nicht zustande gekommene Fassadenrenovierung des Rathauses ertragen.

Gegen zehn Uhr kamen sie endlich zu Tagesordnungspunkt 14, dem Einheimischenmodell Grünthal, ein Prestigeobjekt des ehemaligen Bürgermeisters, der sich nach seiner

Abwahl mittlerweile aufs Altenteil zurückgezogen hatte. Geplant waren einundfünfzig Reihenhäuser als soziales Modell, zu bezahlbaren Preisen, ausschließlich für Bürger der Stadt und ausschließlich für Eigennutzer, um die übliche Geschäftemacherei zu vermeiden. Entsprechend groß war der Andrang gewesen. Der Mann hatte zusammen mit einem seiner Mitarbeiter an der Auslosung teilgenommen und – mit ein wenig finanzieller Nachhilfe und allerbesten Beziehungen zum Notar, der die Ziehung beaufsichtigte – zwei Parzellen gewonnen, die er zwar bebauen, aber natürlich keinesfalls selbst beziehen wollte.

Mittlerweile war das passiert, was von Anfang an auf der Hand gelegen hatte; der Quadratmeterpreis der Baugrundstücke hatte sich in null Komma nichts verdoppelt. Das war aus Sicht des Mannes die sehr, sehr gute Nachricht angesichts seiner Pläne, die beiden fertigen Objekte in ein paar Jahren – dann, wenn keiner mehr so genau hinschauen würde – gewinnbringend zu verscherbeln. Die sehr, sehr schlechte Nachricht war, dass seit vorletztem Sommer, wo der Baubeginn stattgefunden hatte, aber auch gar nichts vorangegangen war. Die Erschließung wurde doppelt so teuer wie veranschlagt, der Grund erwies sich als hochproblematisch, in die Baugruben drang Wasser ein, auf manchen Parzellen – leider auch auf denen des Mannes und seines Angestellten – musste der Boden mehr als drei Meter abgetragen werden. In der Zwischenzeit waren die Bau- und Materialkosten um fast ein Drittel gestiegen. Von bezahlbarem Wohnraum konnte längst nicht mehr die Rede sein. Und die Genehmigung für drei Mehrfamilienhäuser, in die der Mann ebenfalls investiert hatte, stand immer noch aus und würde vielleicht nie mehr erfolgen.

Es ging jetzt darum, den Schaden zu minimieren, beziehungsweise ohne eigene Verluste auszusteigen. Das wiederum war aus vertragsrechtlichen Gründen nicht ohne Weiteres möglich, um nicht zu sagen vollkommen ausgeschlossen, weshalb sich der Mann entschlossen hatte, die Stadt auf Schadensersatz zu verklagen. Dabei trat er selbst möglichst wenig in Erscheinung, sondern zog, wie es seine Art war, die Fäden im Hintergrund. Er war heute nur hier, um die Lage zu sondieren. Ihm gegenüber saß sein Angestellter, der als Strohmann den Kampf ausfechten sollte. Falls er es nicht schaffen würde, musste ein Anwalt ran, ein richtig scharfer Hund, den der Mann aber zurzeit nicht bezahlen konnte, weil gleich mehrere Banken ihm im Nacken saßen. Gegner war die Gemeindekämmerin, eine beinharte Juristin, an der sich, so munkelte man, bisher noch jeder die Zähne ausgebissen hatte.

So auch sein Angestellter, der sich bald dermaßen in seiner Argumentation verheddert, dass der Mann beschloss, ihm anschließend fristlos zu kündigen (natürlich ging das nicht, der Angestellte wusste viel zu viel, aber die Vorstellung verbesserte seine Laune um wenigstens ein paar Prozentpunkte).

»Vertrag ist Vertrag«, sagte die Kämmerin unbeeindruckt. An ihrer Hand blitzte ein brillantgeschmückter Ehering. Sie war mit einem schwerreichen und sehr gut aussehenden Münchner Unternehmer verheiratet, weswegen ein Flirtversuch vermutlich nicht funktionieren würde.

Die Situation konnte gar nicht verfahrener sein.

»Der Vertrag ist sittenwidrig«, sagte der Angestellte, wie es ihm der Mann vorgegeben hatte.

»Sittenwidrig? Wissen Sie überhaupt, was das heißt?«

»Es ist – äh – einfach unfair! Verträge, die unfair sind, sind sittenwidrig!«

Die Kämmerin lächelte. »Sittenwidrig wäre zum Beispiel

ein Vertrag, in dem Sie verpflichtet würden, eine ungesetzliche Handlung zu begehen. Das ist hier nicht der Fall, nehme ich an? Oder haben Sie unterschrieben, einen Raubmord zu begehen?«

»Sie wissen ganz genau ...«

»Ich weiß ganz genau, dass es sich hier nicht um einen sittenwidrigen Vertrag handelt, nur weil er zu Ihren Ungunsten ausgelegt werden kann. Wie jeder Hauseigentümer tragen Sie ein gewisses Risiko, auch was die Erschließung betrifft, das entspricht geltendem Recht und ist auch in diesem Fall vertraglich festgelegt. Soll ich Ihnen den Passus noch mal vorlesen?«

Der Angestellte lief rot an und schickte einen zornigen und hilfesuchenden Blick zu seinem Auftraggeber, der nicht reagierte. Er schluckte, ein einsamer Kämpfer für Gerechtigkeit in einer Welt feindlicher Paragrafenritter. Ein paar Sekunden lang sagte niemand etwas. Eine Neonröhre flackerte und gab schließlich mit einem leisen Röcheln ihren Geist auf.

»Sie sind dabei, einundfünfzig Bauherren zu ruinieren, die sich auf die Gemeinde verlassen haben«, sagte der Angestellte.

Die Kämmerin lächelte wieder, diesmal fast mitleidig. »Die Verwaltung bedauert diese Probleme außerordentlich. Unter anderem hat es deshalb Neuwahlen gegeben, wie Sie wissen. Wir versuchen alles, um weitere Fehlentwicklungen zu vermeiden, aber hier sind uns die Hände gebunden. Die Verträge sind wasserdicht und im Baurecht üblich, das haben wir geprüft.«

»Die Presse wird Sie in der Luft zerreißen!«

»Das hat sie schon getan, damit müssen wir leben. Wir reden hier von der juristischen Situation, und die ist eindeutig.«

»Aber ...«

Die Bürgermeisterin unterbrach mit scharfer Stimme. »Ich denke, die Problematik wurde nun eingehend besprochen. Sollten noch Unklarheiten bestehen, wäre eine anwaltliche Beratung sicher sinnvoll, aber die kann nicht hier stattfinden. Wir gehen weiter zu Tagesordnungspunkt 15.«

Eine Stunde später saß der Mann auf seinem Bett, in der Hand eine Glock 19, die er beinahe zärtlich streichelte. Es gab hübschere Waffen, aber kaum effizientere. Er sah in den metallisch schimmernden Lauf, ein Sechseck, das sich, gedreht wie eine Spirale, ins Innere des Laufs fortsetzte. Diese Form diente dazu, bei einem Schuss das Projektil in eine Rotation um seine Längsachse zu versetzen, um auf diese Weise seinen Flug zu stabilisieren. Die Glock 19 wurde bei der GSG 9 und anderen deutschen Spezialeinsatzkommandos und von vielen ausländischen Streitkräften eingesetzt. Sie war sehr leicht, weil sie zu vierzig Prozent aus Kunststoff und aus nur dreiunddreißig Teilen bestand. Das, so hieß es im Prospekt, machte ihre Wartung zum Kinderspiel.

Aber vielleicht musste sie ja nie gewartet werden. Kein einziges Mal. Das kam ganz auf die weiteren Entwicklungen an.

7

Montag, 13. Januar

Jedes Verbrechen produzierte nicht nur Leid und Schmerz, sondern auch Berge von Papier. Schon jetzt füllten die Aktenordner einen Regalmeter, weitere würden dazukommen. Vorausgesetzt, die Ermittlungen wurden nicht eingestellt.

Darum ging es in der Morgenbesprechung, an der Stettner erneut teilnahm, gestresst, übermüdet, aber motiviert. Ermittlungen in einem Mordfall wurden dann endgültig eingestellt, wenn der Täter erwiesenermaßen nicht mehr lebte. War das hier der Fall?

»Wir haben Leons Handy nicht gefunden«, sagte der Kollege Stettners, der die Hausdurchsuchung nach dem Leichenfund geleitet hatte. Beiläufig, als wäre ihm nicht klar, dass er damit eine Bombe platzen ließ. Oder als wäre es ihm peinlich, dass er jetzt erst damit rausrückte. Stettner setzte sich gerade hin.

»Wie bitte?«, sagte die Staatsanwältin.

Ein Seufzen ging durch den überheizten Besprechungsraum. Der Gruppenleiter sah so verblüfft aus, als hätte man ihm seine Leberkässemmel geklaut. Ein Schwall Eisregen klatschte wie ein Kommentar zur Lage hörbar gegen die Fenster und ging in Schneeschauer über.

»Wir haben die Mobiltelefone von beiden Eltern, die sind bei den Asservaten. Jeweils eines, beziehungsweise insgesamt drei Stück, weil Markus Rheinfeld noch ein Büro-Handy hatte. Aber Leons Telefon ist nicht da.«

»Wie – nicht da?«

»Es ist einfach nicht zu finden. Auch nicht im Garten. Wir haben sein Zimmer – alle Zimmer –, das ganze Haus mindestens dreimal durchsucht. Jedes Blatt haben wir im Garten umgedreht.«

»Haben Sie die Nummer angerufen?«, fragte der Gruppenleiter.

»Äh – natürlich. Nichts. Es ist ausgeschaltet, wir können es nicht orten.«

»Was ist mit dem Laptop von Leon?«

»Passwortgeschützt, und zwar ziemlich professionell. Unsere IT-Experten sitzen noch dran.«

»Könnte er es auf die Straße geworfen haben?«

»Wir haben das gesamte Umfeld befragt, die ganze Straße rauf und runter. Niemand hat ein Handy gefunden. Außerdem – warum hätte er das tun sollen? Er hätte doch einfach nur die SIM-Karte zerstören müssen. Also, wenn er es schon unbedingt kaputtmachen wollte. Warum auch immer.«

»Vielleicht hatte er gar keines«, meinte ein Kollege, ein junger zappliger Typ mit feuerroten, schon leicht gelichteten Haaren.

»O Mann. Natürlich hatte er eines. Seine Schwester hat uns doch die Nummer gegeben.«

Eine Pause entstand. Dann sprach die Staatsanwältin aus, was alle dachten: »Ein junger Mann ohne Handy ist ja schon fast so was wie ein Alien.« Die Staatsanwältin war groß und schlank, fast schlaksig; Stettner schätzte sie auf Mitte fünfzig. Sie sagte: »Ich habe zwei Teenager daheim. Die vergessen und verlieren alles, ihre Schulsachen, ihre Mützen, ihr Regenzeug. Aber ohne ihr Handy gehen die nirgendwohin. Außer sie wollen ein neues, dann ist das alte plötzlich weg oder kaputt.«

»Der Grund entfällt ja wohl«, sagte Stettner.

Die Staatsanwältin bedachte ihn mit einem scharfen Blick. »Das ist nicht komisch.«

»Entschuldigung, ist mir rausgerutscht.« Kein guter Einstieg. Stettner spürte seine Erschöpfung bis in die Fingerspitzen, und dabei ging es jetzt erst richtig los. Er dachte nach. Vielleicht hatte Leon sein Handy vor der Tat im Garten vergraben. Als symbolische Geste eines depressiven, schwer gestörten Menschen erschien Stettner das schlüssig. Er erkundigte sich, ob man diese Möglichkeit in Betracht gezogen hätte, und erntete lange Gesichter.

»Der Boden ist doch viel zu hart«, widersprach der Kollege, der die Hausdurchsuchung geleitet hatte.

»Ja, nachts vielleicht«, sagte Stettner. »Tagsüber taut er zumindest an der Oberfläche auf. Und ein Handy ist flach. Da braucht man nicht mal eine Schaufel, das geht mit den bloßen Händen.«

»Was das in puncto Aufwand heißt, wissen wir«, sagte die Staatsanwältin. »Aber auch sonst ist mir eine ausgedehnte Umgrabungsaktion eigentlich nicht recht. Das sieht dann so aus, als würden wir eine vierte Leiche suchen. Ich möchte nicht wissen, was die Medien daraus machen würden.«

Erneute Pause. Jeder sah am anderen vorbei und hoffte, dass niemand widersprechen würde. Einen kompletten Garten umzugraben war eine Scheißarbeit, und oft genug kam nichts dabei heraus.

»Gut«, sagte die Staatsanwältin schließlich, nachdem sich keiner äußerte. »Ich würde vorschlagen, Sie gehen ins Haus und in den Garten. Durchsuchen alles noch mal. Nicht zu viele Kollegen und nicht zu auffällig bitte, von *Bild* bis RTL Zwei hat sich schon alles vor der Haustür versammelt und fotografiert und filmt sich einen Wolf. Maximal fünf Mann. Wie wäre das?«

»Bin dafür«, sagte der Gruppenleiter erleichtert. »Und wenn wir nichts finden?«

Alle schwiegen, auch die Staatsanwältin.

Schließlich sagte Stettner: »Wenn wir nichts finden, müssen wir noch mal umdenken.«

»Das ist doch Blödsinn«, entgegnete ein Kollege heftig. »Umdenken – wohin denn bitte? Der Fall ist so oder so klar. Vielleicht hat der Täter das Ding vorher in den See geworfen. Keine Ahnung. Ist doch egal. Im Endeffekt macht das keinen Unterschied. Er war's, Punkt.«

Einige der Anwesenden nickten. Stettner nicht. Es machte einen Unterschied. Auch wenn er noch nicht genau sagen konnte, welchen.

*

Als Isa aufwachte, lag Ben neben ihr, und das war schön. Nicht allein zu sein war schön. Es war Isas letzter Urlaubstag, bevor die Scheiße mit ihrem übergriffigen Chef wieder losgehen würde, und vielleicht würden Ben und sie ihn zusammen verbringen. Sie könnten spazieren gehen und danach ins Kino oder so. Isa nahm ihr Handy und checkte die neuesten News über den Tod von Leon.

Das ganze Netz war voll davon, als wäre sonst nichts auf der Welt passiert:

Ausgelöscht – Familiendrama im Villenviertel
Erschoss 21-Jähriger seine Eltern und sich selbst?
Mutmaßlicher Täter war »Waffennarr«
Die Beamten gehen davon aus, dass der 21-jährige Leon R. zuerst seine Eltern, den 60-jährigen Toningenieur Markus R. und seine 56-jährige Frau Barbara R., eine Psychothe-

rapeutin mit eigener Praxis, und dann sich selbst erschoss. »Wir sind mit Hochdruck dran, die Herkunft der Waffen im Haus zu klären. Wir gehen davon aus, dass sie illegal sind«, sagte ein Polizeipressesprecher. Der 21-jährige Sohn machte zwar eine Ausbildung zum Büchsenmacher. Weder er noch seine Eltern besaßen jedoch einen Waffenschein.

Die Eltern waren am Sonntagnachmittag tot im Schlafzimmer im ersten Stock des Hauses gefunden worden; der Hund der Familie war bei ihnen. Auch er wurde von mehreren Kugeln verletzt, wie ein Tierarzt später feststellte. Die Leiche des Sohnes wurde in seinem Zimmer entdeckt. »Wir sind mittendrin in Befragungen und Vernehmungen im Umfeld, um möglicherweise herauszufinden, was das Motiv für das Familiendrama war«, so der Polizeisprecher. Der Tatort sei weiter abgesperrt. Leon habe Drogenprobleme gehabt und sei – so berichtet eine ehemalige Schulfreundin – ein »absoluter Waffennarr« gewesen. Nachbarn beschreiben den jungen Mann als »speziell«. Ermittler suchen noch nach Spuren wie auch nach Dokumenten, die Aufschluss über mögliche Hintergründe der Tat geben könnten.

Es war ein Schock gewesen zu erfahren, dass Leon nicht mehr lebte. Aber auch irgendwie aufregend. Und gleichzeitig quälend. Eine ganz komische, ziemlich verrückte Mischung. Ihr war ein bisschen schlecht.

Es war doch so: Sie hatten beide gewusst, dass Leon sich etwas antun wollte. Er hatte es Isa gesagt, und Isa hatte es Ben erzählt.

Sie hatten es gewusst, und sie hatten nichts unternommen. Das war nicht richtig gewesen.

Aber was hätten sie schon machen können?

Nichts, oder?

Ben schnaufte und drehte sich auf den Rücken, wo er leise schnarchend weiterschlief. Isa betrachtete sein blasses Gesicht, die dunklen Augenbrauen, die langen Wimpern und die schmalen Lippen, und überlegte so hin und her, ob sie ihn wirklich noch liebte. Oder ob allein diese Frage schon zeigte, dass sie es vielleicht nicht mehr tat. Wer liebte, musste nicht groß drüber nachdenken, oder? Man fühlte es oder nicht.

Diese Erkenntnis machte sie auch nicht gerade glücklicher. Dazu kam die Geschichte mit Leon. Was war mit ihm passiert? Wieso hatte er das getan? Und wenn er schon gehen wollte, wieso hatte er seine Eltern mitgenommen?

Sie stand vorsichtig auf, ging ins Bad, duschte, trug ein wenig Lipgloss auf und kämmte sich die Haare, bis sie glänzten. Der Badezimmerspiegel zeigte nur ihr Gesicht, umrahmt von den dichten, langen Haaren, und das war sehr hübsch. Große Augen, weiße Zähne, und ihre Haut war so rein und klar wie bei einem Baby. Auch ihre Stimme war schön, das hatten ihr schon viele gesagt.

Ihr Körper war das Problem. Der Feind zwischen ihr und einer Welt, die auf Größe 36 bestand. Ihr Körper ließ sich davon nicht beeindrucken. Er hatte seinen eigenen Kopf, sozusagen. Bestand auf Polster um Beine, Hüften, Bauch, Arme und Schultern. Ein Panzer aus Speck. Hässlich, aber hartnäckig. Wenn sie fastete, senkte ihr Körper prompt seinen Grundumsatz. Sobald sie wieder normal aß, knallte er zusätzliche Gewichtseinheiten obendrauf. Ein ewiger Kampf, und die Verliererin war sie.

Isa hüllte sich in den frisch gewaschenen Morgenmantel ihrer Mutter, was sie eigentlich nicht durfte. Aber ihr eigener lag im Wäschekorb, und Mama war bei der Arbeit und würde es nicht merken. Also, was soll's, dachte Isa und band den Gürtel direkt unter dem Busen zu, weil da ihre schmalste Stelle war. Abgesehen davon kaschierte ein Bademantel sowieso automatisch ein paar Kilos zu viel, weil er dick und flauschig sein *musste*. Selbst eine Miss Magersüchtig würde darin nicht viel dünner wirken als Isa.

Sie ging barfuß in die Küche und setzte Kaffee auf. Vorsichtig balancierte sie das Tablett mit den beiden IKEA-Bechern in ihr Schlafzimmer und stellte es auf dem Nachttisch ab. Ben wachte auf, gähnte und reckte sich und lächelte sie an. Sie lächelte zurück.

»Gut geschlafen?«, fragte sie.

»Jaaa. Bei dir immer.«

Sie ließ sich auf ihre Bettseite nieder und reichte ihm den dampfenden Kaffee rüber. Ben setzte sich auf, verschränkte seine langen Beine zum Schneidersitz und stopfte sich das Kissen hinter den Rücken. Er trug T-Shirt und Boxershorts, die ein bisschen müffelten.

»Geh duschen«, sagte Isa und rümpfte die Nase.

»Wie – jetzt gleich?«

»Nee, du kannst schon noch deinen Kaffee trinken.«

»Vielen herzlichen Dank!«

»Hast du gestern gekifft?«

»Na ja ...«

»Ich riech das!«

»Mach ich aber immer weniger.«

»Sagst du ständig, und dann stinkst du trotzdem nach Gras.«

Sie tranken in kleinen Schlucken. Ben mochte seinen Kaffee süß und mit viel Milch, Isa ihren schwarz und ohne alles. Es war ein bisschen wie früher, als Ben hier noch gewohnt hatte. Sie kannten sich so gut, sie wussten so viel voneinander. Das war schön. Am liebsten hätte sie ihn gefragt, ob er nicht wieder einziehen wolle, aber das ging ja nicht wegen seiner Ausbildung in Aubing. Aubing war zu weit weg, und Ben hatte keinen Führerschein.

»Was Neues über Leon?«, fragte Ben, wandte sich zur Seite und stellte seine leere Tasse neben das Bett auf den Boden. Sie sah seinen starken, schmalen Nacken unter den Locken und hätte ihn am liebsten dort angefasst, zögerte aber zu lange. Und dann war es zu spät, denn er hatte sich schon wieder aufgerichtet. »Du hast doch bestimmt schon gegoogelt, oder?«

»Ja.«

»Und?«

»Eigentlich nichts Neues. Das, was wir bereits wissen, nur noch mal in aller Länge und Breite. Jetzt haben sie auch seinen Namen geschrieben.«

»Echt?«

»Nur Leon, den Nachnamen haben sie abgekürzt.«

»Das machen die immer so.«

»Mhm.«

»Alles gut?«

»Ja, wieso?«

»Du guckst so.«

»Das beschäftigt mich halt. Leon und so. Dass wir nichts gemacht haben.«

Ben streckte sich wieder aus, ganz entspannt, und verschränkte seine Arme hinter dem Kopf. »Wir hätten gar nichts tun können. Der war verrückt und ist immer verrückter geworden. Leon ist in seinem Gangsta's Paradise, okay?«

»Gangsta's Paradise« war Leons Lieblingssong gewesen. Oft hatte er laut mitgesungen. *They say I gotta learn, but nobody's here to teach me ... Been spendin' most their lives livin' in the gangsta's paradise.*

Und immer wieder dieser Refrain. *Been spendin' most their lives livin' in the gangsta's paradise.*
Sie erschauerte. »Wir hätten seinen Eltern was sagen müssen.«
»Sein Papa war ein Arschloch, der hätte mich rausgeschmissen, der hat mich gehasst. Und seine Mutti hat ihrem Söhnchen aus der Hand gefressen. Was wäre passiert, wenn ich zu der gegangen wäre und gesagt hätte: ›Liebe doofe blonde Frau Rheinfeld, Ihr Wichser von Sohn will sich die Birne wegballern, das hat er mir selber gesagt‹?«
»Keine Ahnung, ich kenn die nicht.«
»Die hätte mich auch rausgeschmissen!«
»Scheiße, das weißt du nicht!«
»Scheiße, das weiß ich genau! Der hatte die im Griff, die hat dem alles geglaubt. Weißt du was?«
»Hm?«
»Die hat Waffen von ihm zu mir gebracht. Söhnchen hat Angst vor einer Razzia, und sie bringt die Waffen zu mir.«
»Was?!«
»Ja. So sieht's aus. Die sind jetzt alle bei mir. Ein Riesenhaufen Waffen.«
Der Kaffee schmeckte plötzlich bitter. Sie deponierte die halb volle Tasse auf dem Nachttisch. »Die sind alle bei dir? Noch mehr als früher?«
Bens Gesicht irritierte sie. Er sah so seltsam zufrieden aus. So gelassen und cool. Als hätte er irgendwelche Trümpfe in der Hand.
»Wie viele sind das?«, fragte sie.
»Ein ganzer Haufen. Zwanzig Stück oder so. Gewehre, MGs, Zielfernrohre. M16, AK-47, Uzi, MG 42, massenhaft Munition.«
»Du musst zur Polizei gehen, Ben!«

Ben gähnte und räkelte sich. »Ich brauch Geld, Baby. Da sind einige Leute hinter mir her. Weitere Komplikationen kann ich mir gerade nicht leisten. Bullen sind nur Komplikationen.«

»Hör auf mit diesem Gangsta-Scheißgetue! Was glaubst du, was passiert, wenn die Bullen bei dir aufkreuzen? Dann kommst du in den Knast wegen – was weiß ich – illegalem Waffenbesitz oder so.«

»Jetzt beruhig dich mal.«

»Nein!«

»Nächstes Wochenende sind die weg, verstehst du, Baby? Dann hab ich die alle verkauft, und wir machen uns eine gute Zeit in der Karibik.«

»Du spinnst.«

Aber die Idee gefiel ihr trotzdem, dagegen konnte sie gar nichts machen, auch wenn sie nicht mal einen gescheiten Badeanzug hatte. Ben legte den Kopf auf ihren Schoß und sah sie mit diesem treuherzigen Blick an, dem sie ganz schwer widerstehen konnte.

»Komm schon, Baby. Entspann dich.«

»Du bist so ein Idiot.«

»Und du so schön weich.«

»Spast.«

»Gib mir einen Kuss.«

*

Abends stand Stettner in dem Haus der Rheinfelds mitten im Durcheinander, das seine drei Kollegen und zwei Kolleginnen hinterlassen hatten. Aufgeschlitzte Sofapolster, aus den Regalen herausgezogene Bücher, ein umgedrehter Couchtisch, überall Staub und Dreck. Die Küche: ein Schlachtfeld.

Die Türen der Hängeschränke standen offen, auf dem Boden lagen Töpfe, Pfannen, Besteck und zerbrochene Teller auf den schwarz-weißen Bodenfliesen.

Den ganzen Tag über hatten sie alles auf links gedreht, auf der Suche nach Leons Smartphone, das er mit Sicherheit besessen hatte, schon weil alle eines besaßen. Die Leute jammerten über einen allmächtigen Staat, der sie angeblich ausspionierte, und vertrauten gleichzeitig intimste Informationen einem flachen schwarzen Gerät an, das so leicht zu knacken war wie eine Altbautür mit Buntbartschloss. Es hatte schon seinen Grund, dass viele Polizisten, unter ihnen auch Stettner, ihre Mobiltelefone nur noch beruflich nutzten, und nur mit allen erforderlichen Sicherheitsvorkehrungen. Mein Ich, sagte Stettner manchmal, gehört mir und weder Apple noch Samsung. (Und schon gar nicht den Geheimdiensten. Aber das sagte er nicht laut.)

Er stieg in den ersten Stock, wo es noch viel schlimmer aussah. Tatortreiniger hatten bislang keinen Zutritt, sodass die Böden und die Matratzen zusätzlich zum angerichteten Chaos riesige rostfarbene Blutflecken aufwiesen. Es roch nach Tod und Verwesung. Stettner ging in das Zimmer Leons, betrachtete das besudelte Bett, schloss die Augen, versuchte sich zu erinnern, alles andere auszublenden. Die Lage des Toten (halb auf der Seite, der linke Arm über dem linken, der rechte mit der Glock in der Hand herabhängend). Normalerweise erschlaffte im Moment des Todes die Hand, und die Waffe fiel herunter. Das war allerdings nicht immer der Fall, und außerdem hatte man Schmauchspuren an Leons Hand gefunden.

Sein Handy klingelte. Eine unbekannte Festnetznummer, aber er nahm trotzdem ab.

»Hallo«, sagte er betont neutral.

»Herr – äh – Stettner?« Eine Frauenstimme, die er sofort als die von Leons Schwester erkannte. Ziemlich dunkel, obwohl sie noch jung war. Und sie sprach sehr schnell, das war ihm auch aufgefallen. So schnell, dass sie manche Sätze nicht zu Ende sprach und sich öfter verhaspelte.

»Frau Kellermann?«

»Tut mir leid, dass ich so spät ... Stör ich Sie bei irgendwas?«

Stettner sah sich um, ging dann hinaus in den Flur und schließlich in Frau Kellermanns Mädchenzimmer, in dem auch das Unterste zuoberst gekehrt worden war. Aber wenigstens roch es nicht nach Blut, nur ein bisschen staubig, wie in einem Raum, der lange nicht genutzt worden war. Er setzte sich auf einen weitgehend unbeschädigten Sessel am Fenster und machte das Licht aus, damit ihn niemand von der Straße aus sehen konnte. Im Moment war sie leer, die Journalisten und Kameraleute waren fürs Erste abgezogen.

»Nein, gar nicht«, sagte er freundlich. »Hier ist nur Papierkram zu erledigen, das hat Zeit.«

Gut, dass die Anruferin nicht ahnte, wo er sich befand.

»Ich würde gern – ich würde gern was mit Ihnen besprechen.« Sie klang nervös.

»Jede kleinste Information ist wertvoll«, sagte Stettner. Das sagte er immer bei solchen Gelegenheiten, auch wenn es selten stimmte. Viele von einem Verbrechen betroffene Zeugen meldeten sich nach ihrer Vernehmung ein zweites oder drittes Mal, wollten sich aussprechen, manche so oft, dass man sie an Psychologen weitervermitteln musste. Man hatte ihnen stundenlang zugehört, einfühlsam nachgefragt, ihnen auf diese Weise eine Art perversen Trost gespendet, und nun fühlten sie sich leer und einsam.

»Ehrlich gesagt weiß ich nicht, wo ich anfangen soll.«

»Wir haben Zeit«, sagte Stettner, auch das eine übliche Floskel.

»Okay.«

Stettner hörte sie atmen. Vielleicht ging sie spazieren. Jedenfalls war sie auf den Beinen. In der Zwischenzeit pulte er seine EarPods aus der Hosentasche und drückte sie in die Ohren.

»Ich glaube, dass Leon so etwas nicht getan hätte.« Jetzt war ihre Stimme ganz nah, fast verführerisch.

»Ich verstehe«, sagte er.

»Sie klingen gar nicht überrascht.«

»Warum sollte ich?«

»Das sagt man so bei Ihnen, oder?«

Auf der Straße ging ein Mann mit einem Hund vorbei. Er tat erst ganz desinteressiert, blieb aber dann doch stehen und starrte das Haus an, die Absperrungen mit dem Flatterband, vermutlich auch das Polizeisiegel an der Tür, das Stettner aufgebrochen hatte, um sich ein letztes Mal umzusehen. Dann nahm der Hundebesitzer sein Handy und machte Fotos von alldem. Ein Reporter mit Leih-Vierbeiner, der sich als Spaziergänger verkleidet hatte? Aber wozu? Stettner konnte sein Gesicht nicht sehen, es war verdeckt mit einer Art Kappe.

»Was sagt man so bei uns?«, fragte er.

»*Ich verstehe.* Damit der andere weiterredet, stimmt's?«

»Na ja. Jeder Kollege hat so seine eigenen Methoden.«

Der Mann pfiff dem Hund, der ihm sofort schwanzwedelnd folgte, und ging weiter die Straße herunter, heraus aus Stettners Blickfeld.

»Weil Sie ja nicht wirklich was verstehen.«

»Das stimmt. Solange Sie mir nichts erzählen, versteh ich nur Bahnhof.«

»Leon.«

»Ja?«

»Ich glaube, dass er es nicht war.«

»Okay. Warum?«

»Es ist ein Gefühl. Leon – er wäre mit einem Knall gegangen. So wie damals, als er sich vom Garagendach stürzen wollte. Es gab ein Mordsgeschrei und Getöse, alle haben sich furchtbar aufgeregt, Mama hat schrecklich geweint, und dann ist er wieder runtergeklettert.«

»Wie alt war er da?«

»Zehn oder so.«

Stettner seufzte. »Das wäre elf Jahre her, zum ersten. Zweitens *ist* er doch mit einem Knall gegangen. Oder wie würden Sie das bezeichnen?«

»Anders. Er hätte das irgendwo im Netz angekündigt, oder er hätte sich dabei gefilmt und das auf eine von diesen schrecklichen Plattformen gestellt. 4chan oder 8chan oder so.«

»Das hat er ja vielleicht. Wir stehen immer noch am Anfang der Ermittlungen.«

»Das hat er nicht, sonst hätte die *Bild*-Zeitung schon damit aufgemacht. Die haben da IT-Experten für so was, und die sind zehnmal schneller als die Polizei, die suchen gezielt nach so was.«

»Aha.«

»Nichts für ungut. Meine beste Freundin ist Journalistin, die kennt sich damit aus.«

»Na gut.« Stettner ärgerte sich über dieses hinterwäldlerische Image der Polizei, das der Öffentlichkeit vermittelt wurde. Selbstverständlich hatten sie ebenfalls fähige IT-Experten! Aber er musste zugeben, dass sie tatsächlich oft zu langsam waren. Zu träge, zu schlecht ausgestattet, zu wenig qualifiziertes Personal, zu weiß der Teufel was. Einfach nicht fix genug für die modernen Anforderungen an eine moderne Behörde.

»Leon hätte Mama nichts getan. Er hat Mama geliebt, so weit er jedenfalls dazu imstande war. Er hat sogar als Kind versucht, sie vor Markus zu beschützen, wenn Markus mal wieder ausgerastet ist.«

»Das ist ja öfter passiert, stimmt's?«

»Markus hat ihn in die Ecke geschleudert, wie ein lästiges Tier.«

»Gefühle ändern sich. Menschen ändern sich.«

»Mama hat ihm *nie* was getan. Sie war immer lieb zu ihm, sie hat ihn *immer* verteidigt. Ich könnte mir alles Mögliche vorstellen, aber nicht, dass er ihr etwas antut. Ausgerechnet ihr. Das passt einfach nicht.«

Stettner überlegte. Wägte ab. Schließlich fragte er sie, ob ihr irgendein Versteck für Leons Mobiltelefon einfiele.

Sie lachte überrascht auf. »Erzählen Sie mir nicht, dass Sie es nicht gefunden haben!«

Aus irgendeinem Grund ärgerte Stettner diese Reaktion. »Doch, genau das erzähle ich Ihnen«, sagte er, schärfer als er beabsichtigt hatte. »Wir finden es nicht. Wir hätten uns deshalb morgen ohnehin noch mal bei Ihnen gemeldet.«

»Wow. Können Sie es nicht orten?«

»Es ist ausgeschaltet. Das würde nur klappen, wenn wir vorher eine Spionagesoftware auf sein Handy gespielt hätten.«

»Schon gut. War ja nur eine Frage.«

»Und? Fällt Ihnen dazu etwas ein?«

Ein paar Augenblicke hörte er nur das Rauschen in der Leitung. Dann sagte sie: »Leon hat sein Handy nie abgelegt. Er hatte es immer bei sich, selbst im Bad. Wenn er es mal nicht gefunden hat, gab es eine Riesenaufregung. Das war fast wie – ich weiß nicht – so eine Art Kuscheltier.«

»Verstehe.«

»Ja, das sollten Sie auch. Wenn Sie es nicht finden, dann stimmt an der Geschichte irgendwas nicht. Das können Sie mir glauben.«

Als er gegen zehn nach Hause kam, hörte er als Erstes lautstarken Death Metal. Wenn Stettner etwas hasste, dann war es Death Metal – penetrant raues Männergeschrei, hysterische Bässe. Er rannte in den ersten Stock, stolperte fluchend über riesige weiße Sneakers im Flur und stieß die Zimmertür seines Sohnes Kai auf. Kai war gerade siebzehn geworden und hieß eigentlich Karl nach Stettners Vater, fand den Namen aber uncool.

Im Zimmer saßen Juliane, alias Giulia, und Karl, alias Kai, vor dem Riesenbildschirm, den Kai zum Geburtstag bekommen hatte und spielten ein Spiel, das Stettner als »Postal 2: Paradise Lost« wiedererkannte. Wegen seiner extremen Brutalität stand es auf dem Index, und insofern war Stettner nicht begeistert, dass sich die Mutter seines Sohns darüber amüsierte, wie ein glatzköpfiger, rotbärtiger Killer in einer abgewrackten Stadt namens Paradise City ungezählte Menschen einen Kopf kürzer machte.

»Was soll der Scheiß!«, rief Stettner, um die Musik zu übertönen. Zwei Köpfe wandten sich um, betrachteten Stettner dumpf grinsend wie Drogensüchtige auf einem Trip. Stettner hatte solche Spiele selbst gespielt, schon aus beruflichen Gründen, um sich besser auszukennen. Er gehörte auch nicht zu den Leuten, die bei jedem Egoshooter-Gamer gleich einen potenziellen Amokläufer vermuteten (auch wenn praktisch alle Amokläufer Egoshooter spielten). Viele junge Männer standen auf diesen raffiniert gemachten gewalttätigen Schmarrn, ohne jemals gewalttätig zu werden. Aber sein eigener Sohn – das war irgendwie etwas anderes. Und seine Frau – was dachte sie sich denn dabei? Wollte sie jugendlich wirken? Sich bei dem pubertierenden Kai einschleimen? Wie lächerlich war das denn?

»Was soll der Scheiß«, wiederholte er. Auf dem eingefrorenen Bildschirm war eine Katze auf einem Gewehr zu sehen, das sich auf eine schwärzliche Ruine richtete. Davor lagen blutbespritzte Leichen herum. Wenn Stettner sich richtig erinnerte, schoss man durch diese Katze durch, die im Spiel neun Leben hatte, und bekam dann zusätzliche Punkte.

»Jetzt reg dich nicht so auf«, sagte Giulia.

Stettner stand ein paar Sekunden lang einfach nur da. Dann drehte er sich um und schmiss die Tür mit Karacho hinter sich zu.

Danach ging er ins Schlafzimmer und rief seine Kollegin an. Karin Lakotta hob sofort ab, als hätte sie darauf gewartet.

*

Am selben Tag vervollständigten Martin und Ben die Planung ihres zweiten Raubüberfalls. Der war bitter nötig geworden, weil sowohl Martin als auch Ben insgesamt über zweitausend Euro Schulden bei einem Mann namens Ilian hatten, und Ilian mittlerweile eine gewisse Ungeduld an den Tag legte. Ben hatte bereits versucht, Ilian eine Kalaschnikow zu verkaufen, aber Ilian hatte wenig Interesse an einem Tauschgeschäft gezeigt, bei dem er auch noch draufzahlen sollte. Er wollte Cash, und zwar sofort.

Ben bewohnte zwei Dachzimmer mit Küchenzeile in Aubing, die einem liebenswert schrulligen Vermieter gehörten. Liebenswert deshalb, weil Ben bereits zwei seiner Fahrräder geschrottet und eins verkauft hatte, ohne dass der alte Herr Luckschanderl sich groß darüber aufgeregt hätte. Herr Luckschanderl lebte im Erdgeschoss und bezeichnete sich selbst als Erfinder und überzeugten Antimaterialisten. Diese Haltung fand Ben ausnehmend sympathisch, weshalb er den alten Mann im Lauf der letzten paar Wochen um mindestens ein paar Hunderter erleichtert hatte. Diese Quelle war aber mittlerweile versiegt, weil Luckschanderl, Antimaterialist hin oder her, irgendwann offenbar doch beschlossen hatte, sein Portemonnaie nicht länger im Mantel in der für alle zugänglichen Diele aufzubewahren, sondern in seine Wohnräume mitzunehmen.

Immerhin hatte Ben fest vor, Herrn Luckschanderl zumindest einen Teil der Summe zurückzugeben, die er ihm geklaut hatte. Zusammen mit Martin, der zurzeit bei ihm wohnte, schauten sie via Google Earth auf die Lage eines Supermarkts, liefen die Straßen sozusagen digital ab, und waren natürlich schon vor Ort gewesen, um die Lage zu sondieren. Sie hatten sich Sturmhauben besorgt, und Waffen waren ja zuhauf da, da mussten sie sich nur noch eine aussuchen.

Das einzige Problem war Martin.

Martin hatte blonde Locken und sah aus wie ein Engel, der er nicht war. Er jonglierte vielmehr teuflisch geschickt mit mehreren Freundinnen herum, die alle nichts voneinander ahnten. Das meisterte er mit einer Coolness, die Ben Respekt abnötigte. Es gab aber noch einen anderen Martin, einen, der so entsetzlich chaotisch, nervös und depressiv war, dass man ständig Angst um ihn haben musste. Martin war in einem Heim und danach in einer Pflegefamilie aufgewachsen, zu der er aus irgendwelchen Gründen keinen Kontakt mehr hatte. Er kannte seine leiblichen Eltern nicht und redete überhaupt ungern von früher. Vermutlich hatte er ein Trauma oder wie man das nannte. Oder er log, was Ben manchmal mutmaßte, ihm aber ziemlich egal war. Er mochte Martin, und Martin mochte ihn. Sogar mehr als das. Ben war für Martin der große Bruder, den er nie gehabt hatte. Das sagte er ihm ständig, und Ben fand das okay. Die Schwierigkeit war nur, dass Martin überhaupt nicht belastbar war und so gesehen als Komplize eigentlich eine Katastrophe. Trotzdem würde ohne ihn dieser Überfall nicht klappen. Ben war vor ein paar Monaten zum dritten Mal durch die Führerscheinprüfung gerauscht und deshalb auf Martin angewiesen, der sowohl einen Führerschein als auch ein Auto besaß.

Wenn auch sonst nicht viel. Beziehungsweise eigentlich gar nichts. Das wiederum verband ihn mit Ben. In Bens Wohnung befand sich ein Waffenarsenal, das auf dem Schwarzmarkt bestimmt Hunderttausende einbringen würde, aber im Moment nützte ihnen das nichts. Beide waren so pleite, dass es oft nicht mal mehr für Benzingeld reichte. Dazu kamen Ilians Forderungen. Es handelte sich also um eine alternativlose Aktion.

Sie warteten bis halb acht, bis kurz vor Ladenschluss, und parkten das Auto an einer dunklen Ecke neben einem kleinen Feld, die sie als ideal ausgekundschaftet hatten. Ben hatte beschlossen, den Raub allein auszuführen. Martin sollte als Fluchtfahrer eingesetzt werden. So weit waren sie sich einig.

»Okay?«, fragte Ben.

»Okay, großer Bruder«, sagte Martin. Er rauchte hektisch aus dem offenen Fenster raus.

»Beruhig dich mal, kleiner Bruder. Ich komm über das Feld gelaufen, du startest den Wagen, wir sind weg. So wie letztes Mal. Alles klar?«

»Ja. Mach schon.«

Ben stieg aus, lief über das Feld zur Rückseite des Supermarkts. Zwecks maximaler Wirkung hatte er eine Tommy Gun dabei, eine imposante, geladene Maschinenpistole. Er zog sich die Sturmhaube über den Kopf, marschierte durch den Angestellteneingang, wo sich niemand befand, und dann durch einen Gang in den Verkaufsbereich.

Es war auch diesmal ein merkwürdiges Gefühl, so etwas tatsächlich zu tun. Er sah die Gesichter der zurückweichenden Kunden, die viel zu geschockt waren, um irgendwas zu unternehmen. Jemand schrie, aber Ben ging einfach weiter. Als er an den beiden Kassen angekommen war, legte er die Waffe an, so wie das erste Mal. Er war diesmal nicht im Geringsten aufgeregt. Die beiden Kassiererinnen hoben synchron die Hände, wie sie es aus dem Fernsehen kannten. Einer liefen Tränen über die Wangen. Das tat ihm fast leid. Aber es würde ja schnell gehen.

»Geld her«, sagte Ben. »Sofort.«

Er reichte beiden Kassiererinnen jeweils eine Plastiktüte, die sie brav mit dem Inhalt der Kasse auffüllten. Und das war's schon. Ben bedankte sich so höflich wie es hinter einer Sturmhaube möglich war, schritt mit gezogener Waffe durch einen Gang mit diversen Hygieneartikeln und verschwand durch den Hinterausgang. Niemand folgte ihm. Keine fünf Minuten hatte das gedauert. Er lief über das dunkle Feld in Richtung der Straßenlaternen. Eine weitere Minute später brausten sie nach Hause und rannten die Holztreppe hoch in Bens Dachwohnung.

Wow! Das war so cool!

Fünftausend! Damit konnten sie Ilian und sogar die Fahrt nach Stuttgart bezahlen, wo es angeblich – angeblich hieß: laut Ilian – Interessenten für Bens Waffen gab. Sie würden vielleicht wahnsinnig viel Geld machen, den ganzen Scheiß verscherbeln und so aus allem raus sein. Von vorne anfangen.

Und dann würde Ben nie wieder eine Waffe anfassen, außer ganz legal auf dem Schießstand, zusammen mit seinem Vater und seinem Bruder.

»Das ist so geil«, sagte Ben und grinste vor sich hin. Zum ersten Mal seit dem Tod Leons konnte er sich wieder richtig freuen. Dabei war es ja nicht direkt so, dass er Leon vermisste. Wonach er sich zurücksehnte, war die Zeit, in der sie sich gut verstanden hatten, weil er da noch nicht begriffen hatte, dass Leon nicht einfach nur auf eine voll coole Art verrückt gewesen war, sondern auf eine voll uncoole Art geisteskrank.

Also gefährlich. Für jeden, der mit ihm zu tun gehabt hatte.

»Lass uns Ilian anrufen«, sagte Martin in seine Gedanken hinein. »Lass uns Ilian anrufen und mit ihm feiern!« Auch Martin wirkte wie befreit, beinahe glücklich. Spontan umarmte er Ben, und Ben fand das erst irgendwie befremdlich, aber dann doch sehr lustig. Sie drehten Musik auf und vollführten kreischend und kichernd einen Freudentanz. Dann riefen sie Ilian an, der noch zu tun hatte, aber später mit zwei Freundinnen vorbeikommen wollte. Plus allem, was man so für eine Party brauchte.

*

»Leon war – keine Ahnung.«

»Keine Ahnung?«

»Er hat jedenfalls viel gelogen. Komischer Typ, ne?«

»War er manchmal aggressiv?«

»Gar nicht. Eher ruhig und zurückgezogen. Aber manchmal hat er aufgedreht, dann konnte er gar nicht mehr aufhören zu quasseln.«

»Was hat er denn erzählt?«

»Dass er bei der spanischen Guardia Civil war. Dass er Leute umgebracht hat. So Scheiß eben.«

»Sie mochten ihn nicht so?«

»Nö. Keiner mochte ihn richtig, würd ich sagen. Er war eben komisch. Also nicht witzig, sondern irgendwie – schräg. Manchmal hat er gestunken. Mit dem Duschen hat er's, glaub ich, nicht so gehabt. Auch seine Klamotten. Er hat immer das Gleiche getragen.«

»Wie war er in der Berufsschule? Also als Ihr Mitschüler?«

»Wie soll er da gewesen sein?«

»War er ein guter Schüler?«

»Keine Ahnung. Ich glaub nicht so, ne? Er hat schon viel gewusst, aber wenn das abgefragt wurde – da war er oft richtig gehemmt. Und dann auch schon mal sauer. Vielleicht hatte der ADHS oder so was.«

»Das schließen Sie woraus?«

»Weil – wenn der mal angefangen hat zu reden, hat er eben nicht mehr aufgehört. Boah, das ging einem vielleicht auf den Zeiger. Der war dann wie aufgezogen. Wie so ein Duracell-Männchen. Kennen Sie die? Die aus der Werbung von früher?«

»Ja, hab ich schon mal gesehen.«

»Das war Leon, wenn er mal so richtig in Stimmung war.«

»Und worüber hat er so geredet?«

»Immer über Waffen. Das war voll sein Thema. Waffen, Waffen, Waffen. Ich meine, ich interessier mich auch dafür, deshalb mach ich ja die Ausbildung, ne?«

»Aber er hat es übertrieben?«

»Ja, und er hat sich auch dauernd wiederholt. Boah.«

»Sie konnten ihn ja wirklich nicht ausstehen.«

»Ich sag mal so: Ich wunder mich nicht, dass der seine Familie – also, na ja, er war schon ein Typ, dem man das zutraut, ne?«

»Was genau zutraut?«

»Na, was er eben getan hat. Seine Familie und sich – na ja quasi hingerichtet, ne?«

»Hat Leon eigentlich auch mal über was anderes als über Waffen geredet?«

»Boah. Weiß nicht. Eigentlich nicht. Außer seine Storys mit der Guardia Civil. Oder die über den Rockerclub, wo er Auftragsmorde begangen hat. Blödsinn eben. Aber das hat ja auch mit Waffen zu tun, ne?«

»Hat er vielleicht mal über Freunde geredet, die er zu Hause hatte? Eine Freundin?«

»Der hatte sicher keine Freundin.«

»Aber vielleicht Freunde? Denken Sie noch mal nach.«

»Hmm. Glaub nicht.«

»Lassen Sie sich Zeit.«

….

»Und?«

»Ja, doch, da war so einer …«

»Ja?«

»Ich glaub, der hieß Tim. Oder so ähnlich. Vielleicht auch Ben oder Jim. Jedenfalls ganz kurzer Name.«

»Tim oder Ben oder Jim und weiter?«

»Weiß nicht.«

»Und was war mit dem?«

»Bei dem – ich weiß nicht, wie war das noch? Ach ja: Da hätte er ganz viele Waffen deponiert. Richtige Kriegswaffen und teilweise auch Deko-Waffen, die sie wieder scharf gemacht hätten. Also verbotenes Zeug. War bestimmt auch gelogen.«

»Und der Nachname, da können Sie sich gar nicht dran erinnern?«

»Sorry. Nee, keine Ahnung. Ich glaub auch nicht, dass

Leon den Nachnamen gesagt hat. Da war nur Tim. Oder Ben. Oder Jim. Oder Ken. Oder irgendwas anderes Kurzes.«

»Okay.«

»Hilft Ihnen jetzt nicht so weiter, ne?«

»Wir werden sehen. Fällt Ihnen noch was ein, das vielleicht wichtig sein könnte?«

»Nee. Sorry. Ich hab aber mal 'ne Frage.«

»Ja?«

»Wo kann man sich bei Ihnen bewerben? Also für die Mordkommission? Da wollte ich schon immer hin. SEK wär auch cool. Ich bin gerade dabei, meinen Waffenschein zu machen.«

»Ah ja.«

»Da muss man doch gut schießen können, oder? Beim SEK?«

»Das kommt darauf an. Schießen wäre jetzt nicht die einzige Kernkompetenz.«

»Nee, is klar. Ich könnte mir auch Scharfschütze gut vorstellen. Wo braucht man die?«

»Ich geb Ihnen ein paar Prospekte mit, okay?«

»Cool, danke.«

Jim. Oder Tim. Oder Ben. Oder Ken. Vielleicht eine Spur, vielleicht gar nichts. Aber wenn dieser Ken oder Tim oder wer auch immer wirklich verbotene Waffen lagerte, war das nach dem Kriegswaffenkontrollgesetz ein juristisch sattelfester Grund, weiter zu ermitteln. In Stettner erwachte das Jagdfieber. Er sah rüber zu Karin Lakotta und bemerkte, dass es ihr ähnlich ging.

»Auf geht's«, sagte er.

Sie lächelte.

Als er abends nach Hause fuhr, rief ihn Obermeier an, der Kollege, mit dem er die Leichen entdeckt hatte. Es war sein zweiter Anruf, beim ersten war er betrunken gewesen, hatte irgendwas von »Ich halt das nimmer aus« gelallt, und Stettner hatte ihm gut zugeredet. Das wird schon, das nimmt einen schon mal mit, das gibt sich, so ein Schock braucht Zeit, um zu verheilen, nimm dir ein paar Tage von deinem Resturlaub – solche Sachen. Was man so redete, wenn man jemandem nicht helfen konnte.

Stettner war müde und hatte keine Lust zu telefonieren, aber er fühlte sich irgendwie verpflichtet, also nahm er den Anruf an.

»Bernd, was ist?«, fragte er. Erst hörte er Obermeier nur atmen, dann schluchzen. Er war wieder blau. »Bernd?«, sagte er. »Bist du noch dran?«

»Ja.« Die Stimme klang wie aus einem Kellerloch. Im Hintergrund lief Musik, irgendwas Trauriges, Bluesiges.

»Bist du daheim, Bernd?«

»Ich hab kein Zuhause mehr.«

»Was? Wo ist denn die Amelie?« Bernd hatte eine entzückende Freundin namens Amelie, die ihn oft von der Arbeit abholte und mit ihrem Strahlen selbst das trostloseste Büro aufwärmen konnte.

»Die Amelie kann ich grad ... Kann ich grad nicht sehen.«

»Wieso denn das? Habt ihr Schluss gemacht?«

»Ich kann die grad nicht sehen. Kannst du vielleicht kommen? Nur für ein paar Minuten?«

Stettner seufzte. Nein, konnte er nicht. Er hatte eine eigene Familie, und die sah ihn viel zu selten. Er war nicht einmal mit Obermeier befreundet, sie waren gute Kollegen, tranken ab und zu mal ein Bier zusammen, mehr nicht. Er überlegte.

»Soll ich die Amelie mal anrufen?«

»Nein!«

»Das kann ich machen, ehrlich! Du brauchst jetzt jemanden …«

»Wie weit seid ihr?«, unterbrach ihn Obermeier, er klang plötzlich viel klarer, deutlicher.

»Du weißt, dass ich dir das nicht sagen darf.«

»War er's?«

»Leon? Ja, wahrscheinlich schon. Aber mehr darf ich dir nicht sagen, wir sind mitten in den Ermittlungen.«

»Warum hat er das getan?«

Stettner überlegte, wie viel schon in den Zeitungen stand. Was in den Zeitungen stand, war nicht mehr geheim.

»Du hast die Waffen gesehen, oder? In seinem Zimmer.«

»Mhm.«

»Er war ein sehr unglücklicher junger Mann, so viel steht fest. Und ich versteh, dass dir das zu schaffen macht.« Wie alt war Obermeier? Anfang dreißig? Eigentlich kein blutiger Anfänger mehr, sonst hätte Stettner ihm das nicht zugemutet. Aber dann erinnerte er sich an den Alkoholgeruch, als sie die Treppe hochgegangen waren.

»Bernd?«

»Mhm.«

»Hör zu, Bernd, ich muss jetzt auflegen, ich bin gleich daheim. Ich würd dir echt gern helfen, aber du musst dir klarmachen, dass die Zeit alle Wunden heilt. Du hast ein richtig schlimmes Erlebnis hinter dir, aber gib dir ein paar Tage, dann verblasst das, und du bist seelisch wieder fit. Glaub mir das. Wir haben das alle durchgemacht.«

»Ich kann das nicht.«

»Und vielleicht solltest du dir Hilfe holen. Also professionelle Hilfe. Das ist keine Schande, jeder hängt mal durch.«

»Ja. Du bist sicher, dass er's war?«

»Wir sind noch mitten in den Ermittlungen. Ja, bisher schaut's so aus.«

»Mhm.«

Stettner bog in seine Straße ein, fuhr im Schritttempo an den Reihenhäusern seiner Nachbarn vorbei, parkte in der Einfahrt. »Machst du das?«

»Was, Paul? Was soll ich machen?«

»Dir Hilfe holen? Machst du das, wenn's dir in ein paar Tagen nicht besser geht? Vielleicht hast du so was wie ein Trauma. Das passiert den stärksten und mutigsten Männern. Dafür gibt es Leute, die das mit einem durchgehen, die einem wirklich helfen können.«

»Ich überleg's mir.«

»Super, Bernd. Dann leg dich jetzt mal aufs Ohr. Und ruf die Amelie an. Und hör auf zu trinken. Versprichst du mir das?«

»Ja.«

»Ciao, Bernd. Alles Gute. Und meld dich gern wieder.«

Ein Klicken. Obermeier hatte aufgelegt.

8

Drei Wochen vor der Tat

Da eine Klientin kurzfristig abgesagt hatte, gönnte sich Barbara am letzten Tag vor den Weihnachtsferien eine lange Mittagspause an der Promenade. Sie hatte sich einen grünen Spinat-Apfel-Smoothie und ein Tomate-Mozzarella-Sandwich geholt und mit viel Glück einen Platz auf einer Bank mit Seeblick ergattert. Es war ein sonniger, beinahe lauer Tag. Heiligabend, so hatte es der Wetterbericht vorhergesagt, würde es wieder nicht schneien, dafür würden sie Ostern bestimmt wie üblich im Schnee verbringen. Alles so wie die letzten Jahre, und dieser Gedanke machte Barbara beinahe glücklich. Nur beinahe, weil ...

Sie wollte nicht daran denken. Denken machte alles kaputt.

Hungrig biss sie in das geröstete, herrlich fettige Sandwich und wischte sich nach jedem Bissen vorsichtig den Mund ab. In der Praxis war sie immer sorgfältig geschminkt – sie fand, das wirkte professioneller – und trug extra einen Lippenstift, der vierundzwanzig Stunden lang hielt, um sich über diese Frage keine weiteren Gedanken machen zu müssen. Allerdings versagte der bei öligen Speisen zuverlässig, daran hätte sie mal denken sollen, bevor sie das Sandwich bestellt hatte. Nichts war schlimmer als ein verschmierter Lippenstift.

Puh. Egal.

Sie lehnte sich zurück, nahm einen Schluck von dem Smoothie, genoss den bittersüßen, kräftigen Geschmack und überhaupt alles um sie herum. Das Glitzern des Wassers, die leichte Brise, die Spaziergänger auf der Promenade, die sich über das erstaunlich angenehme Wetter unterhielten, das Knirschen ihrer Schritte auf dem Kiesweg, die Tatsache, dass sie für ein, zwei Stunden nur Beobachterin war. Nicht eingreifen musste. Keine Verantwortung für irgendwen trug.

Sie aß das Sandwich auf und warf die Papierverpackung in den Mülleimer neben der Bank. Der Strohhalm war aus einer umweltfreundlichen Pappe, weshalb er nach der Hälfte des Smoothies labberig wurde und schließlich seinen Geist aufgab. Auch das war alles andere als ein Drama, obwohl es Barbara schon ein bisschen ärgerte; Klimawandel hin oder her, sie trank nun mal lieber mit einem richtigen Strohhalm aus – ja! – umweltschädlichem, aber wenigstens haltbarem *Plastik*.

Barbara schloss die Augen und atmete langsam in den Bauch, vier Sekunden ein, sechs Sekunden aus, und immer so weiter, aber es nützte nichts. Manchmal hatte sie so merkwürdige Anfälle schlechter Laune, dann verdunkelte sich alles um sie herum, als hätte sich eine diesige Wolke über den blauen Himmel geschoben und nur noch diffuses Grau in unterschiedlich trostlosen Schattierungen übrig gelassen.

Sie machte die Augen wieder auf. Tatsächlich war die Sonne weg. Der Wind frischte auf, vertrieb die trügerische Wärme der letzten halben Stunde und erinnerte Barbara daran, dass ein monatelanger Winter vor ihr lag. Das machte ihr alle Jahre wieder zu schaffen; sie war ein Sommerkind, ihr konnte es gar nicht heiß genug sein. Eigentlich bin ich falsch in diesem Land, sagte sie oft, aber in letzter Zeit nicht zu oft, sonst erinnerte sie Markus daran, dass es an ihr lag, dass sie diejenige war, die nicht loslassen konnte.

Du könntest deine Praxis schließen, sobald ich gekündigt habe. Wir könnten auswandern.

Mit Leon?
Leon muss lernen, auf eigenen Beinen zu stehen.
Klar, Schatz. Und die Erde ist eine Scheibe.
Sie knöpfte ihren Mantel zu, zog ihre Mütze über die blonden Haare und stand auf. Heute Nachmittag hatte sie noch zwei Klientinnen mit jeweils zwei Kindern. Die eine war eine Nöle, genauso anstrengend wie ihre beiden ADHS-geplagten Söhne, die andere war ein Schatz, arbeitete hervorragend mit, und ihre Mädchen machten beachtliche Fortschritte. Auf diese Klientin freute sie sich. Die Nöle war allerdings zuerst dran.

Es war selten, dass Barbara mit beiden Elternteilen arbeiten konnte. Sie fand das unglaublich schade, weil eine Familientherapie eigentlich nur wirklich funktionieren konnte, wenn man das ganze Bild hatte, die vollständige *Kommunikationsdynamik* zwischen sämtlichen Beteiligten *analysieren* konnte. So die Theorie. In der Praxis konnten oder wollten sich die Väter für die Behandlung nicht freinehmen, kamen nur ab und zu mal mit und saßen dann oft da, als fühlten sie sich im falschen Film. Und manche, speziell die Gutverdiener, wurden richtig unangenehm. Sie betrachteten Barbaras Therapieraum als Reparaturwerkstätte für funktionsgestörten Nachwuchs und waren irritiert, wenn Barbara ihnen erklärte, dass sie leider keine Ergebnisgarantien für einen pflegeleichten Sprössling mit optimierter Performance abgeben konnte.

In der Regel war sie also auf die Berichte der Mütter angewiesen – mit ihren vielen Leerstellen, weil man seine eigenen Fehler immer gern schönredete. Auch die Nöle kam wie üblich ohne Mann, aber beschwerte sich ausführlich über ihn. Zwei quälende Stunden später war Barbara völlig erschöpft. Die Nöle verweigerte grundsätzlich jede Art von medikamentöser Behandlung, weil sie an die Schulmedizin nicht glaubte, dafür an eine gefährliche Macht namens Big Pharma. Deshalb waren ihre Söhne trotz regelmäßigen Besuchen bei einem stadtbekannten Alternativmediziner fast nie in einer Verfassung, in der man mit ihnen arbeiten konnte.

Während sie die Praxis aufräumte (ein Schlachtfeld!), überlegte sie zum ersten Mal ernsthaft, ob Markus nicht doch recht hatte. Vielleicht sollte sie tatsächlich alles hinschmeißen und mit ihm durch die Weltgeschichte gondeln, sich irgendwo am Meer ein kleines Häuschen mieten und dort ewigen Sommer genießen.

Ohne Leon.

Sie seufzte. Würde Leon allein zurechtkommen?

Nein, würde er nicht. Er wäre völlig hilflos ohne sie. Er war nur auf dem Papier erwachsen.

Wieder war da diese Welle von Liebe und Schmerz, die sie warm bis kochend heiß überspülte und oft so kraftlos zurückließ. Diese Liebe war wunderbar und selbstzerstörerisch, und sie ließ sich nicht abstellen, schon gar nicht mit Vernunftgründen. Das verstand Markus nicht, und sie konnte es ihm auch nicht erklären; jeder Versuch führte zu neuen Auseinandersetzungen. Sie wollte Leon vor der gnadenlosen Welt beschützen, Markus wollte seinen Sohn fit machen für die Herausforderungen des Lebens. Das waren zwei grundsätzlich unterschiedliche Herangehensweisen, da gab es keine Verbindung, da kamen sie nie zusammen – und das alles, die ganzen fruchtlosen Diskussionen über die richtigen oder falschen Erziehungsmethoden machten sie so müde. So schlapp.

Softes Gewährenlassen funktioniert nicht, Barbara!

Und die harte Tour funktioniert genauso wenig!

Aber besser, als ihm alles durchgehen zu lassen!

Stimmt doch nicht! Dein Geschrei regt ihn nur noch mehr auf!

Sie setzte sich auf das abgeschabte blaue Sofa im Praxisraum, wo normalerweise Kinder herumtobten oder sich auf den Schoß ihrer Mütter kuschelten, und begann zu weinen, einfach so. Weil Leon nicht erziehbar war. Nichts verfing bei ihm. Egal, was man versuchte, er blieb in seinem dickwandigen Kokon gefangen, voller Angst und Zorn. Ein Schmetterling, der nicht schlüpfen durfte. Wie unendlich traurig und auf unendlich traurige Weise lächerlich waren ihre bisherigen, vollkommen vergeblichen Anstrengungen, zu ihm durchzudringen. Nur um irgendwann erkennen zu müssen, dass nichts fruchten würde.

Genau sieben Minuten hatte sie Zeit für ihren Kummer, dann war die nächste Klientin dran. Sieben Minuten, in denen sie nicht stark sein musste, gegen kein Gefühl ankämpfen musste, einfach nur tieftraurig, schwach und mutlos sein durfte.

Wir werden es nicht schaffen, dachte sie immer wieder. Wir werden es einfach nicht schaffen. Wir kriegen Leon nicht hin. Wir haben versagt. Ich hab versagt. Aber wir kommen nicht raus aus der Sache. So war es, wenn man Kinder hatte; schrecklich und wunderbar. Aber eines war klar, man kam nie, nie, nie raus aus der Sache.

Nie raus. Für immer drin.

Diese simple Wahrheit richtete sie seltsamerweise wieder auf. Sie konnte sich nicht helfen und Leon offensichtlich auch nicht helfen, und Markus wollte ihre Hilfe nicht. Aber vielleicht waren andere dankbar für das, was sie ihnen geben konnte. Kraft und Mut für Veränderungen. Das war ein schwacher Trost, aber besser ein schwacher als gar keiner, oder?

Sie schnäuzte sich, wischte die Tränen ab, lief nicht davon, stellte sich den neuen Herausforderungen. Dachte an ihr Lieblingsbuch *Ich hab dir nie einen Rosengarten versprochen*, ein Roman über eine Schizophrene. Nicht dass sie selbst schizophren war, aber dieser Titel passte *so gut* zu ihrem Leben! Kein Rosengarten, aber doch vieles, das wuchs und blühte und gedieh. Auch wenn immer irgendwas dazwischenkam. Fieses Aprilwetter mit Frost und Schnee, das die zarten Knospen absterben ließ.

Heute früh zum Beispiel hatte der Büchsenmachermeister, bei dem Leon seine Ausbildung absolvierte, angerufen und Leon beschuldigt, eine Glock 17 geklaut zu haben. Mal wieder ein Schock in der Morgenstunde, als gönnte ihr das Schicksal keinen einzigen entspannten Tag.

Das kann nicht sein! Leon tut so was nicht!

Frau – äh – Rheinfeld, ich wüsste aber nicht, wer's sonst gewesen sein könnte.

Wann ist das – also seit wann vermissen Sie die Waffe?

Schon seit ein paar Wochen, ehrlich gesagt.

Aber entschuldigen Sie mal, das kann doch dann jeder …

Aber jeder ist nicht wie Leon.

Was soll das heißen?

Schauen Sie mal in seinem Zimmer nach.

Ich gehe nicht einfach in das Zimmer meines Sohnes. Er braucht seine Privatsphäre.

Wie auch immer, ich muss das melden.

Was denn?

Dass die Waffe weg ist. Ich kann das nicht auf sich beruhen lassen. Und das wäre ganz schlecht für Leon. Also wenn man sie bei ihm findet. Da sind die Behörden ziemlich humorlos.

Herr Hinterseer, wir sind doch immer gut miteinander ausgekommen, oder?

Ja, natürlich, aber das ist jetzt ein neues Problem, verstehen Sie mich denn nicht?

Hören Sie, wenn es um Geld geht ...
Nein!
Nein?
Bitte, ich brauch die Glock zurück! Leon hat keine Genehmigung für den Besitz einer solchen Waffe! Der kommt in Teufels Küche!

Kein Rosengarten. Eher Unkraut. Stacheliger Ginster und wilder Löwenzahn gediehen bei jedem Wetter.

Noch zwei Minuten bis zur nächsten Klientin. Sie wischte sich die Tränen weg. Das Leben musste weitergehen, oder? Sie ging zum Spiegel und trug neuen Lippenstift und neue Wimperntusche auf. Sie war bereit.

*

Leon und Ben kifften in Leons Zimmer. Leon hatte sich krankgemeldet, weil Hinterseer ihm wegen der Glock Probleme machte, und mit Problemen konnte Leon nicht umgehen. Es gab genug verfickte Therapie-Idioten, die ihn in der Vergangenheit darauf hingewiesen hatten, dass man Probleme nicht *verdrängen* dürfe, weil das keine *Lösung* sei. Die Wahrheit, die diese verfickten Arschgesichter nicht sehen wollten, war, dass Verdrängen seine einzige Lösung war, die nicht in einem Desaster endete.

Also kiffte er mit Ben, dem es auch nicht gut ging, laut Ben voll scheiße, um genau zu sein. Eigentlich hatte Ben gar nicht kommen wollen, aber die Aussicht auf das beste Gras seines Lebens hatte ihn schließlich überzeugt. Gras half gegen alles. Und danach vielleicht eine Runde Schießen im Keller, obwohl Ben nicht mehr besonders scharf darauf war, seitdem ihn ein Querschläger aus Leons Waffe getroffen hatte.

Das war verficktes Pech gewesen, und Ben nahm das immer

noch viel zu ernst. Es hatte ziemlich geblutet, das schon, aber letztlich war es gerade mal ein Kratzer gewesen und längst wieder verheilt. Leon zündete den Pfeifenkopf der Bong an und inhalierte. Mit der rechten Hand hielt er die Öffnung unten zu und nahm sie dann weg, für einen Extra-Shot direkt in die Lunge. Anschließend reichte er sie an Ben weiter. Es gab eine Sache, die er mit Ben besprechen wollte. Das Thema war schon öfter angerissen worden, aber bisher immer so ein bisschen ungenau, eher scherzhaft, eher als Versuch, die Lage zu sondieren. Sie hatten darüber gewitzelt, aber aus Witzeleien konnte man sich zu leicht rausziehen.

Jetzt wollte Leon ernst machen, echte Pläne machen, aber dafür musste Ben high genug sein, sonst riskierte er eine Abfuhr.

Zehn Minuten später war es so weit. Leon hatte bei seinem Dealer über Telegram Super Skunk bestellt, das sei fast wie Acid, hatte der Dealer bei der Auslieferung behauptet und dabei fies gegrinst und gute Reise gewünscht.

»Fick dich, ist das stark«, sagte Ben und kicherte.

»Jaaa«, sagte Leon und spürte dem Laut hinterher, der in seinem Kopf Echos produzierte und seltsame Kapriolen schlug. Hoch, tief, hoch, tief, wie eine Achterbahn.

Es brachte ihn nicht so runter, wie er es gebraucht hätte; ein Rest Aufregung und Genervtheit war immer noch da. Aber mehr wollte er nicht rauchen, er wollte sich nicht komplett abschießen, sonst wäre er zu einem Gespräch nicht mehr in der Lage. Und das musste er sein, er musste Ben davon überzeugen, dass es eine gute Idee war, in den Pasing Arcaden einen Amoklauf zu begehen.

Mega, dachte er. Sie hatten so oft diese Videos angesehen. Christchurch, Huntsville, Utøya, die Menendez-Brüder.

»Alter«, sagte er.

»Digger«, murmelte Ben.
»Du musst mir zuhören, Boi.«
»Nenn mich nicht Boi! Das ist vorbei!«
»Ja, schon gut, Alter. *Schon gut.* Hör mir zu.«

*

Es war nicht professionell, sich mit Klienten zu befreunden. Man verlor sein Urteilsvermögen, man wurde automatisch parteiisch. Aber Irene Hartmann war auch nicht direkt eine Freundin, sie war – sie war –, ja, was eigentlich? So verbindlich und locker, dass sie irgendwann ganz automatisch angefangen hatten, einander zu duzen. Man musste sie einfach mögen, und wusste gar nicht genau, warum.

Irene trug mit Vorliebe ausgewaschene Jeans, die bestimmt viel teurer waren, als sie aussahen, und dazu dicke Sneakers in allen möglichen Farben und Formen. Sie war temperamentvoll und lustig, allerdings auch nah am Wasser gebaut. Ihre Stimmungen wechselten ein bisschen zu häufig und zu fix, und unter anderem deshalb war sie bei Barbara. Ihre beiden Töchter, zweieiige Zwillinge, die gerade acht geworden waren, litten unter Irenes unberechenbarer, manchmal unbeherrschter Art. Die eine nässte seit einem halben Jahr ab und zu wieder ein, und die andere hatte schulische Probleme. Bei der Therapie ging es darum, mehr Struktur in den Alltag der Familie zu bekommen. Barbara war zuversichtlich, dass das gelingen konnte.

Auch hier schien der Vater im Familiengefüge nur ein Phantom zu sein. Die Mädchen malten ihn als winziges Vögelchen (die Ältere) oder als kleine Maus (die Jüngere). Er arbeitete sehr viel, selbst an den Wochenenden, war häufig unterwegs und selten zu Hause. Er hatte noch nie Interesse gezeigt, an der Therapie teilzunehmen, und wenn Irene ihn fragte, schützte er Terminprobleme vor.

Das ist ein Problem, Irene, das weißt du, oder?
Ich kann ihn nicht zwingen.
Nein, aber es wäre schon wichtig …
Aber er will nicht. Er glaubt, das braucht's eh alles nicht.
Schade.
Könnt ich mal das Fenster aufmachen? Hier ist es wahnsinnig überhitzt.

So ging es oft mit Irene. Sie lenkte ab, statt in die Tiefe zu gehen, und Barbara wusste, dass das aus therapeutischer Sicht eine fatale Strategie sein konnte. Aber andererseits gefiel ihr auch die Leichtigkeit, mit der Irene über alles hinweggehen konnte. Das Einfach-nicht-drüber-nachdenken-Wollen. Das Abhaken. Die Grübel-Verweigerung. Der schnelle Themenwechsel, wenn man zu nah an neuralgische Punkte kam.

Vielleicht sollte auch sie nicht so viel über Dinge nachdenken, einfach mal alles laufen lassen?

Heute machten sie sehr früh Schluss. Die beiden Mädchen beschäftigten sich in seltener Einigkeit mit einem Brettspiel, in dem rosa Einhörner und Feen in Glitzerkleidchen vorkamen. Barbara und Irene setzten sich ins Büro, wo Barbara die Videoanlage für den Praxisraum einschaltete, die sie normalerweise für Gerichtsgutachten benützte. Das hatte sich so eingebürgert bei ihnen, wenn Irene die letzte Klientin des Tages war. Es ging darum, sich ungestört unterhalten zu können und dabei die Mädchen im Blick zu behalten. Nicht ganz korrekt, aber Barbara war in der Stimmung, alle fünfe gerade sein zu lassen.

»Cappuccino oder Tee?«, fragte sie.
»Wie wär's mit einem Spritz?«, fragte Irene zurück und grinste.

Tatsächlich bewahrte Barbara Prosecco und Aperol in einem kleinen Kühlschrank auf und im Eisfach sogar Eiswürfel. Nach einem langen Tag belohnte sie sich manchmal – nun, in letzter Zeit vielleicht ein bisschen zu oft – mit diesem Gute-Laune-Drink, der sie an heiße italienische Sommer erinnerte. Hatte sie Irene davon erzählt?

»Woher weißt du das?«, fragte sie irritiert.

»Wieso? Hast du etwa wirklich welchen?«

Barbara zögerte ein paar Sekunden zu lang, und Irene lachte sich halb tot über ihre Verlegenheit.

»Komm schon«, sagte sie. »Raus damit!«

»Na gut.« Sie zwinkerte Irene zu, stand auf und ging zum kleinen Kühlschrank, der – schön versteckt – hinter ihrem voluminösen Schreibtischsessel stand.

»Ich fass es nicht!«, rief Irene hinter ihrem Rücken.

»Die Gläser stehen im Schränkchen hinter dir. Bring sie mal her. In der Schale drunter müsste noch eine Orange liegen.«

»So eine bist du also!«

»Sei ruhig, sonst gibt's Fencheltee ohne Zucker!«

Eine halbe Stunde später war sie bedüdelt wie selten. Gackerte wie ein Schulmädchen, als Irene Schwänke aus ihrem Leben erzählte. Irene gehörte zu den Frauen, auf die Männer flogen, bis sie merkten, was für einen komplizierten bunten Vogel sie sich da eingefangen hatten. Denn in einem Käfig machte sie sich ganz schlecht. Und so handelten ihre Geschichten meistens von Irenes Versuchen, einer Situation zu entkommen, in die sie sich selbst hineinmanövriert hatte. Das war sehr lustig, weil Irene eine Meisterin im pointenreichen Erzählen war, und auch wieder tragisch, weil Leichen ihren Weg pflasterten, wie sie sich ausdrückte.

»Bisher habe ich noch jeden Mann verlassen. Jeden einzelnen. Gestört, oder?«

»Ich weiß nicht«, sagte Barbara. Plötzlich wirkte Irene so ernst, und Barbara musste sich erst darauf einstellen, dass es keine weiteren Lacher geben würde. Beide schauten auf das Video, das Irenes Töchter zeigte, die weiterhin einträchtig miteinander spielten. Dann begann Irene in einem völlig anderen Ton von ihrer Ehe zu berichten.

Sie liebte ihren Mann, dann hasste sie ihn wieder, dann stritten sie ganz furchtbar, dann hatten sie den besten Sex ihres Lebens, dann ... Plötzlich stockte sie.

»Was?«, fragte Barbara.

Irene schüttelte den Kopf, schüttelte irgendwas ab, so schien es Barbara, und dann sah sie Barbara ganz direkt an, mit einem intensiven, leuchtenden Blick. Draußen war es dunkel geworden. Barbara stand auf und machte ein paar Lampen an, aber nicht das kalte Deckenlicht. Sie achtete immer auf eine gemütliche, sanfte Beleuchtung; das falsche Licht konnte alles kaputt machen. Sie setzte sich wieder hin. Irene folgte ihren Bewegungen, was sie etwas befangen machte.

»Wie ist deine Ehe?«, fragte Irene.

Barbara lächelte, lächelte die Frage weg; hier war nicht der Raum für Geständnisse ihrerseits.

»Wir lieben uns sehr«, antwortete sie bewusst vage.

Irene lächelte nicht. »Hast du eigentlich noch andere Kinder?«

»Außer Steffi?« Gefährliches Terrain. Sie sprach manchmal über Steffi, ihre Erfolge als Jurastudentin, wie stolz sie auf sie war und wie toll sie es fand, dass Steffi schon den Mann ihres Lebens gefunden hatte, der ein echter Schatz sei. Sie liebte es, über Steffi zu reden, sie war so rundum gelungen, als bedürfte es eines Beweises, dass Barbara als Mutter ein paar Dinge richtig gemacht hatte.

»Ja genau«, sagte Irene.

»Einen Sohn.«

»Oh. Wie alt?«

»Einundzwanzig.«

»Und was macht er?«

»Eine Ausbildung.«

Später würde sie nicht mehr rekonstruieren können, weshalb sie Irene dann doch ihr Herz ausschüttete, ihr mehr erzählte als irgendjemand anderem. Ausgerechnet einer Klientin und ausgerechnet am letzten Tag vor den Weihnachtsferien, wo sie noch so viel zu erledigen hatte, Bürokram und alles Mögliche (nicht einmal ihre Geschenkeliste hatte sie abgearbeitet!).

Es sprudelte einfach aus ihr heraus. Natürlich nicht die Sache mit den Waffen im Haus, aber es gab ja noch so viele andere Dinge an Leon, die sie belasteten und beschäftigten. Und so kam sie ins Erzählen und konnte irgendwann nicht mehr aufhören, als hätten sie unversehens die Rollen getauscht. Es war ein bisschen wie bei jemandem, den man jeden Tag im Pendlerzug traf und auf Anhieb sympathisch fand und bei dem man keine Angst haben musste, an die eigene *Peergroup* verpetzt zu werden. Irene wohnte zwar nicht weit weg von Barbara, würde aber trotzdem nie Teil von ihrem Freundeskreis werden, sie war fünfzehn Jahre jünger und auch sonst ein völlig anderes Kaliber. Das begann mit ihrem schweren Goldschmuck an Hals und Handgelenken und hörte bei den Birkin Bags, von denen sie mindestens drei in unterschiedlichen Farben besaß, noch lange nicht auf.

»Manchmal habe ich Angst vor ihm.« Hatte sie das wirklich gesagt? Sie musste unbedingt damit aufhören.

»Angst vor deinem eigenen Sohn?«, fragte Irene.
»Ja, nein. Nein, da hab ich mich falsch ausgedrückt.«
»Wie wäre es denn richtig?«
»Ich weiß nicht. Man kommt manchmal so wahnsinnig schwer an ihn heran. Es ist, als würde man mit einem Fremden im Haus leben.«
»Das tut mir so leid. Ich hatte ja keine Ahnung ...«
»Ich rede auch normalerweise nicht so drüber. Also ... so privat.«
»Macht er eine Therapie?«
»Er hat zig Therapien gemacht. Keine hat geholfen.«
»Nimmt er irgendwas?«
»Nicht mehr, glaube ich. Er ist erwachsen, oder? Er muss das selbst entscheiden.« Barbara stand auf. Sie musste das jetzt beenden, bevor sie sich um Kopf und Kragen redete. Glücklicherweise war auf dem Video zu sehen, wie sich die Mädchen gerade in die Haare kriegten.

Es war so, dass Leon in letzter Zeit immer häufiger über die Apokalypse fantasierte, über Pandemien und Weltkriege, die angeblich vor der Tür standen und wofür man sich mit Waffen eindecken musste, um wehrhaft zu sein. Und so wenig sich Barbara mit solchen Endzeitszenarien beschäftigen wollte, so klar war ihr, dass Leon fest daran glaubte. Und manchmal war er so überzeugend, sein Wissen war so umfangreich, er brachte so viele Fakten (kürzlich zum Beispiel eine beginnende Epidemie in China, über die hier noch niemand sprach, die aber Leons Auffassung nach das Zeug hatte, sich zu einer weltweiten Pandemie zu entwickeln, dann der russische Griff nach der Weltherrschaft, die sich, wenn man das wollte, aus zahlreichen Reden und Taten des dortigen Potentaten – *sieh mal die Annexion der Krim, Mama, und als Nächstes ist der Rest der Ukraine dran, du wirst schon sehen, und dann Ge-*

orgien und Moldawien, DU WIRST SCHON SEHEN – geradezu zwangsläufig ergab), dass sie doch ins Zweifeln kam. Vielleicht hatte ihr Sohn mit seiner überschießenden Intelligenz, verbunden mit seiner tiefgreifenden Störung hellseherische Fähigkeiten, vielleicht machte ihn diese einmalige Allianz aus Aggression, Verzweiflung und Genialität zu einer Art *Savant*. Ein Wissender, eine männliche Kassandra, der nie jemand zuhören würde, weil die Menschen in ihrer unendlichen Bequemlichkeit nicht wahrhaben wollten, was auf sie zukam. Vielleicht standen ihnen wirklich und wahrhaftig schreckliche Zeiten bevor, und es war richtig vorzusorgen.

Oder Leon war schlicht verrückt und sie dabei, sich in seine kranken Fantasien hineinziehen zu lassen.

*

Ben und Leon sahen sich das Video vom Killer in Halle an. Leon mochte dieses Video, obwohl oder gerade weil der Anschlag so dermaßen schiefgegangen war. Ben hatte zu seinem Vorschlag nichts gesagt, aber das war okay, schließlich musste das Ganze erst mal in ihm reifen. Für den Anfang reichte es, die Idee formuliert zu haben. Wenn man etwas aussprach, wurde es real.

»Schlecht vorbereitet, schlecht ausgerüstet und absolut keine Ahnung«, sagte Leon. »Das würden wir besser machen.« Er sah Ben von der Seite an.

Ben reagierte nicht. Er tat so, als wäre er zu high zum Reden, aber Leon merkte genau, dass das nicht stimmte. Dann sagte Ben doch etwas.

»Der hatte doch 'ne Luger.«

»No fucking way, und er hat sie nicht benutzt, was'n Spacken, Alter«, sagte Leon.

»Mhm.«

»Der hat nur zwei Leute umgelegt, was für ein inkompetenter Spacken ist das denn! Die Amis lachen sich den Arsch platt.«

»Welche Amis?«

»Na die Gunmen!«

»Was soll'n das sein, Gunmen?«

»Amokläufer. So heißt das da.«

»Aha.«

»Cool, oder?«

»Ich muss los«, sagte Ben, und richtete sich auf.

»Nee, Alter! Bleib doch noch!«

»Tut mir leid. Ich fahr jetzt zu Isa. Bisschen kuscheln.«

»Zu Isa! Haha!«

»Was soll das? Spinnst du?«

»Du fährst zu Isa? Ich lach mich weg, Alter!«

»Fick dich.«

»Fick du mal lieber Lisa! Die wartet doch nur drauf!« Leon fing an zu lachen, ohne irgendwas lustig zu finden. Das hatte er manchmal, so Lachflashs, wo er nicht mehr aufhören konnte, auch wenn er – und das war ja das vertickt Schreckliche – genau merkte, dass er anderen auf die Nerven ging. So richtig Hardcore auf den Sack. Er riss sich zusammen, und endlich verebbte das Kichern und Schnaufen und Keuchen.

»Bist du dabei?«, fragte er, als Ben schon stand und irgendwie so von oben herab auf ihn herunterschaute, dass er sich ganz mies und klein vorkam.

»Wobei denn?«

»Alter! Amok in den Pasing Arcaden. Dann, wenn alle einkaufen. Und wir mittendrin!«

»Weiß noch nicht.«

»Das wird cool, Alter! So cool! Wir werden berühmt. Wir gehen in die Geschichte ein!«

»Wow. Ich denk mal drüber nach, wie cool es ist, als Leiche oder im Knast in die Geschichte einzugehen.«

Leon dachte, es wäre vielleicht besser, nicht sofort in die Vollen zu gehen. Man musste Ben langsam an die Realität dieses Vorhabens heranführen. Ihn nicht gleich verschrecken.

»Alter, wer redet denn von Leiche? Weißt du, wie viele Liebesbriefe Breivik täglich kriegt?«

»Wer?«

»Mann! Norwegen? Utøya? Siebenundsiebzig Opfer? Haben wir doch neulich erst ...«

»Ja, ja, schon gut. Der Rechtsradikale.«

»Hunderte!«

»Hä?«

»Liebesbriefe. Hunderte täglich! Die Leute rennen dem die Bude ein!«

»Echt?« Ben wirkte jetzt doch beeindruckt. »Woher weißt du das?«

»Einfach googeln. Ich schick dir den Link.«

»Okay. Ciao. Ich meld mich.«

*

Eine Stunde später bummelte Barbara mit Lydia durch die Stadt auf der Suche nach Weihnachtsgeschenken. Lydia war früher fast wie eine Schwester für sie gewesen, sie hatte alles, was so war, hautnah mitbekommen, aber in letzter Zeit hatten sie sich seltener gesehen. Lydia hatte vor sechs Jahren einen sehr reichen älteren Herrn kennengelernt, ihn geheiratet und lebte seitdem in Garmisch, weil ihr Mann dort ein Haus besaß.

Barbara vermisste ihre alte Vertrautheit, aber sie wusste auch, dass die sich wahrscheinlich nicht mehr herstellen lassen würde. Garmisch war nicht das Problem, das war nur eine Stunde Autofahrt. Die ganze Situation war es. Die Tatsache, dass Lydia Markus nicht besonders mochte und Barbara deshalb lieber allein traf, aber Barbara dafür so wenig Zeit hatte.

Das Ergebnis war, dass sie mittlerweile sehr vorsichtig miteinander umgingen und ihre Unterhaltungen einem Balanceakt auf dünnem Eis glichen. Es half auch nicht, dass Lydia ihre Geschenke alle schon beisammenhatte und eigentlich nur »ihrem Lieblingsmenschen« (das war sie selbst, ein alter Scherz von ihr) etwas zukommen lassen wollte. Sie verbaselten also eine Menge Zeit in diversen Edelboutiquen, bis Barbara ungeduldig wurde, sie sich schließlich trennten und vereinbarten, sich eine Stunde später in einem Café in der Maximilianstraße zu treffen.

Barbara fand für Markus einen blauen Kaschmirpullover und für Leon eine Jeans. Steffi kaufte sie ein wunderhübsches Armband aus Silber mit Opalen, Jo ein Herrenparfum, von dem Steffi ihr gesagt hatte, dass er den Duft mochte. Sie ließ sich alles in Geschenkpapier einpacken, damit sie das nicht mehr zu Hause erledigen musste, und hatte dabei ein schlechtes Gewissen, weil Markus sich darüber ärgern würde, dass sie sich nicht einmal diese Mühe machen wollte.

Sie kam zu spät ins Café, wo Lydia, die immer pünktlich war, bereits gereizt auf ihre brillantbesetzte Cartier-Uhr schaute, die *natürlich* ein Geschenk ihres Mannes war. Es war so, dass Barbara Lydia manchmal beneidete. Nicht direkt um ihren Mann, der ihr viel zu alt wäre, aber um dessen wunderbar anachronistische Liebenswürdigkeit.

»Tut mir leid«, sagte sie atemlos, als sie in dem Café ankam und sich in aller Eile aus dem Mantel schälte, um der sich todsicher einstellenden Hitzewallung zuvorzukommen. Sie setzte sich und merkte, dass es schon zu spät war. Ihr wurde ganz furchtbar heiß, Schweiß brach aus, überall, am ganzen Körper, unter den Achseln und auf dem Kopf – wie sie das hasste! Sie zupfte drei Papierservietten auf einmal aus dem Metallspender auf dem Tisch und tupfte Gesicht und Nacken ab. Lydia sah ihr ungerührt dabei zu.

»Tut mir leid«, sagte Barbara noch mal und strahlte Lydia an, die nicht zurücklächelte, was ganz selten vorkam. (Es war doch nicht möglich, dass sie sich über diese minimale Verspätung aufregte?)

»Lydia?«, fragte sie. »Alles in Ordnung?«

»Das fragst du mich?«

»Was soll das heißen?«

»Du bestellst mich hierher, ich setze mich ins Auto, stehe ewig im Stau, finde keinen Parkplatz, und dann seilst du dich ab und kommst auch noch eine halbe Stunde zu spät! Ich hab jetzt genau noch zwanzig Minuten, dann muss ich wieder heim!«

»Ich wollte Weihnachtsgeschenke kaufen, und du wolltest deine Sammlung an Prada-Taschen vervollständigen. Für Prada-Taschen hab ich kein Geld. Sorry!«

»Na toll!«

Beide starrten sich an, ohne recht zu wissen, wie es jetzt weitergehen sollte. Was war los mit Lydia? Normalerweise war sie die Heiterkeit in Person. Aber heute sah sie irgendwie anders aus. Härter, blasser, verbissener. Dazu kam dieser Lydia-typische prüfende Blick, den Barbara nicht ausstehen konnte. Dieser Ich-weiß-genau-was-los-ist-mir-machst-du-nichts-vor-Blick. Barbara senkte die Augen, fummelte in ihrer Handtasche herum, die *natürlich* nicht von Prada war, sondern von irgendeinem No-Name-Label. Um sie herum summte und brummte es vor Betriebsamkeit.

Schließlich hob Lydia die Hand. »Kann ich zahlen, bitte?«

»Moment«, sagte die Kellnerin, die ein riesiges Tablett mit Kuchenstücken an ihnen vorbeitrug.

»Komm schon«, sagte Barbara.

»Was denn?«

»Bitte sei doch nicht böse.« So viele Freundschaften hatten sich in den letzten Jahren aus den unterschiedlichsten Gründen aufgelöst, Lydia durfte sich da nicht einreihen.

Lydia ließ die Hand sinken, die Kellnerin war nicht mehr zu sehen.

»Was ist los?«, fragte Barbara.

»Ich …«

»Was ist wirklich los? Sag's mir doch, bitte!«

Lydia seufzte. Dann sagte sie: »Du siehst scheiße aus, Barbara.«

Barbara erstarrte. Der Lärm um sie herum brandete auf, eine erneute Schweißattacke plagte sie, wahrscheinlich war ihr Gesicht knallrot. Ihr war ein wenig schwindlig. Also würde sie auch Lydia verlieren. So wie alle anderen auch. Das war ihr Leben. Verlust über Verlust.

»Tut mir leid«, sagte Lydia und sah jetzt unglücklich aus, aber auch entschlossen. »Jemand muss es dir mal sagen.«

»Jemand? Was sagen? Wie bitte? Spinnst du?«

»Du siehst fertig aus.«

»Hallo? Ich bin in den Wechseljahren!«

»Das ist es doch nicht. Das ist es nicht allein.«

»Natürlich ist es das!«

»Du hast in den letzten Monaten mindestens – ich weiß nicht – vier, fünf Kilo abgenommen? Und du warst vorher schon dünn. Susanne sagt das auch.«

»Susanne? Du redest mit Susanne über mich?«

»Eigentlich wollte sie kommen, ich hab sie vorhin angerufen. Aber sie kann nicht weg aus dem Büro, und für mich ist das auch schwierig.«

»Schwierig? Was denn?«

»Eine totale Überwindungsleistung, wenn du's genau wissen will. Niemand sagt gern einer Freundin so was. Niemand. Wir machen uns Sorgen!«

Barbara holte tief Luft, versuchte, sich zu beherrschen, nicht laut zu werden und nicht zu weinen. Sie hatte einen langen Tag hinter sich, das war jetzt das Tüpfelchen auf dem i, und sie konnte nichts dagegen machen. Das sah sie Lydia an, die war nach ihrer *Überwindungsleistung* richtig in Fahrt gekommen, die würde sich jetzt nicht mehr stoppen lassen. Sie nahm ihren Mantel vom Stuhl neben ihr. Glücklicherweise hatte sie noch nichts bestellt, sie würde jetzt einfach gehen. Und danach würde sie darüber nachdenken, ob sie noch mit Lydia befreundet sein wollte.

»Bitte, bleib da«, sagte Lydia und hielt sie fest. Ihr Gesicht war jetzt ganz weich, auch ein bisschen erschrocken über das, was sie ins Rollen gebracht hatte. Barbara wusste genau, dass sie es schon halb und halb bereute, aber gut, nun war es zu spät. Sie machte sich mit einer heftigen Bewegung los. Sie würde jetzt gehen, komme, was da wolle.

»Du musst etwas tun, Babsi!«

»Lass mich in Ruhe.« Sie stand auf, zog sich den Mantel an, griff nach ihrer Handtasche und den sperrigen Einkaufstüten.

»Wovor hast du Angst?«

»Ich hab vor nichts Angst, und ich beende jetzt diese absurde Unterhaltung. Macht's gut.«

»Babsi!« Während sie sich schon ihren Weg durch den

überfüllten, nach Kälte und nasser Wolle riechenden Raum bahnte, hörte sie diesen schrillen, angstvollen Ruf, sah andere Frauen neugierig die Köpfe wenden, reagierte nicht, wollte nichts mehr hören und hörte es doch.

»Du musst etwas tun, bevor es zu spät ist!«

*

Der Mann, den seine Ex-Frau Butzi nannte, fuhr mit seinem geleasten Panamera zu seiner alten Adresse, einer Neubauvilla im traditionellen Stil mit allem Schnick und Schnack, inklusive dreifach verglasten Sprossenfenstern und weiß lackierten Fensterläden. Mitzi liebte alles, was älter war als hundert Jahre, selbst Art déco war ihr eigentlich schon zu modern.

Der Mann wiederum hasste dieses Haus mit seiner albernen neo-viktorianischen Fassade und seiner verschnörkelten Puppenstuben-Einrichtung, einschließlich den falschen Stuckreliefs an den Decken, wo sich Blumen rankten und Putten räkelten. Aber da Mitzi sowohl das nötige Kleingeld als auch das Grundstück geerbt hatte, hatte sie sich diesen albernen Zuckerbäckerpalast nach ihren Vorstellungen bauen lassen können. Er selbst schaute nach der Scheidung in die Röhre, weil er (er könnte sich dafür immer noch ohrfeigen) auf einem Ehevertrag mit Gütertrennung bestanden hatte. Weil er damals so sicher gewesen war, auf dem Weg zum Topverdiener zu sein, und weil dieses Erbe – beziehungsweise die völlig überraschende, unfassbar großzügige Schenkung von Mitzis Eltern – nicht abzusehen gewesen war. Genauso wenig wie der immense Wertzuwachs eines der Grundstücke, das nach der Schenkung als Bauland ausgewiesen wurde. All das war unglücklicherweise erst nach der Scheidung passiert. Als der

Mann zwar langsam seinen Einfluss steigern konnte, doch seine Finanzen einfach nicht in den Griff bekam, weil – wie seine Ex-Frau es einmal hämisch ausgedrückt hatte – seine Gier immer größer gewesen war als sein Verstand.

Daran hatte sich, um ehrlich zu sein, nicht viel geändert, und deswegen musste er jetzt handeln. Er musste das alles rückgängig machen, ihre Entfremdung, ihre Scheidung, die schmutzige Wäsche, die gewaschen worden war, all das durfte in Zukunft keine Rolle mehr spielen. Sie mussten von vorne anfangen. Gemeinsam. Ohne Ehevertrag, aber mit einem ordentlichen Testament. Wie das funktionieren sollte, darüber war sich der Mann noch nicht ganz im Klaren; es ging, auch wenn er das vor sich selbst nicht zugeben würde, im Kern darum, ein Luftschloss aufzubauen, das so wetterfest war wie eines aus Stahlbeton.

Dafür brauchte er Mitzi. Ihre Liebe, ihre Treue und natürlich auch ihr Geld.

Er klingelte und übte schon einmal ein Lächeln ein. Alles würde nach Plan klappen, er musste nur daran glauben.

*

Am nächsten Tag begingen Ben und Martin ihren allerersten Raubüberfall in einem Discounter im Nachbarort. Es war keine besonders überlegte Aktion, sondern eher eine Verzweiflungstat. Beide waren wieder einmal vollkommen pleite. Sie hatten keine Drogen mehr, und Leon fiel als Spender aus, weil Ben gerade nichts mehr mit ihm zu tun haben wollte. Mehrere Versuche, sich irgendwo etwas zu leihen, waren im Sande verlaufen, und Bens Vater – ihre letzte Option – war mit seiner Freundin beim Skifahren und würde erst am Weihnachtsmorgen zurückkommen. Bens Mutter hatte selber kaum genug, und das Geld, das Ben sich nach dem letzten Gottesdienst zusammengeschnorrt hatte, war längst ausgegeben.

Der Discounter stand etwas abseits im Gewerbegebiet. Nach sechs Uhr abends war hier nichts mehr los, alle Büros waren leer, die Parkplätze, bis auf den vor dem Supermarkt, verwaist. Aber die Kasse war um diese Zeit hoffentlich gut gefüllt. Ben würde seine Schulden bezahlen können und – das hatte er fest vor – anschließend ein neues Leben beginnen. Ohne Leon, ohne Waffen, ohne den ganze Scheiß, der ihm Kopfschmerzen bereitete, auch wenn er das irgendwie geil fand. Aber geil war nicht genug.

Er würde eine neue Ausbildung anfangen. Irgendeine, vielleicht was Kaufmännisches. Später würde er sein Abi nachmachen und BWL studieren. Dann mit Kryptowährungen spekulieren und steinreich werden. Sein Vater würde von dem Plan erst erfahren, wenn er den Ausbildungsplatz schon hatte. Vielleicht wäre er sauer, weil Ben das hinter seinem Rücken eingefädelt hatte, aber andererseits war Ben ein erwachsener Mann, der seine eigenen Entscheidungen treffen konnte. Und Ben würde endlich auf eigenen Beinen stehen. Er würde nicht nur reich, sondern auch so ehrlich wie möglich werden. Ein langweiliger ehrlicher Mann mit den richtigen Freunden, so wie sein ehemaliger Freund Tom, der Jurastudent mit den coolen Studentenpartys in Passau.

»Ich steig dann mal aus«, sagte er zu Martin und zog sich schon mal die nagelneue Skimaske über das Gesicht. Sie roch nach irgendwas unangenehm Chemischem und fühlte sich kratzig an, aber damit musste er jetzt klarkommen. Er war aufgeregt, aber auch euphorisch, weil sich nun alles ändern würde. Das hier war der Startschuss. Ben warf Martin einen Blick zu, der immer noch die Hände um das Lenkrad gekrampft hatte, als würden sie ein Rennen fahren und nicht seit zehn Minuten an dieser dunklen Stelle neben einem verlassenen Bürogebäude aus Stahl und Glas parken.

»Aber ...«

»Mach dir nicht ins Hemd, Alter. Alles wird gut gehen.«

»Ich hab so was noch nie gemacht, Bruder.« Martins Stimme klang ängstlich, und sein rechtes Knie zitterte. Ben legte die Hand drauf, aber das Zittern ließ nicht nach. Er seufzte hinter dem wolligen Stoff der Maske.

»Einmal ist immer das erste Mal, Bruder. Außerdem machst du ja gar nichts.«

»Ich bin dein Fluchtfahrer!«

»Und das wirst du ja wohl gerade noch schaffen. Wenn die Cops uns erwischen, weißt du von gar nichts.«

»Und wenn es nicht klappt?«

Ben verdrehte die Augen und stieg aus.

9

Dienstag, 15. Januar

Als Stettner um halb sechs zur Dienststelle in Fürstenfeldbruck fuhr, war er zum ersten Mal seit Tagen in so guter Stimmung, dass er Lust hatte, Musik zu hören. Er schaltete das Radio ein und suchte seinen Lieblingssender, der um diese Zeit Rock- und Grunge-Klassiker spielte. Diesmal lief Nirvanas »Smells Like Teen Spirit«, und er erinnerte sich, wie er zu diesem Song eng getanzt hatte, nicht mit Giulia, sondern mit einem Mädchen, auf das er damals, als Sechzehnjähriger, total gestanden hatte. Jetzt konnte er sich nicht mal mehr an ihren Namen erinnern. Aber an den Duft ihrer dunklen, lockigen Haare, der ihm beim Hören tatsächlich wieder in die Nase stieg. *I feel stupid and contagious ... Yeah, hey.*

Stettner kannte den Text fast auswendig und brüllte ihn begeistert mit. Er war Kurt-Cobain-Fan der ersten Stunde gewesen, hatte dessen Leben mit geradezu religiöser Inbrunst verfolgt, und konnte sich sogar daran erinnern, wo er gewesen war, als er erfahren musste, dass sich sein musikalischer Messias mit einer Browning-Flinte eine Kugel in den Kopf geschossen hatte (in der Schule, in der großen Pause mit seinen Kumpels, die Nirvana schrecklich fanden, aber aus Solidarität mit ihm trauerten). Stettner wollte nicht an diesen Selbstmord glauben; andererseits gehörte er auch nicht zu den Leuten, die Courtney Love verdächtigten, die er sehr heiß fand. Aber wie passte eine gleichzeitig festgestellte

Überdosis Heroin mit einem selbst beigebrachten Schuss zusammen?

Das leuchtete ihm bis heute nicht ein.

Eine Stunde später saß er in der morgendlichen Lagebesprechung, und seine Laune war schon weitaus weniger gut. Eine Kollegin berichtete von der Vernehmung Lydia Kellermanns, das war jene Freundin der Ermordeten Barbara Rheinfeld, die die Leiche ihres Mannes als Erste gesehen hatte. Von dieser Vernehmung hatte sich Stettner eine Menge erwartet. Vor allem, was Leons angeblich besten Freund namens Tim oder Ben oder Ken betraf, wo Leon angeblich einen Großteil seines Waffenarsenals gelagert hatte. Wenn Leon seinen Mitschüler nicht angelogen hatte.

Lydia Kellermann wusste darüber gar nichts, das hatte sie zumindest laut der Kollegin mehrmals versichert.

»Gar nichts?«

Die Kollegin – Kriminalhauptkommissarin Silke Stein – sah Stettner gereizt an. »Red ich chinesisch, Paul?«

»Ich meine, die beste Freundin? Was wusste die denn überhaupt über die Familie?«

»Alles Mögliche. Könnte ich jetzt erzählen, wenn du mich mal zu Wort kommen lassen würdest.«

»Tut mir leid.«

»Entschuldigung angenommen. Kann ich weitermachen?«

»Schon gut. Schon gut!«

Die letzten Tage waren Stress pur gewesen. Zwölfstundentage, wenig Schlaf und die Medien, die sie permanent bedrängten, weil irgendjemand durchgestochen hatte, dass der Fall wohl doch noch nicht ganz wasserdicht sei. Das verschwundene Handy war zwar noch nirgendwo Thema gewesen, aber eine Zeitung hatte das Gerücht aufgebracht, dass eine Kugel aus einer Waffe stammte, die sich nicht im Haus befunden hatte. Das war Blödsinn, das ebenfalls erwähnte Fehlen eines Abschiedsbriefs allerdings nicht. Kein Abschiedsbrief. Und was auch stimmte, war, dass der Hund mit einer zweiten Waffe, einer Pistole, angeschossen worden war. Die allerdings befand sich in Leons Zimmer.

Trotzdem seltsam. Wieso zwei Waffen? Machte irgendwie keinen Sinn.

»Also Lydia Kellermann«, sagte KHK Silke Stein. Sie nahm ihre Notizen zur Hand, blätterte sie durch. »Sie kennt Barbara Rheinfeld seit mindestens dreißig Jahren, so genau weiß sie das nicht mehr. Wie sie sich kennengelernt haben, tut nicht viel zur Sache, denke ich. Das Protokoll könnt ihr aber gern nachlesen, falls es wen interessiert. Jedenfalls waren die beiden ganz eng, bis Barbara Markus geheiratet hat. Mit Markus hatte Lydia Probleme. Er war oft aggressiv, auch in ihrer Gegenwart. Seinen Sohn hat er schlecht behandelt. Leon hat nicht seinen Vorstellungen entsprochen, mit dem diagnostizierten Autismus konnte er nichts anfangen, er hat wohl auch nie so richtig daran geglaubt. Irgendwie hatte Lydia das Gefühl, dass er Barbara die Schuld an Leons Problemen gegeben hat. Weil sie ihm seiner Meinung nach zu viel hat durchgehen lassen. Er war laut Lydia der Meinung, dass Leon einfach nur eine harte Hand gefehlt hat. Darüber hat es oft Streit gegeben.

Das war auch der Grund, weshalb Lydia Barbara lieber allein sehen wollte. Barbara hat für Leon gekämpft, sagt Lydia, für Leon und für ihren Beruf als Familientherapeutin. Da war sie sehr ehrgeizig, und vielleicht hatte das auch mit Leons Problemen zu tun. Als wollte sie sich beweisen, dass sie ihren Job kann, obwohl oder weil sie bei Leon – Zitat Lydia – ›ständig auf Granit gebissen hat‹. Markus hat sich deswegen zurückgesetzt gefühlt. Die Atmosphäre war oft geladen. Sie kam schon auch mal zu Besuch, aber eigentlich eher widerwillig, und nur auf besondere Einladung von Barbara.

So, und nun kommen wir zu dem Freund von Leon. Darüber weiß sie definitiv nichts, hat aber gesagt, wir sollten uns doch bei der Schwester Stefanie Kellermann oder der Freundin Susanne Schön erkundigen, die wir ja beide schon befragt hatten, die wir aber *extra* deswegen noch mal angerufen haben. Frau Kellermann wusste nichts Genaues, und auch Frau Schön kennt keine Freunde von Leon. Beide glauben, dass es da jemanden gibt, Frau Schön sagt, doch, doch, er hatte wohl schon irgendwelche Freunde, und die zwei Frauen können sich sogar an einen Ben oder Ken erinnern, von dem mal die Rede gewesen sein soll, aber sie sind sich nicht sicher. Gesehen haben sie ihn nie, Nachnamen kennen sie keine. Die konnten uns also auch nicht helfen.«

»Aber da gibt es jemanden«, sagte Stettner und merkte selbst, wie hilflos das klang. Als würde er sich an einen Strohhalm klammern. *Er hatte wohl schon irgendwelche Freunde –* reines Hörensagen, mehr nicht. Niemand antwortete ihm, auch nicht KHK Stein, die seinem Blick auswich und gereizt auf ihre Notizen starrte. Sie war eine kleine, füllige Frau, an der alles weich wirkte – ihre Lippen, ihre Wangen, ihr lockiges, halblanges Haar –, nur nicht ihre Stimme. Die war scharf wie ein Skalpell.

Schließlich meldete sich KHK Karin Lakotta zu Wort. »Ich würde vorschlagen, sobald Leons Passwort geknackt ist, schauen wir uns mal die sozialen Medien an. Facebook, Insta, TikTok.«

»Ach wirklich?«, schnappte KHK Stein.

Karin überging sie und sagte: »Ich hab gestern schon mal versucht, über die Accounts meiner Tochter reinzukommen.

Leon ist sowohl auf Facebook als auch auf Instagram, aber seine Posts und seine Freundesliste sind auf privat gestellt. Man muss mit ihm befreundet sein, um Einblick zu bekommen.«

»Wird schwer möglich sein, was?«

»Tatsächlich musste ich feststellen, dass man Toten weder eine Freundesanfrage schicken noch sie abonnieren kann. Aber herzlichen Dank für den Hinweis, liebe Silke.«

»Nichts zu danken, liebe Karin. Man hilft, wo man kann.«

In diesem Moment klopfte es an die Tür, und einer der IT-Experten steckte seine Nase in den in jeder Beziehung überhitzten Raum. Zwanzig Köpfe wandten sich ihm zu, erleichtert über die Unterbrechung.

»Wir haben Leons Laptop geknackt«, sagte der Experte, ein langer, hagerer Mann, der immer leicht gebeugt ging, als würde ihm seine Größe zu schaffen machen.

»Großartig«, rief die Staatsanwältin nach einer verblüfften Pause und klatschte wie ein Kind vor dem Geburtstagskuchen in die Hände. Alle klatschten jetzt, der Experte errötete, und man sah ihm an, dass er am liebsten wieder verschwunden wäre, aber das ließ die Runde nicht zu. Leons abgeschrabbelter Laptop wurde geholt, an einen Beamer im Besprechungsraum angeschlossen, und alle schauten gebannt auf die Geheimnisse des Toten, dessen gewähltes Passwort so stark war, dass die IT drei Tage brauchte, um es zu knacken.

Eine halbe Stunde später breitete sich Enttäuschung aus. Auch auf dem Laptop war keine Datei mit einem Abschiedsbrief zu finden, E-Mails hatte Leon so gut wie keine abgeschickt und selbst fast nur Spammails erhalten, außer Infos von seiner Ausbildungsstelle, die Leon teilweise gelesen, aber viel häufiger ignoriert hatte. Sein Mailaccount war so gut wie stillgelegt.

»Er hat jede Menge Spiele geladen«, sagte der IT-ler. »Das übliche Ballerzeug halt, ziemlich brutal, teilweise auch Sachen, die auf dem Index stehen. Ist leider bei vielen Jugendlichen nichts Besonderes. Und über eine installierte VPN-Verbindung kam er vermutlich ins Deep Web.«

»Deep Web?«, fragte die Staatsanwältin

»Darknet. Wir sind da noch dran. Ich denke, er ist über diese geschützte Netzwerkverbindung via Tor Browser rein und auf diese Weise an seine Dealer und seine Waffenhändler herangekommen. Eine andere Möglichkeit schließen wir aus. Er hatte keinen Waffenschein, auf legale Weise wäre es unmöglich gewesen. Aber wie gesagt, da sind wir dran.«

»Was ist mit Facebook, Instagram, TikTok?«, fragte Karin Lakotta.

»Auch diese Konten sind passwortgeschützt. Bitte noch etwas Geduld. Der Typ war ein echter Geheimnisträger.«

»Was wir vor allem brauchen, sind seine Freundes- und Follower-Listen.«

»Wir arbeiten dran.«

*

Am Nachmittag machten Ben und Martin Inventur. Sie hatten insgesamt zweiundachtzig Waffen und über dreihundert Schachteln Munition. Unter den Waffen waren Pistolen, Revolver, Maschinengewehre, Maschinenpistolen, Schalldämpfer und Sturmgewehre. Das war ein beeindruckendes Arsenal, von dem sie sich viel Geld erhofften. Via Telegram hatten sie einige mögliche Interessenten in Stuttgart gefunden. Nächstes Wochenende wollten sie dahin fahren. Und dann wären sie vielleicht reich. Martin drehte ein Video von Ben, wie er die Waffen zusammensuchte und eine nach der anderen sorgfältig auf dem Boden ihrer versifften Bude ablegte und dabei herumalberte.

Martin schickte das Video seiner Freundin Sophia und schrieb dazu: »Bares Geld.« Sophia wusste von ihrem Plan, die Waffen zu verkaufen; sie war sehr einverstanden damit, denn sie war ein verwöhntes Mädchen und erwartete teure Geschenke. In der Vergangenheit hatte Martin das unter Druck gesetzt, bis er eine hervorragende Quelle für Fake-Markenartikel ausfindig gemacht hatte. Seitdem lief Sophia, natürlich ohne es zu ahnen, mit einer falschen Louis-Vuitton-Tasche und einer ebenso falschen Hublot-Uhr herum. Zum Geburtstag vor einer Woche hatte er ihr Ohrclips mit dem Chanel-Logo geschenkt, die viel teurer aussahen als die 23 Euro, die sie gekostet hatten. Sophia hatte sich sehr über die Ohrringe gefreut. Sie war Martins große Liebe, was nicht hieß, dass es außer ihr keine anderen Mädchen gab. Da war zum Beispiel Valerie, bei der Ben und er oft Drogen kauften und mit der Martin ab und zu was hatte. Valerie wusste von Sophia, aber nicht umgekehrt. Dieses Spielchen zwischen zwei Frauen war nur möglich, weil Sophia in Nürnberg wohnte, noch zur Schule ging, und sie sich deshalb ohnehin nur an Wochenenden sehen konnten.

Mit dem Konzept Treue konnte Martin nicht so viel anfangen, er begriff es gar nicht richtig. Was er aber begriff, war, dass Sophia das anders sah (sehr anders, sie war geradezu höllisch eifersüchtig, ein richtiger Kontrollfreak), und er schaffte es ihr zuliebe recht gut, sie diesbezüglich im Unklaren zu lassen. Er war gut darin, per WhatsApp falsche Standorte durchzugeben oder nachts einfach sein Handy zu Hause zu lassen, damit Sophia glaubte, dass er schlief. Tagsüber tat er so, als jobbte er noch in demselben Baumarkt, dessen Geschäftsführer ihn wegen einiger kleiner Diebstähle längst gefeuert hatte, und hatte so eine gute Begründung, weshalb er in diesen Zeiten telefonisch nicht erreichbar war.

All das hieß aber nicht, dass er Sophia nicht liebte. Im Gegenteil, sie war seine Göttin. Ohne sie, glaubte er, hatte sein Leben keinen Sinn. Was genau ihm Sophia wirklich bedeutete, wusste er andererseits jedoch nicht so genau, und er gehörte auch nicht zu den Menschen, die sich solche Dinge fragten. Aber er liebte sie, Punkt. Wie wahnsinnig, Punkt. Beweis: Er war selbst extrem eifersüchtig. Auch er wollte Sophias Tagesabläufe am liebsten minutiös geschildert haben und regte sich schon darüber auf, wenn sie mit einer Freundin shoppen war oder mit einem Mitschüler Mathe gelernt hatte oder – schlimmer noch – wenn irgendein *Wichser* sie auf Insta abonnierte und ihr dann auch noch PNs schickte (Sophia hatte ihm in einer schwachen Stunde ihr Insta-Passwort gegeben, und er checkte seitdem täglich ihre privaten Ein- und Ausgänge).

Er war da nicht wirklich konsequent. Das fiel sogar Ben auf, der sich für sein Liebesleben normalerweise überhaupt nicht interessierte, und er hatte Martin deswegen schon einige Male aufgezogen. Martin selbst mochte sich damit nicht auseinandersetzen; Innenschau war generell nicht seins. Er hatte eine Menge Ängste, fühlte sich oft bedrückt und depressiv, aber über das Wieso und Warum dachte er so wenig nach wie irgend möglich. Manchmal quälte ihn die unbestimmte Ahnung, dass ihm in seinem Leben Dinge zugestoßen waren, an die man besser nicht rührte. Dann lag er schlaflos im Bett und zitterte wie ein Vollidiot, und das war so extrem unangenehm, dass er lieber alles ruhen ließ und sich aufs Jammern und Klagen beschränkte. Jammern und Klagen war einfacher, als sich mit Problemen auseinanderzusetzen. Und außerdem merkte er schnell, dass Sophia einen traurigen, treuen Martin lieber mögen würde als einen fröhlichen, fremdgehenden Martin.

Nachdem sie die Durchsicht beendet, die Waffen wieder in die Abseite hinter dem Kniestock geschoben und anschließend ein paar Joints geraucht hatten, fuhr Martin zu Ilian, der mit seinem Bruder Anton in einer Zweizimmerwohnung in einem großen Mietshaus lebte – die Sorte, wo die Bewohner ständig wechselten und die jeweiligen Namen auf Zettelchen geschmiert und mit Tesafilm an die Klingelschilder geklebt wurden.

Ilian war einmal sein bester Freund gewesen, hatte sich aber, seitdem Martin häufiger mit Ben zusammen war, ein bisschen von ihm zurückgezogen. Er arbeitete nach wie vor stundenweise in dem Baumarkt, aus dem Martin seinerzeit rausgeflogen war, und dealte ansonsten mit allem Möglichen, während sich sein Bruder Anton um ein bürgerliches Leben bemühte, seitdem er eine Lehre als kaufmännischer Angestellter begonnen hatte.

Nachdem er mit den beiden abendgegessen hatte, wollte er eigentlich mit Ilian allein reden, aber das ging nicht, weil ein Freund namens Jens da war. Jens war Meth-Junkie und rauchte und drückte sich auch sonst alles rein, was nicht bei drei auf dem Baum war. Dafür wirkte er erstaunlich frisch und munter, vor allem aber wurde er einfach nicht müde. Anton hatte sich schon längst im anderen Zimmer schlafen gelegt, als Jens immer noch redete und redete, über seine Schulden, seinen Scheißvermieter, der ihn auf die Straße setzen wollte, den Job, den er verloren hatte wegen der Scheißdrogen (dabei sah er Ilian vorwurfsvoll an, als ob Ilian ihn jemals gezwungen hätte, seinen Körper mit dem Scheiß zu malträtieren).

»Wusstet ihr, dass Hitler auf Crystal war?«, fragte er schließlich mit diesem komischen, fast irren Blick, der einem sagte, dass er nicht mal eine Antwort erwartete, weil in seinem Kopf alles total durcheinanderging, lauter Zeug, das irgendwie rausmusste, ein Laberflash, den niemand unterbrechen konnte.

»Hast du schon erzählt«, sagte Ilian geduldig. »Und Hitlers Soldaten waren auch alle voll drauf.«

»Genau! Pervitin hieß das damals! Erfunden von deutschen Wissenschaftlern. Die waren alle auf Speed, die Jungs! Die haben auf Speed gekämpft, Mann! So cool!«

»Mhm.«

»Panzerschokolade. Panzerschokolade haben die das genannt! Ich mein, die haben das Zeug wie Schokolade in sich reingefressen, und dann rein in die Schlacht. Voll krass, oder?«

»Mhm.«

»Ja, ne? Cool, oder?«

»Voll.«

Martin wurde unruhiger und unruhiger, aber er wollte auch nicht gehen, und so saßen sie um halb eins immer noch da, bis Jens schwitzend und schwer atmend mit glasigen Augen auf der durchgesessenen Breitcord-Couch lag und endlich den Mund hielt.

»Wollen wir draußen eine rauchen?«, fragte Martin.

Ilian sah ihn erstaunt an. »Alles klar, Bruder? Du kannst auch am Fenster rauchen.«

Martin warf einen Blick auf Jens und dann auf die geschlossene Tür zum Nebenzimmer, wo Anton vielleicht schlief, vielleicht aber auch nicht.

»Können wir rausgehen?«

»Alter, es ist saukalt.«

»Nur für eine Kippe.«

»Du zitterst schon wieder. Wie neulich Abend.«

»Ich zitter nicht.«

»Und ob du zitterst. Schau mal dein Bein an. Und deine Hand! Kannst du überhaupt 'ne Kippe halten?«

Martin betrachtete sein Bein, das tatsächlich zitterte, ohne dass er das verhindern konnte. Er stand auf, sein anderes Bein kribbelte so stark, dass er fast stolperte.

Ilian nahm seinen Arm. »Du bist ja völlig kaputt, Bruder«, sagte er, und es klang besorgt.

Martin mochte es, wenn man sich um ihn Sorgen machte. Als er Kind war, hatte das keiner jemals getan, und so verwechselte er derartige Anwandlungen bei anderen mit Zuneigung.

»Du bist mein einziger Freund«, murmelte er.

»Schon gut.«

»Ich liebe dich, weißt du das?«

»Alles gut, Bruder. Vielleicht solltest du heimfahren. Kannst du Jens mitnehmen?«

»Erst eine rauchen. Draußen.«

»Na schön.«

Ilian ließ die Wohnungstür offen stehen, weil er auf die Schnelle seinen Schlüssel nicht fand. Dann fand er ihn doch und zog die Tür hinter sich zu. Im Treppenhaus roch es nach allen möglichen Mahlzeiten. Langsam gingen sie runter ins Erdgeschoss, und Ilian stieß die Metalltür auf. Sie stellten sich auf den Gehsteig, während die Tür langsam zufiel. Die von einem Bewegungsmelder ausgelöste Außenleuchte blendete Martin, und er wartete, bis sie von selber erlosch.

Er rauchte hastig, erst eine, dann eine zweite Zigarette, während Ilian noch ganz gelassen an der ersten zog. Am liebsten wäre ihm, wenn Ilian ihn fragen würde, was los sei. Aber vielleicht ahnte Ilian ja, dass das, was er zu erzählen hatte, so schrecklich sein würde, dass man es besser niemandem zumutete. Vielleicht sollte Martin also den Mund halten, um ihre Freundschaft nicht zu gefährden. Aber dann sagte er es doch, weil es einfach nicht mehr anders ging, weil es unbedingt rausmusste.

Er sagte: »Ben hat Leon erschossen.«

Und dann bereute er es sofort, als er merkte, wie Ilian ihn anstarrte. Aber jetzt war es zu spät.

»Wer ist Leon?«, fragte Ilian.

*

KHK Karin Lakotta saß bei ihrer sechzehnjährigen Tochter und deren Freundin, die zwei Jahre älter war, eine Klasse übersprungen hatte und kurz vor dem Abi stand. Karins Tochter hieß Mia, ihre Freundin Kia. Mia war mittelgut in der Schule, Kia hatte immer Bestnoten. Trotzdem waren die beiden extrem eng. Wie eng, war nicht zweifelsfrei herauszufinden. Zwischen Mia und Kia lief etwas für Karin Undurchschaubares; die beiden gaben sich sehr schmusig miteinander, umarmten sich andauernd, liefen eng umschlungen über den Schulhof, küssten sich auf den Mund und all das. Aber angeblich war da nichts Sexuelles, und wenn, dann vielleicht ganz anders, als es sich Karin vorstellte (auf eine entsprechende Frage Karins hatte sich Mia jedenfalls totgelacht, aber keine Antwort gegeben). Und genauso lief es auch bei den Jungs, mit denen sie sich trafen. Viel kuscheliger Körperkontakt, wenig Sex, soweit man das von außen beurteilen konnte.

War das normal?

Karin hatte dieses Phänomen bereits mit ihrem Mann besprochen, der hierzu aber keine Meinung hatte, beziehungsweise alles viel lockerer sah als sie. Karins Mann war freiberuflicher Grafiker für einen einzigen Arbeitgeber, der ihm seit dreißig Jahren treu war. Er arbeitete meistens von zu Hause aus und hatte schon deshalb ein in mancher Hinsicht engeres Verhältnis zu ihrer Tochter. Karin hatte Vorstellungen, wie eine junge Frau zu sein hatte, ihr Mann nahm Mia, ganz tiefenentspannt, so wie sie war. Sein Vertrauen in Mia war grenzenlos, das von Karin war es nicht. Sie kannte über ihren Job zu viele Teenager, die erst vielversprechend wirkten, aber dann doch abgerutscht waren, weil sich die Eltern nicht kümmerten oder zu viel kümmerten oder sonst irgendwas falsch machten – im Nachhinein war man ja immer schlauer. Ihr Mann benutzte dafür einen französischen Ausdruck – déformation professionnelle – was auf Deutsch hieß, dass ihr Beruf sie pessimistisch gemacht hatte, weil sie aufgrund ihrer Tätigkeit immer nur die schlechten Seiten sah. Glückliche, zufriedene Menschen brauchten keine Polizei.

»Check«, sagte Kia und drehte sich um.

»Was?«, fragte Karin. Sie saß seit vielen Stunden auf einem sehr ungemütlichen Holzstuhl in der Ecke eines mit mehreren Bildschirmen und dem entsprechenden Kabelsalat angefüllten Raums. Mia hockte neben Kia und kraulte ihr den Nacken. Im Gegensatz zu Karin konnte sie sehen, was Kia da machte. Im Zweifelsfall war es illegal, weshalb Karin als Polizistin davon so wenig mitkriegen sollte wie möglich.

»Ich kann dir den Screenshot auf dein Telefon schicken«, sagte Kia zu Karin.

»Wirklich? Du hast es geschafft?«

»Sag ich doch. Mit der IMEI geht das.«

»Bist du sicher?«

»Wenn deine Infos stimmen.«

»Wow.«

Kia drehte sich wieder zum Bildschirm.

»Hast du Signal?«, fragte sie.

»Signal?«

»WhatsApp geht jedenfalls nicht.«
»Schon klar. SMS?«
»Spinnst du? Dann könnten die mich kriegen, und du bekommst den Stress deines Lebens. Vielleicht verlierst du sogar deinen Job.«
Karin seufzte über diesen Dramaqueen-Ausbruch. »Wer soll dich denn kriegen, Kia?«
»Deine Kollegen vom BKA natürlich. Die haben die richtigen Leute für so was. Du hast wirklich keine Ahnung, oder? Installier Signal, dann kriegst du den Standort.«
Mia kam kaugummikauend zu ihrer Mutter, die in solchen Dingen voll *lame* war, und lud ihr die Signal-App aufs Handy. Mia hatte ihre Haare schwarz gefärbt – sie kniete vor Karins Stuhl, von oben sah man die nachwachsenden rötlichen Haare – und sich außerdem ein Nasenpiercing zugelegt, das Karin hasste, aber nicht weiter kommentierte. Ihre Fingernägel waren in unterschiedlichen Farben lackiert, allerdings nicht wirklich gekonnt, und der Lack blätterte am Daumen bereits ab.
Egal, Hauptsache keine Tattoos.

*

»Leon – du weißt schon. Die tote Familie aus der Rosenstraße?«
»What? Der Verrückte, den hat Ben gekannt?«
»Und ich auch.«
»Ich dachte, der hat das selber gemacht. Weil er verrückt war und alle gehasst hat und ein Waffennarr war?«
»Waffennarr« hatte überall in den Zeitungen gestanden, und im Fernsehen hatten sie auch immer wieder das Wort benutzt, seitdem irgendeine Schlampe aus Leons ehemaliger

Schule der *Bild*-Zeitung erzählt hatte, dass Leon immer davon geredet hätte.

»War er ja auch.«

»Versteh ich nicht.«

»Ben wollte es so aussehen lassen. Als ob der Spast durchgedreht wäre. Verstehst du? Ein – wie sagt man? – erweiterter Selbstmord.« So hatte es in den Medien gestanden. Erweiterter Selbstmord oder Mitnahme-Suizid. Das hieß, man wollte sich umbringen, aber nicht allein sterben.

Ilian wich ein paar Zentimeter zurück, ausgerechnet Ilian, der vor nichts Angst hatte, und das wiederum machte Martin noch mehr Angst, sein Zittern verstärkte sich.

»Wieso erzählst du mir so eine Scheiße?«, fragte Ilian schließlich. Im kalten Licht der Straßenlaterne wirkte er plötzlich sehr blass. Er zündete sich nun doch eine zweite Zigarette an.

»Das ist keine Scheiße. Das ist wahr. Er hat mir das Video gezeigt. Alle tot.«

»Es gibt ein *Video*?«

Martin nickte. Er wollte das Video haben, er hatte es bekommen. Und seitdem konnte er nicht mehr schlafen.

»Wieso? Wieso hat er das getan?«

»Na, wegen der Waffen.«

»Welchen Waffen?«

»Die, die Leon gehört haben. Die gehören jetzt uns. Ein Riesenarsenal. Wir verkaufen die in Stuttgart, und dann sind wir reich.« Martin fühlte sich auf einmal besser, nicht nur, weil die Aussicht auf viel Geld seine Stimmung hob, sondern auch, weil jetzt alles draußen war. So ähnlich wie nach dem Kotzen. Kurz bevor einem wieder übel wurde, gab es immer ein paar Momente, in denen es einem richtig gut ging, man sich auf angenehme Weise leer und leicht fühlte.

Ilian allerdings wirkte nicht gerade glücklich.

»Okay«, sagte er langsam, fuhr sich durch die üppige Tolle seines Undercuts, trat von einem Fuß auf den anderen, sah an Martin vorbei auf die leere, regennasse Straße, schnippte die halb gerauchte Zigarette auf die Straße, zündete sich eine dritte an. »Und das geht so einfach?«

»Das muss so gehen. Sonst war alles umsonst, verstehst du, Bruder?«

»Keine Ahnung. Ich glaub, ich geh mal wieder rein.«

»Können wir nicht noch eine rauchen?« Martin wusste nicht genau, was er sich nach der Eröffnung erwartet hatte, bloß dass er viel lieber bei Ilian bleiben würde, als zu Ben zurückzukehren. Aber das schien keine Option zu sein.

»Mir reicht's jetzt«, sagte Ilian. »Verstehst du, ich bin müde.« Er hustete. Ein Auto fuhr an ihnen vorbei, langsam, als würde jemand sie beobachten, und Martin wurde ganz anders.

»Okay«, sagte er matt und stützte sich an der Hauswand ab. Aber diesmal kommentierte Ilian das nicht; Martin merkte deutlich, wie dringend er ihn loswerden wollte.

»Komm schon, ich will jetzt rein.«

»Ich komm ja. Mir ist bloß so schwindlig.«

»Nimmst du Jens mit?«

»Muss das sein? Ich hasse diesen Typen. Ich will nicht, dass der mir auf den Sitz kotzt. Er hat mir schon mal auf den Sitz gekotzt.«

»Aber bei uns kann der auch nicht bleiben. Mach schon, Martin, mir ist kalt, ich will ins Bett.«

»Na gut. Okay.«

»Ist das wirklich wahr? Echt? Du erzählst mir keinen Scheiß?«

»Was? Der Mord?«

»Fick dich!«

»Sag Ben nicht, dass ich dir das erzählt hab! Der bringt mich um!«

»Das ist so krank! *Ihr* seid krank!«

*

Die nächste Morgenlagebesprechung ergab nichts Neues, außer einem wichtigen Detail: Die IT-ler hatten Leons Facebook- und Instagram-Accounts geknackt. Wie erwartet, hatte Leon nur wenige Kontakte, auf Facebook waren es unter anderem ein Ben und ein Benedikt. Benedikt hieß mit Nachnamen Kretschmer und wohnte – falls es dieselbe Person war, wovon auszugehen war – nicht weit von Leon entfernt. Nichts auf seinem Profil wies auf eine Affinität zu Waffen hin. Benedikt schwärmte laut Facebook für ein paar Indie-Musikgruppen und schaute bevorzugt Science-Fiction-Filme.

Ganz anders Ben, der mit Nachnamen offenbar Schlamm-Meier hieß. Eine Kurzrecherche bei den Einwohnermeldeämtern ergab: bundesweit genau null Schlamm-Meiers mit dem Vornamen Ben, Benedikt oder Benjamin. Auf seinem Account sah man aber eine Person mit Gasmaske und auf Instagram dasselbe Foto plus ein unscharfes Foto von einem Jungen mit einer älteren Frau, vielleicht seiner Mutter, die den Arm um ihn legte. Wenige Likes. Sonst nichts. Das war natürlich eine heiße Spur. Man würde diesen Ben finden, keine Frage, aber es würde dauern, auch und gerade wenn man das »Schlamm« wegließ. Hierzulande hieß fast jeder Fünfhundertste Meier.

Karin Lakotta schaute auf ihr Mobiltelefon. Auf ihrer Signal-App befand sich ein Screenshot mit einem Standort. Der Standort war eine Straße in Aubing. Dort befand sich eventuell das Handy von Leon. Eventuell oder sogar sehr wahrscheinlich. Es stimmte nämlich nicht, dass man Handys nur orten konnte, wenn sie eingeschaltet waren. Das zumindest behauptete Kia. Man könne jedes Handy orten, hatte sie gesagt, vorausgesetzt die SIM-Karte stünde noch unter Strom, sprich, der Akku sei noch nicht leer. Man müsse allerdings die Tricks kennen (und die polizeiinternen IT-Experten kannten sie offenbar nicht, sonst wären sie ja damit schon ums Eck gekommen). Kia hatte ihr das Prozedere nicht erklärt, und Karin hatte es auch nicht wissen wollen.

Natürlich könnte sie dieses Bildschirmfoto jetzt herzeigen. Das allerdings zöge einen Rattenschwanz an hauptsächlich unerwünschten Konsequenzen hinter sich her. Selbstverständlich war KHK Karin Lakotta nicht befugt gewesen, solche Ermittlungen mithilfe einer jugendlichen Hackerin zu führen, ohne dieses Vorgehen mit ihren Chefs zu besprechen, die selbiges garantiert nicht genehmigt hätten.

Karin liebte ihren Job und alles, was damit zusammenhing, aber sie war auch eine Anarchistin. Sie dachte schnell und handelte spontan und intuitiv. Sie hielt sich an die Regeln, aber bog sie sich manchmal zurecht. Jemand, der bei der Polizei arbeitete, aber die langen, oft verschlungenen Entscheidungswege und die damit verbundene Schwerfälligkeit kaum ertragen konnte – das passte nicht zusammen. Und Karins persönlicher Kampf sah so aus, dass sie versuchte, diese Gegensätze zu ertragen. Auch wenn sie manchmal fast die Wände hochging, weil alles immer auf komplizierteste Weise abgesichert werden musste. So war das System. Spontane Alleingänge waren im System nicht vorgesehen und wurden entsprechend sanktioniert. Systeme, dachte Karin gelegentlich, wurden von Menschen gemacht, aber hatten die Eigenschaft, irgendwann ein Eigenleben zu entwickeln, und dann beherrschte das System die Menschen und nicht umgekehrt.

Wie lange würden sie brauchen, um auf die konventionelle Weise – nämlich über die Einwohnermeldeämter – wenn schon keinen Ben Schlamm-Meier, dann zumindest einen Ben Meier zu finden, dessen Nachname zu den häufigsten überhaupt gehörte und dessen Vorname entweder Benjamin oder Benedikt oder vielleicht auch einfach nur Ben lautete? Wie schnell könnte es gehen, wenn sie jetzt sofort loslegten – mit einer auf unkonventionelle Weise gewonnenen Information, die vielleicht belastbar war, vielleicht aber auch nicht? Wenn sich Leons Handy tatsächlich bei diesem Ben befand (und die Möglichkeit bestand ja immerhin; man fragte sich schon, wo es denn sonst sein sollte), wäre dieser Ben vielleicht ihr neuer Hauptverdächtiger in einem Mordfall.

Hör auf, sagte sie zu sich selbst, während die Morgenlagebesprechung zu Ende ging und die Kollegen aufstanden und in ihre langweiligen Büros ausschwärmten, wo sie versuchen würden, diesen Ben, Benjamin oder Benedikt ausfindig zu machen. Fang nicht an zu spekulieren, es kann doch alles ganz anders sein. Vielleicht hat Kia Blödsinn erzählt. Vielleicht hat Leon sein Handy zufällig dort verloren. Vielleicht hat es jemand mitgenommen, weil Leon es aus dem Fenster geworfen hat.

Spiel mit. Mach nicht wieder dein eigenes Ding.

So wie damals.

Sie als junge Streifenpolizistin in einer anderen Dienststelle in einer anderen Stadt. Sie sah noch den Schreibtisch vor sich – ein wackliges Ding mit staubiger Pressspanplatte. Alles war staubig und alt gewesen, der wellige Linoleumboden, die Lampenschirme aus verbeultem Metall, der Bildschirm des Computers aus der digitalen Steinzeit, in den sie ihren x-ten Bericht über häusliche Gewalt getippt hatte – die übliche frustrierende Geschichte einer verprügelten Ehefrau, die dann wahrscheinlich doch nicht Anzeige erstatten würde. Dabei bekam sie mit, wie zwei diensthabende Kollegen einen Vater behandelten, dessen Tochter spurlos verschwunden war und der eine Vermisstenanzeige aufgeben wollte.

Gerade dass ihre Kollegen ihn nicht auslachten. Sie saß mit dem Rücken zu ihnen und spürte, wie sich ihre Nackenhaare aufstellten.

Hübsches Mädchen. Volljährig. Die braucht sich bei Ihnen nicht abzumelden, oder?

Darum geht es nicht, bitte, hören Sie doch mal zu!

Gab's einen Streit? Es gab einen Streit, oder?

Nein!

Die ist bei ihrem Freund, wollen wir wetten?

Sie hat keinen Freund.

Kann ich mir nicht vorstellen! So eine Hübsche! Sie sind bestimmt stolz auf Ihre Tochter, stimmt's?

Hören Sie: Wir waren verabredet. Sie wollte zu meinem Geburtstag kommen. Das war gestern. Wir haben alle gewartet, die Freunde, die Familie, vierzig Leute. Wir warten seit gestern auf ein Lebenszeichen!

Vielleicht hat sie was Besseres vorgehabt?

Ich hab ihre Freunde durchtelefoniert. Niemand weiß, wo sie ist. Alle machen sich Sorgen.

Da wären Sie aber der erste Vater, der alle Freunde seiner Tochter kennt. Vor allem, wenn sie so ausschaut wie die da.

Bitte! Ihr Handy ist aus, wir können sie nicht erreichen. Niemand kann sie erreichen! Bitte!

Kommen Sie heut Abend wieder. Dann schau'n wir weiter.

Sie war aufgestanden, damals. Hatte es nicht ausgehalten, hatte erst versucht zu vermitteln und dann die Kollegen bedrängt, ihre Pflicht zu tun und eine Fahndung einzuleiten. Und ja, sie war laut geworden, als ihre Anstrengungen nicht gefruchtet hatten. Geholfen hatte es nichts, im Gegenteil. Sie hatte im Nachgang eine Menge Ärger bekommen. Ihre Kollegen waren trotzdem nicht tätig geworden, und das Mädchen war Tage später tot aufgefunden worden, ermordet von einem marokkanischen Lastwagenfahrer, der sie an einer Tankstelle mitgenommen hatte.

Da war sie dann richtig ausgerastet. O ja, sie hatte sich so richtig unbeliebt gemacht. Sie hatte sämtliche Hierarchien ignoriert, hatte sich vor den Polizeichef gefläzt, sich einfach geweigert, sein Büro zu verlassen, bevor irgendwas passierte. Sie hatte jede Menge unbequeme Fragen gestellt, zum Beispiel die, ob die Polizei durch Ermittlungsverweigerung vielleicht eine Mitschuld an dem Tod der jungen Frau trug. Ob man die junge Frau hätte retten können, wenn man rechtzeitig aktiv geworden wäre, statt den Vater auf die übelste Weise abzuwimmeln.

Das war ihr Untergang gewesen und hätte sie fast ihren Job gekostet. Ihren Kollegen war nichts passiert, natürlich nicht. Sie war diejenige, die nun gemobbt wurde, weil sie gegen das ungeschriebene Gesetz verstoßen hatte, nie, nie, nie »das Team anzuschwärzen«. So hatte man das damals genannt, wenn überhaupt noch jemand mit ihr gesprochen hatte.

Seitdem wusste sie, was ging und was nicht. Sie hatte auf die harte Tour gelernt, dass es niemandem half, nicht einmal den Opfern, wenn man gegen die Windmühlenflügel »des Teams« kämpfte. Man musste geschickt vorgehen, das System für sich arbeiten lassen, statt gegen den Strom zu schwimmen und sich dabei zu verausgaben.

Was in diesem Fall hieß: Sie brauchte einen Verbündeten, fürs Erste zumindest einen einzigen.

Sie klopfte an die Tür von Paul Stettners Büro.

*

Ein paar Stunden später verabredete sich Ilian mit Hamzi, einem Schulfreund, der ihm schon aus mehreren Schwierigkeiten herausgeholfen hatte. Hamzi war treu wie Gold, und das lag vor allem daran, dass Ilian ihm vor vier Jahren bei einer Prügelei beigestanden hatte. Ilian hatte diesen Einsatz mit einem herausgeschlagenen Zahn und einem mehrfach gebrochenen Arm bezahlt, und das hatte Hamzi, der wie durch ein Wunder unverletzt geblieben war, ihm nie vergessen.

Das war schön. Weniger schön war, dass Hamzi Freunde hatte, die Ilian aus verschiedenen Gründen lieber nicht kennen wollte, und das wiederum fand Hamzi nicht ganz okay. Einige Anfragen bezüglich näherer Zusammenarbeit hatte Ilian bisher abgelehnt, und so war ihre Beziehung immer ein wenig wacklig. Ilian vertraute Hamzi einerseits blind, andererseits eilte Hamzi in gewissen Kreisen ein Ruf voraus, der einen etwas unruhig machen konnte. Sicher war, dass er kein Typ war, der ein Nein auf die Dauer widerspruchslos akzeptieren würde. Es war also klar, dass wenn Ilian Hamzis Schutz haben wollte, er dafür etwas geben müsste. Im Zweifelfall mehr Solidarität mit Hamzis Freunden.

Er seufzte, während er durch die feuchte Kälte zu ihrem Treffpunkt stapfte, weil sein Auto in der Reparatur war. Die letzte Nacht hatte er kaum geschlafen, aber umso mehr geraucht, und zwar auf unbequemste Weise am offenen Fenster in der Wohnküche, weil Anton vor drei Monaten aufgehört hatte und innerhalb weniger Tage vom Kettenraucher zum militanten Antiraucher geworden war.

Ben. Wer war dieser Typ wirklich? Ilian versuchte sich zu erinnern, aber in seiner Nervosität konnte er sich kaum sein Gesicht vergegenwärtigen. Sicher war, er kannte Ben bisher als cool. Sehr gechillt. Bisschen von oben herab, aber dann wieder ganz lustig. Manchmal hatten sie sich zufällig in derselben Shishabar getroffen und ein paar Worte gewechselt, ein paarmal war Ben auch bei ihm gewesen, immer zusammen mit Martin. Waffen waren ab und zu ein Thema gewesen, aber nicht oft.

Oder doch?

Wie würde Ben es finden, dass Martin ihm von dieser Scheiße erzählt hatte? Wäre Martin schlau, würde er Ben das nicht sagen, aber schlau war nicht gerade die erste Eigenschaft, die einem zu Martin einfiel. Er war ein lieber Kerl, aber auch ein elender Schwätzer und ganz bestimmt nicht die hellste Kerze auf der Torte. Man konnte sich auf keinen Fall darauf verlassen, dass er den Mund hielt. Warum hatte er Ilian da mit reingezogen? Was war das für eine Scheiße?

Ein Riesenarsenal. Was verfickt noch mal sollte das bedeuten? Wie viele Waffen waren ein *Riesenarsenal*? Zwanzig, fünfzig, siebzig? Und kam ein dreifacher Mörder bei so einem *Riesenarsenal* nicht automatisch in Versuchung, das ein viertes Mal einzusetzen, zum Beispiel bei jemandem, der zu viel wusste und dadurch eine mögliche Gefahr darstellte?

Ilian erreichte die vierspurige Ausfallstraße, die direkt auf den Autobahnzubringer führte. Er passierte ein McDonald's und ein Kentucky Fried Chicken und fluchte in Gedanken vor sich hin, hauptsächlich wegen der Kälte und dem Höllenlärm. Kaum jemand ging hier zu Fuß, und das war auch kein Wunder; es war so verdammt laut hier, dass Ilian sich am liebsten die Ohren zugehalten hätte. So ein Weichei war er geworden, und das war allein Martins Schuld.

Er hätte sich mit Hamzi auch in der Shishabar treffen können, aber das wäre viel zu auffällig gewesen; man konnte an diesem Ort kein ruhiges Gespräch zu zweit führen. Schließlich kam er an der Esso-Tankstelle an, wo er früher einmal gejobbt hatte. Hamzi war nirgendwo zu sehen. Ilian ging in den Shop und kaufte sich Zigaretten und zwei Snickers. »Nervennahrung«, sagte er zu dem Typen hinter der Kasse. Der Typ ließ die Kasse aufspringen und gab ihm das Wechselgeld zurück. »Wie wär's damit?«, fragte er dann lächelnd und hielt ein Fläschchen Jägermeister hoch. »Wirkt garantiert schneller.«

Ilian lächelte zurück, hob den Daumen, aber schüttelte den Kopf. Sich jetzt die Kante zu geben wäre die Strategie eines Vollidioten.

Er blieb noch ein bisschen in dem Shop, las die Aufmacherzeilen der Tagespresse, blätterte nach Artikeln zu dem Mord, obwohl er eigentlich gar nicht mehr darüber wissen wollte. Mittlerweile war die Tat von der ersten auf die zweiten und dritten Seiten gerutscht. Immer noch galt »Waffennarr Leon R.« als der Täter. Die schlimmste Meldung war die über eine Todesanzeige, in der der Sohn als Einziger nicht erwähnt wurde. Die Todesanzeige war daneben abgebildet. Er stand nicht darauf, nur seine Eltern. Als hätte es ihn nie gegeben. Als hätte sein Tod keine Bedeutung.

Ilian lief es kalt den Rücken herunter.

Zum ersten Mal überlegte er so halb und halb, ob er zur Polizei gehen sollte. Vielleicht war das alles ein Zeichen. Vielleicht sollte er ebenfalls anständig werden, so wie sein Bruder Anton. Ein anständiger Bürger, kein Dealer, dessen Geschäftsmodell auf der Kaputtheit seiner Kunden beruhte. Er warf einen Blick nach draußen und sah Hamzi in seinem silbernen Porsche vorfahren. Hamzi stieg aus, tankte Super Plus, entdeckte Ilian durch die Glasfront im Shop und winkte ihm zu.

*

Als Paul Stettner und Karin Lakotta in dichtem Schneetreiben nach Aubing fuhren, unterhielten sie sich über Dinge, die nichts mit dem Fall zu tun hatten. Zu dem Fall war erst einmal alles gesagt worden.

Stettner war zuerst entsetzt gewesen – er war keiner der Draufgänger-Polizisten, die solche Alleingänge schätzten. Sie hatte es ihm bei einem gemeinsamen Mittagessen in einem Lokal außerhalb der Polizeiinspektion erzählt, und er war nah dran gewesen, aufzustehen und zu gehen. Nicht um sie zu verraten, er war kein Denunziant. Aber er hatte sich auch nicht hereinziehen lassen wollen in eine Einzelaktion, die allem widersprach, woran er glaubte.

Er glaubte an das Team. An dessen Regeln. Nicht drauflosstürmen, erst sich absprechen, hieß eine. Er fand das sinnvoll.

Als er das gesagt hatte, hatte er gesehen, wie sie erstarrte und sich ihr Gesicht verschloss. Da war plötzlich eine Traurigkeit in ihren Augen, um ihre Lippen gewesen, der er sich nicht entziehen hatte können, und im selben Moment hatte er erkannt, dass er auf rätselhafte Weise schon mit drinsteckte in der ganzen Sache. Dann hatte er sich den Screenshot zeigen lassen. Und danach war das Jagdfieber erwacht, und die sinnvollen Regeln waren vergessen.

Auch wenn die Anfrage beim Einwohnermeldeamt kein Ergebnis für Ben, Benjamin oder Benedikt (Schlamm-)Meier ergeben hatte. Schon gar nicht in der Straße, die der Standort anzeigte. Doch unter der Adresse fanden sie stattdessen eine Webseite. Ein Armin Luckschanderl wohnte dort, der sich selbst als Erfinder bezeichnete und ein »Technisches Entwicklungsbüro« sein Eigen nannte. Verschiedenste, angeblich patentierte Produkte bot er an, von Anschlagpuffern über Dibondmuttern bis Vogeltränken.

Vielleicht war der Standort ja nicht auf den Meter genau.

Im Auto sprachen sie über ihre Kinder, ein gutes Thema für gute Kollegen. Man gab etwas über sich preis, aber wurde nicht zu privat. Stettner berichtete über seinen Sohn Kai, der sich nichts mehr sagen lasse, und seine zwei Jahre jüngere Tochter Lena, die ganz anders sei. Hübsch, beliebt, gut in der Schule. Er sprach nicht über seine Ängste, die er ganz tief in sich versteckte, sogar vor sich selbst.

Was, wenn sie irgendwann doch die falschen Freunde haben würde? Die Pubertät war voller Fallstricke, würde sie sich darin verfangen? Die Liebe zu Kindern war tückisch. Mal fröhlich und leicht, mal bleischwer. Man wollte zu vieles gleichzeitig. Ihnen den Weg ebnen, sie beschützen, sie erziehen, sie glücklich machen, sie so sein lassen, wie sie waren, sie so wenig wie möglich bevormunden, damit sie aus eigener Kraft fliegen lernten. All das passte nicht zusammen oder nur bei ganz perfekten Kindern.

Gab es die?

»Machst du dir manchmal Sorgen?«, fragte er, während er sich durch den Stadtverkehr arbeitete. Stop-and-go, Stop-and-go. Ganz Fürstenfeldbruck schien unterwegs zu sein. Sie fuhren in Stettners Privatauto, um kein Aufsehen zu erregen. Es ging zunächst nur darum, das Ziel unauffällig und inkognito auszukundschaften.

»Ja, manchmal schon. Also Sorgen. Aber eigentlich ist Mia eine tolle junge Frau. Es gibt keinen Grund.«

»Es gibt keinen Grund, aber wir kennen zu viele Gründe, weswegen es doch mal einen geben könnte.«

Karin beobachtete ihn von der Seite, er spürte ihren Blick, und sah angestrengt nach vorn.

»Ganz genau«, sagte sie. »Zu viele Eventualitäten. Mein Mann nennt das deformation professionnelle.«

»Was soll das denn sein?«

»Unser Beruf macht uns zu misstrauisch, und irgendwann glauben wir an gar nichts mehr. Also an gar nichts Positives mehr, weil wir immer nur das Negative zu sehen kriegen. Wir sind deformiert. Auf Pessimismus gepolt.«

»Interessant«, sagte Stettner und fand das tatsächlich. »Meine Frau drückt das nicht so aus – ich meine, wir können beide kein Französisch –, aber sie sagt oft, dass mich der Job verdirbt.«

»Mia ist so speziell, so gar nicht Mainstream, verstehst du, was ich meine?«

»Ehrlich gesagt, nicht so ganz. So was wie ein Freak?« Er grinste und verzog sein Gesicht zu einer irren Maske.

Sie lachte. »Idiot!«

»Tut mir leid.« Er mochte es, wenn sie lachte. Es klang schön. Manche Frauen hatten ein Lachen, in das man sich direkt verlieben konnte.

»Mia ist wirklich besonders. Ich finde sie wahnsinnig hübsch, aber sie ist anders. Manchmal redet sie Zeug, das ich nicht verstehe, und dann fühle ich mich ganz weit weg von ihrem Leben. Als ob sie hinter einer Dornenhecke sitzen würde und ich müsste mich durcharbeiten. Manchmal will ich bloß wissen, wie's ihr geht, und da kommt dann keine richtige Antwort, sondern bloß …«

»Chill mal!«

»Ha! Wie ich diesen Satz hasse!«

»Dicht gefolgt von ›Der ist voll gechillt‹.«

»Und dann dieses aufgeschnappte theoretische Zeug. Toxische Männlichkeit, so was.«

»O, eine Emanze.«

»Bitte, Paul! Das ist ein so blödes Wort!«

»Wie würdest du es denn nennen?«

»Weiß nicht. Feminismus? Aber vielleicht ist das auch schon

wieder out. Sie haben lauter neue Wörter. Antirassismus, Antiklassismus, Transgender, Transphobie – ich komm da manchmal gar nicht mehr mit, man bewegt sich wie durch ein Minenfeld. Aber für Mia ist das wahnsinnig wichtig. Sie will mit uns darüber diskutieren, und mir fällt dazu nicht so viel ein. Ich meine, sind das nicht alles Minderheitenprobleme, geht's heute wirklich darum? Und dann merke ich, dass sie enttäuscht ist.«

»Verstehe.«

»Kannst du damit was anfangen?«

»Schon.« Aber in Wirklichkeit konnte Stettner das eigentlich nicht, stattdessen war er ein bisschen neidisch. Kai redete weder über Antirassismus noch über Antiklassismus, eigentlich wollte er gar nicht reden, jedenfalls nicht mit seinen Eltern. Er wollte in erster Linie in Ruhe gelassen werden. Und Lena quasselte zwar in einer Tour, aber hauptsächlich mit ihren Freundinnen am Telefon. Sprach man sie an, war sie sehr lieb, beantwortete alle Fragen ausführlich und wirkte wie ein offenes Buch. War sie ein offenes Buch oder nur sehr gut darin, so zu tun, als ob, um das gleiche Ziel zu erreichen wie ihr Bruder? Wollte sie auch nur in Ruhe gelassen werden? So wie Stettner selbst als Teenager? Aber da war alles ganz anders gewesen, dachte er. Nicht so kaputt wie heute.

Sie verließen die Stadt, und Stettner fuhr auf die B2, vorbei an den Ausfahrten Alling und Eichenau. Das Navi zeigte ihm einige kleinere Staus an, insgesamt würden sie eine gute halbe Stunde unterwegs sein. Der Schneefall wurde stärker, die Landschaft um sie herum weiß.

»Eigentlich haben wir ja noch Glück«, sagte Karin mitten in Stettners Gedanken hinein.

»Wieso Glück?«

»Wir haben keinen Leon daheim, der spinnt.«

»Da hast du recht.«

»Wie muss das für die Eltern gewesen sein? Ein Kind, das du nicht in den Griff kriegst? Ein Kind, das nie ein normales Leben führen kann?«

»Schlimm.«

Aber so richtig konnte sich Stettner nicht vorstellen, wie das gewesen sein musste. Schließlich lag es auch an den Eltern, wie sich Kinder entwickelten. Man musste ihnen Grenzen setzen, dann klappte das schon. Er wollte gerade etwas in dieser Richtung sagen, dann ließ er es lieber sein. Was wusste er schon? Er konnte nicht mal seinen Sohn von Ballerspielen abhalten und ihn stattdessen dazu bringen, bessere Noten zu schreiben.

»Über den Luckschanderl gibt's sogar einen Artikel«, sagte Karin.

»Was?«

»Ja, seh ich erst jetzt. Mehrere sogar.« Sie kicherte. »Das ist echt irre. Ich les mal vor. Soll ich?«

»Klar.«

»Dreihundert oder vierhundert Patente hat der Vierundsiebzigjährige schon angemeldet. Den duftenden Kugelschreiber zum Beispiel, die antibakterielle Türklinke, ein Blechbiegegerät, eine Teichbelüftung, den Fahrradsattel mit Schenkelstützen, den Ein-Ei-Kocher.«

»Nicht dein Ernst.«

»Duftender Kugelschreiber? Der ist vogelwild, Paul. Du solltest mal die Bilder sehen. Vielleicht können wir uns als Journalisten ausgeben?«

»Witzig.«

»Scheinbar gehört ihm das ganze Haus. So steht das hier.«

In diesem Moment wies sie das Navi darauf hin, dass das Ziel erreicht sei (»Das Ziel liegt links«). Sie fuhren langsam daran vorbei, ein unspektakuläres Ein- bis Zweifamilienhaus mit einem schweren Schlumpfdach. Stettner parkte ein paar Meter weiter vorne auf der rechten Seite.

»Und jetzt?«, fragte er.

Karin legte ihm die Hand auf den Arm. Ihre Augen leuchteten. »Ich geh da jetzt hin und schau mal, ob da noch jemand wohnt außer diesem Luckschanderl. Du siehst dir die Klingelschilder der Nachbarhäuser an.«

»In der ganzen Straße ist kein einziger Meier gemeldet.«

»Hör zu, wir können auch wieder fahren. *Du* kannst wieder fahren, meine ich. Es ist nur so ...«

»Ich weiß.«

»Das dauert Tage, bis wir diesen Ben ausfindig gemacht haben. Wenn der wirklich ein Waffenlager hat, ist der gefährlich, auch jetzt noch, auch für andere. Wenn er hier wohnt und Leons Handy sich hier befindet, dann heißt das ...«

»Oder Leon hat mal wieder gelogen.«

»Und diesen Ben mit seiner Gasmaske als Facebook-Freund erfunden? Das glaubst du doch wohl selber nicht. Der existiert. Wir wissen nur nicht, wo er sich befindet.«

»Ich meine das mit dem Waffenlager. Das ist bloß eine Möglichkeit. Vielleicht pure Angeberei.«

»Fahr zurück«, sagte sie.

Stettner dachte nach. Dann löste er den Sicherheitsgurt und stieg aus.

Kaum fünf Minuten später trafen sie sich am Auto. »Niemand zu Hause. Oder jemand macht nicht auf«, sagte Karin. »Aber es gibt ein zweites Klingelschild.«

»Und?«

»Steht kein Name drauf. Und bei dir?«

»Kein Meier weit und breit.«

*

Es war ein Unterschied, ob man Waffen nur für jemanden aufbewahrte oder ob sie einem gehörten. Das war Ben vorher nicht so klar gewesen – man wusste ja nie, wie man in bestimmten Situationen reagierte, bevor man nicht selbst drin war, das hatte er schon oft festgestellt. Hätte er vor ein paar Monaten gedacht, dass er Leon erschießen würde? Er wäre nicht einmal auf die Idee gekommen. Aber dann war es ihm so selbstverständlich erschienen, dass er es einfach getan hatte. Und – Bämm! – es war gar nicht so schlimm gewesen. Kaum Gewissensbisse, ganz wenige. Es war wie eine Befreiung gewesen, und vor allem war die Angst nun weg. Nie wieder, dachte er, würde er Angst vor irgendwas haben.

Im Gegenteil. Er war stolz auf sich und seine eiskalte Entschlossenheit. Er hatte etwas wahrgemacht, von dem andere nur fantasierten, wofür sie aber nie den Mut aufbrachten.

Während Martin völlig zugedröhnt auf dem Sofa schnarchte, holte er noch einmal alle seine Schätze aus dem Nebenraum heraus und zählte sie durch. Was für ein Arsenal! Wollte er sie wirklich komplett verkaufen? Er war sich nicht mehr sicher. Nein, er war sich vielmehr sicher, dass er einige behalten wollte, für den Fall der Fälle. Ein Krieg könnte ausbrechen, eine Pandemie die Menschheit dezimieren, und dann wäre er gerüstet. Für die Zombie-Apokalypse. Das war Leons Obsession gewesen, die Ben immer absurd und albern gefunden hatte, die er aber jetzt, wo all diese wunderschönen Werkzeuge des Schreckens vor ihm lagen, gar nicht mehr so weit hergeholt fand.

Er hätte gern mit jemandem über all das gesprochen – nicht mit dem Weichei und Warmduscher Martin, sondern mit einem richtigen Mann. Einem Gopnik wie ihm (jetzt war er wirklich ein Krimineller, er hatte den Schritt über die Brücke in einen anderen Seinszustand gemacht, und das war so ein krasses Wow-Gefühl!). Einem Gangster oder Soldaten. Jemandem, der ihn verstehen würde. Jemandem wie ihm. Auf gleicher Ebene.

Er fand noch einen Rest Gras und zündete sich eine Pfeife an. Der Rauch störte Martin in seinem Schlaf, er drehte sich auf die andere Seite, hin zu Ben, stöhnte und jammerte. Ben sah ihn an und überlegte, wie es wäre, wenn er ihn auch *erlegen* würde. Niemand würde Martin vermissen, keiner um ihn weinen.

Drei Menschen hatte Ben *erlegt*, Martin wäre dann der vierte. Nach drei solchen Aktionen kam einem eine vierte gar nicht so gravierend vor, stellte Ben fest, ohne sich groß darüber zu wundern. Nach drei Tötungen hatte man die Seiten gewechselt und würde nie wieder zurückkommen. Man wusste Dinge, die andere weit von sich schoben. Man wusste, wie Menschen aussahen, denen das Leben aus den zerschundenen Gesichtern gewichen war, deren Festplatte unwiderruflich gelöscht war, die nur noch Müll waren, Abfall. Erde zu Erde, Asche zu Asche. Man wusste, dass man irgendwann selbst so aussehen würde – Müll, Abfall, Asche zu Asche – und dass es darum ging, alles zu tun, was man wollte, solange es noch nicht so weit war.

Das war nicht gegen die Religion, sagte er sich, der ehemalige Messdiener. Manchmal musste der Frieden bewaffnet sein. Schon damals hatte er gespürt, dass er anders war, dass es Dinge gab, die er ganz kühl durchdenken, durchschauen konnte, dass es keine Sperren in seinem Hirn gab. Eine Art Weisheit, die ihm sagte, dass die Welt im Kern ungerecht war und dass es Leute wie ihn brauchte, die etwas wieder ins Gleichgewicht brachten, das aus der Balance geraten war. Und er war nicht der Einzige, der das erkannte. Es gab gerechtfertigte Tötungen. Mord war nicht gleich Mord, das bewies Patriarch Kyrill, der immer noch fest an der Seite des russischen Präsidenten stand, ganz anders als die ukrainischen Ketzer, die sich abgewandt hatten von der wahren Kirche. Wo gehobelt wurde, fielen Späne, ob in Tschetschenien oder im Donbass.

Und waren Menschen so viel besser als Tiere? War es besser, ein Reh umzubringen, das niemandem etwas getan hatte, als einen Menschen, der nur Scheiße im Kopf hatte? Er warf Martin einen Blick zu und sah, dass er wach war. Martin war den ganzen Abend komisch gewesen, hatte noch mehr geraucht als ohnehin schon und sich dann mit Bier, Wodka und Gras den Rest gegeben.

Wie lange würde ein Loser wie Martin durchhalten, ohne heulend irgendwem alles zu gestehen? Martin war eine tickende Zeitbombe, die man am besten sofort entschärfte, nur war jetzt vielleicht nicht der richtige Zeitpunkt. Man konnte ihn bei der Kälte ja nicht mal begraben. Ben überlegte, ob es andere Möglichkeiten der Entsorgung gab (Müllkippe, See), verwarf sie aber ebenfalls als zu riskant, weil er ja immer noch keinen Führerschein besaß. Er war mitten im Nachdenken, als er feststellte, dass Martin ihn anschaute. Mit verschwommenem Blick, aber eindeutig wach. Und wieder einmal ängstlich.

Ängstlich?

Plötzlich wurde ihm klar, dass etwas passiert war.

Martin hatte geredet. Das war passiert. Das erklärte auch seine Nervosität, die an diesem Abend extremer gewesen war als sonst.

Scheiße.

Ben dachte nach, während er Martin freundlich zulächelte und den Ahnungslosen spielte.

Wem hatte er es erzählt? Seiner Freundin Sophia, dieser

hohlen Nuss, die sich von Martin mit Fake-Markenartikeln bescheißen ließ? Ben rollte innerlich die Augen. Andererseits wäre Sophia vielleicht gar kein so großes Problem; dieses Mädchen war so geldgeil, die konnte man bestechen, ihren Mund zu halten. Wer kam sonst in Frage? Es gab irgendwo eine Stiefschwester, aber zu der hatte Martin kaum Kontakt.

»Hey, kleiner Bruder«, sagte er. »Kannst du wieder nicht schlafen?«

Martin fuhr sich durch den blonden Wuschelkopf, gähnte ausgiebig und setzte sich langsam auf. In dem gelblichen Licht der Deckenlampe wirkten seine Augen wie tiefe Löcher, um den Mund herum gruben sich grämliche Falten, und zum ersten Mal hatte Ben eine Vorstellung, wie Martin als alter Mann so um die vierzig aussehen würde. Falls er dann noch lebte. Ben nahm eine M16 in die Hand, wog sie spielerisch, streichelte sie und legte sie neben sich ab.

»Ich hab Kopfschmerzen«, klagte Martin und rieb sich die Augen dermaßen heftig mit den Handballen, als wollte er sie sich in den Schädel drücken.

»Tut mir leid, kleiner Bruder«, sagte Ben sanft.

»Hast du noch was zu rauchen?«

»Hast du nicht schon genug? Ich mach mir langsam Sorgen um dich.«

Martin lächelte. Auf dem Fuß erwischte man ihn immer. »Danke, großer Bruder.«

Martin brauchte so was. Einen großen Bruder. Immer mal wieder einen anderen. Und nun glaubte Ben auch zu wissen, mit wem Martin gesprochen hatte. Es ging jetzt nur noch darum, dass er es zugab und ihm weiter vertraute. Dann konnte man handeln.

*

Mitten in der Nacht schrillte Stettners Handy. Er fuhr hoch und langte mit geübtem Griff auf den Nachttisch. Guckte gar nicht erst, wer ihn da anrief, sondern sagte leise und so wach wie möglich seinen Namen. Neben ihm wälzte sich Giulia brummend auf die andere Seite. Sie hatten Sex gehabt, guten Sex, und das war nötig gewesen. Seit ein paar Tagen redeten sie kaum noch miteinander, und wenn sie miteinander redeten, artete das in Streit aus, selbst wenn es, so wie gestern Abend, bloß um das Roastbeef ging, das er nicht gegessen hatte, obwohl Giulia es angeblich extra für ihn aufgehoben hatte.

Du bist so was von undankbar!

Ich hab doch gar nicht gewusst ... Ich hab das nicht mal gesehen!

Das steht groß und breit im Kühlschrank, Paul. Vor deiner Nase! Kein Mensch in diesem Haushalt isst Roastbeef. Nur du! Nur du!

Herrgott, ich hab das nicht gesehen!

Ich hab's dir gesagt! Du hörst nie zu! Du siehst nie hin!

Immer war das so, wenn er viele Überstunden machen musste, und hörte wieder auf, wenn sich alles normalisierte.

Sex half dann, Nähe herzustellen, die auf einer anderen Ebene nicht mehr möglich war.

Jemand schluchzte in sein Ohr.

»Hallo?«, sagte Stettner, schwang sich möglichst lautlos aus dem Bett, öffnete und schloss leise die Schlafzimmertür, machte das Flurlicht an, ging auf Zehenspitzen nach unten und setzte sich in die Küche.

»Paul?« Eine verweinte männliche Stimme. Er nahm das Telefon vom Ohr und schaute auf die Nummer.

PK Obermeier.

»Bernd, um Gottes willen ...«

»Tut mir leid, Paul. Echt. Tut mir leid.«
»Es ist vier Uhr morgens, weißt du.«
»War er's?«
»Wer? Leon?«
»War er's?«
»Bernd, du weißt, dass ich dir das nicht sagen kann. Wir sind mitten in den Ermittlungen.«
»Aber er war's?«
»Wahrscheinlich. Weißt du doch, wir waren doch beide im Haus. Was ist denn los mit dir? Ich meine, warum ist das so wichtig?«
»Ich krieg diese Scheiße nicht mehr raus aus mir. Ich kann nicht schlafen, und dann gehen mir so viele Gedanken durch den Kopf. Das ist immer so, wenn ich nicht schlafen kann, dann kommen die alle. Das sind so ganz komische Gesellen, diese Gedanken, die stehen da um mich herum und reden durcheinander, und dann krieg ich die nicht mehr weg. Die schreien in meinem Kopf rum!«

Stettner sah zum dunklen Viereck des Küchenfensters, in dem er sich spiegelte, in seiner Schlafanzughose. Ein verschwommenes, gedoppeltes Bild, als bestünde er in Wirklichkeit aus zwei Personen, die sich überlagerten. Er kratzte sich am Kopf und beobachtete sich dabei. Zwei Hände statt einer, zwei Köpfe statt einem. Das war verwirrend. Wenn er jetzt keinen Schlaf bekam, würde er genauso durchdrehen wie Obermeier.

»Du musst ins Bett, Bernd. Und ich übrigens auch.«
»Ich weiß. Tut mir leid.«
»Wo bist du denn gerade?«
»Daheim.«
»Wo ist Amelie?«
»Die kommt morgen.«

»Wirklich? Ihr seid noch zusammen?«

»Ja!«

»Schlaf jetzt, Bernd. Und hör auf zu trinken. Ich meld mich morgen bei dir.«

»Echt?«

»Ich versprech's dir. Und dann schauen wir, was wir machen können.«

»Danke! Danke, Paul!«

»Passt schon. Und du schläfst jetzt?«

»Ja. Ich schlaf jetzt. Ich schwör's. Es ist nur – ich bin schuld. An allem.«

»Was?«

»Ich bin schuld. Das ist die Wahrheit.«

»Blödsinn! Bernd, jetzt beruhig dich mal! Wieso sagst du so was?«

»Vergiss es.« Es klickte, die Verbindung war unterbrochen. Stettner rief ihn nicht zurück. Weil Bernd nicht drangegangen wäre. Weil man jetzt eh nichts machen konnte. Weil er müde war. Weil er genervt war. Weil er ins Bett wollte.

So viele Weils. Zu viele Weils.

10

Zwei Wochen vor der Tat

Als Irene Barbara abends auf ihrem Handy anrief, passte es gerade gar nicht, was Barbara wahnsinnig leidtat, aber sie musste das Abendessen vorbereiten. Barbara war – und sie wäre die Letzte, die das bestritten hätte – alles andere als eine Sterne-Köchin. Sie hatte ein paar Alltagsgerichte auf Lager, kochte aber ansonsten nach Rezept. Heute, am zweiten Weihnachtstag, sollte es eine mit Niedrigtemperatur gegarte Gans geben, gefüllt mit Äpfeln, Zwiebeln und sonst noch allerlei, die laut chefkoch.de in einer knappen halben Stunde servierfertig sein würde. Die Kartoffelknödel hatte Barbara fertig gekauft, die mussten nur noch aufgewärmt werden, das Gleiche galt für das fein gewürzte Rotkraut aus dem Delikatessengeschäft neben ihrer Praxis. Eigentlich war alles perfekt, und trotzdem hatte sie das Gefühl, keine Zeit zu haben, nichts zu schaffen, es niemandem recht machen zu können.

Und außerdem war der Tisch noch nicht gedeckt.

Sie stand in der Küche, das Handy am Ohr und hörte Irene zu, die sie eigentlich sofort abhängen müsste, aber es nicht fertigbrachte – es war der zweite Weihnachtstag, wer rief da seine Therapeutin auf dem Handy an, wenn es nicht brannte? Und ja, es brannte bei Irene, so viel konnte sie aus dem verweinten Gestammel heraushören.

Es ging offenbar um Scheidung, eine völlig neue Entwicklung, und in diesem Zusammenhang um Irenes Mann, der sie nicht nur sitzen lassen, sondern ihr auch die Mädchen wegnehmen wollte, falls Barbara das richtig verstand. Derselbe Mann, der nie zur Familientherapie erschienen war, weil er immer Besseres, Wichtigeres, Interessanteres zu tun hatte, wollte nun das alleinige Sorgerecht?

Es gab zwei Sorten von Ex-Ehemännern, hatte Barbara im Laufe der Jahre herausgefunden. Fraktion Nummer eins entfernte sich mehr oder weniger spurlos aus dem Umfeld der Erstfamilie und ließ bettnässende, depressionsgeplagte Kinder zurück, die sich die Schuld am Verschwinden des geliebten Papas gaben. Fraktion Nummer zwei gönnte der Ex-Frau in spe nicht das Schwarze unter dem Fingernagel und kämpfte um des Kampfes willen. Der Nachwuchs war in solchen Fällen Teil des Streitwerts, und hier kam Barbara als Gerichtsgutachterin als Zünglein an der Waage ins Spiel, weil sie dafür bekannt war, fast immer aufseiten der Mütter zu stehen. Dabei wollte sie niemanden bevorzugen, das war überhaupt nicht ihr Anliegen, im Gegenteil. Sie wollte unbedingt gerecht sein, aber wie konnte man gerecht sein, wenn man die Väter immer nur dann zu Gesicht bekam, wenn die Trennung ausgemachte Sache war und es denen bloß darum ging, bella figura zu machen, um als Gewinner dazustehen?

»Ganz ruhig, Irene«, sagte sie, drückte auf die Lauthörtaste und hörte Irenes Schluchzen zu, während sie sich aus dem Hängeschrank über der Spüle ein Glas holte und sich ein Fläschchen eisgekühlten Prosecco einschenkte. Sie stellte sich neben die Arbeitsplatte, wo ihr Handy lag, ein schwarzes, schimmerndes Rechteck, aus dem es blechern herausjammerte.

»Was ist denn jetzt genau passiert?«, fragte sie und wusste gleichzeitig, dass das die falsche Frage war, weil sie die falsche Information enthielt, dass Barbara alle Zeit der Welt hatte, um sich mit Irenes Problemen zu befassen. Was definitiv nicht der Fall war. Die Küche – das ganze Haus – roch würzig nach dem Gänsebraten, die sechs Kartoffelknödel waren immer noch in ihre Plastikverpackung eingeschweißt, und die Dose mit dem Rotkraut wartete darauf, geöffnet zu werden.

»Er hat ... Er hat eine *Freundin*. Ich meine, er hat immer so getan, als hätte er mordsmäßig viel Arbeit, und in Wirklichkeit war er bei seiner *Freundin*, und die ist *zwanzig* Jahre jünger. Kannst du dir das vorstellen? *Zwanzig Jahre*. Die ist ein *Kind*.« Schluchzen. Hicksen. Schluchzen.

Barbara erinnerte sich an das Gespräch vor ein paar Tagen, an Irenes Behauptung, es sei immer sie gewesen, die sich von den Männern getrennt hätte. Falls das stimmte, falls sie nicht nur angegeben hatte, wäre das natürlich eine neue und ziemlich erschreckende Erfahrung, plötzlich selbst diejenige zu sein, die abserviert wurde.

»Das tut mir so leid, Irene. Das muss ein Schock für dich sein.« Und es stimmte, es tat ihr furchtbar leid, auch wenn sie im Moment nichts unternehmen konnte und wollte. Sie warf einen Blick auf die Uhr, es war fast sieben, und der Tisch immer noch nicht gedeckt, und überhaupt nichts fertig.

»Er will die Mädchen, weil seine Freundin, dieses kackfreche Luder, behauptet, mit ihr wäre das alles ganz anders. Kannst du dir das vorstellen? Ist das nicht total *absurd*?«

»Was meint sie denn damit, was wäre denn anders?«

»Die ist *Grundschullehrerin*. Und behauptet, sie sei die bessere Pädagogin. Kannst du dir das vorstellen? Und dieser Trottel nimmt ihr den Scheiß *ab*. Der ist verknallt und glaubt ihr jedes Wort.«

»Irene ...«

»Ich *muss* dich sehen. *Heute* noch. *Bitte*.«

»Das geht nicht. Wirklich nicht. Ich kann dir morgen einen Termin geben, aber heute ist es nicht möglich.« Barbara fing sich wieder; alle Therapeuten kannten das, Job und Privatleben mussten streng getrennt werden, sonst steuerte man direkt auf einen Burn-out zu, aber das war eben manchmal nicht so einfach wie in anderen Berufen. Wenn man diesen Job gern machte, mit Leib und Seele dahinterstand, dann verschwammen Grenzen automatisch.

»Bitte!«

»Du kannst morgen um elf Uhr in meine Praxis kommen, ich mach sie extra deinetwegen auf. Aber jetzt geht es nicht.«

»Barbara ...«

»Ich habe hier eine hungrige Familie. Ich muss jetzt auflegen, okay?«

»Ich beneide dich so. Hier geht alles in die Brüche, alles, wofür ich gelebt habe.«

»Wir kriegen das hin. Morgen um elf Uhr?«

Bitterliches Weinen. Barbara unterbrach das Gespräch trotzdem, ihrer Familie zuliebe, auch wenn Leon sich vermutlich wieder weigern würde, runterzukommen und mit ihnen zu essen, und sich Markus wieder deswegen aufregen würde, und sie Steffi und Jo vermissen würde, die Weihnachten bei den Schwiegereltern in Berlin verbrachten. Ach, wie hatte sie sich gewünscht, mit Steffi und Jo zu feiern, und wie enttäuscht war sie gewesen, als Steffi abgesagt hatte.

Markus ist immer noch sauer wegen der Hochzeit, Mam, das hat keinen Sinn.

Ach was!

Wir beide sind im Moment kein gutes Team, das ist einfach so!

Ja, das war auch schwierig für ihn.

Ist mir klar.

Er hat sich so gefreut, dich zum Altar zu führen, und dann verweigerst du ihm das.

Du weißt, warum. Er ist nicht mein Vater, und ich kann ihn auch nicht so nennen. Wenn er das nicht versteht, ist das nicht mein Problem.
Lass uns das jetzt nicht diskutieren. Kommt einfach. Markus hat das längst vergessen.
Hallo? Mach dir doch nichts vor!
Ach was!
Abgesehen davon freuen sich Jos Eltern auf uns, das ist seit Ewigkeiten ausgemacht.
Glaub ich dir nicht.
Bitte, Mam, fang nicht wieder damit an.

Es klingelte an der Tür, und Barbara, gerade dabei, die Knödel aus dem Plastik zu pulen, um sie ins kalte Salzwasser zu legen, hoffte, dass Markus aufmachen würde. Sie horchte nach draußen; nach einer Pause klingelte es ein zweites Mal. Sie nahm ihre Schürze ab und ging zur Haustür.

Draußen stand Markus' Sohn Christoph aus erster Ehe mit einer (seiner?) Freundin; verdammt, sie hatte gar nicht auf dem Schirm gehabt (oder schlicht vergessen), dass er noch jemanden mitbringen könnte, aber nun war es so. Sie setzte ganz automatisch ihr strahlendes Lächeln auf – das Lächeln, in das sich Markus angeblich verliebt hatte – und sagte, vielleicht eine Spur zu überschwänglich: »Schön, dass ihr da seid!« Es war eine seltsame Situation, in Barbaras Ohren rauschte es, aber es kam ihr jetzt aus irgendeinem Grund darauf an, allerbeste Laune auszustrahlen, und scheinbar glückte das, denn die Freundin lächelte schüchtern zurück, irgendwie erleichtert wirkend (warum? Was zum Teufel hatte Christoph ihr über diesen Haushalt erzählt?).

Jedenfalls kamen sie herein, brachten einen Schwall kalter Luft mit, die nach Erde und nassen Tannennadeln roch, und Barbara schloss rasch die Tür hinter ihnen, nahm ihnen die

Mäntel ab und brachte sie ins Wohnzimmer, in der Hoffnung, dass Markus hier übernehmen würde.

Und der Tisch war immer noch nicht gedeckt.

»Markus? Kommst du?«

Markus antwortete nicht, das tat er nie, wenn sie ihn dringend brauchte; vermutlich war da irgendwas unangenehm Dringliches in ihrem Tonfall, das ihn nervte und davon abhielt zu reagieren. Barbara atmete ein und aus, in ihrem Gesicht klebte immer noch dieses überherzliche Lächeln, das langsam wehtat. »Bitte setzt euch doch. Ich muss kurz in die Küche. Wollt ihr was trinken?«

»Entspann dich«, sagte Christoph auf seine trockene Art und blieb stehen, die Hände in den Taschen seiner bläulich schimmernden Anzughose. Barbara sah, wie ihn seine Freundin (sie hatte sich als Anne vorgestellt) ganz leicht in die Seite knuffte, und musste plötzlich lachen. Ein echtes Lachen, kein aufgesetztes.

»Macht einfach, wie ihr denkt«, sagte sie. »Christoph weiß, wo die Getränke stehen, und Markus wird schon irgendwann auftauchen. Du kennst ihn ja. Essen gibt's in zwanzig Minuten. Wenn ihr irgendwas braucht, ich bin in der Küche.«

Christoph ließ sich auf das Sofa fallen und streckte seine langen Beine unter den Couchtisch. Anne setzte sich gesittet neben ihn und nahm seine Hand. Barbara verschwand in der Küche, wo sie die Gans aus ihrem Ofengefängnis befreite. Sie zerteilte den Vogel mit der frisch geschärften Geflügelschere – das fast wollüstige Knistern und Knacken, wenn die Scherfläche durch den Knorpel glitt! – und schob alles noch einmal in den ausgeschalteten, aber noch heißen Ofen. Draußen hörte sie Markus seinen Sohn begrüßen (endlich!) und lauschte den beiden brummenden Männerstimmen aus dem

Wohnzimmer, während sie die Sauce zubereitete und die Knödel vor sich hin simmerten.

Dann deckte sie im Esszimmer den Tisch.

Dann rief sie Leon in seinem Zimmer an, der erstaunlicherweise an sein Handy ging, und fragte ihn ganz ruhig und supergelassen, ob er Lust habe, mit ihnen zu essen. Das »Ja, okay« (beinahe freundlich, ganz ohne maulenden Protest, wow!) nahm sie als gutes Zeichen für einen eventuell doch noch gelingenden ersten Weihnachtstag und stellte ein weiteres Gedeck für ihn hin. Vielleicht würde sich Leon duschen. Vielleicht würde er die neue Jeans anziehen, die sie ihm zu Weihnachten geschenkt hatte. Vielleicht würde er nicht über Waffen reden, sondern sich zur Abwechslung an einem anderen Tischgespräch beteiligen und bei dieser Gelegenheit nicht sämtliche Anwesenden totquasseln, sondern zuhören und auf das eingehen, was man sagte.

Denn er konnte das, er hatte es bereits bewiesen, er war dazu in der Lage, er musste es nur wollen. Er konnte einen guten Eindruck machen, liebenswert wirken, Menschen für sich einnehmen. Es war alles in ihm drin, er ließ es nur so selten raus. Vielleicht war heute der Abend, ein Umschwung, der eine Entwicklung zum Besseren einleitete. Es war so wichtig, die Hoffnung nicht aufzugeben, denn außer Hoffnung hatte Barbara keine Pfeile mehr im Köcher. Überrasch mich, dachte sie.

Aber es sollte dann doch nicht sein.

Leon, der ungeduscht und ungekämmt in seiner verdreckten Jeans und seinem fleckigen Hemd auftauchte. Markus, der sich schrecklich darüber aufregte, anstatt es dieses eine Mal einfach auf sich beruhen zu lassen. Leon, der schreiend und schimpfend die Treppe herauframpelte und die Zimmertür mit einer Wucht hinter sich zuschmiss, dass das ganze Haus vibrierte. Das geschockte Gesicht von Christophs Freundin. Das gemeinsame und zumindest halb geglückte Bemühen, mithilfe von drei Flaschen hervorragenden Syrahs und einer Menge guten Willens aller Beteiligten, doch noch so etwas wie einen entspannten Abend hinzubekommen.

Alles fertig, dachte Barbara, als sie die Teller abgeräumt, die Spülmaschine eingeräumt, die Küche aufgeräumt hatte.
Alles fertig, einschließlich sie selbst.
Als sie einschlief, träumte sie von Lydia, der Freundin, die sie auf keinen Fall verlieren durfte. Mitten in der Nacht setzte sie sich auf und schrieb ihr eine WhatsApp.
Bitte, Lydia. Lass mich nicht allein. Ich brauch dich so.

*

Zwei Tage später besuchte Ben Leon, weil Leon ihn wieder einmal mit dem »besten Gras deines Lebens« gelockt hatte und Martin bei seiner Freundin Sophia in Nürnberg und Isa bei ihrer Mutter in Tutzing war. Alle waren irgendwo, auch Ben hätte eigentlich bei seinem Vater sein sollen, aber dann war sein Bruder krank geworden, und es hatte ein paar Streitereien gegeben, weil sich seine Mom über Ben beschwert hatte (sie hatte rausgekriegt, dass er Geld von den Gemeindemitgliedern abgegriffen hatte), sodass Ben schließlich in den Zug gestiegen und zurückgefahren war.
Und dann gleich weiter zu Leon, weil er sich in seiner eigenen Wohnung scheiße fühlte und sich überhaupt ganz allgemein scheiße fühlte. Alleinsein tat ihm generell nicht gut, er konnte überhaupt nichts mit sich anfangen, schon gar nicht bei schlechtem Wetter und in dieser toten Zeit zwischen den Jahren, wo jeder auf Familie machte. Das Geld des Raub-

überfalls war schon wieder sehr arg dezimiert, unter anderem, weil ihm sein Vater die Zugfahrt nicht hatte zahlen wollen, was mit dem Streit zusammenhing, über den Ben nicht weiter nachdenken wollte.

Scheiße.

Er lag auf Leons Bett, angenehm high. Keiner von ihnen sprach. Es war gut bei Leon, man musste nichts machen, Leon nahm einen so, wie man war. Leon war ein Megabrain, er hatte einen superhohen IQ, aber er bildete sich nichts darauf ein. Das war cool. Leon hatte seine Fehler, aber wer hatte die nicht? Ben war jedenfalls nicht in der Situation, den ersten Stein zu werfen. Wer war schon perfekt? Keiner, oder?

Auf Leons Laptop schauten sie einen Anime-Film namens *Highschool of the Dead*, den sie schon kannten, und zwar so gut, dass sie die Dialoge teilweise mitsprechen konnten. Darüber amüsierten sie sich köstlich, lachten sich halb tot, und das alles hätte genauso gut weitergehen können, wenn Ben seinen Mund gehalten und nicht von dem Überfall erzählt hätte.

Da war es schon halb drei.

Sie hätten schlafen können.

Aber dann fühlte sich Ben irgendwie hibbelig, und er erzählte Leon, was passiert war. Weil es so endgeil gewesen war, dieses Gefühl, dass ein ganzer Supermarkt voller Menschen Angst vor einem hatte! Er musste das einfach mit jemandem teilen!

»Du hast was?«, fragte Leon mit einer Stimme, die plötzlich stocknüchtern klang, was Ben aber erst gar nicht so auffiel.

»Ich bin da mit zweitausendfünfhundertundnochwas raus. Die haben nur geglotzt. Der Filialleiter stand da und hat sich fast in die Hosen geschissen. Oder vielleicht hat er sich auch in die Hosen geschissen, was weiß ich, der hatte diesen weißen Kittel an, da konnte man das ja nicht sehen. Und die Kassiererinnen, wie die dasaßen, wie die ihre Hände hochgerissen haben, alle voll bleich. Eine hat voll geheult. Und ich so, mit der Knarre im Anschlag, aber voll höflich, okay? ›Bitte räumen Sie den Inhalt Ihrer Kasse in diese Tasche!‹ Verstehst du, so wie diese Gentlemen-Gangster.« Ihm gefiel das Wort »Gentlemen-Gangster«, er feierte sich selbst, aber Leon schien irgendwie anderer Meinung zu sein.

»Das sind meine Waffen«, sagte Leon kalt.

»Ja sicher. Hä? Na und?«

»Fick dich!«

»Mann, Alter, ich hab sie dir doch nicht geklaut, ich hab bloß eine mitgenommen. Die ist doch nicht weg.«

»Was bist du für ein dämlicher Wichser! Was ist das für eine verfickte Scheiße, Ben!«

So war das manchmal mit Leon; seine Laune wechselte von einer Sekunde auf die nächste, besonders wenn er high war (aber war er nicht immer high?).

»Scheiße, Alter, jetzt krieg dich mal wieder ein.«

»Ich soll mich einkriegen? Du Arsch!«

»Hallo? Was ist los? Ich hab dir deine Scheißwaffen nicht weggenommen, du hast sie mir gebracht, schon vergessen? Die liegen alle bei mir, ich hab sie ja nicht mal benutzt! Ich hab sie doch bloß hergezeigt!«

In diesem Moment fuhr Leon herum und griff ihn an. Legte ihm die Hände um den Hals, würgte ihn und schaffte es irgendwie, ihm gleichzeitig das Knie in den Bauch zu rammen. Ben fiel auf den Boden, eine der Patronen, die da herumlagen, bohrte sich schmerzhaft in seinen Rücken, und er hätte fast gekotzt.

»Was soll denn das?«, keuchte er und kroch weg von dem

Bett in Richtung Tür. Er musste hier sofort raus. Sein Magen tat wahnsinnig weh, und ihm war krass übel. Leon stürzte sich auf ihn und schrie auf ihn ein wie ein Verrückter, die Worte überschlugen sich, weshalb Ben erst kein Wort außer »Fick dich« und »Arschloch« verstand. Er hielt sich die Hände über den Kopf, rollte sich zusammen wie ein Gürteltier, um seinen Bauch zu schützen. Leon trat nach ihm, einmal, zweimal, dreimal. Es war das erste Mal, dass er so ausflippte, so richtig mit körperlicher Gewalt.

Dann ließ er plötzlich von ihm ab, hockte sich auf sein Bett, die langen, dünnen Beine angewinkelt, der Kopf auf den Knien, die Arme um die Schienbeine gewickelt. Er schaukelte hin und her. Ben faltete sich langsam wieder auseinander und stand auf, dehnte vorsichtig seine völlig verkrampften Glieder. Alles tat ihm weh, und ihm war immer noch schlecht. Er wollte gerade rausgehen, da hörte er jemanden an der Tür klopfen, und dann eine Frauenstimme, die fragte, was los sei.

»Hau ab!«, sagte Leon laut.

Die Schritte entfernten sich, aber Ben wusste nicht, wie weit, und in seinem Zustand wollte er niemandem begegnen, schon gar nicht Leons Mutter, die ihm ohnehin nicht helfen würde. Gegen Leon half nichts. Er war nicht von dieser Welt.

Ein Alien, der gerne ein Mensch wäre.

Keine Ahnung, woher dieser Gedanke kam.

Ben blieb unschlüssig in der Mitte des Raums stehen, mit hängenden Armen. Er fühlte sich wie ein Idiot und hasste sich und seine Wehrlosigkeit.

»Tut mir leid«, kam es kleinlaut vom Bett. Leon hatte sich mittlerweile die Decke über den Kopf gezogen, seine Stimme klang dumpf. Was für ein Flachwichser.

»Du hast mich geschlagen«, sagte Ben, und langsam wich die Angst und wuchs der Zorn. »Ich dachte, wir sind Freunde.«

»Tut mir leid. Aber du kannst so was nicht machen.« Leon schlug die Decke zurück. Sein Gesicht war gerötet, er sah aus wie der Spacko, der er war.

Ben wich zurück, lehnte sich an die Tür, spürte die Klinke im Rücken, war bereit, sofort abzuhauen, falls Leon wieder ausrasten sollte. »Was kann ich nicht machen?«, fragte er.

»Du kannst keine Überfälle mit *meinen* Waffen machen. Das geht nicht.«

»Scheiße, wieso? Es sieht doch keiner, dass es deine sind. Außerdem ist alles gut gegangen. Nichts passiert.«

»Ich bin mit einer ganzen Tasche voll *erwischt* worden, du Wichser!«

»Na und? Das ist Monate her!«

»Alter! Wenn das noch mal passiert, verrotte ich im Knast. Kapierst du das nicht? Ich bin nach dem Gesetz erwachsen. Die Bullen können mich einbuchten bis weiß ich nicht wann, nach dem Scheiß-Kriegswaffenkontrollgesetz. Weißt du überhaupt, was das ist?«

»Ich bin doch nicht blöd!«

»Und die Waffen haben *Nummern.*« Leon redete jetzt langsam und pseudogeduldig wie mit einem Kind oder einem Halbirren. Wichser, dachte Ben. »Die finden raus, dass ich die von meinem Arbeitgeber geklaut habe. Was glaubst du, was dann los ist? Hä?«

»Weiß ich nicht. Ich geh jetzt jedenfalls.«

»Nein, bleib da! Tut mir leid!« Jetzt schlug er seinen Jammerton an. Armer, armer Leon! Nie an irgendwas schuld, ständig das Opfer!

»Das sagst du immer, Alter. Und dann baust du voll krassen Scheiß.«

»Geh nicht.«

»Ich hab Schmerzen, kapiert? Du hast mir in den Magen

geboxt und mich getreten, schon vergessen? Ja, klar, deine Scheiße vergisst du. Alles wie nie passiert. Ich geh jetzt nach Hause und werfe zehn Ibus ein. Und wenn ich ins Krankenhaus muss, zeig ich dich an.«
»Es fährt kein Bus und keine S-Bahn mehr. Bleib hier. Bitte.«
Leider stimmte das. Zu Fuß war es bis Aubing viel zu weit, und ein Taxi konnte sich Ben nicht leisten.
Er nicht. Aber Leon sehr wohl.
»Ich will, dass du mir Geld gibst«, sagte er langsam. »Zweihundert Euro für ein Taxi und für die nächsten Tage.«
»Hä? So viel hab ich nicht.«
»Klar hast du das. Her damit!«
»Hör auf mit dem Scheiß! Du kannst hier schlafen.«
»Nicht in hundert Jahren. Das Geld bist du mir schuldig, Alter, sonst siehst du mich nie wieder.«
»Ben …«
»Wirf mir das Geld hierher zur Tür.«
Und tatsächlich legte sich Leon nach einigem Zögern bäuchlings aufs Bett und kramte nach seinem Portemonnaie in der Nachttischschublade. Er holte zwei Hunderteuroscheine raus und hielt sie Ben hin.
»Mach eine Kugel aus den Scheinen und wirf sie her«, wiederholte Ben, und Leon tat, wie ihm geheißen. Die Papierkugel landete vor Bens Füßen, und er hob sie auf. Zweihundert Euro. Das würde ihm die nächsten beiden Tage retten. Er fühlte sich besser, beinahe stark und mutig. Fast wie ein Gopnik. Er würde sich von Leon nicht mehr verarschen lassen.
Nie mehr. Allerdings hatte er das in letzter Zeit schon öfter gedacht.
»Fick dich«, sagte er, ging raus und zog die Tür hinter sich zu.

*

Am nächsten Morgen joggte Barbara mit Bodi durch das Waldstück bis zum Golfplatz. Sonnenstrahlen fielen durch die kahl werdenden Laubbäume, und es war wie üblich um Weihnachten herum für die Jahreszeit zu mild. Während sie lief, ging ihr dieser Satz wie ein Ohrwurm durch den Kopf, wieder und wieder, eine der üblichen Floskeln beim Wetterbericht aus ihrer Kindheit, damals, als es noch nicht mehr als drei sturzlangweilige doch grundsolide Fernsehprogramme gab, die pünktlich bei Sendeschluss ein Testbild sendeten. Für die Jahreszeit zu kühl (häufig im Sommer) oder für die Jahreszeit zu mild (gern im Winter) – so hieß es nach der *Tagesschau* mit Karl-Heinz Köpcke oder Dagmar Berghoff. Barbara erinnerte sich an die knöcherne, todernste Männerstimme aus dem Off und an die bläulich eingefärbte Wetterkarte, die noch das magere Deutschland vor der Wende zeigte, ohne den Bauch der neuen Bundesländer.

Wie kam sie jetzt darauf? Keine Ahnung. Vielleicht eine Sehnsucht nach früher, ihrer Jugend, die ihr manchmal so golden und unbeschwert erschien, dass sie sich zur Ordnung rufen musste, um die Vergangenheit nicht auf Kosten der Gegenwart zu idealisieren. Sie ließ die Erinnerung an damals los, sah ihr hinterher, wie sie davonflog, zwischen den Bäumen durch, der Sonne entgegen …

Jetzt war jetzt. Jetzt war Markus zu Hause und schlief noch, weil er freihatte. Zumindest hoffte Barbara, dass er schlief und sie nicht schon vermisste (sie hatte ihm noch gar nicht gesagt, dass sie heute kurz in die Praxis musste; der Ärger stand ihr noch bevor). Es war so, dass sie Markus mehr liebte als ihr Leben, was nichts daran änderte, dass sie sich nach ein paar Tagen ausschließlichen Paarlebens todsicher wegen irgendwelcher Lappalien in die Haare kriegten. Barbara fand, dass Markus daran schuld war (er war so wahnsinnig empfindlich, immer fühlte er sich in seinen Bedürfnissen missachtet!), Markus sah das naturgemäß genau umgekehrt, und so kamen sie nie zusammen, gab es nie ein klärendes Gespräch, das beide zufriedengestellt hätte. Wie sollte das werden, wenn er tatsächlich in ein paar Monaten in Rente gehen würde?

Nicht dran denken, dachte sie. Auf den Atem konzentrieren. Ein-aus-ein-aus. Immer im Rhythmus der Schritte. Ein-aus-ein-aus. Eine Hochnebelschwade schob sich vor die Sonne, und sofort wurde es kalt. Sie fröstelte und wäre am liebsten umgekehrt, aber nun war sie schon auf halber Strecke, also lief sie einfach weiter, auch wenn ihr die Beine schwer wurden wegen dieses Damoklesschwert-Gefühls, das sie seit Wochen quälte und worüber sie mit niemandem sprechen konnte. Eine ganz grässliche Ahnung von einer unbestimmten Gefahr, die sie bis in ihre Träume verfolgte.

Am Golfplatz war sie so außer Atem, dass ihr gar nichts anderes übrig blieb, als wieder bei Friedrich zu klingeln, obwohl sie sich vorgenommen hatte, den Kontakt einschlafen zu lassen. Friedrich war eine weitere Komplikation in ihrem Leben, die sie sich im Moment eigentlich gar nicht erlauben konnte, und außerdem wartete Markus ...

Sie klingelte. Kalter, klammer Wind zerrte an ihrem Pferdeschwanz, ihre Ohren taten weh, mittlerweile hatte es sich vollkommen eingetrübt, und sie wollte nur noch ins Warme. Eine heiße Tasse Kakao auf Friedrichs durchgesessener Couch und ein bisschen – ja – Liebe von einem unanstrengenden Mann, der sonst nichts forderte. Auch wenn sie von Letzterem nicht mehr ganz überzeugt war.

Zwei Stunden später machte sie ihre Praxis extra für Irene auf, auch wenn sie eigentlich keine Lust dazu hatte, so enttäuscht war sie von Irene, die sie – freundlicher ließ es sich leider nicht ausdrücken – nach Strich und Faden belogen hatte. Irene, hatte Barbara vorgestern, bei ihrem ersten Termin nach Weihnachten, erfahren, stand kurz vor der Scheidung, hatte aber *monatelang* vor Barbara so getan, als würde ihre Ehe noch existieren, als gäbe es keine Probleme zwischen ihr und ihrem Mann außer seiner manischen Arbeitswut und seinen häufigen Geschäftsreisen. Ihre Begründung für die Lüge war, dass sie irgendwie immer noch gehofft hatte, alles würde sich wieder einrenken. Das aber war nicht passiert. Stattdessen war nach wie vor nicht nur die Scheidung beschlossene Sache, Irene befand sich auch kurz vor einem Sorgerechtsstreit. Von der neuen Freundin, der Grundschullehrerin, hatte sie, auch das musste sie gestehen, längst gewusst, aber immer noch gehofft, dass sich das Ganze irgendwie von selbst erledigen würde.

Und Barbara hatte davon keine Ahnung gehabt.

Wie sollte sie jetzt weiter vorgehen?

Sie saß am Schreibtisch, trank ihre dritte Tasse Kaffee und grübelte, ohne zu einem Ergebnis zu kommen. Schließlich klingelte es. Sie drückte auf den Öffner neben dem Telefon und hörte den Buzzer an der Tür. Sie stand auf und ging Irene entgegen, stocksauer und endlich zu allem entschlossen. Sie wusste jetzt, was sie ihr sagen würde: dass Irene versucht habe, sie mit ihren Lügen zu manipulieren, was auch immer sie damit bezweckt habe. Und dass Barbara sich das nicht gefallen lassen würde. Du bist nicht länger meine Klientin, würde sie ihr sagen. Ich kann dir jemand anderen empfehlen, aber unsere Vertrauensbasis ist zerstört.

Das würde sie ihr sagen, davon war sie überzeugt.

Bis Irene die Tür zu ihrem Büro aufmachte.

*

Der Mann erkannte, dass es keine gute Idee gewesen war, Irene zu verprügeln, und schon gar nicht so, dass es jeder Depp erkennen konnte. Also auf den ersten Blick das lilafarbene Veilchen an ihrem zugeschwollenen linken Auge und auf den zweiten die übrigen blauen Flecken auf ihren Armen und Beinen. Möglicherweise war sogar eine Rippe gebrochen (es hatte einmal ganz schön geknackst!).

Das alles passte nicht zu seinem Plan, es war in jeder Hinsicht ungeschickt und dumm gewesen, er hätte sich selbst dafür ohrfeigen können. Was er dann auch tat. Nachdem Irene heulend das Haus verlassen hatte (woran er sie hatte hindern wollen, aber dann war er über eine Treppenstufe gestolpert, und es hatte ihn auf den Marmorfliesen im Erdgeschoss zerlegt), haute er sich vor dem Spiegel im Gästebad links und rechts eine runter und dann noch eine links und noch eine rechts.

Er starrte sich an, seine rot gefleckten Backen, und hasste sich mit einer Vehemenz, die ihn selbst überraschte. Die beiden Mädchen waren bei der Oma, sonst wäre er nicht dermaßen ausgerastet, das sagte er sich selbst immer wieder, auch wenn es nicht ganz stimmte; das war alles schon früher passiert, aber da waren die Mädchen noch klein gewesen und hatten das gar nicht mitbekommen.

Oder doch?

Worum war es eigentlich gegangen, verdammt? Warum ließ er ihr nicht die Gören und ging einfach seiner Wege?

Nein, nein, nein, dachte er. Schon die Idee war wie ein Brandbeschleuniger, er schnaufte förmlich vor Zorn. Der Mann war nicht zum Verlieren geboren, etwas in ihm befahl ihm, Gewinner zu sein, egal um welchen Preis. Etwas in ihm glaubte, dass ihn die ganze Welt verarschen wollte, wenn er sich nicht wehrte, etwas in ihm forderte ihn permanent zum Kampf. Er wollte Irene am Boden liegen sehen, um Gnade wimmernd, und ja: Manchmal fragte er sich schon, was ihm das eigentlich brachte, und ganz generell, welche geheimen Mächte ihn antrieben, ein Arschloch zu sein, warum er immer, immer, immer im Angriffsmodus war. Und dann dachte er meistens an das Gleichnis mit dem Frosch und dem Skorpion. Der Frosch nahm den Skorpion auf seinen Rücken, um ihn zum anderen Flussufer zu transportieren, in der Annahme, dass der Skorpion nicht so dumm wäre, ihn vorher umzubringen. Doch der Skorpion tötete ihn dennoch in der Mitte des Flusses. Weil er ein Skorpion war und das Töten in ihm steckte, als Teil seiner DNA. Ein Skorpion musste seine Bestimmung erfüllen, sonst würde er zertreten werden.

Der Mann verließ das Bad und begab sich nach oben, in Irenes Schlafbereich (sie teilten schon lange kein Bett mehr, nicht einmal das Bad). Er ignorierte den umgeworfenen Stuhl, die zerbrochenen beiden Glasvasen – Scherben knirschten unter seinen Sohlen –, die Bücher, die verstreut auf dem Boden lagen, die Klamotten, die er in Rage aus dem begehbaren Kleiderschrank gezerrt hatte: ein schlapper Haufen aus hauchzarten Seidenblusen, schwarzer und roter Spitzenwäsche, absurd teuren Fetzenjeans mit Designerlabel, abartig hässlichen Edel-Sneakern, alles von seinem Geld bezahlt! Stattdessen konzentrierte er sich auf die abschließbare Kommode neben dem kleinen Schreibtisch, die Irene irgendwann in diesem Jahr angeschafft hatte. Wofür auch immer. Er glaubte nicht, dass sie dort etwas Wichtiges aufbewahrte, aber nach dem heutigen Morgen musste er sichergehen.

Sichergehen, sichergehen. Die Vokabel drehte eine Runde in seinem Kopf, schneller und immer schneller, und er stand einen Moment lang ganz still, schloss die Augen, hörte aus der Ferne ein Auto anfahren, ein anderes hupen, dann eine

Polizeisirene. Ihm war ein wenig schwindlig, vermutlich hatte sich sein Blutdruck in den letzten zwei Stunden zügig in den roten Bereich bewegt, und einen Moment lang überlegte er, wie es wohl wäre, wenn ihn jetzt jemand sähe. Rotgesichtig, in Jogginghosen, verschwitztem Kapuzenshirt und nicht dazu passenden Straßenschuhen, mit zerwühlten Haaren und vermutlich leicht irrem Blick: Das war nicht er. Das war Irene, sie brachte ihn in diese Zustände brachialer Zerstörungswut, mit ihrer Art, alles leichtzunehmen, alles zu verdrängen, ihm nicht zuzuhören und eine Schleppe von Chaos hinter sich herzuziehen, wo sie ging und stand. Man konnte ihr nichts überlassen, schon gar nicht die eigenen Kinder.

Meine Kinder, Baby.

Er dachte an Janina, die ideale Neu-Mutter seiner über alles geliebten Töchter, und auch noch hübsch, sexy, witzig und intelligent. Ihre Affäre dauerte jetzt ein Jahr, und schon fing selbst diese Wonder Woman an, ihm auf die Nerven zu gehen. Sobald sich Frauen in einer Beziehung eingerichtet hatten, kam die Mutti raus mit ihrem Nestbauinstinkt, sie pusselten herum, nahmen zu, wurden grämlich, nörgelig und fantasierten – Horror! – von eigenen Kindern. Der Glamour verschwand, Langeweile zog ein. Half aber nichts, er brauchte Janina.

Und Mitzi.

Wie sollte das alles zusammengehen?

Der Mann scannte mit den Augen die Zimmerdecke und die Wände, stellte schließlich den umgefallenen Stuhl wieder auf seine vier Beine – beziehungsweise knallte ihn mit Karacho auf den weiß lasierten Holzboden – und stieg auf die Sitzfläche, um einen Blick unter den Lampenschirm aus gerüschtem Stoff zu werfen. Er drehte das staubige pinkfarbene Ding hin und her und fand zumindest hier weder eine

Kamera noch ein anderes Aufnahmegerät. Aber da waren noch das Bücherregal, die erstaunlicherweise intakt gebliebene Vitrine voller »Flohmarktschätzchen« (Irenes Ausdruck für einen grauenhaften Mix aus Fünfzigerjahre-Nippes), die zu durchwühlen er gerade keine Lust hatte, obwohl es wichtig sein konnte, denn was wusste er schon, wozu Irene mittlerweile imstande war, er hatte sie schließlich monatelang ignoriert. Sie war vielleicht viel gefährlicher, als er ahnte.

Vielleicht hatte ihn dieses hinterhältige Miststück verfolgt. Vielleicht hatte sie viel mehr von seinen Geschäften in Erfahrung gebracht, als er dachte, vielleicht hatte sie heimlich gelauscht und irgendwas in der Hand, um ihn fertigzumachen.

Der Schlüssel zur Kommode war nicht auf dem Schreibtisch, nicht in den Schubladen und auch unter keinem der zahlreichen Bilderrähmchen mit Fotos der Mädchen in unterschiedlichen Altersstufen. Sie hatte ihn vermutlich bei sich. Er lief in den Keller, holte ein Brecheisen aus seiner Werkstatt und stürzte wieder nach oben.

Dann dachte er nach, atemlos und stirnrunzelnd neben der Kommode stehend, die kühle Metallstange in der Hand wiegend. Die Dinge liefen nicht rund, ganz generell nicht. Seit einer knappen Woche versuchte er, Spyware auf Irenes Handy zu laden, aber das hatte sich als nicht so einfach erwiesen. Weder kannte er das Passwort ihres Telefons noch war er überhaupt in dessen Nähe gekommen, weil Irene, wie er bei der Gelegenheit feststellen musste, ihr Handy schützte wie ein verdammtes Schoßtier. Mehrere Versuche, unverfänglich klingende SMS von Prepaidhandys mit angehängter Spionage-Software zu schicken, waren ebenfalls fehlgeschlagen, weil Irene die SMS zwar bekam, aber die Dateien nicht anklickte. Es gab mit Sicherheit noch raffiniertere Methoden, aber die musste er sich erst draufschaffen. Immerhin hatte er vor ein paar Tagen einen Peilsender an ihrem Mini befestigt. Das war ein erster Schritt.

Wenn er jetzt die Kommode beschädigte, würde sie misstrauisch werden, vielleicht würde sie sogar Beweisfotos der kaputten Schublade anfertigen, und das sähe dann, zusammen mit ihren blauen Flecken, ganz und gar nicht gut aus. Er betastete unschlüssig die dünnen Zinken des Werkzeugs und brachte es schließlich wieder in den Keller.

Denk nach!
Bleib cool!

Er neigte zu spontanen Entschlüssen mit unabsehbaren Folgen (der Skorpion in ihm!), und die hatten ihn schon häufig in Teufels Küche gebracht. Ab heute würde er es besser machen. Er ging in sein schwarz gefliestes Bad, warf die verschwitzten Klamotten in den Wäschekorb und stellte sich unter die Dusche. Wusch sich unter kochend heißem Wasser den Schweiß vom Körper und aus den Haaren, seifte sich von oben bis unten ein, und fühlte sich danach nicht direkt wie neugeboren, aber doch wesentlich besser. Er zog sich frische Sachen an und stieg die Treppen hinunter ins verglaste Wohnzimmer. Die Scheiben waren außen verspiegelt, aber er selbst genoss den ungetrübten Rundumblick auf sein Anwesen, auf einen parkähnlichen Garten mit rund geschnittenen Buchsbäumen und ordentlich gekiesten Wegen. Schade, dass ihm die Hypothekenzinsen die Haare vom Kopf fraßen.

Aus seinem Arbeitszimmer nebenan holte er seinen Laptop, fläzte sich in den Eames Chair (ein Original, man gönnte sich ja sonst nichts) und verfolgte mit einem leichten Lächeln die verschlungene Route seiner Bald-Ex-Frau. Bei der Polizei war sie jedenfalls nicht gewesen, das konnte er schon mal abhaken. Ansonsten war sie eine gute halbe Stunde lang kreuz und quer herumgefahren, ohne irgendwo anzuhalten. Jetzt befand sich der grüne Punkt allerdings mitten in der Maximilianstraße und bewegte sich seit genau vier Minuten und vierzig Sekunden keinen Millimeter weiter. Er sah auf die Uhr: vier nach elf. Sie hatte einen Termin, rechtzeitig zur vollen Stunde. Wo? Bei wem?

Er googelte die Adresse und fand alles Mögliche, unter anderem zwei Anwaltskanzleien. Irene beschäftigte bereits eine Anwältin, ein harmloses Dummerchen, das sein Übergewicht in Wallegewändern versteckte, auf Verständigung statt Konfrontation setzte und insofern zu den Gegnern gehörte, die der Mann zum Frühstück zu verspeisen pflegte. Hatte Irene das erkannt und suchte jetzt einen richtig scharfen Hund? Einem, der ihm echt ans Leder wollte? Ihm wurde wieder heiß, er sprang auf, stolperte zu seiner Hausbar und schenkte sich einen Single Malt mit sechsfacher Fassreifung ein. Und dann noch einen, und noch einen.

Bei wem war die Bitch? Was hatte sie vor?

*

»Du musst zur Polizei gehen. Jetzt. Ich begleite dich.«
»Da war ich schon.«
»Sehr gut! Und?«
Irene schüttelte den Kopf. »Nicht heute«, sagte sie matt. Sie drückte geistesabwesend einen Eiswürfel an die fette Schwellung an ihrem Auge. Das Schmelzwasser produzierte eine kalte Träne, die die gerötete Wange herunterlief. Barbara setzte sich neben sie auf die Couch, ohne den Arm um sie zu legen, weil sie wusste, dass misshandelte Frauen oft keine Berührung ertrugen, nicht einmal eine sanfte.
»Was heißt das, heute nicht?«, fragte sie vorsichtig.
»Ich war bei der Polizei. Die haben nichts gemacht.«

»Du warst schon mal bei der Polizei, aber nicht heute?«
»Die machen nichts.«
»Das ist nicht wahr, Irene! Die sind verpflichtet, dem nachzugehen.«
»Von wegen.«
»Doch!«
Es ging noch eine Weile so hin und her, dann gab Irene zu, dass sie vor drei Jahren einmal die Polizei gerufen, aber am Ende keine Anzeige erstattet hatte.
»Warum nicht?«
Irene zuckte mit den Schultern. »Er hat sich entschuldigt und geschworen, es würde nicht wieder vorkommen. Und es war eh nur ein Kratzer. Ich hatte Angst, deshalb hab ich die gerufen.«
»Das hier ist kein Kratzer, Schatz, das ist Körperverletzung. Die Polizei muss dem nachgehen, das ist ein Offizialdelikt!«
»Ich geh da nicht noch mal hin. Er kennt den Polizeichef, der war schon bei uns zum Essen.«
»Und wenn der zehnmal bei euch zum Essen war!«
»Ich geh da nicht hin. Punkt. Wenn ich das mache, vernichtet der mich. Der macht mich kalt, verstehst du? Der hat Kontakte, da schlackern dir die Ohren.«
»Wenn du das alleinige Sorgerecht haben willst, ist das hier die perfekte Steilvorlage, das ist dir doch klar, oder?«
»Ach was! Da müsste ich schon beweisen, dass er auch die Mädchen schlägt. Glaubst du, ich hab mich nicht informiert oder was? Ich hab das gegoogelt wie eine Verrückte. Es gibt zig Fälle, ich kann dir alle Aktenzeichen zeigen, wo Anwälte das alleinige Sorgerecht durchgesetzt haben, obwohl der Mann ein Schläger war. Weil es keine Beweise gegeben hat, weil der Richter zufälligerweise einer dieser Männerrechtler

war, weil die Frau psychisch labil gewirkt hat, weil gekaufte Zeugen erzählt haben, dass sie pathologisch lügt.«

»Schon gut. Beruhig dich.«

»Ich schwör's dir! Das wird genauso passieren! Die stellen das als einmaligen Ausrutscher hin!«

»Okay. Von vorn. Was ist passiert? Und bitte jetzt die Wahrheit.«

Auf dem Schreibtisch begann Barbaras Handy zu summen, durchdringend und zornig, wie eine im Zimmer gefangene Hornisse. Sie warf einen hastigen Blick auf die Uhr; es war viel später als gedacht.

»Alles, was ich von dir will, ist, dass er mir nicht meine Mädchen wegnimmt«, sagte Irene währenddessen, die offenbar nichts sah und hörte, gefangen in ihrem eigenen Unglück, blind und taub für das, was um sie herum vorging. »Ich will überhaupt nicht, dass er sie noch sieht, der bringt das fertig und entfremdet sie mir, nur um mir eine reinzuwürgen.« Sie begann zu weinen, leise und trostlos. Das Summen hörte auf und fing dann wieder an. Barbara versuchte, nicht hinzuschauen – sie wusste ja, wer es war –, und wartete, nicht ungerührt, aber skeptisch. Irene hatte sie angelogen, das vergaß man nicht so leicht. Die blauen Flecken hatte sie sich aber wohl kaum selbst zugefügt. Einer war am Rücken, da wäre sie nur sehr schlecht hingekommen. Ihre Töchter liebten sie und vertrauten ihr, das war immer deutlich zu erkennen gewesen, dafür hätte Barbara ihre Hand ins Feuer gelegt.

Und kam es nicht vor allem darauf an?

»Ich tu, was ich kann«, sagte sie schließlich und nahm Irene dann doch in den Arm. Sie fühlte sich ganz weich und zart an, geschmeidig wie ein Kätzchen.

»Danke! Danke!« Noch mehr Tränen, schließlich ein heftiger Schluckauf.

»Schon gut.«

»Du bist eine echte Freundin. Das werd ich dir nie vergessen.« Sie gab Barbara einen nassen und leicht verrotzten Kuss auf die Wange, richtete sich auf, richtete sich die Haare, ganz automatisch. Alles ging den Bach runter, doch die Frisur sollte sitzen, so war Irene, eitel und manchmal ein bisschen oberflächlich, aber das hieß ja nicht, dass sie ihre Kinder nicht über alles liebte.

»Danke, dass du für mich da bist. Ohne dich wüsste ich überhaupt nicht, was ich machen sollte.«

Barbara reichte ihr den Kleenex-Behälter. »Aber dafür musst du mir die Wahrheit sagen. Die ganze Wahrheit, und nichts mehr auslassen. Okay?«

Irene schniefte und schnäuzte sich. »Ja«, sagte sie leise. »Ich schwör's dir. Frag mich, was du willst.«

Die Uhr. Eigentlich hatte sie keine Zeit mehr, sie hatte Markus fest versprochen, zum Mittagessen zu Hause zu sein, schon weil er diesmal kochen wollte, und zwar Lachs mit grünen Bohnen, ihr Lieblingsgericht. Aber das war jetzt wichtiger, und doch zweifelte sie im nächsten Moment wieder daran. Was war wichtiger als Markus, als ihre Ehe? Doch nicht die von fremden Leuten, oder?

»Warum wolltest du deine Ehe retten?«, fragte sie.

»Wegen der Mädchen. Ich wollte, dass sie einen Vater haben. Einen, der sie unterstützt und nicht bekämpft.«

»Was ist mit Liebe?«

»Liebe? Zwischen ihm und mir?«

»Zum Beispiel.«

Irene produzierte ein Geräusch, das klang wie ein Lachen, aber es war keines. Es war spöttisch und verzweifelt, eine ganz teuflische Mischung. Mittlerweile hatte sich die Schwellung über die gesamte Hälfte des Gesichts ausgebreitet, machte es schief und krumm, aber trotzdem lag etwas unzerstörbar Bezauberndes darin, etwas, das Männer verrückt machen konnte, im besten wie im schlechtesten Sinn. Sie ist in Gefahr, dachte Barbara, und ein Schauer lief ihr über den Rücken, von unten nach oben, bis in ihr Genick, wo er sich festsetzte wie ein Würgegriff.

»Ich hasse diesen Mann«, sagte Irene. »Aber ich darf ihn nicht hassen. Verstehst du?«

»Erklär's mir.«

»Wenn ich hasse, mache ich Dummheiten. Das kann ich mir nicht mehr leisten.«

Barbara dachte nach, während sie aufstand, um den Schreibtisch herumging und nachsah, wer angerufen hatte. Fünfmal Markus. Das würde Ärger und Kummer geben, aber das ließ sich jetzt auch nicht mehr ändern. Sie suchte in ihrem Rolodex die Telefonnummer einer Anwältin heraus. Eine Feministin reinsten Wassers mit Haaren auf den Zähnen, die beste, wenn es um Sorgerechtsstreitigkeiten ging. Gemeinsam würden sie das Maximum aus der Situation herausschlagen. Für Irene.

*

Einen Tag vor Silvester verabredeten sich Ben und Leon am See, weil Ben sich geweigert hatte, zu Leon zu kommen. Leon war nicht gerne draußen. Draußen war Stress. Verkehrsgeräusche, die überlaut in seinen Ohren widerhallten, Menschen, die herumliefen, ohne dass man wusste, wohin sie eigentlich wollten und was sie antrieb. Lauter fremde Leben, die nichts mit seinem zu tun hatten, aber auf irgendeine Weise eben doch, weil sie dafür sorgten, dass die Grenzen zwischen innen und außen schmolzen. In ihrer massenhaften Gegenwart zerfloss er wie Sirup, verlor seinen Kern, war nur noch Augen und Ohren, spürte sich nicht mehr, wurde zum Staubkorn im Vakuum des Alls, wollte schreien vor Angst und hätte es auch getan, wenn er nicht gewusst hätte, dass die Angst auch dann nicht verschwinden würde.

Horror.

In ihm tobte es, und er riss sich mühsam zusammen, versuchte, sich zu beherrschen, sich selbst aufzubauen, sein Ich zu fühlen, statt ein schwarzes Loch, das ihn immer weiter in sich hineinsog, bis er darin verschwinden würde, aufgelöst in seine Atome, in einer endlosen Hölle. Immer und immer wieder. Niemand ahnte, wie viel Kraft ihn das kostete, niemand lobte ihn für diese gigantischen Anstrengungen, die er jeden Tag auf sich nehmen musste, um einigermaßen normal zu erscheinen, weil kein Mensch verstand, wie es in ihm aussah, was in ihm passierte, *bevor* er ausrastete. Er hatte Menschen von diesem Problem erzählt, natürlich, und sie hatten ihn verständnisvoll angeschaut, diese Spackos, weil sie das so gelernt hatten: nicken, betrübt gucken, mit Fremdwörtern – *Meltdown* – um sich schmeißen, die nichts erklärten, *jajaja, das muss schlimm für dich sein*, aber niemand, wirklich niemand hatte je zu ihm gesagt, was er sich *wirklich* wünschte, wonach er sich *wirklich* sehnte: dass es jemand anderem wenigstens manchmal genauso ging.

Weil es eben nicht so war. Weil Leon ein Freak war. Jemand, der auf der Erde nichts zu suchen hatte und sie deshalb verlassen musste. Er musste sich selbst hochschießen auf den Planeten Claire.

»Planet Claire«. Er liebte diesen B52's-Song, seitdem ihn seine Mutter einmal aufgelegt hatte, als er noch ganz klein war, vielleicht sechs. Seine Mutter hatte dazu getanzt wie eine Wilde, und ihn dann hochgenommen und mit ihm weitergetanzt, bis sie beide auf den Boden gefallen waren, außer Atem und glücklich.

Seitdem war er vielleicht zehnmal glücklich gewesen. Das reichte nicht.

Ich will, dass es weggeht. Machen Sie, dass es weggeht.

Das schaffen wir schon, Leon. Wir werden gemeinsam daran arbeiten.

Ja, aber wie denn? Was machen wir denn? Verfickte Scheiße! Geben Sie mir irgendwas! Irgendwas, das hilft!

Das ist nicht so einfach, Leon. Wir müssen dich erst mal medikamentös richtig einstellen, und das dauert seine Zeit. Du musst Geduld haben.

Geduld? Verfickte Scheiße.

Das letzte Mal war er mit Isa draußen gewesen, als sie sich auf der Promenade getroffen hatten, und schon das hatte ihn Überwindung gekostet, obwohl da kaum jemand unterwegs gewesen war. Er hatte es sowieso nur gemacht, um zu erfahren, wo Ben stand, ob er Leon noch mochte oder nicht (und Isa hatte ihn umgekehrt aus den gleichen Gründen getroffen, eigentlich lustig, wenn es nicht so traurig gewesen wäre). Danach war er noch tagelang schlecht drauf gewesen.

Leon fuhr wieder mit dem Rad zum See, aber diesmal einen anderen Weg, querfeldein und durch ein kleines Waldstück, nicht über die heute bestimmt überfüllte See-Promenade – dazu kamen all diese Idioten in der Innenstadt, die jetzt für die Neujahrstage einkauften, in den Geschäften im Weg herumstanden und quatschten, statt sich zu beeilen. Normale Menschen drängte es förmlich nach draußen, hin zu ihresgleichen, erleichtert, nicht mehr allein zu sein. Normale Menschen waren das Gegenteil von Leon.

In seiner abgeschabten Tasche auf dem Gepäckträger befand sich die von seinem Büchsenmeister geklaute Glock 17 (er hatte seiner Mutter geschworen, dass er es nicht gewesen war; sie hatte ihm geglaubt, weil sie das andere nicht wahrhaben wollte). Und noch etwas anderes war in der Tasche, das, weswegen er Ben unbedingt sehen musste, weil man so was nicht am Telefon besprach.

Der Weg war holprig, und es ging bergab, Zweige schlugen ihm ins Gesicht, und einmal wäre er fast über eine der knotigen Wurzeln gestürzt. Sein Vorderreifen verdrehte sich, und er sprang gerade noch rechtzeitig ab, um das Rad das letzte Stück zu schieben. Dann wurden die Bäume lichter, standen weiter auseinander, und er sah Ben auf einem Stamm mit mächtigem Wurzelwerk sitzen, den ein Sturm vor Jahren gefällt hatte. Vor Ben erstreckte sich ein schmaler Kiesstrand – eine winzige, für die Badegäste im Sommer zu schattige Bucht, in der man seine Ruhe hatte – und dann der unbewegte See wie eine Platte aus Blei. Hier hatten sie im Sommer hart gefeiert, getrunken und gekifft und Pillen geschmissen und im Wäldchen herumgeschossen. Das war nice gewesen, beinahe unbeschwert, und Ben und er hatten gemeinsam um das Feuer getanzt wie so krasse Derwische.

Nice.

Er seufzte, blieb einen Moment lang stehen und schaute auf den glatten See, in dem sich die grauen Wolken spiegelten. Es war so diesig, dass Wasser und Himmel eins zu sein schienen. Keine Konturen, alles war verbunden, man sah nicht, wo das eine anfing und das andere aufhörte. Leon wandte sich ab, starrte in den Wald, bevor die gespenstische Szenerie ihn einsaugen, ihm die Beine unterm Hintern wegziehen konnte. Er holte tief Luft, drehte sich wieder um und konzentrierte seinen Blick auf Ben.

Ben hatte die Kapuze seines blauen Hoodys über den Kopf gezogen, die linke Hand steckte in der Hosentasche, mit der rechten führte er in regelmäßigen Abständen was zum Mund, wahrscheinlich eine Zigarette. Sein Rücken sah rund aus wie bei einer Schildkröte. Leon überlegte, ob er ihn mit ein paar Schüssen in die Luft erschrecken sollte – coole Idee eigentlich –, verwarf das aber wieder. Ben war dafür zu empfindlich geworden, Leon riskierte, dass er sich sofort aus dem Staub machte.

»Hi«, rief er mit gemäßigter Lautstärke. Ben bewegte sich erst nicht, dann hob er lässig seine rechte Hand, in der sich eine angezündete Zigarette befand, deren Rauchfähnchen fast senkrecht nach oben stieg. Leon wusste nicht genau, was diese Geste zu bedeuten hatte, aber Ben war gekommen, allein das zählte. Also lehnte er sein Rad an einen Baum, nahm seine Tasche vom Gepäckträger und bewegte sich langsam auf Ben zu, versuchte, das Wasser und alles Beunruhigende dahinter und um ihn herum zu ignorieren. Die tote Atmosphäre, das Feuchte, Dschungelartige, der leicht fischige Geruch. Als er sich neben ihn hockte, schnippte Ben den brennenden, bis zum Filter aufgerauchten Stummel achtlos auf die Steine vor ihm.

»Hi«, sagte Leon noch mal.

»Hi.« Es klang gelangweilt – es sollte so klingen –, aber der Unterton war nervös, als wäre Ben vor etwas auf der Hut. Ein leichter Windstoß zog durch die Bäume, kräuselte das Wasser.

»Was geht ab?«, fragte Leon, die Lage sondierend.

»Was soll schon abgehen?«

»Steht das morgen bei dir?«

»Klar. Bring was zu rauchen mit, dann steht das.«

»Mach ich.«

»Und Kohle für Getränke.«

»Klar. Bring ich mit.«

Es war schon ewig ausgemacht, dass sie Silvester bei Ben feiern würden, und Leon war erleichtert, dass er sich da nicht wieder rauszog; etwas Ähnliches hatte er nach den letzten Treffen befürchtet. Da war was eskaliert, er wusste nicht mehr genau, wie alles gekommen war, aber es stand zwischen ihnen. Er zog eine Schachtel Marlboro aus seiner Hosentasche und bot Ben eine an, der den Kopf schüttelte, ohne ihn anzuschauen. »Ich hab gerade eine ausgemacht, siehst du schlecht?«

Ben war sauer. Nun gut, da hatte es eben diesen Zwischenfall gegeben, aber das war nun ein paar Tage her, und wahre Freunde verziehen einander. Leon überlegte, was er tun könnte, damit zwischen ihnen wieder alles gut wurde, so wie letzten Sommer und das Jahr davor. Da waren sie ganz eng gewesen, und das musste jetzt wieder so werden.

Er nahm die Tasche und öffnete sie.

»Ich hab was für dich«, sagte er betont beiläufig.

»Hä?« Ben rückte von ihm ab, guckte immer noch woandershin.

»Hier.« Leon hielt ihm die Glock hin, direkt vor die Nase.

»Scheiße«, sagte Ben. »Schon wieder was aus dem Darknet?«

»Das ist die Glock von meinem Büchsenmachermeister. Die ich ihm geklaut hab.« Ben sah auf die grau schimmernde Waffe in Leons Hand. Sein Interesse war nun doch geweckt, das merkte man deutlich.

»Was ist mit Munition?«

»Hab ich dabei.«

»Fuck«, sagte Ben, schaute sich um, ob sie wirklich allein waren, und nahm dann die Glock, begutachtete sie von allen Seiten.

»Geladen?«

»Klar.«

»Du bist so ein Spacko. Radelst mit 'ner geladenen Knarre durch die Gegend.«

»Ist mein Weihnachtsgeschenk«, sagte Leon so cool, wie er konnte.

»Wow. Du musst wieder mal was loswerden, damit dir keiner draufkommt?«

»Nein!«

»Du hast mir einen Magenschwinger verpasst, dass mir noch den ganzen nächsten Tag übel war. Aber das hast du längst vergessen, stimmt's, Leon? Ist ja bloß *mein* Magen.«

»Es tut mir leid, ich hab überreagiert.« Leon merkte selbst, dass das wie auswendig gelernt klang; er konnte einfach nicht lügen. Also er konnte schon lügen, aber das war anders, er konnte lügen, aber nicht so tun, als ob. Als ob ihm was leidtäte, was er tatsächlich schon fast vergessen hatte. Zum Beispiel.

»Überreagiert. So kann man's auch nennen. Schönes Wort, merk ich mir, wenn du das nächste Mal zuschlägst.«

»Alter! Jetzt hör schon auf! Das wird nie mehr passieren.«

»Schwörst du's?«

»Ja!«

Ben machte eine Pause, dachte nach. Dann sagte er: »Danke für die Glock.«

»Gern geschehen.«

»Nice.«

»Kein Ding.«

Sie schwiegen eine Weile. Ben stand auf, steckte sich die Glock in den Hosenbund, ging ans Wasser, suchte dort flache Steine, die er über die Wasserfläche hüpfen ließ. Ein-, zwei-, drei-, vier-, fünf-, sechsmal. Darin war er gut, im Gegensatz zu Leon, der viel zu verkrampft war, wenn es ums Werfen ging. Bei Leon gingen die Steine unter, bei Ben lernten sie fliegen. Leon hatte einen IQ an der Grenze zur Hochbegabung, aber er konnte nichts damit anfangen. Er war wie ein Vogel mit riesigen Flügeln aus Beton. Gefangen zu sein zwischen Ängsten und Manien und *genau zu wissen*, dass man das war und was das für Konsequenzen hatte und haben würde, war ein Schicksal schlimmer als der Tod.

Er sehnte sich nach dem großen Nichts, nach dem Ende eines Feuerwerks, nach dem Big Bang. Er blieb sitzen und wartete. Geduld war nicht seine Stärke, aber jetzt kam es darauf an, nichts zu überstürzen. Ben zu verlieren konnte er sich nicht leisten, er war Teil seines Plans, er gehörte unbedingt dazu.

*

Am Silvestermorgen lagen Barbara und Markus eng umschlungen im Bett, und Barbara war den Tränen ziemlich nah, aber nicht aus Kummer, sondern weil sich die Verbindung zwischen ihnen so intensiv anfühlte, dass es beinahe wehtat. Glück konnte so stark sein, dass es an Schmerz grenzte, hatte sie einmal zu Markus gesagt, und Markus hatte geantwortet, dass der Schmerz mit dem Glück eigentlich nicht so viel zu tun hätte, sondern vielmehr gespeist sei von dem Bewusstsein der Vergänglichkeit.

Und vielleicht stimmte das. Nichts war für ewig.

Sie schmiegte sich an Markus, spürte seinen starken Körper und wusste, dass sie nie mehr einen anderen Mann wollen würde als ihn.

»Ich muss dir was sagen«, murmelte sie.

»Ja?« Bildete sie sich das ein, oder klang die Antwort alarmiert? Sein Arm versteifte sich.

»Keine Sorge«, sagte sie beruhigend.

»Was wolltest du mir sagen?«

»Ich gebe meinen Job auf. Dann, wenn du deinen auch aufgibst. Ich schließe die Praxis. Lass uns gemeinsam anfangen zu leben.«

»Was?«

»Lass es uns versuchen. Zusammen.«

»Bitte ...« Sein Griff wurde fester, beinahe zu fest.

»Was?«

»Sag das nicht, wenn du es nicht wirklich so meinst. Bitte.«

»Ich meine es genau so. Ganz sicher.«

Markus richtete sich auf, beugte sich über sie, sah sie an, suchte etwas in ihren Augen, das er vielleicht noch nie gefunden hatte. »Ich weiß, wie sehr du an deinem Beruf hängst. Glaub nicht, dass ich das nicht gemerkt habe, wie viel er dir bedeutet.«

»Du bedeutest mir mehr. Wenn du aufhörst zu arbeiten und ich nicht, würden wir uns auseinanderleben.« Sie lächelte. Sie hatte zwei Tage darüber nachgedacht, und ihr Entschluss stand fest. Sie wusste nicht, was danach kommen würde – dann, wenn es wirklich so weit war, aber es waren ja noch ein paar Monate bis dahin. Aber sie wusste, dass sie es versuchen musste. Ohne Arbeit zu leben, ohne berufliche Anerkennung. Sie würden sich einschränken müssen, aber an Geld lag ihr sowieso nichts. Sie würde einen neuen Lebenssinn finden müssen, einen, der sie nicht von Markus entfernte, sondern ihn ihr näherbrachte.

»Hast du dir das gut überlegt?«

Sie lächelte wieder, legte ihre Hand an seine stopplige Wange.

»Ich hab mir das gut überlegt.«

»Weil ... wenn das wieder eine deiner Ideen ist ...«

»Ist es nicht. Sei nicht immer so misstrauisch.«

»Ich bin nicht misstrauisch, ich bin vorsichtig. Du hast

manchmal Ideen, von denen du vollkommen überzeugt bist, und dann machst du doch alles ganz anders.«

»Diesmal nicht. Ich meine das absolut ernst.«

Und dann passierte etwas absolut Außergewöhnliches. Markus begann zu weinen, Schluchzer schüttelten ihn, und Barbara hielt ihn so fest, wie sie konnte, fast zersprang sie vor Liebe. Alles würde gut werden, davon war sie jetzt überzeugt, das fühlte sie einfach.

Alles würde gut werden. Eine andere Option gab es nicht.

Sie frühstückten um halb elf gemeinsam im Bademantel, ungeduscht und ungekämmt, auch das ein Novum in ihrer Beziehung. Barbara fand das normalerweise stillos, aber heute war ein besonderer Tag, der Tag, an dem sie ihre Liebe hochleben ließen, und da spielten Äußerlichkeiten keine Rolle.

Leon war in seinem Zimmer und schlief wahrscheinlich noch; er würde sicher nicht mit ihnen frühstücken, und das war ihr egal. Es durfte nicht sein, dass etwas so Kostbares wie ihre Ehe zerstört wurde, weil ein Familienmitglied sich nicht im Griff hatte. Sie hatten alles getan, um ihm zu helfen, nun musste er anfangen, sich selbst zu helfen. Das Rüstzeug hatte er. Er konnte laufen, er konnte schreiben, er war intelligent – er musste einfach nur lernen, sich zu beherrschen. Wie er das tat, war sein Problem. Musste sein Problem sein.

»Er ist erwachsen. Er muss selbst entscheiden, was gut für ihn ist«, sagte Barbara und nickte bekräftigend – nickte sich sozusagen selbst zu, als wäre sie ihr eigenes Gegenüber, und Markus nickte zurück, aber nicht völlig sicher, das sah sie ihm an. Und einen Moment lang verlor Barbara den Glauben an das alles, an ihre schönen Pläne, ihre neue Freiheit, aber dann sagte Markus mit fester Stimme: »Wir schaffen das.«

»Ja«, flüsterte sie.

»Glaub's mir einfach. Wir machen das jetzt auf meine Weise.«

»Du hast recht.«

»Leon braucht einen Kick, um auf die Beine zu kommen. Er muss sich von uns unabhängig machen.« Es fehlte Barbara immer noch die echte Überzeugung, aber das würde sicher kommen – dann, wenn Leon nicht nur auf eigenen Beinen stand, sondern auch endlich das Laufen lernte, ohne dass man ihm ständig Krücken aufdrängen musste, die er einem aus der Hand schlug, um weiter in sein Unglück zu stolpern.

»Du hast recht«, sagte Barbara, und jetzt glaubte sie es.

»Kann ich mal die Marmelade haben?«

»Natürlich, Schatz.«

»Weißt du, wie verliebt ich in dich bin, Babs?«

»Nicht so verliebt wie ich.«

»Viel verliebter.«

»Das kann nicht sein, dann würdest du platzen, und davon hätten wir ja beide nichts, oder?«

»Zicke.«

»Warmduscher.«

Sie grinsten beide.

»Weißt du, was ich mir wünsche?«, sagte Barbara.

»Was?«

»Dass wir renovieren! Alles. Von oben bis unten, von der Küche bis zum Schlafbereich. Vielleicht ein Anbau? Kannst du nicht Christoph mal fragen, der ist doch Architekt, der kann uns sicher helfen.«

Markus griff nach ihr und zog sie auf den Schoß, einfach so, während sie noch an ihrer Käsesemmel kaute, und murmelte in ihre Haare: »Hab ich schon. Er war hier, hat sich alles angesehen. Es gibt Pläne.«

»Was? Nee!«
»Is so.«
»Und wann hattest du vor, mir das zu sagen?«
»Na, ich sag's dir doch jetzt.«
»Mein Mann.«
»Heißt was?«
»Eine Wundertüte voller Überraschungen.«

*

Sie musste sich überwinden, aber schließlich setzte sich Lydia doch zu Barbara und Markus. Es war kurz vor zwölf, in der Küche wurde vermutlich schon der Champagner aus dem Kühlfach genommen und zwölf Gläser bereitgestellt. Sie feierten Silvester immer zu zwölft, das war schon seit über zwanzig Jahren so. Sechs Paare, zwölf Menschen. Einer war gestorben, Lydias Mann war dazugekommen – Zwölf, eine magische Zahl. Zwölf Apostel, zwölf Tierkreiszeichen, zwölf Stunden von Mitternacht bis Mittag, zwölf Nachkommen Jakobs gründeten zwölf Stämme Israels, Chopin komponierte zwölf Etüden und Debussy zwölf Préludes, und die Liste ließ sich beliebig fortsetzen. Sie sprachen jedes Jahr kurz vor Mitternacht darüber, zelebrierten mit sanfter Ironie ihren Aberglauben, lachten ein bisschen wegen dieser Sache, aber tief im Inneren nahmen sie das Schicksalhafte ihres jährlichen Treffens an.

Zumindest Lydia nahm das ernst, erstaunlich ernst, das erkannte sie manchmal selbst, obwohl sie doch normalerweise ein eher rationaler Typ war, der nichts lieber tat, als sich über Horoskope, Zahlenmystik und anderen esoterischen Quatsch aufzuregen. Aber Silvester war was anderes, etwas Besonderes, Heiliges, das sie nicht hinterfragte.

Deswegen hatte sie auf der Couch neben Barbara Platz genommen, deswegen unterbrach sie ihr Gespräch mit Markus fast ein bisschen brüsk: »Ich muss mit dir reden, Babs!« Barbara drehte sich zu ihr um und lächelte sie trotzdem an. Sie sah erhitzt und glücklich aus, und Lydia hätte sie am liebsten umarmt, so schön und strahlend war sie heute, so unbeschwert und entspannt, als wäre irgendwas passiert, ein Wunder.

»Es tut mir so leid wegen ...«, sagte sie, versuchte die Lounge-Musik zu übertönen, die der Gastgeber abspielte, der mal DJ gewesen war und Silvester dazu nutzte, in Reminiszenzen an die goldenen Neunziger zu schwelgen.

»Kein Problem«, sagte Barbara und legte Lydia die Hand auf die Schulter, streichelte sogar ihre Wange. »Du hast es nur gut gemeint, stimmt's, Süße?«

»Ja. Aber das war übergriffig. Du hast dein Leben, ich hab meins, wir sollten ...« Lydia verlor den Faden, sie war schon leicht angetrunken von dem Wein, der zum Rehbraten serviert worden war. »Wir sollten ...«, fuhr sie fort und gestikulierte so ungeschickt, dass sie fast Barbaras Wasserglas auf dem Couchtisch umgestoßen hätte.

»Alles gut«, sagte Barbara beruhigend.

»Du bist so schön heute.«

»Danke, du auch, Süße.«

»Nein, ich ... ich bin ... total knülle ... Jedenfalls das war ... nicht okay. Gar nicht okay«, bekräftigte sie.

»Schon gut.« Jetzt nahm Barbara Lydia in den Arm, und Lydia weinte ein paar alkoholgesättigte Tränen, während Barbara – ihre Stimme verlor sich fast in dem Elektrosound, der sie einhüllte wie ein Mantel aus Licht und Tönen – ihr versicherte, dass alles okay und sie Lydia sogar dankbar für ihre Ehrlichkeit sei.

»Dankbar?«

»Ja, wirklich.«

»Ich hab dich angegriffen. Das war so unfair. Du hast es so schwer, und dennoch kriegst du das alles so gut hin.«

»Tue ich eben nicht. Deswegen muss man mir manchmal den Kopf waschen, verstehst du? Dafür sind Freunde auch da.«

»Als du weggelaufen bist aus dem Café …« Barbara hatte sie wieder losgelassen, sie saßen nun einander gegenüber auf der Couch, hatten alles um sich herum vergessen. »Ich hatte so ein wahnsinnig schlechtes Gewissen, ich hab mich so schuldig gefühlt.«

»Du musst dich nicht schuldig fühlen, Lydi.«

»Doch!«

»Nein, Süße. Ehrlich nicht.«

»Wir müssen im neuen Jahr … Wir müssen viel mehr miteinander machen. Uns viel öfter sehen.«

»Natürlich. Das machen wir auf jeden Fall.«

»Kommst du zu meinem Geburtstag am elften?«

»Sehr gern.«

»Nur ein Brunch mit Freundinnen.«

»Wunderbar.«

»Danke! Danke! Danke, Babs!«

Die Musik hörte auf, stattdessen lief das Radio.

Zehn, neun, acht, sieben, sechs, fünf, vier, drei, zwei, eins.

Der Beginn der Zwanzigerjahre des 21. Jahrhunderts. Wie unglaublich aufregend, dachte Barbara, während sie und Markus sich küssten und in den Armen hielten, ihre Liebe feierten, die ihnen nun endlich beiden Sicherheit bringen sollte.

Sie war bereit für ein neues Kapitel.

*

Leon schoss durch das gekippte Dachfenster in die Luft, Martin filmte ihn dabei, weil Leon das so wollte. Ben saß stumm am Küchentisch, trank Bier und Wodka und rauchte, während Leon auf seine kieksende Art laut lachte, ohne zu merken, dass er der Einzige war, der Spaß hatte. Leon merkte nie irgendwas. Und hatte er überhaupt Spaß?

»Das ist so geil!«

»Hey, ist das geil!«

Fick dich, Alter, dachte Ben. Es wäre richtig, überlegte er, sich von Leon zu befreien. Alle von Leon zu befreien. Jeder wäre glücklicher ohne hin. Man sollte ihn *vom Erdboden tilgen*, ein altmodischer Ausdruck, den er irgendwo gelesen hatte und der ihm gefiel. Leon war verrückt und gefährlich. Ohne seine Anwesenheit wäre die Welt ein besserer Ort. Ben zündete sich eine weitere Zigarette an, nahm einen Schluck eiskaltes Bier. Draußen knallte es. Raketen wirbelten hysterisch heulend in den bedeckten Nachthimmel. Überall leuchtete es, nur in Ben war es finster.

11

Freitag, 17. Januar

Nachdem Hamzi mit Ilian gesprochen hatte, der ihn um Schutz vor Ben gebeten hatte, stattete er Ben sehr früh am Morgen einen unangekündigten Besuch ab. Zwei Freunde brachte er vorsichtshalber als Verstärkung mit. Er klingelte mehrmals, doch Ben machte nicht auf, und sein Fenster im Dachgeschoss blieb dunkel. Das Telefon war ausgeschaltet. Hamzi überlegte. Ben war bestimmt da, wo sollte er um diese Zeit sonst sein?

Also klingelte Hamzi bei dem Vermieter im Erdgeschoss, obwohl er genau das eigentlich hatte vermeiden wollen. Von seinen wenigen Besuchen bei Ben wusste Hamzi, dass der alte Herr Luckschanderl ein lieber Kerl mit hohem Nervfaktor war. Er sah aus wie hundert, aber seine hellblauen, ein bisschen hervorstehenden Augen waren die eines erstaunten Kindes, und wie ein Kind bastelte er gern herum. Weshalb in seiner Wohnung ein ständig wechselndes Sammelsurium an bunten Kabeln, verbogenen Drähten und kaputten Plastikteilen herumlag, das Herr Luckschanderl zu ganz neuen, angeblich bahnbrechend innovativen Werkzeugen zusammenbaute, die dann meistens in seinem Nebenraum verstaubten, weil sich selten ein Abnehmer für seine Erfindungen fand.

Es dauerte eine halbe Ewigkeit, bis der Summer ertönte. Hamzi war ziemlich gereizt wegen der Kälte und des Herumwartens, weshalb er die Tür so heftig aufstieß, dass er sie fast in Herrn Luckschanderls Gesicht gerammt hätte. Herr

Luckschanderl war ausnahmsweise gekämmt und für seine Verhältnisse ungewöhnlich seriös angezogen, er trug einen blauen Anzug, ein weißes Hemd und eine knallrote Schleife, die er allerdings irgendwie falsch gebunden hatte, sodass sie schief und traurig herunterhing. Auf dem Revers entdeckte Hamzi die fettigen Krümel einer Butterbreze, hütete sich aber, etwas zu sagen. Der alte Mann war extrem kontaktfreudig und neigte zu ausufernder Gesprächigkeit. Normalerweise fand Hamzi das nicht schlimm, sondern machte sich im Gegenteil einen Spaß daraus, ihn nach Strich und Faden zu verarschen – all diese windig zusammengeschraubten Gegenstände, die nicht funktionierten! Aber heute wollte er nicht reden, sondern nur zu Ben.

»Ist Ben oben?«, fragte er kurz angebunden.

»Des woaß i ned. I glaub ned.« Herr Luckschanderl zuckte mit den Schultern und breitete die Arme aus – ein Sinnbild tiefster, unschuldigster Ahnungslosigkeit.

»Aber das Auto steht doch da? Vom Martin?«

»Ja scho. Der is ja a immer do. Wollt's an Kaffee?«

»Danke, nein«, antwortete Hamzi höflich und innerlich augenrollend. Wenn man so einer Einladung Folge leistete, kam man unter zwei Stunden nicht mehr raus. »Keine Zeit, leider.«

»Ihr seid heid fria dran«, sagte Herr Luckschanderl, und sein kleines Gesicht verzog sich zu einem schalkhaften Lächeln, das eine Menge winziger Knitterfältchen produzierte. Hamzi grinste unwillkürlich zurück. Einer seiner Freunde begann hinter ihm zu kichern.

»Ja, wir haben's ein bisschen eilig.«

»Normalerweise seid's ned so fria dran. Da wird's scho amal der Nachmittag.«

»Dann ist wohl heute ein besonderer Tag.«

»Der Ben, der schlaft vielleicht no.«

»Dann wecken wir ihn auf.«

Hamzi legte schon die Hand aufs Treppengeländer, da zupfte ihn der alte Mann hartnäckig am Ärmel, und Hamzi drehte sich um, einerseits genervt, andererseits konnte man jemandem wie Herrn Luckschanderl nicht wirklich böse sein.

»Ja?«

»I mua eich no wos song.«

»Hm?«

»Des Geld.«

»Wie?«

»Der Ben, der hod ma des zruckgem.«

»Was?«

Jetzt verlegte sich Herr Luckschanderl aufs Zwinkern und sah gleichzeitig besorgt aus; eine merkwürdige Kombination.

»Ihr wisst's scho. Des Geld!«

»Welches Geld denn?«

»Das der Ben mir g'schuldet hod. Des is jetzt da. Der hod des jetzt. Der hod a eier Geld.«

»Mhm.« Langsam begriff Hamzi, dass Herr Luckschanderl seinen Mieter beschützen wollte. Das war rührend, vor allem, wenn man bedachte, dass Ben ihn schon mehrfach beklaut hatte. Herr Luckschanderl, dachte Hamzi, war einen Tick zu gut für diese Welt.

»Alles in Ordnung«, sagte er beruhigend. »Ben hat keine Schulden mehr bei uns.«

»Ned?«

»Nein. Wir kommen als Freunde.«

»So schaut's ihr aba ned aus.«

»Alles cool. Wirklich. Wir gehen jetzt hoch, okay?«

Herr Luckschanderl machte nun endlich die Haustür zu und verzog sich anschließend leise murmelnd in seine Räumlichkeiten. Sobald er verschwunden war, brachen Hamzis Freunde in haltloses Gelächter aus, was Hamzi ärgerte, weil er fand, dass man das Alter ehren sollte, statt sich darüber lustig zu machen, selbst wenn er sich nicht immer an diese Maxime hielt.

»Etwas mehr Respekt«, murrte er und erntete noch mehr Gefeixe und albernes Gegacker, bis er sich auf der Treppe umdrehte und seinem Minitrupp eine kurze Standpauke hielt. Sollte Ben vorher noch geschlafen haben, dann wusste er spätestens jetzt, dass drei Männer auf dem Weg zu ihm waren.

In diesem Moment ging oben die Tür auf, und Ben schaute gähnend und verstrubbelt zu ihnen herunter. In der Hand hielt er eine Waffe, die aussah wie eine der Maschinenpistolen aus Hamzis Computerspielen.

»Wow«, sagte Hamzi und hob eine Hand, abwehrend und besänftigend zugleich. »Wow, wow, wow! Alles cool bei dir?« Er glaubte jetzt, dass Ilian ihm keinen Scheiß erzählt hatte. Ben hatte da oben ganz viele Waffen, und er war bereit, sie einzusetzen.

»Was willst du?«, fragte Ben mit lauerndem Unterton.

»Alter. Bloß chillen. Mach dich locker.«

»Chillen, ja? Um sieben Uhr morgens? Ich bin doch nicht blöd. Was soll die Scheiße?« Ben hob die Waffe, immer noch ganz entspannt, und richtete sie so auf Hamzi, dass Letzterer in die Doppelmündung hineinblicken konnte. Da Hamzi glücklicherweise kein ängstlicher Typ war, konnte er einigermaßen rational die Situation analysieren. Ben würde kein Blutbad anrichten, das ihn lebenslänglich in den Knast bringen würde. Andererseits *hatte* er bereits ein Blutbad angerichtet.

»Komm schon«, sagte er und lehnte seinen Hintern ans Treppengeländer, die Hände in den Taschen seiner gefütterten Bomberjacke. Er hörte gedämpfte Musik aus Luckschanderls Wohnung, irgendwas Klassisches mit Bläsern. »Wir sind doch Freunde, Bruder«, startete er einen neuen Versuch.

Ben starrte ihn verächtlich an. »Wir sind keine Freunde. Du warst vielleicht dreimal hier.«

»Und da hatten wir Spaß, oder nicht?«

»Ach ja?«

»Klar, Mann.«

»Keine Ahnung.«

»Hey Ben, was ist los mit dir? Warum bist du so scheißaggro? Wir wollen nur reden, okay?«

»Das können wir auch hier tun.« Ben schlenderte barfuß aus der Tür und setzte sich mit der Waffe auf dem Schoß auf die oberste Treppenstufe. Das war aus Hamzis Perspektive keine ideale Konstellation. Sie waren zwar zu dritt, aber Ben befand sich oben, sie standen unten, Ben hatte eine Schusswaffe, sie hatten bloß Messer dabei. Er überlegte.

Ein paar Sekunden lang sagte keiner was.

»Kann ich wenigstens mal hochkommen?«, fragte Hamzi schließlich. »Für ein Gespräch auf Augenhöhe? Komm schon, Bruder, das bist du mir schuldig.«

»Dir bin ich überhaupt nichts schuldig. Wer hat dich geschickt?«

Hamzi machte ein überraschtes, fast ein beleidigtes Gesicht. »Mich schickt niemand«, sagte er. »Wenn, dann schicke ich. Kapiert?«

»Hör doch auf.«

»Lass mich hochkommen.«

»Nein.«

»Komm schon!«

»Schick die beiden Wichser weg, die sich hinter dir gerade in die Hosen pissen, dann überleg ich's mir.«

»Hör zu, Bruder, das wäre verdammt unhöflich.«

»Mir doch egal.«

»Meine Freunde sind extra wegen mir so früh aufgestanden, auf meinen ausdrücklichen Wunsch hin. Das kann ich nicht machen.«

»Dann bleib eben, wo du bist.«

Hamzi dachte nach und kaute dabei geistesabwesend seinen rechten Daumennagel ab, bis die Haut drum herum beinahe blutete. Wer Hamzi kannte, konnte den Grad seiner Nervosität nie am Gesicht, aber immer am Zustand seines Daumennagels ablesen.

Ben war ihm im Grunde egal, aber Ilian nicht. Er mochte Ilian und wollte ihn mehr um sich haben. Ilian kannte auch ein paar nützliche Leute in anderen Städten – zusammen könnten sie ein schlagkräftiges Team werden. Der Kontakt zu Ben hatte sich dagegen von einer losen und einigermaßen lukrativen Dealer-Kunden-Freundschaft zu einem Risikofaktor entwickelt. Hamzi konnte das nicht einfach so stehen lassen, Rückzug wäre jetzt auch in Hinblick auf den künftigen Respekt seiner Freunde keine angemessene Reaktion. Manchmal musste man sich entscheiden.

»Wir können jetzt gehen«, sagte er. »Aber wir kommen dann wieder, und dann wären wir nicht mehr zu dritt, sondern zu zehnt. Und dann würden auch die Nachbarn was mitkriegen, wenn du verstehst, was ich meine. Dann wissen die alle, dass du ein Killer bist, der seinen besten Freund umgebracht hat. Und dann nützt dir deine verfickte Waffensammlung auch nichts mehr.«

»Fick dich selber«, sagte Ben. Zum ersten Mal wirkte er unsicher. Aber auch unsichere Bewaffnete waren gefährlich.

*

In der Morgenlagebesprechung wurde Folgendes berichtet:

1. Das Foto eines Facebook-Freunds von Leon Rheinfeld namens Ben Schlamm-Meier wurde an die Einwohnermeldeämter weitergegeben. Es stellte sich heraus, dass der Nachname Schlamm-Meier in Deutschland nicht existierte.

2. Dafür hatte das Einwohnermeldeamt in Tutzing über einen möglichen Treffer informiert. Demzufolge war dort ein Benedikt Meier (ohne Schlamm) gemeldet. Das Amt mailte ein Passfoto an die PI. Das Alter – achtzehn – stimmte, eine gewisse Ähnlichkeit war vorhanden, allerdings nicht besonders auffällig. Was nichts heißen musste. Das Foto war drei Jahre alt, und in dieser Lebensphase konnte sich die optische Erscheinung erheblich verändern. Wenn es sich tatsächlich um Leons Facebook-Freund handeln sollte, dann hatte dieser Benedikt in der Zwischenzeit eine Menge abgenommen. Der Babyspeck war weg, die Haare waren üppiger und länger, das Gesicht wirkte schmaler als auf dem Passfoto.

3. Mithilfe des Passbilds sowie des Fotos auf dem Facebook-Profil wurde das LKA gebeten, eine Recherche in den biometrischen Systemen durchzuführen.

»Da stehen wir jetzt«, sagte die Staatsanwältin. »Es ist im Moment nur ein Verdacht, vom Hörensagen eines einzigen Zeugens, der Leon noch nicht einmal gut kannte. Keiner von Leons übrigen Klassenkameraden konnte sich daran erinnern, dass Leon von einem Ben gesprochen hat. Weswegen wir besonders vorsichtig agieren müssen. Bisher gehen wir davon aus, dass Leon der Täter war und dass es nicht mehr illegale Waffen gibt als die, die bei ihm gefunden wurden.«

Es war ein grauer Tag. Kein Schnee, kein Regen, stattdessen eine drückende Wolkendecke. Als stünde die Welt still. Als wäre sie eingefroren. So wie die Ermittlungen, dachte Paul Stettner, dachte Karin Lakotta. Stettner saß ihr direkt gegenüber und schaute extra woandershin. Sie vermieden es ganz automatisch, in Gegenwart der Kollegen einander anzusehen; es sollte gar nicht erst der Eindruck entstehen, dass ihre Zusammenarbeit das übliche Maß an Engagement überschritt.

»Wie lange könnte das dauern?«, fragte Stettner die Staatsanwältin.

»Könnte was dauern?«, schnappte sie gereizt. Sie saß mit übereinandergeschlagenen Beinen am Tischende, ihr rechter Fuß wippte, wie immer, wenn sie sich ärgerte. Irgendwie wurde Stettner mit ihr nicht richtig warm, fand einfach nicht den richtigen Ton.

»Die biometrische Recherche«, antwortete er so sachlich und freundlich wie möglich. Es war selten, dass ihn jemand nicht mochte, eigentlich kam er mit allen möglichen Leuten aus allen möglichen Schichten und Milieus sehr gut zurecht. Aber an der Frau biss er sich die Zähne aus.

»Da fragen Sie mich zu viel. Erkundigen Sie sich bei den Kollegen vom LKA. Machen Sie ihnen gern Dampf. Soviel ich weiß, untersuchen die gerade eine Brandserie bei Passau, ich hoffe, sie haben genug Manpower für unseren Fall.«

»Das wäre gut«, sagte Stettner vorsichtig, obwohl er wusste, dass er jetzt besser den Mund halten sollte. »Ich meine«, fügte er hinzu, »wenn dieser Ben Meier Schusswaffen hätte, wäre er eine Gefahr für die Allgemeinheit. Eine tickende Zeitbombe.«

»Herzlichen Dank für diese ungemein wertvolle Information.«

»Ich habe nur gedacht ...«

»Ich weiß, was Sie gedacht haben. Wir sind hier keine Anfänger, verstehen Sie?«

»Natürlich. Also ...«

»An die Arbeit.«

Es gab keine Möglichkeit, das Vorgehen im Rahmen der Regeln zu beschleunigen, das wussten sie beide. Während sie auf einer Bank im Stadtpark saßen und mit Blick auf den bleigrauen Weiher ihre Sandwiches verzehrten, beratschlagten sie zum wiederholten Mal, was sie tun könnten, ohne zu einem Ergebnis zu kommen.

Natürlich könnte man Herrn Luckschanderl in Aubing anrufen und nach einem Ben Meier fragen. Anonym oder unter einem falschen Namen.

Doch das kam nicht in Frage. Sie arbeiteten sauber und nicht hintenherum.

Natürlich könnten sie noch mal hinfahren und auf gut Glück klingeln, in der Hoffnung, diesmal mehr Glück zu haben.

Klares Nein. Das erste Mal war schon grenzwertig gewesen, ein zweites Mal schied aus.

»Wir müssen warten«, sagte Karin Lakotta, schob den Rest ihres Sandwichs in den Mund und tupfte sich die Lippen mit der Serviette ab.

»Richtig«, pflichtete ihr Stettner kauend bei. Ein Erpel mit auffällig weißgelbem Schnabel lief auf ihn zu und drehte enttäuscht schnatternd wieder ab, als er keine Anstalten machte, ihm ein paar Krümel abzugeben. Ein einsamer Mann joggte über den Fitnesspfad, vorbei an den entlaubten Bäumen, die wie Mahnmale in den düsteren Himmel ragten. Es war so ruhig, dass sie seine Schritte und sein Keuchen hörten, obwohl er mindestens fünfzig Meter von ihnen entfernt war.

»Im Sommer gibt's hier immer Ärger mit jungen Leuten«, sagte Karin Lakotta und nahm einen Schluck von ihrem Mineralwasser.

»Ach ja?« Der Erpel watschelte betrübt in den See und schwamm fort.

»Seitdem die Tische und Bänke hier stehen, machen die hier nachts Party und Dreck, und die Anwohner beschweren sich.«

»Ist das neu?«

»Seit letztem Jahr. Die Stadt wollte eigentlich was für die Sportler tun, damit die sich auf dem Fitnesspfad ausruhen können, vielleicht auch mal Picknicks veranstalten. Nett gedacht, schlecht gemacht. Es gibt ständig Ärger deswegen, im Sommer wurde das in jeder Stadtratssitzung thematisiert.«

»Alle wichtigen Entscheidungen haben Konsequenzen, auf die kein Mensch vorher gekommen wäre«, sagte Stettner.

»Was?«, fragte Karin Lakotta.

Er hörte sie lächeln, ohne sie anzusehen. Vielleicht bildete er sich das auch nur ein. Ihre Stimme war so hell, dass immer ein Lächeln durchklang, selbst wenn sie ganz ernst war.

»Nehmen wir deine Entscheidung, die Freundin deiner Tochter als Hackerin zu beschäftigen. Hättest du das nicht getan, säßen wir jetzt nicht hier und würden uns keine Sorgen machen und nicht über illegale Handlungen nachdenken, die uns in Teufels Küche bringen würden.«

»Wenn man auf uns käme.«

»Was der Fall wäre, Karin, mach dir nichts vor.«

»Wieso?«

»Weil es immer so ist. Irgendwann kommt immer alles raus. Bei den guten Menschen jedenfalls. Die schlechten stellen sich intelligenter an.«

»Aber was ist die Alternative, Paul? Dasitzen, in der Nase bohren und drauf warten, dass die Mühlen des LKA nicht ganz so langsam mahlen wie sonst?«

»Ganz genau. Das ist das korrekte Prozedere.«

»Du nervst.«

»Tun wir das nicht alle?« Jetzt schaute er sie doch an und

stellte bei der Gelegenheit fest, dass sie ziemlich nah beieinandersaßen. So nah, dass er die Farbe ihrer Augen genau sehen konnte. Grüngrau mit goldenen Sprenkeln.

Bevor er auf falsche Gedanken kommen konnte, vibrierte sein Telefon. Er kannte die Nummer nicht – eine Handynummer – und überlegte kurz, nicht ranzugehen. Immerhin hatte er das Recht auf eine Mittagspause, nachdem sie tagelang Überstunden geschoben hatten.

Dann tat er es doch. Eine junge Frauenstimme, die ihm bekannt vorkam, fragte, ob sie mit Paul Stettner spreche. Als er das bejahte, sagte sie ihren Namen, und er erinnerte sich: Amelie, die Freundin von seinem Kollegen Bernd Obermeier. Sie stotterte herum, entschuldigte sich, ihn zu stören, es ging ein bisschen hin und her (»Nein, du störst nicht, alles gut, was kann ich für dich tun?«), schließlich erfuhr er, dass Obermeier weder ans Telefon ging noch seine Wohnungstür aufmachte. Sein Mobiltelefon war ausgeschaltet. In der Dienststelle hatte er sich krankgemeldet, aber Amelie nichts davon gesagt.

»Wann?«, fragte Stettner. Er versuchte, nicht nervös zu klingen, vielleicht war ja alles ganz harmlos. (Er wusste schon in diesem Moment, dass es das nicht war, aber die Hoffnung starb zuletzt.)

»Wann was?« Amelie begann zu weinen.

Verdammte Scheiße, dachte Stettner. Er war aufgesprungen, ohne es zu merken, und fand sich plötzlich am Seeufer wieder, unruhig von einem Fuß auf den anderen tretend. Er starrte auf braunes, zusammengedrücktes Gras unter seinen Schuhen. (Die Natur war so hässlich im Winter, sie nahm einem jeden Mut, auf bessere Zeiten zu warten.)

»Wann hat Bernd sich krankgemeldet?«, fragte er.

»Vor zwei Tagen. Seitdem habe ich nichts von ihm gehört.«

»Hast du keinen Schlüssel zu seiner Wohnung?«

»Er hat – er hat ihn mir abgenommen. Vor einer Woche schon.«

»Was? Wieso denn das?«

Sie schluchzte. »Er hat – er hat behauptet, er hätte seinen Schlüssel verloren und müsste neue machen lassen, und er würde mir den neuen dann geben.«

»Okay. Das kann ja auch sein. Hast du es bei Freunden versucht? Seinen Eltern? Hat er Geschwister?« Seine Stimme. Sie musste gelassen klingen. Langsam reden, keine Hektik, dachte er. Noch war nichts passiert. (Natürlich war etwas passiert.)

»Niemand ... Niemand weiß irgendwas. Ich hab alle gefragt. Er ist auch nicht im Krankenhaus oder so. Ich hab überall angerufen.«

»Ich verstehe.« Er hasste sich für diese dämliche Floskel, aber was sollte er schon sonst sagen?

»Kannst du irgendwas tun? Kannst du irgendwie in seine Wohnung rein? Die Tür aufbrechen oder so?«

»Ich fahr gleich hin. Ich melde mich, okay? In zirka einer Stunde, ja? Ich bin noch in Fürstenfeldbruck.«

»Danke. Danke!«

»Bis gleich.«

Er drückte Amelie weg. Spürte Karin Lakottas Hand auf seinem Schulterblatt, merkte, wie angespannt seine Muskeln waren.

»Du musst weg?«, fragte sie hinter ihm, ganz ruhig und sachlich.

Er nickte. »Ein Kollege von mir. Er ist verschwunden. Er war dabei, als wir die Leichen aufgefunden haben.« Er sagte nichts von den verzweifelten Anrufen Obermeiers. (Herrgott, er hätte es wissen müssen. Er hätte etwas tun müssen. Aber was?)

»Obermeier ist nicht so gut klargekommen mit der Geschichte, glaub ich. Er ist sensibel. Oder so was.«
»Und jetzt machst du dir Sorgen?«
Er nickte wieder, obwohl das streng genommen eine Lüge war. Über das Sich-Sorgen-machen-Stadium war er längst hinaus.
»Gib mir Bescheid«, sagte sie und nahm erst jetzt ihre Hand weg. An der Stelle wurde es kalt.

*

Ben rüttelte Martin wach. Nicht sanft, sondern grob, er fasste ihn hart an, weil Martin, dieser Spast, dieser Verräter nichts Besseres verdient hatte. Martin fuhr hoch, glotzte Ben an wie ein Scheißvollidiot und fing an zu heulen. Ben knallte ihm eine und setzte sich schließlich auf einen Hocker gegenüber vom Sofa, fabrizierte einen Trommelwirbel auf seinen Oberschenkeln, nahm sich beiläufig eine Pistole, schlug den Lauf mit der rechten Hand auf den linken Handteller, immer wieder, bis es wehtat, und dachte nach. Jetzt wusste also nicht nur Ilian, sondern auch Hamzi Bescheid. Was folgte daraus? Was konnte er tun?
Er hätte Martin nicht einweihen dürfen. Warum hatte er es überhaupt gemacht? Wie irre musste man sein, einem Psycho wie Martin zuzutrauen, dass er seine Fresse hielt? Ben sprang auf, lief in dem versifften Wohnzimmer hin und her wie in einer verfickten Gefängniszelle. Neun Schritte bis zum Fenster, neun Schritte bis zur Wand. Hier sah es aus wie bei Leon, mit dem Unterschied, dass Leon das Chaos offenbar nicht gestört hatte. Aber Ben störte es. Jeden Tag nahm er sich aufs Neue vor aufzuräumen, auszumisten, zu putzen. Und immer kam irgendwas dazwischen.

Martin war derweil von dem Sofa heruntergeglitten und drückte sich mit angezogenen Knien in eine Zimmerecke, die Arme über den Kopf wie ein geprügeltes Kind, zitternd. Vielleicht *war* er ein geprügeltes Kind gewesen. Vielleicht *triggerte* ihn diese Situation. »Triggern« war ein Wort, das Leon oft benutzt hatte, vor allem wenn es darum ging, sich nicht entschuldigen zu müssen, wenn er Scheiße gebaut hatte. Leon war ständig von irgendwas *getriggert* worden, dieser Arsch, und konnte dann gar nichts dafür, weil dies und das und jenes ihn an seine verkackte Kindheit oder an Mobbing in der Schule oder an seinen verfickten Sozialarbeiter erinnert hatte, der ihn laut Leon missbraucht hatte. Armer Leon. Alle immer so gemein zu ihm, weshalb er nie irgendwas für irgendwas konnte.

Ihn zu töten war die sinnvollste Handlung, die Ben je begangen hatte. Nur würde ihm das im Fall des Falles kein Mensch glauben.

Fuck!

Ben ging zu Martin und trat ihm versuchsweise in die Seite. Martin wimmerte, verkrampfte sich noch mehr, wehrte sich aber nicht. Mittlerweile hatte er sich zu einer Kugel zusammengerollt wie ein überdimensionierter Igel. Nur ohne Stacheln. Weswegen man problemlos ein zweites Mal zutreten konnte. Und ein drittes Mal.

Nach ein paar weiteren Malen ließ Ben von ihm ab und sich schwer in einen uralten Sessel fallen, dessen Vorderbein prompt abbrach. Er saß jetzt schief in dem Teil, rutschte fast runter und raus, und begann zu lachen, hoch und falsch, ein bisschen wie Leon. Er nahm die Pistole am Griff und schleuderte sie auf ein Bild vom alten Herrn Luckschanderl, das eine Blumenwiese vor Gewitterwolken zeigte. Der Rahmen ging kaputt, das Schutzglas zerbrach, und ein Splitter schaffte

es tatsächlich auf Bens Schoß. Martin lag immer noch in der Ecke, wie ein Ding, das jemand dort hingeworfen und vergessen hatte. Müll. Einen Moment lang war sich Ben nicht sicher, ob er überhaupt noch lebte. Bei Netflix passierte das andauernd; jemand wollte jemand anderen gar nicht töten, der andere stürzte nur unglücklich oder wurde irgendwie blöd getroffen und – bämm!
Tot.
Ben grinste, aber eigentlich war die Vorstellung nicht besonders witzig. Eine Leiche konnte er hier nicht gebrauchen, vor allem keine, deren Auto vor der Tür stand und nicht weggefahren werden konnte, weil der Mörder keinen Führerschein hatte. Wie peinlich war das denn!
Ben stellte sich ans Dachfenster und betrachtete den Himmel, der sich in einheitlichem Grauweiß präsentierte. Je länger man hinsah, desto mehr tränten einem die Augen. Vielleicht befand sich direkt dahinter die Sonne und verbrannte ihm die Netzhaut? Wie viel Uhr war es eigentlich? Er holte sein Handy aus der Tasche. Zwanzig nach acht. Da lag er normalerweise noch im Bett, wenn ihn nicht gerade jemand wie Hamzi aufscheuchte.
Ben hatte sich schließlich mit ihm geeinigt. Kein Angriff auf Ilian, sonst käme Hamzi mit zehn Brüdern zurück, und dann ... Die Frage war nur, wer noch alles von der Tat wusste und sie unter dem Siegel der Verschwiegenheit weitererzählen würde. Hamzi hatte Stillschweigen geschworen, aber konnte man sich darauf verlassen? Vielleicht wäre es besser, sowohl ihn als auch Ilian zu töten.
Er hatte direkt Lust dazu. So war das, wenn man Grenzen überschritt, Dinge tat, die man sich vorher nie hatte vorstellen können. Alles wurde möglich, was undenkbar schien. Ben besaß das Killer-Gen, und diese Erkenntnis fand er krass

und geil, und es war so, als stünde ihm jetzt jede Tür offen. Die andere Wahrheit lautete allerdings, dass er jede verfickte Nacht gegen vier aufwachte und dann stundenlang wach lag, während er versuchte, der Flut der Bilder Herr zu werden – Leons geschundener Kopf, sein verzerrtes Gesicht, der rasselnde Atem des Sterbenden, der irre, nicht begreifen wollende Blick der Mutter kurz vor den Schüssen, das Erbrochene auf dem Kissen danach, das viele Blut, das sich auf dem Schlafanzug des Vaters ausbreitete, immer weiter und weiter, bis zwischen dem ganzen Rot nur noch ein paar blaue Flecken der ursprünglichen Farbe zu sehen waren.

Alles sein Werk. Er versuchte, ruhig zu atmen, das Ganze nicht in seine Träume mitzunehmen, aber seine Träume kümmerten sich einen Scheiß um seine Wünsche. Sie blieben farbig und beängstigend wie in einem Horrorfilm.

Doch komisch: Am nächsten Tag war alles wie nie passiert. Tagsüber war die Angst weg und er ein anderer Mensch.

Der Vollstrecker.

Ben warf wieder einen Blick auf den reglosen Körper in der Ecke. Er schlenderte zur Pistole unter dem kaputten Bild, bückte sich und hob sie auf. Spielerisch schraubte er einen Schalldämpfer auf die Pistole, spielerisch entsicherte er sie, spielerisch richtete er sie auf Martin. Wenn er jetzt abdrückte, wäre nichts besser, stattdessen hätte er ein neues Problem am Hals. Aber es kitzelte ihn im Zeigefinger.

Ein Leben auslöschen: Das ging so schnell. Das war so unkompliziert. Eigentlich unheimlich. Aber auch cool.

Wenn man ehrlich war.

Er drückte ab.

*

Zwei Streifenpolizisten brachen in Gegenwart Stettners die Tür auf. Stettner fand Obermeier in seinem Schlafzimmer, im Türrahmen zu seinem Bad. Dort hatte er sich an einer Stange aufgehängt, die ursprünglich wohl dazu gedient hatte, Klimmzüge zu üben. Ein stabiles Seil, ein perfekter Knoten, so viel man sehen konnte. Obermeier hatte sich auf seinen Selbstmord tagelang vorbereitet. War extra in den Baumarkt gefahren, um das Seil genau für diesen Zweck und nur für diesen Zweck zu kaufen. Das musste so gewesen sein, denn Obermeier war kein Bastler, das sah man an seiner sterilen Wohnung, die wirkte, als hätte er sie möbliert übernommen, so wenig Privates fand sich hier. Nicht mal ein an die Wand gedübeltes Regal. Keine Bücher, keine Bilder.

Aber er hatte sich sorgfältig angezogen für den Anlass, eine schwarze Gabardinehose, ein schwarzes Hemd, eine schwarze Krawatte, schwarze, glänzend geputzte Schuhe.

Stettner und seine beiden Kollegen hoben ihn hoch, nahmen mit vereinten Kräften die Schlinge ab, die sich schwer lösen ließ, so fest war der Zug gewesen. Sie legten den sich tonnenschwer anfühlenden Körper vorsichtig aufs Bett.

»Fremdverschulden?«, fragte der eine Polizist.

»Nee«, sagte der andere.

»Keine Kampfspuren, nirgendwo Einbruchsspuren. Ich seh kein Fremdverschulden«, sagte Stettner müde. Alles penibel aufgeräumt, alle Fenster gekippt, die Heizung ausgeschaltet, um die Verwesung zu verzögern: Das war Obermeier, rücksichtsvoll bis zur Selbstaufgabe, der den Kollegen so wenig Leichengeruch wie nur möglich zumuten wollte.

Er würde Amelie Bescheid sagen müssen. Und den Eltern Obermeiers, von denen er wusste, dass sie in Garmisch wohnten und dass Bernds Mutter schweres Rheuma hatte. Was für ein schrecklicher Tag. Er setzte sich auf einen Stuhl neben dem Bett, der eine Streifenpolizist legte ihm kurz die Hand auf die Schulter. Stettner nickte vor sich hin.

»Verdammt«, sagte er.

»Du hast ihn gut gekannt?«

»Ja. Wir waren gute Kollegen.«

»Tut mir leid.«

»Kann man nix machen.« Stettner lehnte sich nach vorn, stützte seinen Kopf in beide Hände, rieb sich die trockenen Augen, bis sie schmerzten.

»Ich schau mal nach einem Abschiedsbrief oder irgendwas in der Art, okay?«, fragte der Polizist mit leiser Stimme.

»Ja. Danke.«

Sein Handy brummte, es war Amelie. Er nahm das Telefon und ging nach draußen auf den Hausflur. Sollte er den Anruf ablehnen und erst zu ihr fahren? Ihm fiel ein, dass er ihre Adresse nicht hatte; er wusste nicht mal ihren Nachnamen. Er hatte Amelie immer nur gesehen, wenn sie Obermeier in der Dienststelle abgeholt hatte. Dann hatte sie mit ihm geplaudert, sogar ein bisschen geflirtet, aber nicht, weil sie etwas von ihm gewollt hatte, sondern weil das in ihrer Natur lag. Sie flirtete gern, so wie er auch, da musste nicht immer etwas dahinterstehen, es war einfach ein Ausdruck von Lebensfreude.

Nach dem zehnten Läuten nahm er den Anruf an. Hielt ihre Verzweiflung aus, bot ihr an zu kommen, was sie ablehnte. Dabei war er möglichst leise, um niemanden der Nachbarn aufzuscheuchen.

»Ich will ihn sehen!«

»Amelie, das ist jetzt erst mal ein Tatort, wir wissen ja noch nichts Näheres. Ich geb dir Bescheid, sobald ...«

»Scheiße, Paul! Ich will ihn sehen! Sofort!«

»Das geht noch nicht. Es tut mir leid, du musst ein bisschen Geduld haben.« Im Hausflur zog es. Alles war so clean wie in Obermeiers Wohnung, der weiß gefliese Boden, die grauen Wände, die orangefarbenen Türen, selbst das Fenster am Ende des Flurs sah aus wie frisch geputzt. Aber es zog von irgendwoher. Stettner stellte seinen Mantelkragen hoch. Vielleicht brütete er auch etwas aus.

»Amelie ...«

»Scheiß drauf! Ich komm jetzt! Dann kannst du mich gern rausschmeißen!« Sie legte auf.

Bevor er sie zurückrufen konnte, um sie daran zu hindern, steckte der eine Polizist den Kopf aus der Tür und benachrichtigte Stettner, dass sie in der Schreibtischschublade einen Briefumschlag gefunden hatten, auf dem seiner, Stettners Name stand.

»Meiner?«

»Ja.«

Er ging wieder hinein, zog sich Handschuhe an und nahm den DIN-A5-Umschlag, der in der geöffneten Schublade lag. Er war nicht zugeklebt, die Lasche steckte locker im Kuvert. Stettner öffnete ihn langsam und zog den säuberlich gefalteten Brief heraus. Obwohl Obermeier einen Laptop und einen Drucker hatte, war er handschriftlich verfasst, mit dunkelblauer Tinte auf Papier, das aussah wie Büttenpapier. Sie brauchten nur seine Schrift auf Formularen und Berichten zu vergleichen, dann würden sie die Echtheit bestätigen können.

Obermeier hatte es ihnen leicht gemacht und sich obendrein richtig Mühe gegeben. Er hatte seinen Abschied zelebriert. Stettner mochte sich nicht vorstellen, wie das alles vor sich gegangen sein musste. Wie viele Versionen dieses Briefs es gegeben hatte, die Obermeier zerknüllt und in seinem Papierkorb versenkt hatte, bevor ihn diese eine zufriedengestellt hatte. Der Papierkorb war leer, auch der Mülleimer in der

Küche – Obermeier hatte vorher noch alles zu den Containern gebracht, damit es nicht stank. Keine leeren Flaschen, alles weg. Dann hatte er die Wohnung picobello gesäubert. Dann hatte er es getan. Entschlossen, vielleicht sogar glücklich. Viele Selbstmörder waren glücklich, wenn sie sich zu diesem Entschluss durchgerungen hatten.

Nachdem seine Kollegen von der Kripo da gewesen waren und Obermeiers Leiche in die Gerichtsmedizin überführt wurde, wo Fremdverschulden vermutlich ausgeschlossen werden würde, fuhr Stettner nach Hause. Er hatte den Brief abgeben müssen, aber vorher fotografiert. Es war schon wieder dunkel, schon wieder neblig. Stettner versuchte es mit Musik, aber es funktionierte nicht.

Lieber Paul, hatte der Brief in Obermeiers gestochener Handschrift begonnen, die in ihrer Exaktheit fast etwas Kindliches hatte. Er war auf den 16. Januar datiert gewesen, also war Obermeier etwa vierundzwanzig Stunden lang tot, vielleicht ein paar Stunden länger oder kürzer, das würde die Gerichtsmedizin herausfinden. Auch wenn es eigentlich ohne Belang war. *Es ist so, dass ich dir gleich die Wahrheit hatte sagen müssen. Ich hätte es dir erzählen müssen, und dann hätten wir überlegen können, was wir machen. Aber ich war zu feige. Und jetzt ist es zu spät.*

Was hatte er ihm erzählen wollen? Darüber hatte nichts in dem Brief gestanden, nur nebulöse Andeutungen. War die Scham so groß gewesen, dass sie über den Tod hinausreichte? *Vielleicht wäre nie was geschehen, wenn ich gleich zu dir gekommen wäre. Aber ich hab's nicht gemacht, und dann ist es doch passiert, und ich hätte es wissen müssen, aber ich habe gedacht: passt schon. Und das ist so typisch für mich – gell, Amelie? –, ich sage, passt schon, aber es passt nicht.* Was wäre nicht geschehen? Irgendwas, das mit diesem Fall zu tun hatte? Der Brief war sehr lang, drei Seiten. Er war säuberlich geschrieben, aber inhaltlich chaotisch. Als wäre Obermeier einerseits stocknüchtern und andererseits total betrunken gewesen.

Lieber Paul, sag meiner Mama und meinem Papa, dass ich sie liebe. Und meiner Schwester bitte auch, hier ist ihre Telefonnummer, sie heißt Gertrud. Sie wird sich über deinen Anruf freuen, ich habe immer so viel von dir erzählt. Und sag der Amelie, dass ich sie liebe und dass sie mir verzeihen soll, aber ich bin es nicht wert, ihr Mann zu sein, für sie zu sorgen und mit ihr Kinder zu haben. Es gibt viel bessere Männer als mich, zum Beispiel solche wie dich. So einen wie dich verdient sie. Nicht einen wie mich, der Schuld auf sich geladen hat.

Was hatte er so Schlimmes getan, dass er glaubte, mit der Schuld nicht weiterleben zu können?

Paul, du warst mein Vorbild. Bleib, wie du bist, so lustig und so pflichtbewusst und so stark. Ich habe immer versucht, stark zu sein, mein ganzes Leben lang, aber ich hab's nicht hinbekommen. Und wenn man schwach ist, dann gehört man nicht dahin.

Wohin? Zur Polizei?

Als er daheim ankam, nahm ihn Giulia, ohne Fragen zu stellen, in die Arme: Sie wusste es schon. Es tat gut, ihren warmen Körper zu spüren, ihren großen Busen, ihre breiten Hüften, ihre schmale Taille. Stettner vergrub sein Gesicht in ihrem Nacken, roch ihren vertrauten Duft. Ihm kamen kurz die Tränen, dann drängte er sie wieder zurück, löste sich aus der Umarmung. Es war nicht die richtige Zeit, sentimental zu werden, er musste herausfinden, was Obermeier ihm hatte sagen wollen. Vielleicht hatte er Amelie etwas erzählt, aber Amelie war nicht vernehmungsfähig. Ihre Mutter hatte sie vom Tatort abgeholt, wo sie weinend neben der Leiche saß, Obermeiers kalte Hand in ihrer warmen, lebendigen. Sie hatte die Hand nicht loslassen wollen, und schließlich hatten sie den Notarzt gerufen, und der hatte ihr ein Beruhigungsmittel gegeben. Wahrscheinlich schlief sie jetzt bei ihrer Mutter. Frühestens morgen im Lauf des Tages konnte er mit ihr sprechen. Falls sie überhaupt mit ihm redete.

»Magst du was essen?«, fragte Giulia.

»Nein, danke.«

»Magst du was erzählen?«

Er setzte sich an den Esstisch, schaute auf die Kühlschranktür, die übersät mit Stickern und gelben, teilweise schon vergilbten Post-its war. Es war sehr still. Keine dröhnenden Bässe, kein Geplapper mit Freundinnen, das man bis runter hörte. Außer ihnen war niemand im Haus, die Kinder hielten sich bei Freunden auf oder stellten sonst was an – ausnahmsweise war es Stettner vollkommen egal.

»Paul? Schatz?« Sie nahm ihm gegenüber Platz, umfasste seine Hände, aber er konnte sich einfach nicht öffnen. Es gab keinen Trost, nirgends.

»Du hast ihn gemocht, gell?«, sagte Giulia.

Er nickte. Was tat das schon zur Sache?

»Was hast du an ihm gemocht?«

»Keine Ahnung.«

»Doch, du weißt es. Denk nach.«

Gehorsam grübelte er über diese komplett unwichtige Frage – wen interessierte es jetzt noch, was er an Obermeier gemocht hatte, ihn selbst jedenfalls nicht –, weil er Giulias gute Absicht erkannte, ein Therapiegespräch mit ihm zu führen. Das machte sie immer wieder mal, seitdem sie bei einer

Psychologin gewesen waren, weil Stettner fremdgegangen war. Die Psychologin hatte genauso ausgesehen und geredet wie Comedians, die Psychologinnen nachmachten, und Stettner war heilfroh gewesen, als die zehn Stunden vorüber waren und Giulia ihm den Ausrutscher verziehen hatte. Danach hatte er sich geschworen, Giulia nie wieder einen Anlass für weitere quälende Doppelstunden zu geben, in denen er sich *erden, seine Mitte finden, authentisch zu seinen Gefühlen stehen, nach seinen Wurzeln suchen sollte.*

»Er war sehr ehrlich«, sagte Stettner, um überhaupt etwas zu sagen, denn ganz offensichtlich war Obermeier genau das ja nicht gewesen.

Obermeier hatte ihm etwas verschwiegen. Etwas Wichtiges. Aber verdammte Scheiße, was war das?

»Ehrlich?«, wiederholte Giulia, so wie es auch die Psychologin gemacht hatte. Dann, wenn ihr nichts Besseres eingefallen war.

»Ja.«

»Wie meinst du das?«

»Ich weiß nicht. Also, er hat immer seine Gefühle gezeigt. Das mein ich mit ehrlich. Und er war einfach – nett.«

»Nett?«

»Ja, nett ist die kleine Schwester von scheiße, weiß ich auch, aber er war es halt. Nett.«

Obermeier war nie laut gewesen, nie fies, nie gemein. Er war hilfsbereit gewesen und hatte stets einen lockeren Spruch auf Lager gehabt. Jeder hatte ihn gemocht, weil man einen Menschen wie Obermeier nicht nicht hatte mögen können. Nur manchmal, da war er nachdenklich gewesen, in sich zurückgezogen, wie jemand, der Probleme hatte.

Er sagte das Giulia. Sie nickte, als würde sie irgendwas verstehen, aber sie verstand gar nichts. Er ja auch nicht.

»Ich geh ins Bett«, sagte er.
»Lass uns erst was essen, Schatz.«
»Keinen Hunger.«
»Ich mach uns was. Du isst dann halt nix. Aber ich mach uns jetzt was.«
»Egal. Okay. Danke«, fügte er noch hinzu, weil es ihm leidtat, nicht wirklich dankbar sein zu können. Dann tat man eben einfach so, brach man sich ja keinen Zacken aus der Krone. Eine Ehe konnte eh nur bestehen, wenn man sich mit freundlichen Lügen arrangierte. Du siehst super aus, ich mag jedes einzelne Kilo an dir, ich werde dich nie wieder betrügen, wir sind füreinander bestimmt.
Ehrlichkeit – echte Ehrlichkeit – war der Tod jeder Beziehung.
Vielleicht war Obermeier daran gestorben. Zu viel Ehrlichkeit, das hielt kein Mensch aus.
Oder war es ganz anders?

*

Ben und Martin kamen gegen zehn aus Stuttgart zurück, weil Ben Martin natürlich nicht erschossen, sondern neben seinen Kopf in die Wand gezielt hatte. Er konnte Martin nicht töten, bevor sie nicht wenigstens versucht hatten, einige Waffen loszuwerden, und dafür brauchte er Martin und dessen Auto.
Die Fahrt war ein Fiasko gewesen. Sie hatten zwei Interessenten getroffen, die ihnen Ilian vermittelt hatte, aber keiner von beiden hatte angebissen. Zu viel Schiss oder andere Preisvorstellungen oder was immer. Jedenfalls: nein. Ben überlegte auf der ganzen Rückfahrt, was nun zu tun sei, aber er kam zu keinem Ergebnis. Seine Lage konnte jedenfalls kaum schlech-

ter sein. Mehrere Leute wussten, was er getan hatte, mehrere Leute konnten ihn deswegen erpressen.

Ich brauch nicht mal zur Polizei zu gehen, hatte Hamzi ihm nach seinem Besuch geschrieben. *Ich brauch die bloß anzurufen, Alter, und denen einen Tipp geben. Kriegswaffenkontrollgesetz und so. Ich hab mich informiert, verstehst du, Bruder? Dann stehen die bei dir auf der Matte.*

Steck dir deine Drohungen sonst wohin.

Kein Problem, Bruder. Ich meld mich wieder mit neuen Anweisungen.

Was für Anweisungen? Bens Kopf tat weh, er warf eine Ibu ein, dann noch eine, und spülte sie mit einem Schluck Bier runter.

»Was machen wir jetzt?«, fragte Martin, während er mit über zweihundert die A8 runterheizte, als ob das gar nichts wäre. Eines musste man ihm lassen, egal wie nervös er war, seine Karre hatte er im Griff. Man fühlte sich vollkommen sicher bei ihm. Und wenn nicht, wäre es Ben im Moment auch völlig egal. Ein fetter Crash, ein guter Tod. Ben ließ sie zu, die komischen, verrückten Gedanken. Er hatte es schließlich in der Hand. Er könnte Martin ins Steuer greifen – und puff! Sie wären weg. Und ein paar andere Leute ebenfalls.

»Keine Ahnung«, sagte er.

Martin bremste ab, weil sich eine Baustelle näherte. Ben sah aus dem Seitenfenster. Ein Vater mit drei Kindern, die sich hinten herumbalgten. Eine Frau allein. Ein Paar, er fuhr, sie tippte auf ihrem Handy herum. Lauter Leben, die man auf einen Schlag vernichten konnte.

Martin beschleunigte, wechselte auf die linke Spur. Hundertsechzig, hundertachtzig, zweihundertzehn. Es war wie Fliegen, und Ben beruhigte sich. Irgendwas würde sich ergeben. Irgendwas würde ihm einfallen, falls sich nichts ergab.

Langsam nickte er ein und wachte erst wieder auf, als Martin vor der Haustür einparkte.

»Ich glaub, da ist jemand.«

»Krieg dich ein, Martin.«

»Der Wagen dahinten. Da sitzt wer drin.«

»Fick dich, Alter. Ich bin zu müde für den Scheiß.«

*

»Du hättest nicht kommen müssen«, sagte Karin Lakotta nach der Morgenlagebesprechung. »Es ist Samstag. Jeder hätte verstanden, wenn du daheim geblieben wärst.«

»Weiß ich«, sagte Stettner. »Ich hab's daheim nicht ausgehalten, so schaut's aus.« Sein Kommen war überflüssig, das wusste er selbst. Sie waren sowieso nicht vollzählig, und die, die da waren, warteten auf die Nachricht vom LKA. War Leons Facebook-Freund Ben Meier derselbe wie Benedikt Meier, gemeldet in Tutzing? Erst wenn sie das wussten, würde entweder weiter ermittelt oder die Akte geschlossen werden.

Vor Montag, hatte es in der Lagebesprechung geheißen, würde eh nichts passieren, obwohl das LKA versprochen hatte, sich zu beeilen. Das hieß aber erfahrungsgemäß nichts anderes als: Montag. Frühestens. Eher Dienstag oder Mittwoch.

»Fahr nach Hause«, sagte Karin Lakotta. »Ich räum hier noch ein bisschen auf und mach mich dann selber vom Acker.«

»Vielleicht hast du recht.«

Er saß auf ihrem Besucherstuhl in ihrem Büro, einer Schuhschachtel genau wie seines. Vielleicht zehn Quadratmeter, vollgestopft mit Aktenordnern, einem Bildschirm der vorletzten Generation, Kabelsalat und Papierkram, wo man hinschaute. An der Wand hinter ihrem Schreibtisch verlief ein

Riss von oben bis unten, zackig geformt wie ein Blitz, und das passte irgendwie zu ihr. So war sie.

Aber nicht heute, fiel ihm plötzlich auf, obwohl er mit sich selbst beschäftigt war. Heute wirkte sie müder als sonst.

»Alles in Ordnung?«, fragte er.

»Ja, wieso?« Aber sie sah ihn nicht an, wühlte in ihrer Tasche herum, auf der Suche nach irgendwas.

»Ist schon gut. Du musst mir nichts erzählen.«

»Da gibt's nichts zu erzählen.«

»Schon gut, wie gesagt. Ich geh dann mal. Schönes Wochenende.«

Sie schaute auf. Stellte ihre Tasche weg.

»Scheiße«, sagte sie.

»Was denn?« In Stettner wuchs ein Gefühl, das eher ein Knoten war, als ein Gefühl. Etwas Ungutes, Rätselhaftes, auf ungute Weise rätselhaft.

»Kann ich dir vertrauen?«, fragte sie, eine steile Falte zwischen ihren Augen.

»Das klingt komisch«, antwortete Stettner und hätte eigentlich lieber »Nein« gesagt. Er war nicht in der Stimmung für gelüftete Geheimnisse.

»Kann ich?«

Was sagte man darauf, also, wenn man ein Mann war und sich auch als solcher fühlen wollte? Man sagte auf keinen Fall Nein, so viel stand fest.

»Raus damit«, sagte er.

»Ich war wieder dort.«

»Wo, dort?« Aber er wusste es sofort. Es war derart klar, dass sie sich nicht abfinden würde, dass sie der Sache nachgehen musste. Es gab Menschen, die bohrten so lange, bis sie etwas fanden, und wenn sie nichts fanden, bohrten sie weiter. Ohne Rücksicht auf Verluste. Diese Menschen waren besessen und gefährlich, aber ohne sie würde alles immer bleiben, wie es war. Man fürchtete sie, man musste sich vor ihnen in Acht nehmen, aber man brauchte sie.

»Ich hab ihn gesehen.«

»Du hast – was? Du warst drinnen?«

»Nein, für wie blöd hältst du mich denn?« Sie grinste, und Stettner atmete auf, obwohl es dafür keinen Grund gab.

»Was hast du gemacht?«

»Vor der Haustür im Auto gewartet. Und irgendwann ist er gekommen, und da hab ich ihn fotografiert. Ich bin Hobbyfotografin, hast du das gewusst?«

»Nein.«

»Ich hab eine Dunkelkammer zu Hause. Analogfotografie. Ich steh da total drauf.«

»Zeig's mir.«

»Du willst es wirklich sehen?«

»Verdammt, Karin. Zeig's mir.«

Karin machte ihre Schreibtischschublade auf, zog mit spitzen Fingern den glänzenden Schwarz-Weiß-Abzug heraus und schob ihn zu ihm rüber. Man sah das gestochen scharfe Porträt von Ben Schlamm-Meier oder Benedikt Meier (oder wer auch immer dieser Typ war), der aus einem Auto stieg. Es handelte sich eindeutig um Leons Facebook-Freund.

»Scheiße«, sagte Stettner, und legte den Abzug wieder hin. Der chemisch-seifige Entwickler-Fixierer-Geruch stieg ihm in die Nase, und ihm wurde fast übel davon.

»Willst du noch mehr sehen?«

»Auf keinen Fall.«

»Aber ...«

»Nein!«

*

Steffi wachte um fünf Uhr morgens auf. Sie hatte geträumt, nicht von Leon oder ihren Eltern, sondern von einer Fahrt mit ihrem VW-Käfer, den ihr Markus zum achtzehnten Geburtstag geschenkt hatte. Ein uralter Gebrauchtwagen mit launischer Schaltung, aber sie hatte ihn geliebt. Noch mehr hätte sie ihn geliebt, wenn er von ihrem leiblichen Vater gekommen wäre, aber der hatte ihre Mutter verlassen, als Steffi gerade sechs geworden war, und in der Folge den Kontakt zu ihnen komplett abgebrochen. Sie wusste nicht – und würde es nun auch nie mehr erfahren –, was zwischen ihren Eltern vorgefallen war. Sie erinnerte sich vage an einen schönen Mann mit blonden Haaren und huskyblauen Augen, der viel lachte, aber vielleicht spielte ihr ihr Gedächtnis auch einen Streich. Es gab nicht einmal Fotos von ihm, Mam hatte sie alle vernichtet.

Als Erwachsene hatte Steffi nach ihm gesucht. Alte Telefonbücher gewälzt, Google bemüht. Es gab keine Spuren, auch nicht im Netz, jedenfalls keine, die ihr weiterhalfen. Ihr Vater hieß Wolfgang Bauer, ein Allerweltsname, davon gab es in jeder Großstadt mindestens fünf. Sie hatte schnell aufgegeben. Zu schnell?

Ihre Mutter hatte immer so viel geredet, sich so ehrlich gegeben, aber die Trennung damals war ein Buch mit sieben Siegeln geblieben. Wann immer Steffi sie danach gefragt hatte, waren nur Floskeln gekommen.

Wir haben uns auseinandergelebt.
Es war seine Entscheidung, ich habe sie akzeptiert.
Jeder Mensch hat seine eigene Wahrheit, ich hab meine, er hat seine.
Lass die Vergangenheit ruhen, Steff.

Es war also Markus gewesen, der ihr den Käfer geschenkt hatte, und sie hatte sich gefreut und gleichzeitig ein schlechtes Gewissen gehabt, weil sie Markus nicht so lieben konnte wie er sie. Ihr Traum hatte in gewisser Weise also doch von ihm gehandelt.

Sie machte die Augen zu und hörte Jo beim Atmen zu. Oft beruhigte sie das und sie schlief wieder ein, aber diesmal klappte es nicht. Der Traum – etwas daran machte ihr im Nachhinein Angst, obwohl sie sich währenddessen nicht gefürchtet hatte.

Sie war durch eine hellgelbe Landschaft gefahren, Rapsfelder erstreckten sich bis zum Horizont. Es waren mehrere andere Leute im Auto, die sie anfeuerten, schneller zu fahren und immer schneller. Sie raste auf eine Kurve zu, beschleunigte weiter und wurde aus der Kurve hinausgetragen, in einen anderen Traum hineingeschleudert, der sich so anfühlte, als würde sie aufwachen, aber die anfängliche Erleichterung war trügerisch; sie lief auf einer Straße, die sich bis zum Horizont streckte, und war mutterseelenallein. Ein schreckliches Gefühl, so real, als wäre sie tatsächlich wach. Es gab nur diese Straße und sie. In der Mitte befand sich eine durchgehende, strahlend weiße Markierung, und sie wusste, dass sie sich an diese Markierung halten musste, sonst würde sie sterben. Entschwand ihr der Strich, der sich seinerseits im Endlosen verlor, würde die Straße kippen, und sie würde in ein schwarzes Nichts rutschen.

Sie holte tief Luft. Es war nur ein Traum.

Atmen, dachte sie. Vier Sekunden ein, sechs Sekunden aus, vier ein, sechs aus.

Leon war hinter dem Horizont und wartete auf sie. Er hatte eine Botschaft an sie und an die Welt.

Er hatte Mam nicht umgebracht. Vielleicht Markus, aber nicht Mam.

Ausgeschlossen. Und plötzlich fiel ihr noch etwas ein.

Sie schnappte sich ihr Handy, wälzte sich aus dem Bett, schlich sich nach draußen und rief den Kommissar an. Sein Telefon war ausgeschaltet.

»Bitte«, sagte sie. »Bitte rufen Sie mich zurück. Es ist dringend.«

12

Fünf Tage vor der Tat

Es gab Dinge, die man sich nicht vorstellen konnte und die trotzdem real wurden, weil man sie sich oft genug vorstellte. Man wälzte Überlegungen hin und her, man schuf sich die Bilder dazu, und – paff! – plötzlich wurde ein Plan daraus. Die Erkenntnis, dass es machbar war. Sogar wünschenswert.

Aber so weit war Ben noch nicht, als er Leon an diesem Freitag besuchte. Es fehlte der letzte Anstoß, den Plan lebendig zu machen, die Bilder, die er hervorrief, farbig auszumalen. Die Waffe in die Hand zu nehmen und es zu tun. In einem Computerspiel war das einfach, in der Realität gab es eine Hemmschwelle.

Er rief bei Leon an, um sich den Code für die Haustür geben zu lassen. Leon sagte ihm die Zahlenkombination, und diesmal gab Ben sie nicht nur auf der Tastatur an der Tür ein, sondern tippte sie auch in sein Handy und schickte sie sich selbst. Vielleicht war das der erste Schritt. Mit dieser Kombination konnte er jederzeit ins Haus.

Er drückte die Tür mit den Glasquadern auf, die aussahen wie riesige Lupen, und ging hinein. Leons Mutter kam ihm entgegen, er grüßte sie automatisch, sie glitt an ihm vorbei wie auf Schienen. Sie war nicht wichtig, spielte keine Rolle, eine Statistin. Das passierte Ben häufig, wenn er, wie heute, lange »Grand Theft Auto« gespielt hatte. In GTA ging es um Gangsterkarrieren. Autos, Waffen und Sprengstoff waren im Wesentlichen die Tools, um ganz nach oben zu kommen.

Frauen spielten dort keine Rolle, sie standen meistens nur im Weg rum.

Aber diesmal war es anders.

»Ben«, sagte Leons Mutter, und Ben musste erst einmal seinen Blick scharf stellen, um sie wahrzunehmen. Also als Person, die zählte, nicht als Komparsin, die man ignorieren konnte. Widerwillig blieb er kurz vor der Treppe stehen und fasste sie ins Auge: eine zierliche blonde Frau mit Lachfältchen um die Augen herum.

Die Augen. Zum ersten Mal fiel ihm auf, wie warm und freundlich sie waren. Man hatte automatisch Vertrauen zu ihr.

»Ja?«, fragte er.

»Komm«, sagte sie nur, und er folgte ihr gehorsam ins Wohnzimmer, obwohl Leon oben wartete und sauer sein würde, wenn er nicht gleich auf der Matte stand.

»Setz dich, Ben. Magst du was trinken?«

»Nein danke. Leon erwartet mich, also …«

»Du kannst gleich hoch, nur eine Minute.« Sie lächelte und setzte sich ihm gegenüber, auf den Rand der schwarzen Ledercouch. Zwischen ihnen stand ein schimmernd polierter niedriger Holztisch, auf dem ein fast volles Glas Sekt stand. Sie nippte daran und stellte es dann hastig wieder ab, als wäre es ihr peinlich, vor Ben zu trinken, der nichts haben wollte.

»Ich würde gern wissen …« Sie stockte, suchte nach Worten. Ben war gerade noch in dem Alter, in dem man fand, dass Erwachsene nicht nach Worten suchen sollten. Sie sollten nicht verlegen sein, das stand ihnen nicht zu. Gleichzeitig hatte ihre Unsicherheit etwas Rührendes. Er wand sich unbehaglich auf dem viel zu weichen Sessel, wusste nicht, wohin mit seinen langen Beinen, wartete.

»Ich frage mich, wie es Leon wohl so geht. Kannst du mir

das sagen?« Ihre Stimme klang kehlig und dumpf, als fiele es ihr schwer, diese zwei einfachen Sätze auszusprechen.

»Gut, glaube ich«, antwortete Ben, ohne es wirklich zu meinen, einfach nur, weil man Erwachsenen möglichst nie die Wahrheit sagte, außer sie passte denen in den Kram.

»Wirklich?«

Ben zuckte mit den Schultern. »Ja, wieso nicht?« Er musste unbedingt aus diesem Sessel raus, er sank immer tiefer rein, es kam ihm vor, als würde er demnächst verschluckt werden. Aber noch war er nicht entlassen. Leons Mutter nickte, nahm wieder einen kleinen, damenhaften Schluck und stellte das Glas vorsichtig ab.

»Er hat sein Berichtsheft nicht fertig«, sagte sie schließlich.

Das war alles? »Okay«, antwortete er vorsichtig, in der Erwartung, dass da noch irgendwas kommen müsste.

»Hat er dir das erzählt? Sprecht ihr über solche Sachen manchmal?«

Ben schüttelte den Kopf. Er erinnerte sich vage an diese Vokabel – *Berichtsheft*, irgendwas war damit, was Leon ärgerte oder geärgert hatte –, aber letztlich war es ihm egal gewesen.

»Es ist so ...«, sagte Leons Mutter, und nun leerte sie das Glas in einem Rutsch, als wäre jetzt eh alles egal.

»Ja?«, fragte Ben, um das Ganze zu beschleunigen.

Sie stellte das Glas ab, mit einem leichten Knall. Dann fuhr sie sich mit beiden Händen durch die Haare, zwirbelte sie mit einer hastigen, geübten Bewegung nach oben und hinten, als wollte sie sich einen Pferdeschwanz oder einen Dutt machen, ließ sie aber dann wieder offen auf ihre Schultern fallen.

»Er braucht das Berichtsheft für die Zwischenprüfung. Wenn er es nicht morgen oder spätestens übermorgen abgibt, wird er nicht zugelassen.«

»Echt?« Ben hätte gern geraucht, aber die Frage, ob er

das durfte, musste er sich verkneifen, sonst kam er hier nie weg.

»Und das geht einfach nicht. Er darf diese Ausbildung nicht schmeißen. Er muss jetzt mal irgendwas zu Ende bringen. Das ist wirklich wichtig.«

»Okay.«

»Er wollte unbedingt Büchsenmacher werden, unbedingt! Und jetzt scheitert das Ganze an diesem Berichtsheft. Das geht einfach nicht!«

Was ging ihn das an? Verfickte Scheiße. Er war nicht für Leons verfickte Karriere zuständig. Aber das sagte Ben nicht. Stattdessen nickte er und senkte die Augen. Versuchte, sich aus dem Sessel zu hieven, ohne dass es allzu sehr auffiel.

»Kannst du mit ihm reden, bitte? Er kann nicht so weitermachen.«

»Ich?«

»Bitte, Ben. Du bist sein bester Freund, und wir kommen einfach nicht an ihn ran. Und wir können nicht den Rest seines Lebens für ihn da sein.«

»Ich versuch's«, sagte Ben.

»Danke! Danke dir!« Sie sah ihn an, und er stellte erschrocken fest, dass ihre Augen ganz rot und nass waren. In dem sanften Licht sah sie viel jünger aus, und sehr hübsch. Ein bisschen wie Leon, wenn es ihm ausnahmsweise gut ging.

»Ich geh mal hoch«, sagte er und befreite sich nun aus dem Sessel. Er stand auf und sah auf sie herunter. Fast tat sie ihm leid.

»Klar, Ben.«

»Bis später.«

»Ja. Sprich mit ihm. Bevor ihr high werdet.«

Sie schaute nicht auf, und er ging grußlos aus dem Raum und die Treppe hoch zu seinem Lieblingsfeind.

Zwei Stunden später waren sie komplett dicht und starrten auf den lautlos gestellten Fernseher, wo eine Show mit schrillen Verkleidungen und viel sichtbarem Gelächter lief. Es war sehr still. Ben wartete eigentlich nur noch auf die WhatsApp von Martin, der versprochen hatte, ihn gegen eins abzuholen. Deshalb war er nicht auf das gefasst, was dann passierte.

Leon sprang plötzlich aus dem Bett und stand vor ihm wie ein Racheengel.

»Was?«, fragte Ben schläfrig.

»Steh auf!«

»Hä?«

»Komm schon!«

»Was denn, Bro? Ich bin scheißmüde!«

»Ich hab einen Plan.«

»Nicht schon wieder diese Amokscheiße, okay?«

Plötzlich spürte Ben etwas Kaltes, Metallisches. Leon, dieser Oberspast, hielt ihm den Lauf einer Waffe an den Kopf, Ben konnte nicht sehen, welche es war, aber Leon drückte fest zu, es tat richtig weh.

»Wenn du nicht mitmachst, bist du tot«, raunte er ihm ins Ohr.

Ben erstarrte. Leon hatte so was schon mal gemacht, und er mit ihm, aber im Spaß. Das hier war kein Spaß mehr. Das war eine ernst gemeinte Drohung. Leon nahm die Waffe weg – Ben spürte immer noch die schmerzhafte ringförmige Vertiefung an seiner Schläfe wie ein Schandmal – und schoss in den Boden. Ben hörte den Knall und das Splittern des Holzbodens. In seinen Ohren rauschte es.

Wahnsinn. Eine geladene Waffe. Leon hatte eine geladene Waffe auf ihn gerichtet.

Er stand langsam auf, stocknüchtern. Einerseits hatte er

Angst, andererseits war da ein Triumphgefühl, das ihn trug und leitete. Leon hatte eine rote Linie überschritten. Er war gefährlich, daran bestand kein Zweifel mehr. Plötzlich verschwand auch die Furcht, verflüchtigte sich wie ein schlechter Geruch. Er ging aus dem Zimmer, ohne sich nach Leon umzusehen, lief nach unten, durchquerte das dunkle Haus, atmete gierig die kalte frische Luft ein, als hinter ihm die Tür zufiel.

Sein Entschluss stand fest. Er würde die Welt von einem Monster befreien. Nur das Wie war noch nicht ganz klar. Er musste mit jemandem darüber sprechen.

*

Als Ben gegangen war, konnte Leon nicht einschlafen. Das war nichts Neues; er schlief ohnehin kaum noch. Die Drogen ließen ihn dösen und träumen, aber dösen und träumen war nicht erholsam, sondern führte nur dazu, dass der Rest seiner Lebenskraft aus ihm herausfloss wie Treibstoff aus einem defekten Fahrzeugtank.

Er hatte Mist gebaut, aber er erinnerte sich nicht mehr so richtig daran, was und warum und überhaupt. Ben war weg und würde vielleicht nie wiederkommen, und das durfte nicht sein. Er musste nachdenken, er durfte sich nicht wieder so gehen lassen, sonst würde nicht einmal sein allerletzter Plan aufgehen.

Die Zeit lief ihm davon.

Sein Spielraum war in den letzten Wochen drastisch geschrumpft, konzentrierte sich mehr oder weniger auf dieses eine Zimmer hier, seine Kommandozentrale, wie er es manchmal vor sich selbst nannte, und sich der bitteren Ironie wohl bewusst war. Er war ein Herrscher ohne Heer und Untertanen, ein König ohne Reich, er pflügte einsam durch das Universum ohne Sinn und Ziel.

Und doch wollte er gesehen und gehört werden, und zwar – absurd und ein bisschen unlogisch – ausgerechnet von den Erdlingen, dieser verrückten Spezies, der er sich nie zugehörig gefühlt hatte. Er sah aus wie einer von ihnen, redete wie einer von ihnen. Auf den ersten Blick konnte man ihn nicht von ihnen unterscheiden, und trotzdem war er nie Teil dieser Gemeinschaft gewesen.

So ging es Aliens, die es hierher verschlagen hatte. Sie mussten irgendwann zurück in ihre Heimat, sonst verloren sie ihre Energie und verbrannten zu Schlacke. Leon hatte es einundzwanzig Erdjahre unter den Fremden ausgehalten, und nun ging es zurück zu seinesgleichen. Er wusste, er würde seine Brüder und Schwestern finden, und sei es am anderen Ende des Alls. Er wusste, er würde sie erkennen (und sie ihn, sobald er seine irdische Kostümierung abgelegt hatte). Er hatte manchmal gedacht, es würde einen anderen Weg geben, zu ihnen zu gelangen, aber es existierte nur dieser eine.

Draußen fuhr ein Auto vorbei, ein anderes startete ziemlich laut direkt unter seinem Fenster. Selbst mitten in der Nacht hatte man keine Ruhe vor diesem Scheißlärm. Leon hielt sich die Ohren zu, aber nicht zu fest, denn sie taten ohnehin schon weh. Er hätte seinen White-Noise-Kopfhörer aufsetzen können, aber im Moment war er so empfindlich, dass er nicht einmal diese Berührung ertragen konnte.

Er sehnte sich nach sauberer Wäsche, einem gereinigten Zimmer, so clean und nackt, dass ihn nichts triggerte, nichts ablenkte. Gleichzeitig war es ihm unmöglich, jemanden hereinzulassen, der das hätte erledigen können. Er schaffte es ja nicht einmal, auf die Toilette zu gehen, wenn die Gefahr bestand, dass er jemandem begegnete. Er stand auf, mühsam und genervt, und pinkelte in eine leere Bierflasche.

Ein Motorrad heulte auf, ein weiteres folgte; vielleicht ein Wettrennen. Leon stellte sich ans Fenster mit seiner Glock. Er hielt sie beidhändig hoch, mit dem Lauf rechts neben dem Kinn, wie man es oft im Fernsehen sah. Ihm gefiel die Pose, er nahm sie oft ein. Bei einem dritten Krachmacher würde er schießen. Die Müdigkeit war weg, er fühlte sich geistig ganz klar.

Es kam kein drittes Motorrad. Draußen war es wieder so totenstill, wie es um drei Uhr morgens zu sein hatte. Leon überlegte, ob er sich an seinen Laptop setzen sollte, um den Plan seiner fulminanten Abschiedsvorstellung endlich zu verschriftlichen, aber er entschied sich dagegen; eigentlich hatte er alles im Kopf. Kurz davor würde er es tun. Sich final entscheiden, wo genau er den Sprengstoff platzieren würde, in welchen Eingängen er und Ben sich postieren würden, um den maximalen Effekt zu erreichen.

Er legte die Glock weg und zündete sich eine Zigarette an. Langsam entspannte er sich. In der Nacht fühlte er sich am wohlsten. In der Nacht waren die meisten Leute in ihren Zimmern, genau wie er. Er versäumte nichts, niemand fragte sich, warum er sein Refugium nicht verließ und das tat, was alle glaubten tun zu müssen.

Jetzt erholten sie sich vom täglichen Rattenrennen, nur um sich fit für den nächsten sinnlosen Kampf um die endlichen Ressourcen des Planeten zu machen. Dem würde Leon ein Ende setzen, zumindest was ihn selbst betraf. Dabei würde er so viele wie möglich mitnehmen. Sein Raumschiff wartete schon, um ihn in die Galaxien weit hinter der Milchstraße zu transportieren. Die Vorstellung war mega.

ICH WAR LEON, UND IHR HABT MICH VERARSCHT

MIT EURER SCHEISS-ALTERNATIVLOSIGKEIT. IHR HABT MICH VERGEWALTIGT, IMMER UND IMMER WIEDER, INDEM IHR MICH ZWINGEN WOLLTET, EINER VON EUCH ZU SEIN. DAS WAR UNVERZEIHLICH.

Das Leon-Manifest. Mal fügte er etwas hinzu, dann ließ er wieder etwas weg. Er würde es noch ausformulieren, dann, wenn es so weit war. In drei oder vier Wochen. Dann wäre es nicht mehr so kalt, dann hätten mehr Leute Lust, Frühjahrsmode einzukaufen. Je mehr Opfer, desto besser, desto durchschlagender sein Erfolg. Er stellte sich die Szenerie vor, die Explosionen am Eingang der Pasing Arcaden, das trockene Knattern der AK-47, das Kreischen der Flüchtenden, das Stöhnen der Verletzten, die zerfetzten Leichen in ihrem Blut, das Heulen der herannahenden Polizeisirenen und er mittendrin als der Vollstrecker.

Er lächelte versonnen und drückte die Zigarette auf dem weiß lackierten Fensterbrett aus, bis die Stelle stinkende Blasen warf. Rote Funken regneten auf den Holzboden, verloschen zu Asche.

*

Am nächsten Tag hatte Barbara einen Termin mit Irene in ihrer Praxis. Es ging um das Gutachten, das sie bezüglich der Erziehungsfähigkeit ihrer Klientin schreiben würde. Barbara war klar, dass ihr Vorgehen nicht ganz den Regeln entsprach – aber hielten sich die Arschlöcher dieser Welt jemals an irgendwelche Regeln? Natürlich nicht, sonst wären sie ja nicht so erfolgreich in ihrem Arschlochsein.

Also, die Regeln lauteten eigentlich, dass sich das Familiengericht an sie wandte, nicht umgekehrt, und für ein korrektes, gerichtsfestes Gutachten sollten beide Elternteile getrennt voneinander während der Interaktion mit ihren Kindern beobachtet und analysiert werden. Aber in diesem Fall, fand Barbara, war Gefahr im Verzug, weshalb sie nicht aufs Gericht warten konnte, sondern selbst aktiv werden musste. Irene war von ihrem Noch-Ehemann verprügelt worden und brauchte sofort jede Hilfe, die sie bekommen konnte. Der Ehemann selbst war nicht kooperativ.

Sie machte sich ein paar Notizen, ordnete ihre Argumente. Seit ein paar Jahren hatte sich der Gerichtssaal in eine Kampfzone verwandelt, in der die Väterrechtler immer mehr den Ablauf bestimmten. Barbara hasste diese Gruppierung, aber sie war mittlerweile eine Kraft, die man nicht länger ignorieren konnte. Nachdem die Familiengerichte früher das Sorgerecht einigermaßen zuverlässig den Müttern zugesprochen hatten, sofern sie nicht gerade psychiatrisch auffällig waren, hatte die Wissenschaft nun die Herren der Schöpfung und deren angeblich krass unterschätzte Wichtigkeit für das Gedeihen des Nachwuchses entdeckt. Plötzlich galten Mütter nicht mehr als Trennungsopfer, sondern als Täterinnen, die den Vätern ihre Kinder böswillig vorenthielten. Aus Eifersucht und Eigennutz.

Seitdem hatte Barbara aufgehört, an den Rechtsstaat zu glauben. Wie konnte man das noch tun, wenn selbst rechtskräftig verurteilten Schlägern zwecks erfolgreicher Wiedereingliederung in die Gesellschaft ein Umgangsrecht mit ihren Kindern zugesprochen wurde? Der Rechtsstaat, ehemals Freund und Helfer, war nun schlimmster Feind der Mütter. Man musste ihn mit seinen eigenen Waffen schlagen und dabei alle legalen Tricks anwenden, sonst geriet man unter sein brutal effizientes Räderwerk. Eine versierte Anwältin hatte sie Irene bereits empfohlen, der Termin stand. Ein Zweitgutachten von Barbaras prominentem Doktorvater würde hoffentlich dazukommen.

Masse mit Klasse – daraus bestand ihr Arsenal. Zwei Gutachten, die zu ähnlichen Schlüssen gelangen, sind eine klare Ansage, hatte Barbara Irene erklärt. Das nämlich musste ein Gegner, der wenig Zeit hatte und sich freiwillig so gut wie gar nicht mit seinen Kindern beschäftigte, erst mal überbieten. Barbara war also in gebremst optimistischer Stimmung, als sie Irene erwartete, und umso erschrockener, als Irene zwar glücklicherweise keine neuen Verletzungen aufwies, aber niedergedrückter als jemals zuvor erschien. Sie war ungeschminkt und blass, die Haare sahen fettig aus.

»Er will mich fertigmachen«, sagte sie, kaum hatte sie sich gesetzt.

»Wo sind die Mädchen?«, fragte Barbara.

»Bei meinen Eltern. Sie bringen sie auch zur Schule.«

»Wie lange sollen Sie da bleiben?«

Irene zuckte die Schultern. »Solange, bis er sie entführt. Er holt sie von der Schule ab, bringt sie in die Wohnung seiner Freundin, und das war's dann.«

»Nein! Das darf er gar nicht, dafür kann er belangt werden!«

»Dem passiert schon nichts. Und er weiß, dass ich bei dir bin. Er kennt deinen Namen. Er überwacht mich irgendwie. Ich muss auch gleich wieder los. Ich bringe dich bloß in Gefahr.«

»Irene ...«

»Hör zu, ich schreib dir alles. Alles, was ich weiß, damit du es schriftlich hast, damit auch andere wissen, was er mit mir macht, was er mit jedem macht, der sich ihm in den Weg stellt.«

»Beruhig dich mal, Süße. Magst du einen Tee?«

Irene schüttelte den Kopf. »Danke. Ich geh jetzt.«

»Bitte, bleib da. Lass uns drüber reden.«

»Vergiss es! Der Typ hat eine Waffe. Ich hab sie gesehen. Ich kann dich da nicht weiter reinziehen.«

»Ich hab keine Angst.«

Irene stand auf, nahm ihre Handtasche und sah auf Barbara hinunter, mit kaltem, panischem Blick. »Das solltest du aber. Du solltest richtig scheißviel Angst haben.«

*

Kontakte waren alles in seinem Job. Der Mann gehörte zu den Leuten, die im richtigen Augenblick immer auf genau die Menschen traf, die seine Probleme lösten. Nun ja, nicht immer, aber zumindest in diesem Fall könnte es sich als geradezu unverschämtes Glück herausstellen, dass er Ben kennengelernt hatte. Falls alles wie geplant klappen sollte. Abends um sechs rief der Mann Ben auf seinem Wegwerfhandy an. Ben besaß das Gegenstück dazu, das der Mann ihm besorgt hatte. Es gab keinen besonderen Anlass für das Gespräch, außer dass der Mann wissen wollte, wo er stand, wie die Dinge vorankamen. Immerhin eilte es ein wenig.

»Hi«, sagte der Mann. Seine Stimme klang tief und verführerisch, gleichzeitig fest und vertrauenserweckend. Diese Kombination war schlicht unwiderstehlich. Seine Ex-Frau hatte ihm einmal gestanden, dass sie sich vor allem in seine Stimme verliebt hätte. Sie war neben seinem Aussehen sein wichtigstes Kapital.

»Hi.« Ben klang atemlos, als wäre er gerannt, aber auch erfreut und aufgeregt. »Ich wollte dich gerade anrufen!«

»Wirklich?«

»Ja!«

»Alles in Ordnung?«, erkundigte sich der Mann, weil ein Touch Besorgnis stets gut ankam.

»Ja. Ja.« Bens Eifer war beinahe rührend. »Können wir uns treffen?«

»Aber sicher. Wann und wo?«

»Wann hast du Zeit?«

»Für dich immer, mein Sohn.«

Der Mann hatte eine Begabung, die ihm schon in vielen brenzligen Situationen geholfen hatte. Wenn er mit dem Rücken zur Wand stand – und wann war das in den letzten Monaten nicht der Fall gewesen? –, lief er zur Höchstform auf. Wobei das bei einem Jüngelchen wie Ben nicht unbedingt erforderlich gewesen war, da reichten Manipulationstechniken mittlerer Güte. Die schüttelte er aus dem Ärmel, da konnte er quasi nebenbei Rechenaufgaben lösen. Die richtigen Worte, der feste Blick, der warme Händedruck, das passierte im Automatikmodus, da musste er sich nicht einmal anstrengen.

Schritt eins: Der Zielperson das Gefühl geben, sie sei wichtig, ihre Anwesenheit von allerhöchster Relevanz. Der Mann nannte das Goldstaub streuen, und meinte damit, eine magische Atmosphäre herzustellen, in der Undenkbares möglich schien.

Schritt zwei: Befürchtungen der Zielperson ernst nehmen, gemeinsam durchdenken und dann behutsam zerstreuen.

Schritt drei: Erkennen, was die Zielperson brauchte, Sehnsüchte wecken und in Aussicht stellen, dass sie zeitnah gestillt werden könnten, falls die Zielperson angemessen kooperierte.

Schritt vier: Immer da sein für die Zielperson, immer erreichbar sein, so lange, bis die Zielperson eingesponnen war in einem Netz aus Liebe und Illusionen. So wurde man zum besten Freund, den die Zielperson nie hatte, zum erträumten Liebhaber, der alle Wünsche der Zielperson erahnte, zum

Vater, den die Zielperson vermisste. Falls nötig zu alldem in einer Person.

Schritt fünf: Die Zielperson bei unbefriedigender Kooperation mit unberechenbarem Verhalten bestrafen und auf diese Weise maximale Verwirrung stiften. Eine verwirrte Zielperson hinterfragte nichts mehr. Sie tat Dinge, die sie im Normalzustand ablehnen würde. Sie handelte gegen ihre Prinzipien, die sich als Schall und Rauch erwiesen, denn Prinzipien waren nur Worte. Hier ging es um Gefühle, so tief und reich wie der Ozean: Die Zielperson tat alles, um wieder geliebt zu werden. Liebe, hatte der Mann festgestellt, war ein Suchtstoff, dessen Entzug krank machte, und das konnte er in dieser Klarheit erkennen, weil er zumindest gegen diese Droge vollkommen immun war. Er war der Dealer, nie der Konsument.

Ben und er trafen sich in einem hübschen, aber relativ großen und anonymen Lokal außerhalb des Städtchens. Der Mann hatte es ausgesucht, weil ihn dort seines Wissens niemand kannte. Dennoch sah er sich um, bevor er sich setzte, scannte sorgfältig sein Umfeld. Er hatte Augen wie ein Luchs und das Gedächtnis eines Elefanten – er vergaß nie ein Gesicht und selten den Namen dazu.

Hier war die Luft rein.

Fünf Minuten später kam Ben, im Schlepptau einen studentisch aussehenden Typ, der sich als Taxifahrer erwies. Dem Mann war das überhaupt nicht recht – ein potenzieller Zeuge, der sie zusammen sah. Aber er bezahlte Bens Fahrt ohne Protest, um nicht aufzufallen, keine Erinnerungen zu produzieren.

Ein paar Minuten später verzehrte Ben mit Appetit einen Hamburger. Der Mann aß währenddessen ein Steak, das außen kross gebraten und innen blutig war. Dabei beobachtete er Ben, versuchte, ihn zu lesen. Kontakte und wie man sie knüpfte, korrumpierte und ausbeutete, sollten seiner unmaßgeblichen Meinung nach eigentlich Pflichtfach an der Uni sein. Der Mann, eine Koryphäe auf diesem Gebiet, hätte jedenfalls Vorlesungen darüber halten können, falls er gewillt gewesen wäre, seine ausgefeilten Strategien preiszugeben (was nicht der Fall war).

Er bevorzugte verschiedene Herangehensweisen, eine davon war der aus seiner Sicht sehr hilfreiche Vergleich mit Autos. Die Range begann bei primitiven Pick-ups bis hin zu hoch empfindlichen Rennwagen, die sorgfältig austariert werden mussten, damit man sie nicht gegen die Wand fuhr.

Ben zählte zur Kategorie Kleinlaster mit Macken. Bequem, praktisch, stabil, aber manchmal stotterte der Motor, versagten die Bremsen, spielte die Elektronik verrückt oder die Reifen drehten durch.

»Noch ein Bier?«, fragte der Mann.

Ben nickte und wischte sich Senf und Ketchup von den Lippen. Sein Gesicht wirkte ein wenig aufgequollen. Überhaupt fiel eine leichte Neigung zur Schwammigkeit auf. Ein paar Pubertätspickel. Insgesamt sah er nicht übel aus, ein bisschen grob und ungeschliffen, aber das würde sich durch besseres Styling, weniger Gewicht und mehr Sport in den Griff kriegen lassen.

Der Mann orderte noch zwei Halbe, obwohl er selber lieber einen Whisky getrunken hätte, aber Nähe ließ sich auch durch ein Detail wie das gleiche Getränk zur gleichen Zeit herstellen.

»Du wolltest mich sprechen«, sagte er, nachdem sie angestoßen hatten.

Ben trank sein Bier in einem Zug bis fast zur Hälfte aus.

»Ja«, sagte er dann.

Der Mann merkte, dass Ben sich erst sammeln musste, um die richtigen Worte zu finden, und nickte ihm aufmunternd, aber nicht ungeduldig zu.

»Ist was passiert?«, fragte er.

»Kann man so sagen.«

»Willst du darüber reden?« Der Mann mochte diese Phrase aus amerikanischen Serien und wendete sie gern an; sie wirkte empathisch, aber nicht aufdringlich.

»Ich weiß nicht. Es ist ziemlich krass.«

»Du musst nicht. Wir können auch einfach hier sitzen und ein bisschen Small Talk machen.«

Ben lächelte schwach. Der Mann wartete.

Schließlich berichtete Ben stockend, dass Leon ihn erneut hatte zwingen wollen, sich bei einem Amoklauf beziehungsweise an dessen Planung zu beteiligen. Der Mann machte ein angemessen betroffenes Gesicht, hütete sich allerdings vor übertriebenen Reaktionen.

»Bist du sicher?«, fragte er.

»Ja. Er redet immer wieder davon.«

Dem Mann war das bekannt. Es ging nun darum, das Samenkorn, das er in den Kopf des Jungen gesät hatte, aufgehen zu lassen. Und zwar nicht langsam und allmählich, sondern rasch, denn die Probleme hatten sich in kürzester Zeit verschärft. So viele Zufälle waren zusammengekommen und würden sich nun bündeln in einer spektakulären Tat, die Ben von einem Alpdruck, die Welt von einem Gewalttäter und den Mann selbst von einer potenziellen Feindin befreien würde. Diese Frau ist Gift, hatte ihm sein Anwalt gesagt. Sie verbeißt sich in ihre Fälle, argumentiert immer aufseiten der Mütter, ist bestens vernetzt in der Psychoszene und kennt jeden Richter und jede Richterin des Familiengerichts.

Er musste sie kaltstellen, aber ohne selbst in Erscheinung zu treten. Er war lediglich das Mastermind im Hintergrund. Zwischen ihm und Ben würde es nichts Schriftliches geben, nichts Greifbares, nichts zu Ermittelndes.

Der perfekte Mord, falls Ben nicht schlappmachte.

Es war so unglaublich, dass er beinahe gegrinst hätte.

Aber noch war es nicht so weit. Es gab durchaus einige Wenn und Aber. Die Dinge standen auf der Kippe.

»Hat er wieder davon angefangen?«, fragte er mitfühlend. Ein Junge verlor seinen besten Freund an eine Wahnidee – tragisch!

»Gestern«, sagte Ben. »Er hat mir eine geladene Tommy Gun an den Kopf gehalten, weil ich gesagt habe, dass ich da nicht mitmachen will. Ich will nicht sterben, verstehst du? Ich will nicht sterben, und ich will auch nicht lebenslang in den Knast.«

Der Mann schüttelte demonstrativ entsetzt den Kopf. »Woher weißt du, dass sie geladen war?«

»Weil er direkt danach in den Boden geschossen hat.«

»Um Gottes willen.«

»Ja.«

»Dieser Mensch muss unbedingt unschädlich gemacht werden.«

»Ich könnte zur Polizei gehen.« Ben sah am Mann vorbei, runzelte die Stirn, als würde er jemanden sehen, den er kannte, aber nicht mochte. Der Mann hoffte, dass das nicht so war, konnte sich aber schlecht umdrehen.

»Alles in Ordnung?«, fragte er.

»Was?« Bens Blick irrte immer noch herum und heftete sich schließlich wieder auf das Gesicht seines Gegenübers.

»Alles okay? Du wirkst plötzlich so abwesend.«

»Alles gut.«

»Kennst du hier jemanden?«

»Ich? Nein.«
»Okay.«
»Ich brauch deinen Rat. Soll ich zur Polizei?«
Das war aus naheliegenden Gründen die ungünstigste Lösung. »Das könntest du tun«, antwortete er vorsichtig.
»Dann wären aber die Waffen weg.«
»Das stimmt, Ben. Dein Arsenal verstößt gegen jeden einzelnen Paragrafen des Kriegswaffenkontrollgesetzes. Du müsstest die Dinger also vorher loswerden.«
»Kannst du sie mir nicht abkaufen?«
Der Mann lachte und gab Ben eine halb scherzhafte, halb zärtliche Kopfnuss. »Das wäre verdammt reizvoll, aber alte Leute wie ich müssen auf ihren Ruf achten.«
»Du bist nicht alt.« Ben sah ihn an, wie ihn schon viele Menschen angesehen hatten, mit einer Mischung aus Sehnsucht und Faszination. Ben wollte von ihm gemocht werden, aber wahrscheinlich wollte er vor allem so sein wie er. So cool und reich und angesehen. Ein geachtetes Mitglied der Gesellschaft, aber mit der aufregenden Aura eines Gangsterbosses. Dahin würde Ben nie kommen, aber die Aufgabe des Mannes bestand darin, diese Hoffnung zu nähren, das Versprechen immer wieder zu erneuern. *Wenn du mein Freund bist, wirst du irgendwann so sein wie ich.*
»Also, was willst du tun, mein Sohn?«
»Wenn ich nicht zur Polizei gehe …«
Ben ließ den Rest des Satzes zerflattern. Er sah den Mann an, als müsste der ihn vollenden, aber diesen Gefallen würde der Mann ihm nicht tun. Er würde das Wort »Mord« niemals in den Mund nehmen. Alles, was er tun würde, wäre, den Samen zu düngen.
»Was soll ich denn jetzt machen?«, fragte Ben nun ganz direkt.

Der Mann sah Ben an, ernst, aber mit einem leichten Lächeln in den Augenwinkeln. Er schwieg etwa zehn Sekunden lang – zehn Sekunden waren eine halbe Ewigkeit, wenn jemand sehr dringlich auf eine Antwort wartete –, dann seufzte er und sagte: »Ich weiß, was ich machen würde. Aber das würde ich nie laut sagen. Verstehst du?«

»Hm.« Ben sah ratlos aus.

»Es gibt Dinge, die ein Mann tun muss, ohne darüber zu sprechen. Da geht es um harte, gnadenlose Entscheidungen. Verstehst du mich jetzt?«

Ben nickte. Er wirkte verängstigt, aber auch erleichtert. Innerlich schien er zu wachsen (wenn der Mann ihm so etwas zutraute, musste etwas Besonderes an ihm sein). Der Mann legte seine gebräunte Hand mit den sorgfältig manikürten Fingernägeln auf Bens blasse, schmuddelige Pratze. Er war selbst einmal ein Ben gewesen, ein wilder, ungebärdiger Junge mit einer sanften, überforderten Mutter. Einsam, verzweifelt, vaterlos (der Mann hatte keine Ahnung, wer sein Erzeuger war, seine Mutter hatte dieses Geheimnis mit ins Grab genommen). Ben schien immerhin einen Vater zu haben, aber er sprach nie über ihn, also spielte er wohl keine große Rolle in seinem Leben.

»Sieh mal«, sagte er, »nach allem, was du mir von Leon erzählt hast, ist er selbstmordgefährdet.«

»Ja.«

»So etwas passiert jeden Tag. Ein Mann kommt mit seinem Leben nicht zurecht und bringt sich und seine Familie um. Er nimmt sie mit in den Tod, weil er nicht allein sterben will. Kann man verstehen, oder?«

»Ich weiß nicht«, sagte Ben zögernd. »Was bringt es ihm, wenn er andere mitnimmt? Ich meine, dann ist er doch trotzdem tot. Was hat er davon, wenn andere auch krepiert sind?«

»So denken Menschen wie du und ich. Leon ist eine ganz andere, sehr bedauernswerte Persönlichkeit, der kurz davorsteht, einen Massenmord zu begehen, also viele, viele Menschen mit in den Tod nehmen will. Man muss ihn stoppen. *Du* musst ihn stoppen. Und wie du das tust, das kannst nur du entscheiden.«

»Wenn ich zur Polizei gehe …«

Der Mann seufzte. »Ja, ein gesetzestreuer Bürger würde das tun. Die Polizei würde ihn anhören, und dann würde sie nichts weiter unternehmen. Denn wie willst du beweisen, was Leon wirklich will, was er tatsächlich vorhat? Welche Indizien hast du denn außer einem ziemlich umfangreichen Waffenarsenal, das sich aber zu achtzig Prozent in deiner Wohnung befindet, weil Leon viel zu schlau ist, um das alles bei sich zu lagern? Was glaubst du, wird Leon sagen, wenn die Polizei ihn vernimmt? *Aber ich bitte Sie, Herr Polizeibeamter, das war doch nur ein Witz unter Freunden.* Das jedenfalls würde ich an seiner Stelle sagen. Das würde *jeder* an seiner Stelle sagen. Vorausgesetzt, er gibt überhaupt zu, dass er jemals so was geäußert hat. Vielleicht behauptet er auch einfach, dass du lügst.«

Ben dachte nach, wendete alles hin und her, und konnte gar nicht anders, als zuzustimmen. Weil es die Wahrheit war. Die schlichte und unwiderlegbare Wahrheit. Da musste man gar nicht viel dazutun.

Der Mann nahm seine Hand weg. »Was ist besser?«, fragte er. »Der Tod von drei Menschen oder der Tod von dreißig, vierzig, fünfzig, sechzig Menschen?«

Er sah Ben erbleichen. Zum ersten Mal wurde ihm klar, was vor ihm lag – was er im Begriff war, vielleicht zu tun. Und selbst dem Mann wurde ein wenig anders. Es war schließlich ein Wagnis, auch für ihn. Eine ultimative Herausforderung.

Aber ebenso die Chance auf einen Sieg, wie er ihn noch nie errungen hatte. Eine Todfeindin weniger. Ein Grundstück in Filetlage mit Altbestand, das geschockte Hinterbliebene garantiert so schnell wie möglich loswerden wollen würden.

Und wenn nicht?

Er gab sich innerlich einen Stoß. Optimismus war angesagt. So ein Glücksfall würde sich nie wieder bieten.

»Denk darüber nach«, sagte er sanft. »Aber mach dir klar, dass die Zeit drängt.«

»Ich weiß nicht, ob das so stimmt. Bisher redet er nur.«

»Ben! Was Leon plant, kann er jeden Tag umsetzen! Und dann macht nicht nur er sich schuldig, sondern auch die Menschen, die davon wussten, aber nichts unternommen haben.«

Ben entschuldigte sich und ging ziemlich schnell zur Eingangstür. Vermutlich musste er sich übergeben. Schade um den Burger, aber andererseits würde Ben sich danach vermutlich besser fühlen, und das würde er als Zeichen nehmen, dass er auf dem richtigen Weg war. Der Mann winkte nach der Kellnerin und bat um die Rechnung. Später würde er nach draußen gehen, Ben trösten, ihn nach Hause fahren. Alles würde gut werden, würde er Ben sagen. Er würde seinen Mut loben, seine Tapferkeit vor einem gefährlichen Feind, seine Männlichkeit, die er so unter Beweis stellen könnte.

Und dann würde er in den folgenden Tagen mit einer gewissen Ungeduld darauf warten, dass die Saat aufging. Denn die Zeit drängte tatsächlich. Würde Leon seinen Plan umsetzen, wäre es zu spät.

*

Letzten Endes ist aus der Exploration ersichtlich, dass für die Kinder der Probandin Erwünschtheit und Zuneigung beste-

hen, was sich in der Verantwortungsübernahme für die kindliche Entwicklung und der Bereitschaft zu erzieherischem Handeln widerspiegelt. Die Probandin lässt auch nicht erkennen, dass sie um ihre Kinder sonstige bestehende Interessen herum organisiert, sondern im Gegenteil organisiert sie bestehende Interessen nach den Bedürfnissen der Kinder. In ihrer Erziehungsfunktion wirkt sie weder übermäßig ängstlich noch extrem risikofreudig. Von daher besteht auch nicht die Gefahr, die Kinder über- oder unterzufordern. Emotionalität und Empathie gegenüber ihren Kindern sind als günstig anzusehen. Sie ist offensichtlich bereit, sich in die Welt der Kinder einzufühlen, sich den Kindern liebevoll zuzuwenden. Sie zeigt bei der Exploration stets ein warmes und zärtliches Verhalten.

Es war fast Mitternacht, als Barbara mit ihrem Gutachten zumindest halb fertig war. Sie gähnte. Morgen würde sie es in die Praxis mailen und dort fertigstellen. Sie hatte Irenes Erziehungsfähigkeit in den höchsten Tönen gelobt und auch darauf hingewiesen, dass Irene schon längere Zeit bei ihr in Behandlung sei, stets gut mitgearbeitet hätte und ihre beiden Mädchen in den letzten Monaten einen regelrechten Entwicklungssprung gemacht hätten.

Nun kam es zum heiklen Teil: der Beurteilung des Noch-Ehemanns, den sie nur aus den Erzählungen Irenes kannte. Sie würde letztlich nicht darum herumkommen, ihn wenigstens zu kontaktieren, selbst wenn er ihr eine Abfuhr erteilen würde. Dann hatte sie es wenigstens versucht. Irene hatte sie davor gewarnt, aber in diesem Job durfte man nicht ängstlich sein.

Sie würde ihn morgen anrufen.

In diesem Moment ploppte eine E-Mail bei ihr auf. Barbara kannte die Absenderin nicht und wollte das Schreiben schon in den Spam-Ordner verschieben, dann blieb ihr Blick an dem einen Wort in der Betreffzeile hängen.

Täuschung.

Sie öffnete die E-Mail, achtete auf verdächtige Anhänge (es gab keine) und begann zu lesen:

Liebe Barbara,

mittlerweile weiß ich, dass er meinen Wagen ortet, mein Telefon abhört und meine E-Mail-Korrespondenz überwacht, deshalb kommt diese Mail auch vom Account einer Freundin, bei der ich heute übernachte. Die ahnt das gar nicht. Ich habe ihren Laptop stibitzt und sitze in ihrem Bad. Die Mail lösche ich gleich nach dem Absenden, versprochen. Mir ist klar, das ist nicht richtig, ich hoffe, sie hat dadurch keine Nachteile.

Also, er weiß über alles Bescheid. Wer versucht, mir zu helfen, wer auf meiner Seite steht und so weiter. Und das heißt, er wird versuchen, die jeweiligen Leute gegen mich aufzubringen. Er hat mir alles verboten, Süße! Wie er mir gestern gesagt hat, darf ich keinen Kontakt zu irgendwem aufnehmen, auch nicht zu dir. Das umfasst Anwälte, Behörden, die Presse und so weiter. Er will mich komplett isolieren.

Er droht mir. »Ich erfahre alles.« – »Glaub nicht, dass du irgendwas hinter meinem Rücken tun kannst.« – »Wenn du nicht tust, was ich dir sage, siehst du die Mädchen nie wieder.« – »Greif mich nicht an, sonst vernichte ich dich.« – »Jage nie etwas, das du nicht töten kannst, sonst tötet es dich.« Das Letzte ist eine seiner Weisheiten, das hat er früher schon immer gesagt, und jetzt ist klar, wie ernst er das meint. Ich werde dir noch etwas sagen – also schreiben –, damit jemand Kenntnis von alldem kriegt. Mir ist bewusst, dass ich dich damit in Gefahr bringen könnte, und das tut mir leid, aber ich weiß einfach nicht, an wen ich mich sonst wenden könnte. Du bist die einzige Person, der ich vertraue.

Er hat eine Waffe. Ich kenne mich damit nicht aus, keine Ahnung, was das für eine ist. Aber er hat eine, und sie sieht ziemlich groß und schwarz aus. Er hat sie in meinem Spind am Golfplatz versteckt. Ich habe nichts gesagt, weil er mich bedroht hat, denn wenn ich was sagen würde, dann ... Das war falsch, okay? Ich hätte trotzdem zur Polizei gehen müssen, aber der Polizeipräsident hat uns zum Dinner eingeladen, und – na ja – du verstehst ...

Ich habe keine Chance, Barbara. Ich zapple wie eine Fliege im Netz. Aber ich werde kämpfen, wenn du dazu auch bereit bist.

Danke, dass es dich gibt! Und solltest du mich jetzt fallen lassen, versteh ich das! Du hast eine Familie, du darfst dich nicht in Gefahr bringen.

13

Montag, 20. Januar

KHK Karin Lakotta saß vor ihrem Chef. Kriminalrat Konrad Sedlmeier war ein dicker, gemütlich wirkender Bayer, dem sie genügend vertraute, um leidlich offen zu reden. Später würde ihr klar werden, dass man mit Gemütlichkeit keine Führungsposition erlangte, falls sie nicht von einer weit weniger freundlichen Eigenschaft namens Hinterfotzigkeit ergänzt wurde. Sie würde zutiefst bereuen, dass sie ihn über ihre nicht regelkonformen Ermittlungen in Kenntnis setzte, weil sie überzeugt davon war, dass Gefahr im Verzug war. Musste man dann nicht handeln?

Später würde sie ein für alle Mal erkennen, dass das überhaupt keine Rolle spielte. Frauen verstehen das nicht, dachte Sedlmeier, während er ihr freundlich zunickte, damit sie nicht aufhörte zu reden (schließlich musste er alles wissen, bevor er handeln konnte). Ihnen war das Befehlskettensystem fremd, auf dem alles basierte, jede effizient arbeitende Behörde, jeder erfolgreiche Betrieb. Frauen waren die Ketzer. Der Sand im Getriebe. Unberechenbar und deshalb gefährlich. Wegen ihnen verzögerten sich Abläufe, nahmen Entscheidungen einen anderen Verlauf als geplant, gingen Dinge schief, trotz perfekter Vorbereitung.

Sie gehörten schon deshalb nicht zur Polizei, das war nicht ihr angemessener Wirkungskreis. Irgendwann kapierten sie das, oder vielmehr kapierten es nicht, sondern jammerten, dass man sie nicht ernst nahm. Dann setzte man sie am besten an irgendeinen Schreibtisch im Innendienst, wo sie misshandelte Frauen trösten und ansonsten keinen Scheiß bauen konnten.

Aber das würde Sedlmeier niemals offen sagen. Offen würde er sagen, dass Diversität gerade bei der Polizei extrem wünschenswert sei und dass, wenn es nach ihm ginge, noch viel mehr Frauen und Menschen mit Migrationshintergrund eingestellt werden sollten. Wenn sie sich nur bewerben würden. Man würde ihnen den roten Teppich ausrollen.

Jetzt sagte er: »Aha.«

»Aha« war immer gut, wenn man jemanden zum Weitersprechen animieren wollte. Auch »Ja, so was!« oder »Echt wahr?« erfüllten diesen Zweck. Viele von solchen eingestreuten Floskeln brachten Menschen dazu, mehr zu erzählen, als sie eigentlich vorgehabt hatten, ohne dass man penetrant nachfragen musste.

KHK Lakotta war zwar ein anderes Kaliber, musste Sedlmeier bei dieser Gelegenheit feststellen. Sie sagte kein Wort mehr, als sie sagen wollte. Aber es reichte, um sie von diesem Fall abzuziehen. Er hatte noch nicht entschieden, ob er das tun würde, aber zumindest bestand die Option.

»Benedikt Meier ist in Tutzing bei seiner Mutter gemeldet«, sagte er schließlich, und den Triumph konnte er nicht ganz unterdrücken. Zwischen Tutzing und Aubing, wo Lakotta Ben Meier fotografiert haben wollte, lagen geschätzte vierzig Kilometer. »Das LKA hat heute früh die biometrischen Daten geliefert, er ist tatsächlich der Facebook-Freund von Leon. Die Kollegen sind schon mit einem Durchsuchungsbeschluss unterwegs.«

»Oh.«

»Also nicht nach Aubing, sondern nach Tutzing«, fügte Sedlmeier überflüssigerweise hinzu.

»Dieses Foto wurde aber nicht in Tutzing gemacht, sondern in Aubing.«

»Dieses Foto beweist gar nichts. Es ist eine analoge Aufnahme, das heißt, wir wissen nicht einmal, wann und wo es geschossen wurde.«

»Ich sage Ihnen hiermit, wo. Ich hab's schließlich gemacht. Zählt das nicht?«

»Schaun Sie, Frau Lakotta ...«

»Nein. Schauen Sie. Schauen Sie hin. Und dann sagen Sie mir, dass es sich nicht um denselben Jungen handelt.«

»Das ist vollkommen egal. Wir ermitteln regelgerecht. Hab ich mich klar ausgedrückt?«

»Sehr klar.«

»Ich weiß Ihren Einsatz zu schätzen. Solche wie Sie brauchen wir bei der Polizei. Aber Sie müssen sich an die Bestimmungen halten.«

»Ach ja?«

»Weiß sonst noch jemand von Ihren unkonventionellen Methoden?«

»Nein.«

»Es wäre besser, wenn Sie jetzt ehrlich wären.«

»Es gibt niemanden anderes. Nur mich.«

Sie sah jetzt, was sie nicht hatte sehen wollen. Das Lauernde, das Hinterfotzige, den Beißreflex erfolgreicher Männer, sobald man ihnen ans Leder wollte. Männer wie Sedlmeier wirkten entspannt und humorvoll, so als ob sie durchaus mal alle fünfe gerade sein ließen. Aber in Wirklichkeit hatten sie ein Herz aus Stahl und Zähne wie ein Hai. Sobald sie auch nur den vagen Verdacht hegten, dass jemand sie ausbooten könnte, schnappten sie zu und bissen sich fest.

Karin Lakotta stand auf und zog das Foto unter Sedlmeiers Fingern weg.

»Lassen Sie das hier!«, befahl er, und jetzt war der Stahl auch in seiner Stimme. Sie verließ wortlos sein Büro und suchte Stettner, aber der saß nicht an seinem Platz und war nirgendwo zu finden.

*

KK Paul Stettner befand sich in seinem Auto und telefonierte mit Bernd Obermeiers Schwester. Er hatte sie eigentlich schon gestern anrufen wollen, aber es dann doch nicht getan, weil er die Schwester, wenn's hochkam, vielleicht dreimal gesehen hatte und nicht einmal mehr genau wusste, wie sie aussah. Also gab es auch keinen Grund, sich zu melden, hatte er sich eingeredet. Das Telefonat mit den Eltern, zu dem er sich verpflichtet gefühlt hatte, war schlimm genug gewesen.

Ihm graute vor der Beerdigung.

Dann hatte *sie* ihn aber angerufen, gestern Abend, als er nach einem langen Spaziergang mit Giulia gerade in der Badewanne lag, und er hatte sein herzliches Beileid bekundet, versucht, nicht dabei zu plätschern, und gedacht, dass es damit sein Bewenden haben würde. Aber sie hatte einfach nicht aufgehört zu reden, immer irgendwie um den heißen Brei herum, als fände sie die richtigen Worte nicht (das Badewasser war längst kalt geworden), und schließlich hatte er vorgeschlagen, sie zurückzurufen. Heute früh, wenn ihr das passte?

Ja, das passte ihr, sie sei auch eine Frühaufsteherin.

Irgendwas wollte sie ihm sagen. Aber was?

Er rief ihre Handynummer an und legte das Gespräch auf die Freisprechanlage. Es klingelte fünfmal, sechsmal, und er hoffte schon, dass sie nicht erreichbar sein würde, aber dann klickte es, und er hörte ihre Stimme laut und klar.

»Ja?«, sagte sie.

»Paul Stettner hier«, entgegnete er. Sein Navi zeigte ihm einen roten Staustreifen an, der sich ungefähr einen Kilometer hinziehen würde und dann abrupt endete. Vermutlich ein Auffahrunfall. Er würde zu spät zur Morgenlagebesprechung kommen, aber das hatte er Sedlmeiers Sekretärin schon mitgeteilt. Er hatte mindestens eine halbe Stunde Zeit. Das war nicht zu viel für eine junge Frau, die auf so schreckliche Weise ihren Bruder verloren hatte.

»Paul«, sagte sie, duzte ihn einfach, was ihm recht war. »Danke, dass du dich meldest.«

»Ist doch klar. Es tut mir so wahnsinnig leid, ehrlich. Er war ein toller Kollege, und ich hab ihn auch sonst sehr gemocht.«

Obermeiers Schwester hieß Gertrud, ein schön unangeberischer Name, fand Stettner. So ganz normal und ohne Getue. Soweit Stettner sich erinnerte, hatte Obermeier sie Gerdi genannt, und weil er sich daran erinnerte, musste Obermeier sie häufiger erwähnt haben. Was wiederum hieß, dass sie sich nahegestanden hatten.

»Danke, Paul, ich weiß. Das hast du ja gestern schon gesagt.«

»Na ja – es ist ja heute nicht anders als gestern.« Er zerbrach sich den Kopf, während er im Schritttempo vorankam – Stop-and-go, Stop-and-go –, was sie eigentlich von ihm wollte. Wenn er nicht kondolieren sollte, was denn dann?

»Wenn ich dir irgendwie helfen kann ...«, begann er.

Gerdi unterbrach ihn sofort und sagte mit einem leicht genervten Unterton: »Du kannst mir nicht helfen, keiner kann mir helfen, das alles ist so eine Scheiße. Ich weiß nicht einmal, wann seine ... seine Leiche zur Bestattung freigegeben wird.« Sie schluchzte, und Stettner ließ sie weinen, und als sie etwas weniger weinte, versprach er ihr, dass er sich darum kümmern und sie benachrichtigen würde, sobald die Gerichtsmediziner fertig seien.

Er hörte, wie sie sich schnäuzte.

»Danke«, sagte sie schließlich. »Du bist echt lieb.«

»Es wird bestimmt nicht mehr lang dauern ...«

Wieder unterbrach sie ihn. »Aber deswegen hab ich dich nicht angerufen.«

»Nicht?«

»Nein. Es ist so ...« Sie zögerte.

»Ja?« Der Verkehr war nun vollkommen zum Stillstand gekommen. Jemand hupte ohne Sinn und Verstand. Stettner lehnte sich zurück, kuppelte aus und stellte den Fuß auf die Bremse. Er war müde, wie üblich. Es war gut, dass er jemanden zum Reden hatte, der ihn davon abhielt, am Steuer einzunicken.

»Bernd hat mir eine Mail geschickt. Kurz bevor ... kurz bevor er es getan hat.«

»Eine Mail?« Stettner schreckte hoch. »So was wie ...«

»... einen Abschiedsbrief? Ja. Das ist einer.«

Sie weinte wieder, und Stettner bekam ein ganz schlechtes Gefühl, das diesmal nichts mit Mitleid zu tun hatte. Vor ihm rauchte der Auspuff eines uralten Polos und schickte dicke weiße Schwaden nach hinten. Obwohl die Fenster geschlossen waren, roch es ekelhaft nach Diesel. Er holte trotzdem tief Luft und stellte die Frage, auf die er eigentlich keine Antwort haben wollte.

»Was steht drin?«

»Ich könnte ihn dir vorlesen. Hast du noch so viel Zeit?«

»Ich hab massig Zeit. Bist du sicher, dass das in Bernds Sinn wäre? Ich meine, es ist ja sehr privat.«

Gerdi lachte leise und bitter. »Davon kannst du ausgehen, Paul. Der handelt nämlich unter anderem von dir.«

»Was?«

»Ja.«

Er hatte recht gehabt mit seinem schlechten Gefühl. Ein zweiter Abschiedsbrief. Und diesmal würden keine Fragen offenbleiben.

»Lies ihn mir vor«, sagte er.

Sie tat es.

Liebe Gerdi,

ich sitz hier gerade so herum und weiß nicht, was ich mit mir anfangen soll. Da kommen wir doch gleich zum Punkt. Ich bin ein schlechter Polizist, da beißt die Maus keinen Faden ab. Und ich bin auch ein schlechter Partner für die Amelie. Ich kann die nicht an mich herankommen lassen. An mich kommt grad niemand heran, nicht mal du. Und ich seh auch nicht, dass sich das ändern wird. Weil ich Schuld auf mich geladen hab.

Ich will, dass du dem Paul Stettner sagst, dass ich schuld bin an dem Dreifachmord. Wegen mir sind drei Leute tot. Ich bin so ein Schwachkopf, Gerdi, aber ich hab's ja nicht bös gemeint, weißt du? Ich hab wirklich gedacht, ich tu dem Leon einen Gefallen, ich Trottel. Einen Gefallen! Blöder geht's wirklich nicht.

Jedenfalls habe ich den Leon vor drei Monaten gesehen. Da war ich grad auf dem Heimweg, in Zivil, und der hat ja ganz in der Nähe von mir gewohnt, eine Straße weiter. Ganz nah. Also, ich komm dem entgegen, und dann stolpert der, und mir fällt eine Pistole vor die Füße, und ich heb die auf, und das war nur so ein Deko-Ding, also eine Waffe, die total echt ausschaut und auch echt ist, aber die so präpariert ist, dass man damit nicht schießen kann. Und ich Blödmann hab mir seinen Ausweis zeigen lassen, aber ich hab nicht in den Rucksack geschaut, wo vielleicht noch ganz anderes Zeug war, weil der hat mir die Story vom toten Hund erzählt. Der hat geredet und geredet und gar nicht mehr aufgehört.

Dass er eine Büchsenmacherlehre macht und dass er sich total für Waffen interessiert, aber nur, weil ihn halt die Mechanik fasziniert und die politische Dimension und so weiter, bla, bla, bla. Und ich hab's eh eilig gehabt und bin dann heim. Und am nächsten Tag hat's mich aber doch beschäftigt, und dann hab ich den Namen nachgeschaut und hab gesehen, dass der schon mal erwischt worden war, und zwar mit einer Reisetasche voller scharfer Waffen, die er bei den Dealern am Bahnhof herumgezeigt hat, und dass er deswegen zu Sozialstunden verurteilt worden ist.

Ich wollte das sofort melden. Aber dann kam die Sache mit dem Blinddarm, das weißt du ja, weswegen ich ins Krankenhaus musste. Ich hatte plötzlich diese Schmerzen, und mir war so übel. Der Notarzt kam, und der Blinddarm musste raus, und danach hab ich nicht mehr dran gedacht. Und später war es so, dass ich schon noch dran gedacht hab, aber da hätte ich ja beweisen müssen, dass in dem Rucksack scharfe Waffen waren, und das hätte ich im Nachhinein – also drei Wochen später, nachdem ich nicht mehr krankgeschrieben war – gar nicht gekonnt. Ich hätte einen Durchsuchungsbeschluss beantragen müssen und all das, und dann dachte ich, dass jeder eine zweite Chance verdient, auch dieser Leon, der ja vielleicht gar nichts Illegales gemacht hatte.

Eine Deko-Waffe ist ja nicht illegal.

Aber im Inneren hab ich gewusst – ich hab gewusst, dass da was faul war. Und ich hab nichts gemacht. Und das ist meine Schuld. Ich bin schuld, dass drei Menschen tot sind. Ich hätte sagen müssen, dass er den Rucksack öffnen und mir zeigen soll, was da sonst noch so drin ist. Vielleicht wären scharfe Waffen drin gewesen. Dann wäre Leon möglicherweise erst mal festgenommen und die Waffen wären ihm abgenommen worden, und er hätte diese Tat nicht begehen können.

Ich hab so gehofft, dass er es nicht war. Aber da hab ich mir was vorgemacht, die ganze Zeit, weil er es doch war. Und damit kann ich nicht weiterleben. Ich hoffe, du verstehst das. Mit so einer Schuld kann man nicht leben. Ich hab dich lieb, Gerdi. Ich hab auch die Amelie lieb. Sag ihr das, bitte. Und die Mama und den Papa.

Alles Liebe!!! Seid mir nicht bös!!!

Der Verkehr rollte wieder, Stettner gab Gas. »Es tut mir so leid«, sagte er. Seine Stimme hallte in seinen Ohren, als stünde er in einem Tunnel. Er hätte Obermeier nicht hängen lassen dürfen. Er hätte ihn anrufen müssen, versuchen müssen, den Kontakt zu halten. Obermeier war ein guter Polizist, aber eine labile Persönlichkeit gewesen. Das hatte jeder in der Dienststelle gewusst. Er auch.

»Was meint er damit?«, fragte Gerdi.

»Keine Ahnung.« Eine glatte, gemeine Lüge.

»Es ist doch wahr, oder?«

»Was denn?«

»Dass dieser Leon seine Eltern umgebracht hat. Das stimmt doch, oder?«

Stettner hasste sich, als er antwortete: »Es schaut bisher so aus.«

»Aber sicher ist es nicht?«

»Wir ermitteln noch immer. Ich kann dir leider nicht mehr sagen.«

»Hat er mit dir darüber gesprochen?«

»Nein.« Wieder eine Lüge. Aber was hätte die Wahrheit schon groß gebracht?

»Nie?«

»Nein.« Andererseits – was war schon dabei, die Wahrheit zu sagen? Er hatte doch nichts falsch gemacht. Warum log er?

»Aber ihr habt telefoniert. Mehrmals. Ich hab sein Handy, und da steht deine Nummer drauf.«

»Das war – dienstlich.« Was für eine beschissene Ausrede. Worüber hätten sie denn dienstlich sprechen sollen, außer über den Fall?

Gerdi hatte das vermutlich auch begriffen, denn sie antwortete nicht. Dann sagte sie matt und so traurig, dass es wehtat: »Schon gut. Ich versteh das.«

»Was verstehst du?«

Sie legte auf.

*

Ben hatte einen scheußlichen Traum. Er lag auf einem rot glühenden Scheiterhaufen. Schwarze Rabenvögel stießen auf ihn herab und rissen ihm ganze Stücke aus dem Leib. Es tat entsetzlich weh, besonders am Kopf, denn sie rupften ihm auch die Haare aus. Einer der Raben hatte die blauen Augen von Leon, die kleinen Pupillen, den stechenden Blick. Es war Leon, er war wiedergeboren worden. Dann erkannte Ben, dass er sich – von wegen Wiedergeburt! – in der Hölle befand, und seine Strafe war die Anwesenheit von Leon in den unterschiedlichsten Inkarnationen.

Ben wachte auf und dachte, dass er am liebsten aus der Haut fahren würde, so stark waren seine Kopfschmerzen. Manchmal, wenn er sich besonders schlecht fühlte, hatte er solche Fantasien. Seinen Körper zu verlassen, frei zu sein, als Geistwesen ohne Gefühle, unbeschwert von Sorgen. Er drehte sich von der Seite auf den Rücken, schloss die Augen, sperrte das grauweiß gleißende Tageslicht aus und versuchte, wieder fortzusegeln. Nur den Traum wollte er nicht mehr, und manchmal war das ja so, dass man denselben Traum weiterträumte, sobald man kurze Zeit später noch mal einschlief.

Vorsichtshalber machte er die Augen wieder auf. Der Schmerz zog sich vom Nacken in die Stirn, und ihm fiel ein, dass er letzte Nacht abgestürzt war. Erst ein paar Bier in der Shishabar, dann irgendwo draußen Angel Dust mit den einhergehenden Halluzinationen, danach wusste er überhaupt nichts mehr. Irgendwie musste ihn Martin aufgegabelt und nach Hause gebracht haben.

Martin war ein echter Freund. Dieser Gedanke rührte Ben zu Tränen, die ihm links und rechts die Wangen herunterrannen, ohne dass er recht wusste, warum er jetzt heulte. Vielleicht weil wahre Freunde so selten waren und er sich, anstatt diese Treue zu schätzen, schon überlegt hatte, wie er Martin möglichst unauffällig loswerden könnte. Das erschien ihm jetzt als die größte Sünde. Martin vertraute ihm blind, und anstatt sich darüber zu freuen, hatte er über die verschiedenen Möglichkeiten nachgedacht, seine Leiche verschwinden zu lassen!

Das ist nicht in Ordnung, wirklich nicht in Ordnung, präzisierte er innerlich, und die Tränen flossen nach dieser Erkenntnis noch stärker, zwei regelrechte Sturzbäche, als hätte er hinter den Augen einen Hahn aufgedreht. Mit einem gewissen Erstaunen stellte er fest, dass ihn das erleichterte. Seine Gefühle waren nicht länger hinter Schloss und Riegel, nicht mehr eingesperrt hinter seiner coolen Fassade; sie bahnten sich ihren Weg nach draußen, und nach einer Weile fühlte er sich besser. Selbst die Kopfschmerzen waren beinahe verschwunden.

Er langte nach hinten auf das Fensterbrett, wo sich eine Schachtel Tempos befand, zupfte eines heraus und schnäuzte sich ausgiebig. Dann legte er sich auf den Rücken und starrte an die Decke. Langsam schlief er wieder ein, versank in einer wohltuenden Schwärze, als würde er einen Brunnen heruntersteigen, tiefer und tiefer, ohne jemals den Grund zu erreichen.

*

Die Morgenlagebesprechung war auf den frühen Nachmittag verschoben worden, weshalb Stettner nicht nur nicht zu spät kam, sondern auch noch in sein Büro konnte, um seine Unterlagen zu sichten. Er schaute danach ins Büro von Karin Lakotta, aber dort war sie nicht. Auch sonst nirgendwo in der Dienststelle. Er rief sie an, aber ihr Telefon war ausgestellt. Er hinterließ ihr eine Nachricht und wartete eine halbe Stunde, ohne dass sie zurückrief. Er versuchte es ein zweites Mal – mit demselben Ergebnis.

Das war merkwürdig. War sie krank? Er erkundigte sich bei der Sekretärin Sedlmeiers, die ein komisches Gesicht machte und behauptete, dass sie nichts wüsste. Also konnte Karin Lakotta nicht krank sein; Krankmeldungen gingen über den Schreibtisch der Sekretärin.

»Was wollen Sie denn von der?«, fragte sie.

»Ich wollte was mit ihr besprechen«, antwortete Stettner.

»Wirklich? Was denn?«

Stettner schwieg. Etwas stimmte nicht. Die Sekretärin sah ihn sehr direkt an, ihr Blick war wie eine Warnung.

»Was wollen Sie denn mit der besprechen?«, wiederholte sie.

Stettner schüttelte leicht den Kopf. »Etwas Berufliches«, antwortete er.

»Ich mag Sie«, sagte die Sekretärin.

Stettner sah sie befremdet an. Die Sekretärin stand kurz vor der Pensionierung und war seines Wissens seit gefühlten hundert Jahren verheiratet; einen Flirtversuch konnte man vermutlich ausschließen.

»Das freut mich«, sagte er vorsichtig und lächelte sein schiefes, ironisch-nettes Stettner-Lächeln, das eigentlich immer eine entsprechende Reaktion hervorrief.

Diesmal nicht. Stattdessen gab es wieder diesen rätselhaften Blick, mit dem er nichts anfangen konnte. Unschlüssig stand er vor ihrem Schreibtisch.

Schließlich sagte die Sekretärin, diesmal ohne aufzuschauen: »Halten Sie sich fern von der Frau. Und das sag ich Ihnen, weil ich Sie mag, weil der Chef Sie mag, weil Sie hier innerhalb kürzester Zeit einen guten Stand erreicht haben. Da geht noch viel mehr, würde ich sagen. Das wollen Sie nicht aufs Spiel setzen wegen einer Karin Lakotta, oder?«

Ein kurzes Schweigen trat ein.

»Danke«, sagte Stettner schließlich, und ging.

Er versuchte es noch ein paarmal, sogar auf ihrer Festnetznummer zu Hause, dann gab er es auf. Er holte sich eine Leberkässemmel vom Markt und schlenderte durch die Buden mit Gemüse, unzähligen Käsesorten, Würsten und Schinken. Er grübelte. Würde sie vielleicht später zur Besprechung kommen?

Das Erste, was er im Besprechungsraum feststellte, war, dass Lakotta nicht anwesend war. Bevor er sich weitere Gedanken machen konnte, erhielten drei Kollegen das Wort, um über ihren Einsatz in Tutzing zu berichten. Bei der Gelegenheit erfuhr Stettner, dass Benedikt Meier aus Tutzing tatsächlich Ben Schlamm-Meier war, Leons Facebook-Freund. Sedlmeier berichtete, dass das LKA die biometrischen Daten ausgewertet hätte und es deshalb keinen Zweifel geben könne.

Gemeldet sei Benedikt Meier in Tutzing, berichtete einer der Kollegen, ein bärtiger Mann namens Ludwig Flick, von dem Stettner nicht viel mehr wusste als eben seinen Namen. »Da wohnt er aber nicht mehr.«

»Das heißt?«, fragte die Staatsanwältin.

»Bens Eltern sind geschieden. Seine Mutter sagt, dass er vor ungefähr einem Jahr vorübergehend zu seinem Vater nach Kulmbach gezogen sei, aber jetzt in Aubing lebe und dort eine Ausbildung zum Elektrotechniker mache.«

»Wieso eigentlich Aubing?«, fragte Sedlmeier stirnrunzelnd. »Ist das sicher?«

»Ja, ganz sicher.«

»Wo macht er die Ausbildung?«

»Wusste die Mutter nicht. Die weiß überhaupt ziemlich wenig über ihren Sohn, wenn man mich fragt.«

»Hat sie wenigstens die Adresse von ihrem Sohn?«

»Ja. Seine Mutter sagt, er wohne da bei einem sehr merkwürdigen Mann, der sich als Erfinder bezeichnet.«

»Was ist mit Waffen?«

»Es gibt keine Waffen in der Wohnung, nicht mal eine Spielzeugpistole. Die Mutter behauptet, dass ihr Sohn nie etwas mit Waffen zu tun gehabt hätte. Als wir aber ein bisschen gebohrt haben, hat sie erzählt, dass Bens Vater im Schützenverein ist und Ben dort auch schon gewesen ist und wahrscheinlich auch geschossen hat.«

Stettner wurde ein wenig schwindlig. Karin Lakotta hatte

richtiggelegen, der Ort stimmte und die Adresse auch. Das war schier unglaublich. Aber das war noch nicht alles, was ihn irritierte. Er starrte Sedlmeier an, studierte seine Miene wie ein Anthropologe. Diese merkwürdige Reaktion auf den Ort Aubing – als hätte ihm jemand davon erzählt. Vor der Besprechung. Natürlich war es möglich, dass die Kollegen direkt nach ihrer Durchsuchung Sedlmeier und die Staatsanwältin informiert hatten. Also direkt danach, demnach vor der Besprechung. Es war sogar sehr wahrscheinlich, beruhigte er sich selbst.

Aber dieses beinahe schon ungläubige Nachfragen. Dieses Stirnrunzeln, als hätte Sedlmeier mit Aubing ein Problem. In diesem Moment wandte Sedlmeier den Kopf und schaute Stettner direkt in die Augen, als wüsste er genau ... was denn? Stettner senkte den Blick nicht, lächelte aber leicht und hob fragend die Augenbrauen, eine automatische Tarn-Mimik, als würde er nicht verstehen ...

Was?

Sedlmeier sah nun wieder die Kollegen an, die noch weitere Einzelheiten von ihrer Durchsuchung berichteten. Alles normalisierte sich, der nüchterne Besprechungsraum mit dem grauen Allerweltsteppichboden, der einen flackernden Neonröhre, die immer noch nicht repariert worden war, der Fensterfront ins graue Winterwetter.

»Hat die Wohnung der Mutter einen Garten?«, fragte der Chef.

»Nein, nur einen Balkon. Wir haben alles durchgekämmt. Das hat ewig gedauert, denn da war jede Menge religiöses Zeug, so Ikonen oder wie man das nennt, weil die Mutter russisch-orthodox ist. Alles vollgestellt mit Kram. Aber Waffen – Fehlanzeige.«

»Wie war die Mutter? Kooperativ?«

»Ja, anfangs schon. Wir haben aber ein Mords-Chaos angerichtet, da hat sie schon sehr geweint, denn das muss sie halt alles jetzt wieder aufräumen.«

»Wirkte sie irgendwie verängstigt? Schuldbewusst?«

Flick überlegte. »Eigentlich nicht«, sagte er und sah seine zwei Kollegen an, um sich zu vergewissern. Beide schüttelten den Kopf. »Nein«, bekräftigte er. »Sie war eher total überrascht und entsetzt.«

»Gab es Sprachschwierigkeiten?«

»Nein, sie spricht gut Deutsch. Sie hat ganz sicher alles verstanden.«

»Ist sie berufstätig?«

»Ja, sie ist Altenpflegerin. Sie hatte heute ihren freien Tag, deswegen war sie natürlich nicht gerade begeistert über die Menge Unordnung.«

Einer der beiden Kollegen schaltete sich ein. »Mein Eindruck war, dass sie wirklich nichts weiß. Die hat sich meiner Meinung nach nicht verstellt.«

»Ja, so seh ich das auch«, bekräftigte Flick. »Die war am Boden zerstört über diesen Verdacht. Sie hat gesagt, dass ihr Sohn so ein ganz Lieber und Fürsorglicher sei. Ein eifriger Kirchgänger, ein ehemaliger Messdiener. Sie könne sich einfach nicht vorstellen, dass er Waffen hortet. Sie könne sich überhaupt nicht vorstellen, dass er irgendwas Illegales macht.«

»Haben Sie dafür gesorgt, dass sie ihren Sohn nicht warnen kann?«, fragte Sedlmeier.

»Ihr Festnetzanschluss wurde, wie besprochen, für vierundzwanzig Stunden stillgelegt, ihr Handy haben wir vorübergehend konfisziert, und sie steht bis morgen Mittag unter Hausarrest. Ein Kollege vom Streifendienst hält vor ihrer Wohnung Wache.«

Hausarrest, Handy konfisziert, und das auf eine einzige

Aussage hin. Es wurde still im Raum, eine gewisse Ratlosigkeit breitete sich aus. Bisher gab es nur einen sehr vagen Verdacht auf Verstoß gegen das Kriegswaffenkontrollgesetz. Sollte man da wirklich das ganz große Besteck auspacken? War das nicht eine klassische Sackgasse? Riskierte man im Fall des Falles nicht wieder ellenlange Artikel über polizeiliche Willkür, speziell bei Menschen mit Migrationshintergrund? Wenn sich diese Furcht durchsetzte, würde nichts passieren.

Deshalb meldete sich Stettner. Bevor das geschehen würde. »Dieser Ben hat mit einer Gasmaske auf Instagram posiert. Irgendwas stimmt doch da nicht. Er nennt sich Gopnik, und das heißt auf Deutsch ›Krimineller‹. Das entspricht einfach nicht dem, was die Mutter über ihn sagt. Da ist eine richtig große Diskrepanz. Und in dem Alter wissen die Eltern sowieso fast nichts über ihre Kinder.«

Sedlmeier reagierte nicht, aber die Staatsanwältin nickte. Sie hatte zwei Kinder in der Pubertät, sie wusste genau, wovon Stettner sprach. Nach einer kleinen Pause ergriff sie das Wort: »Ich glaube, wir müssen das Wagnis eingehen, dass wir uns irren. Ich möchte also vorschlagen, dass wir diese Wohnung in Aubing durchsuchen lassen, um wirklich sicherzugehen. Allerdings ohne allzu großes Aufsehen, also kein SEK oder dergleichen. Herr Stettner, wie wär's, wenn Sie und drei Kollegen Ihrer Wahl die Durchsuchung angehen? Morgen früh um sechs, damit man den Jungen auch sicher antrifft?«

Stettner war ein wenig schwindlig. Für einen Moment lang vergaß er Lakotta und seinen Verdacht gegen Sedlmeier, der sich von Sekunde zu Sekunde verstärkt hatte. Das war ein spannender Einsatz, eine echte Chance.

»Gern«, sagte er.

»Schön.«

*

Als Karin Lakotta ihr Handy einschaltete, sah sie zwölf Anrufe von Paul Stettner. Sie lag auf ihrem Sofa vor dem Fernseher, ihre Beine ruhten auf dem Schoß ihres Mannes, und er massierte ihre Füße, was sie liebte, aber heute traurig machte. Er ahnte nichts von dem, was passiert war. Sie wusste auch nicht, wie sie es ihm sagen sollte. Dass sie – wieder einmal – nicht das Team, sondern nur sich selbst und ihre egozentrische Auffassung von Wahrheit und Gerechtigkeit gesehen hatte. Dass sie – erneut – die Regeln verletzt hatte.

Es war nicht so, dass sie sich vor ihrem Mann schämte. Sie wusste, dass er zu ihr halten würde. Was sie fürchtete, war im Gegenteil eine Diskussion, die immer wieder an- und abflaute.

Warum sie sich überhaupt diesem Verein verschrieben hatte? Warum sie nicht etwas Besseres, Lohnenderes anstellte mit ihrer Intelligenz, ihrer Fantasie, ihrem Einfühlungsvermögen und ihrem Ideenreichtum. *Du hättest alles Mögliche werden können, aber du wolltest ausgerechnet zur Polizei. Dieser Job passt nicht zu dir. Jemand muss ihn machen, aber nicht du! Kapier das endlich!*

Im Fernseher lief eine Mystery-Serie namens *Stranger Things* über geheimnisvolle Ereignisse in den Achtzigerjahren, die ihr Mann sehr liebte. Sie nicht so sehr, aber das war ihre unausgesprochene Vereinbarung: Sie schaute *Stranger Things*, er *Merz gegen Merz*, eine – fand sie, nicht er – urkomische Serie über Eheprobleme. Danach sprachen sie darüber, versuchten gemeinsam herauszufinden, was dem einen gefallen hatte und warum der andere damit nicht so viel anfangen konnte. Und viel öfter gab es ja auch Serien, die beide gleichermaßen mochten, zum Beispiel düstere britische Krimis in Problemvierteln, die so unglaublich realistisch daherkamen, dass man sich als Polizistin richtig gut verstanden fühlte. Wenn sie überhaupt noch Polizistin war.

Sie seufzte leise.

Schließlich hörte sie ihre Mailbox ab und erfuhr auf diese Weise, dass sie recht gehabt hatte. Nur würde das ihren Stand, wenn das überhaupt möglich war, noch unsicherer machen, weil es ums Rechthaben eben nicht ging. Paul Stettner würde den Einsatz leiten, sie wäre nicht dabei. Sedlmeier hatte sie bei vollen Bezügen für drei Wochen beurlaubt und ihr strikt verboten, mit irgendjemandem darüber zu reden. Morgen würde sie ihre Krankschreibung einreichen, und damit hatte sich die Sache.

Wie konnten Sie ein junges Mädchen in eine polizeiliche Ermittlung einweihen?

Es war Gefahr im Verzug. Und ich habe sie nicht eingeweiht. In gar nichts. Ich habe lediglich versucht, Leons Handy ausfindig zu machen, weil ich wusste, wie wichtig das für die Ermittlungen sein würde.

Das alles ist so unverzeihlich, ich müsste Ihnen ein Disziplinarverfahren an den Hals hängen!

Ich ...

Sie sind eine gute Polizistin mit einem fatalen Hang zum Einzelgängertum. Das wird Ihnen früher oder später das Genick brechen. Aber derjenige will ich nicht sein, sonst wird mir wieder Frauenfeindlichkeit angehängt. Aus dem Fall sind Sie raus. Wehe, ich erfahre, dass Sie mit jemandem gesprochen haben. Dann sind Sie beruflich tot. Haben Sie mich verstanden?

Ja.

Dieses Telefonat hatte nach ihrem Verlassen von Sedlmeiers Büro stattgefunden. Sedlmeier hatte sie nicht gefeuert. Wenigstens das. Aber vielleicht sollte sie kündigen. Um was zu tun? Sie wusste es nicht.

Sie schaltete das Handy wieder aus. Zunächst einmal musste

sie sich mit den nächsten drei Wochen beschäftigen. Wegfahren war ausgeschlossen, ihre Tochter hatte Schule, und ihr Mann war eingedeckt mit Aufträgen, und genug Geld für einen schönen Urlaub in einem warmen Land besaßen sie sowieso nicht.

»Ich hab mir freigenommen«, sagte sie.

»Was?« Ihr Mann wandte sich ihr zu.

»Drei Wochen. Ich hab drei Wochen frei.«

»Wieso denn das jetzt plötzlich?«

Sie antwortete nicht. Eine Pause entstand, während ihr Mann den Fernseher anhielt. Das Bild fror ein, und man sah Winona Ryder verzweifelt die Hände ringen. Das entsprach so ungefähr Karins eigener Stimmung.

»Ich muss dir was sagen«, sagte sie, aber dann sagte sie gar nichts, sondern begann zu weinen, während ihr Mann sie in den Arm nahm und tröstend hin und her wiegte.

*

Stettner schlief in dieser Nacht so gut wie gar nicht. Er hatte sich in das winzige Gästezimmer gelegt, um Giulia nicht zu stören, und wälzte sich auf dem schmalen Bett unruhig von einer Seite auf die andere. Die Stunden vergingen, manchmal sehr langsam, dann plötzlich blitzschnell, weil er eben doch eingedöst war, und schließlich klingelte ihn der Wecker aus gefühlten fünf Minuten Tiefschlaf.

Vier Uhr. Draußen war es stockfinster.

Er sprang aus dem Bett und duschte kalt, um wach zu werden. Trank in der Küche einen starken Kaffee, der so heiß war, dass er ihm die Lippen verbrannte. Eigentlich mochte er diese frühen Morgenstunden, wenn der Rest des Hauses schlief, aber heute machte ihn die Stille noch kribbeliger und aufgeregter.

Dieser Einsatz war der wichtigste seines bisherigen beruflichen Lebens, das wusste er. Wenn alles gut lief, könnte es ihn eine Stufe nach oben bringen. Erst das Lob der Chefs, dann Schritt für Schritt weiter. Wenn nichts dabei herauskam, würde ihm das nichts schaden. Eigentlich konnte also alles nur gut gehen.

Trotzdem hatte er ein schlechtes Gefühl.

Ben hatte das Handy von Leon – entweder lag es immer noch in seiner Wohnung herum, oder es war zumindest in seinem Besitz gewesen. Das war sicher, daran gab es aus Stettners Sicht keinen Zweifel mehr. Alles andere wäre zu viel Zufall gewesen. Niemand wusste davon, außer Karin Lakotta und ihm und eventuell Sedlmeier. Das bedeutete erst einmal gar nichts; womöglich hatte Leon das Handy absichtlich bei Ben gelassen – vor seinem erweiterten Suizid.

Aber warum hätte er das tun sollen?

Vielleicht weil Ben sein Freund war und Leon wollte, dass seine Geheimnisse gehütet wurden?

Stettner schüttete den Rest des Kaffees in die Spüle, stellte die Tasse in den Geschirrspüler, verließ das Haus, setzte sich ins Auto und fuhr los. Nicht zu viel denken. Es konnte alles noch ganz anders kommen als gedacht. Er musste flexibel bleiben. Für jede Möglichkeit offen sein.

Gleichzeitig aber auch entschlossen und selbstbewusst.

Um Punkt halb sechs Uhr postierten sich er und drei weitere Kollegen vor der Tür. Stettner erinnerte sich daran, wie er und Karin Lakotta vor dem Haus gestanden, vergeblich nach seinem Namen gesucht hatten. Alle wäre weniger schwierig gewesen, wenn Ben Meiers Name auf dem Klingelschild gestanden hätte.

War aber nicht so. Und unter diesen Umständen hatte es

für Stettner so ausgesehen, dass sie in eine Sackgasse geraten waren aufgrund der unseriösen Vorgehensweise Karin Lakottas. Auf ihn hatte sie wie besessen gewirkt, verliebt in die Vorstellung, auf eigene Faust einen Fall gelöst zu haben. Das war der Grund, weshalb Stettner diese TV-Krimis so hasste. Sie waren voll von einsamen Wölfen, die es im echten Leben nicht gab beziehungsweise nicht geben durfte. Echte Polizisten nahmen ihre Kollegen mit ins Boot. Sie hielten sich an die korrekte Vorgehensweise und gelangten so zu belastbaren Indizien und Beweisen – Ergebnissen, die man vor Gericht verwerten konnte, weil sie andernfalls nichts wert waren.

Gerichtsfest. Revisionsfest. Das waren die Vokabeln, die wichtig waren. Was nicht gerichtsfest war, nützte nichts. Ein guter Anwalt zerriss solche Ermittlungsergebnisse in der Luft, und dann kamen nicht nur Unschuldige, sondern auch Schuldige frei.

Er nickte den Kollegen zu. Sie waren bewaffnet und trugen schusssichere Westen. Kein SEK, wie befohlen. Sie hatten keine Ahnung, was sie erwartete. Alle Fenster waren dunkel, nur ein Dachfenster war erleuchtet.

Stettner klingelte am oberen namenlosen Klingelschild. Es vergingen zwanzig Sekunden, dann klingelte er ein zweites Mal. Sie hörten Schritte von innen, schließlich ging die Tür auf und ein junger Mann mit zerwühltem Haar stand vor ihnen. Er war barfuß und trug dunkle Boxershorts und ein dunkles T-Shirt. Er roch nach Rauch, wie Stettner, der Nichtraucher, sofort feststellte. Nach Rauch und ungewaschenen Klamotten.

Es handelte sich eindeutig um Benedikt Meier, aber um der Form zu genügen, fragte Stettner ihn danach.

»Wir wollen zu Benedikt Meier. Sind Sie das?«

»Ja.« Meiers Stimme war sanft, höflich und klang verschlafen. Er gähnte. Von Aufregung keine Spur. Eher so etwas wie Resignation.

Stettner stellte sich und seine Kollegen vor, präsentierte den Durchsuchungsbeschluss und erklärte ihm, was drinstand. Verdacht auf Verstoß gegen das Kriegswaffenkontrollgesetz. Er belehrte ihn über seine Rechte, unter anderem das, die Aussage zu verweigern. Der junge Mann – eher ein Junge, dachte Stettner – nickte müde, als hätte er sie schon erwartet.

Sie gingen hinein, die Treppe hoch. Ein Kollege beaufsichtigte Ben, wie sie es abgesprochen hatten. Auf einem Vorsprung in der Mitte des Aufgangs lag ein Smartphone.

»Ist das Ihres?«, fragte Stettner und drehte sich um.

Der Junge nickte.

»Könnten Sie mir die PIN geben?« Stettner wusste, je beiläufiger diese Frage gestellt wurde, desto eher bestand die Chance auf eine positive Antwort. Berufskriminelle, die sich auskannten, würden das selbstverständlich ablehnen und auf einem Anwalt bestehen, aber so sah Benedikt Meier nicht aus. Und tatsächlich nannte er Stettner folgsam und freiwillig den Zahlencode.

»Sie werden erstaunt sein, was Sie drauf finden«, sagte er.

Stettner stutzte, fragte aber nicht nach, sondern tippte die Zahlenfolge ein und hoffte, dass er sich nicht vertippte – möglicherweise würde er kein zweites Mal die PIN von Benedikt Meier bekommen.

Der Bildschirm war entsperrt.

Stettner merkte sich die PIN; glücklicherweise hatte er ein sehr gutes Zahlengedächtnis.

»Würden Sie vorausgehen?«, fragte er. Währenddessen schickte er sich die PIN an seine eigene Mailadresse.

Meier nickte und machte die Tür zum Dachgeschoss auf.

»Ist jemand bei Ihnen?«, fragte KHK Stefan Renz, der Kollege, der Meier unter Obacht hatte, bevor sie eintraten.

»Ja, ein Freund. Er wohnt gerade bei mir. Martin Melchior.«

»Irgendwelche gefährlichen Tiere? Bissige Hunde oder was in der Art?«

»Nein.«

»In Ordnung. Können wir?«

»Ja. Sicher.«

Sie gingen hinein. Die Wohnung bestand aus einem Schlafzimmer, einem größeren Wohnzimmer, einer Küche und einem Bad. Die letzte Renovierung lag vermutlich Jahrzehnte zurück. Sie roch nach Zigarettenrauch, war aber einigermaßen sauber und aufgeräumt. Auf einem Schlafsofa im Wohnzimmer saß der Mitbewohner, also mutmaßlich Martin Melchior. Weiße nackte Beine ragten aus den Boxershorts, darüber trug er ein T-Shirt. Stettners Kollege, KHK Sebastian Reger, setzte sich neben Melchior und nahm seine Personalien auf. Stettner fiel Melchiors extreme Nervosität auf; Hände und Lippen zitterten, auf dem bleichen Gesicht lag eine dünne Schweißschicht. Sie gingen mit Meier in die Wohnküche und entdeckten ein Maschinengewehr, das, halb verdeckt von einer Strickjacke, in der Ecke lehnte.

»Hoppla«, sagte der dritte Kollege, KHK Fritz Reimann, und griff nach seiner Waffe.

Stettner ließ seine stecken und fragte in ruhigem Ton: »Gibt's da noch mehr?«

Meier stand mit hängenden Armen da und lächelte komisch vor sich hin, ein bisschen so, als wäre ihm alles egal. Er antwortete nicht. Sie begannen methodisch, die Wohnung zu durchsuchen.

»Ich hab was«, rief Reimann nach ein paar Minuten. Er

kniete vor einem holzverschalten Nebenraum im Schlafzimmer. Die Tür stand offen, Reimann leuchtete hinein. »Das glaub ich jetzt nicht«, sagte er.

Stettner und Reger stellten sich neben ihn, während Reimann eine Waffe nach der anderen herausholte. Vorsichtig, es war ja möglich, dass das Versteck vermint war. Aus dem Wohnzimmer hörte Stettner jemanden, vermutlich Melchior sagen: »Jetzt sind wir richtig im Arsch.«

»Wir müssen die Kollegen vom KSK anrufen«, sagte Stettner.

»Ja.« Reimann wirkte wie vor den Kopf geschlagen.

»Alles gut bei dir?«, fragte Stettner.

»Alles gut. So ein Arsenal hab ich noch nie gesehen, Paul, ich schwör's dir. Nicht mal bei kriminellen Banden. Das haut einen echt um.«

»Was habt ihr gefunden?«

»Soweit ich sehen kann – Sturmgewehre, MGs, Munition, was du willst. Sprengstoff auch, wenn ich mich nicht täusche. In Massen. Die könnten hier glatt einen Krieg anfangen.«

»Das KSK soll ein paar Leute schicken, vorsichtshalber auch ein Entschärfungskommando.«

»Mach ich.«

Kollege Renz rief aus der Küche, was er nun tun solle. Stettner ging in die Küche, wo Renz mit Benedikt Meier saß.

»Sind das Ihre Waffen?«, fragte er den Jungen und belehrte ihn, dass er berechtigt sei, die Aussage zu verweigern.

Aber der Junge nickte und bestätigte, dass es seine seien. Er war mittlerweile angezogen, die übliche Uniform junger Männer: Jeans, weiße Sneaker, T-Shirt, Hoodie. Die Haare waren gekämmt.

»Handschellen«, sagte Stettner zu Renz. »Aber mit den Händen vorne«, fügte er hinzu, denn Meier hatte sich kooperativ gezeigt und das sollte nicht unbelohnt bleiben. Renz legte ihm die Handschellen an.

»Du fährst«, sagte Stettner. »Ich setz mich hinten neben ihn. Reimann bleibt hier bei dem anderen Jungen.«

»Alles klar.«

Renz und Stettner führten den weiterhin so erstaunlich auskunftsfreudigen Jungen nach unten.

»Sie werden einiges auf dem Handy sehen«, sagte der Junge mit seiner angenehmen Stimme. Kein Bayerisch, eher ein leicht schwäbischer Akzent. »Mord, Raub und Dinge, die alles in einem anderen Licht erscheinen lassen.«

Stettner reagierte nicht darauf. Sie setzten sich ins Auto, er und der Junge in den Fond, Renz auf den Fahrersitz. Renz startete den Wagen. Es war mittlerweile Viertel nach sechs, noch immer war es stockdunkel.

»Was ist denn genau auf dem Handy drauf?«, fragte Stettner im Plauderton.

Der Junge wandte ihm sein Gesicht zu, geisterhaft blass in der diffusen Beleuchtung der Straßenlaternen. Der Wagen fuhr aus Aubing heraus, dann auf die Landstraße. Alles schwarz um sie herum, bis auf die Reflektoren der Leitpfosten. Stettner kam es vor, als würde es nie mehr hell werden, so, als führen sie tief in die Nacht, statt in den kommenden Tag hinein.

»Waffen. Und noch viel mehr.«

»Was denn?«

»Ein Video. Das wird Sie umhauen.«

»Ach wirklich? Warum denn?«

»Es gibt noch Nitroglycerin und so Zeug da oben. Leon und ich hatten vor, einen Amoklauf zu begehen. In den Pasing Arcaden.«

»Ich verstehe«, sagte Stettner. In seinem Nacken zog sich

etwas zusammen, er fühlte sich steif und kalt, obwohl die Heizung im Wagen auf Hochtouren lief. Der Junge saß so nah bei ihm, dass es Stettner unangenehm war. Bei einer regulären Vernehmung saß man einander gegenüber, es gab einen Mindestabstand, und man konnte jederzeit den Raum verlassen. Hier war man zusammengepfercht auf Gedeih und Verderb.

Stettner roch Zahnpasta und ein süßlich-scharfes Eau de Toilette, das den Schweißgeruch mehr schlecht als recht überdeckte. Renz hatte dem Jungen erlaubt, sich frisch zu machen, aber nicht, sich zu duschen.

»Wann hätte der Amoklauf denn stattfinden sollen?«

Der Junge lächelte. »Na, wann wohl? Ein Wochenende danach.«

»Wonach?«

»Na, nach dem Mord. Aber ich wollte das nicht. Anfangs fand ich die Idee cool, aber dann nicht mehr.«

»Okay.«

»Also hab ich ihn erschossen. Ihn und seine Eltern.«

»Erschossen?«

»Ja. Ich war's.«

»Sie?«

»Ja. Ich hab drei Menschen erschossen, damit Leon nicht noch mehr erschießt.«

Stettner lief auf Autopilot. Immer und immer wieder würde die Szene später in seinem Kopf ablaufen, immer und immer wieder würde sie ihm seine Schuld bewusst machen. Aber noch saß er hier in diesem Wagen auf dieser Rückbank und funktionierte wie ein guter Polizist. Beherrscht, souverän und sicher. »Ich muss Sie belehren, dass Sie zu dieser Sache nichts sagen müssen.«

»Ich weiß. Ich will aber.«

»Warum?«

»Der Leon war verrückt. Ich musste das tun.«

»Haben Sie nicht mit ihm darüber geredet? Ihn versucht, davon abzubringen? Sie waren doch sein Freund, oder nicht?«

»Bringen Sie mal einen Verrückten von irgendwas ab. Das geht nicht.«

»Okay.«

Diese Vernehmung durfte keine sein. Laut den Vorschriften mussten bei der Vernehmung bezüglich eines mutmaßlichen Tötungsdelikts sowohl ein Aufnahmegerät als auch eine Kamera laufen. War das wie hier nicht der Fall, drohte vor Gericht ein Beweiserhebungsverbot, zumindest aber ein Beweisverwertungsverbot. Hieß im Klartext: Dieses Geständnis würde vor Gericht schlimmstenfalls überhaupt keine Rolle spielen, wenn man es als Ergebnis einer regelwidrigen Vernehmung klassifizieren würde. Verwertbar wäre es nur als sogenanntes Spontangeständnis, das absolut freiwillig und ohne jegliche Form von Druck erfolgte. Stettner durfte also so gut wie keine weiterführenden Nachfragen zum Tathergang stellen. Jede tatrelevante Information musste von Benedikt Meier selbst kommen.

»Ich muss Sie noch mal belehren, dass Sie nichts zur Sache aussagen müssen. Sie haben das Recht auf einen Anwalt, der Sie berät.«

Stettner tippte Renz auf die Schulter. Der sagte: »Ich ruf jetzt die Staatsanwältin an.«

»Ja, bitte. Sag ihr, dass wir hier ein Spontangeständnis haben. In Ordnung?« Er sah den Jungen an, der ungeduldig nickte.

»Ist doch jetzt egal«, sagte er. »Auf dem Handy sehen Sie eh alles.«

»Auf dem Handy?«

»Dass sie alle tot sind. Leon und seine Eltern.«

»Das haben Sie gefilmt?«

»Ja.«

»Warum?«

»Warum ich ihn umgebracht habe?«

Stettner antwortete nicht. Dann sagte er: »Was immer Sie jetzt sagen, muss von Ihnen kommen. Das hier ist keine Vernehmung. Ich habe Sie deswegen belehrt. Sie müssen nicht weitersprechen.«

»Ich will, dass es alle wissen. Dass Leon verrückt war und dass ihn jemand aus dem Verkehr ziehen musste.«

»Warum?«

»Ich hatte Angst vor dem. Er hat mich angegriffen und verletzt. Und seine Eltern, die hatten den überhaupt nicht im Griff. Der hatte diese Paranoia, dass Pandemien kommen und Kriege und dass man deswegen ganz viele Waffen braucht. Und die hat er dann bei mir abgestellt, weil er deswegen schon ein Verfahren am Hals hatte.«

»Aha.«

»Wir haben gekifft, und als er eingeschlafen war, hab ich ihn in den Kopf geschossen. Mit einer Glock 17, okay? Danach hab ich die Eltern erschossen. Erst den Vater, dann die Mutter. Dann bin ich zurückgegangen und hab Leon Blut von seinem Vater an den Fuß geschmiert, damit man denkt, dass er es gewesen ist.«

»Und das haben Sie allein gemacht?«

»Martin hat mich hingefahren. Aber er war nicht mit drin.«

»Martin Melchior, Ihr Freund, der bei Ihnen wohnt?«

Stettner hob die Stimme, damit Renz dafür sorgte, dass auch Melchior festgenommen wurde. Er hörte, wie Renz das über Funk weitergab.

»Ja. Der wollte das Video, aber er wollte nicht mit rein, da war er zu ängstlich für. Er wollte nur das Video sehen.«

Stettner schwieg. Sie befanden sich jetzt kurz vor Fürstenfeldbruck. Draußen war es immer noch dunkel, so finster wie in der Hölle. Sie waren hier gefangen, in diesem winzigen Raum, wie in einer Zelle. Für immer vereint, im Bann des Bösen.

Der Junge – der mutmaßliche Mörder – lehnte sich so entspannt zurück, wie das mit den Handschellen möglich war, und sah eine Zeit lang schweigend aus dem Seitenfenster, dann nach vorn. Schließlich drehte er den Kopf nach links und fixierte Stettner, schien jede Regung in dessen Gesicht zu registrieren. Stettner versuchte, so neutral wie möglich zu schauen. Normalerweise fiel ihm das nicht schwer, aber an dieser Situation war nichts normal. Der Junge schien zu lächeln, erleichtert oder stolz, genau konnte man es nicht erkennen. Jedenfalls benahm er sich nicht einmal ansatzweise wie jemand, der ein schlechtes Gewissen hatte.

»Wie fühlen Sie sich?«, fragte Stettner.

Der Junge dachte nach. »Müde«, sagte er dann.

»So wirken Sie gar nicht.«

»Ich musste das tun. Ich will, dass die Leute das verstehen, dass Sie das verstehen. Ich musste es tun, sonst wären noch viel mehr Menschen gestorben.«

»Sie haben drei Morde begangen, um das zu verhindern, statt einfach zur Polizei zu gehen und die Gefahr zu melden?«

»Was hättet ihr denn gemacht?«

»Wir wären der Sache nachgegangen.«

»Ach wirklich?«

»Aber vielleicht wollten Sie das ja gar nicht. Dann hätten wir natürlich auch die Waffen bei Ihnen gefunden. Und das wäre Ihnen womöglich nicht recht gewesen, oder sehe ich das falsch?«

Der Junge lächelte jetzt tatsächlich, ein seltsam kumpelhaftes Grinsen, als würde er Stettner gleich auf die Schulter schlagen oder ihn scherzhaft in den Schwitzkasten nehmen.

Er ist stolz, dachte Stettner. Er findet sich großartig.

»Wo ist Leons Handy?«, fragte er.

Der Junge zögerte eine Sekunde lang. »Bei mir«, sagte er dann.

»Warum haben Sie es mitgenommen? Warum haben Sie es nicht einfach zerstört?«

»Haben Sie mich deshalb gefunden? Wegen dem Scheißhandy? Ich hab's doch extra ausgeschaltet! Ich hab es nur ganz kurz angemacht! Nur ganz, ganz kurz!«

»Nein«, sagte Stettner. »Wir haben ganz normal ermittelt. Deswegen hat es ja auch so lange gedauert.«

Obermeier hatte sich umgebracht, weil Stettner die Regeln eingehalten hatte. Er hätte ihm sagen können, dass die Täterschaft von Leon nicht vollkommen gesichert war. Aber Stettner war ein guter Polizist, der sich an Vorschriften hielt.

Und wo gehobelt wird, fallen Späne.

Eine Stunde später sahen sie sich in der Dienststelle gemeinsam das Video auf Bens Handy an. Der Besprechungsraum war abgedunkelt worden, und deshalb wirkte alles noch viel schrecklicher und unmittelbarer. Das Video war zu verwackelt, um viele Details zu sehen, aber die blutüberströmten Leichen aller drei Mordopfer waren deutlich als solche zu erkennen und genauso positioniert, wie Stettner und Obermeier sie aufgefunden hatten. Jemand stöhnte, als die Stimme – es war eindeutig die von Benedikt Meier, aber sie würden das von einem Experten verifizieren lassen – das Geschehen so trocken kommentierte, als würde er ein Videospiel erklären.

Nur der letzte Satz klang beinah verschmitzt.

Er lautete: »Dann schlaft mal schön.«

Jemand sagte: »Scheiße, ist dieser Typ krank.«

Stettner sah auf sein Telefon, um sich abzulenken. Eine SMS informierte ihn über eine Nachricht auf seiner Mailbox. Sie stammte von Stefanie Kellermann, die Tochter der ermordeten Barbara Rheinfeld. Die SMS war alt. Er hatte sie übersehen. Er beschloss, die Nachricht abzuhören, wenn er wieder dazu in der Lage war.

Im Moment war das nicht der Fall.

Fünf Tage später, am Samstag gegen zehn Uhr morgens, schaltete KHK Karin Lakotta zum ersten Mal wieder ihr Handy ein und stellte fest, dass es keine weiteren Anrufe von KK Paul Stettner gegeben hatte. Sie war ein bisschen überrascht – ja, zugegebenermaßen auch enttäuscht –, dass er so schnell aufgegeben hatte, aber dachte sich zunächst nichts dabei. Sie saß am Küchentisch und nahm ein spätes Frühstück zu sich, bestehend aus einem Laugencroissant mit Butter und Orangenmarmelade und einem Milchkaffee. Ihre Tochter schlief sich von einer Party aus, ihr Mann befand sich in seinem Arbeitszimmer und stellte einen Auftrag fertig, von dem er sich viel erhoffte – in erster Linie Folgeaufträge, denn falls Karin wirklich ihren Job aufgeben würde, wozu sie sich noch nicht entschlossen hatte, würde er mehr verdienen müssen als bisher.

Darüber hatten sie mehrmals gesprochen.

Noch hatte sie gut zwei Wochen Zeit, um sich um ihre Zukunft Gedanken zu machen. Im Moment hasste sie ihren Beruf, konnte sich aber nicht vorstellen, etwas anderes zu machen.

Das war ein Widerspruch.

Sie wollte für eine Polizei arbeiten, die es nicht gab. Nirgendwo auf der Welt, soweit sie wusste. In den meisten Ländern war es vermutlich noch viel schlimmer als hier.

Sie seufzte. Vor ihr stand der halb ausgetrunkene Milchkaffee, langsam wurde er kalt. Sie stand auf und nahm die Tasse mit auf den angenehm windgeschützten Balkon. Die Morgensonne schien ihr direkt ins Gesicht, mit trügerischer Wärme, als wäre der Winter schon vorbei, und Karin zündete sich die erste Zigarette des Tages an. Zehn Jahre lang war sie stolze Nichtraucherin gewesen, und bei der ersten Krise waren alle Vorsätze vergessen.

Sie setzte sich auf das Holzbänkchen an der Wand, streckte die Beine aus; blies den Rauch in die Sonne und trank einen lauwarmen Schluck Milchkaffee. Dann nahm sie ihr Handy und wählte Paul Stettners Nummer. Vielleicht hatte Sedlmeier über sie hergezogen, und Paul wollte schon deshalb nichts mehr von ihr wissen, weil der Kontakt mit ihr seine Karriere gefährden könnte. Schließlich – machen wir uns nichts vor, dachte sie – war sie gerade Persona non grata in der XXL-Version. Paul war ehrgeizig und ein Mann, er kam besser mit diesen Zwängen zurecht. Männer waren daran gewöhnt, sie kannten es von ihren Vätern und Großvätern, sie hinterfragten das nicht. Zusätzlich war er Alleinverdiener mit einer vierköpfigen Familie am Bein, da hatte man andere Prioritäten.

Wahrscheinlich verstand er ihre Motive überhaupt nicht.

Wahrscheinlich würde er nicht rangehen.

Das Handy klingelte achtmal, dann sprang die Mailbox an. Karin sprach nichts drauf. Sie drückte die Zigarette aus und nahm den halb vollen Blechaschenbecher mit rein, um ihn diskret auszuleeren und zu säubern. Ihr Mann sollte nicht sehen, wie viel sie schon wieder rauchte. Die offizielle Familienversion lautete, dass es nicht mehr als zwei bis drei pro Tag waren. In Wirklichkeit war sie in null Komma nichts bei fünf bis sieben angelangt, weswegen sie in den letzten Tagen ausgiebige Spaziergänge gemacht hatte.

Natürlich nicht nur deshalb. Auch, um den Kopf freizukriegen, der sich wie verstopft anfühlte von ausgiebigem und fruchtlosem Gegrübel.

Ihr Handy vibrierte in der Tasche ihrer Jogginghose. Sie trocknete den Aschenbecher sorgfältig mit einem Küchentuch ab und stellte ihn wieder nach draußen. Dann zog sie das Telefon heraus und sah Paul Stettners Nummer.

»Hallo, Paul«, sagte sie so munter und neutral, wie es ihr möglich war.

»Karin. Was gibt's?« Seine Stimme klang kühler als normal, aber auch sonst irgendwie anders. Flacher und tonloser. Fast so, als würde ihm das Sprechen Mühe bereiten. Sie erschrak, ohne genau zu wissen, warum.

»Tut mir leid, dass ich mich heute erst melde«, sagte sie.

»Kein Problem.«

»Stör ich dich gerade bei irgendwas?«

»Dann hätte ich ja wohl kaum zurückgerufen, oder?«

Das klang hart und endgültig. Hatte sie nicht ohnehin beschlossen, ihn zu schützen? Ihren Verdacht für sich zu behalten, weil es keinen Sinn hatte, weiter gegen Windmühlen zu kämpfen und Paul auch noch mit reinzuziehen in ihre unausgegorenen Verdächtigungen? Aber da hatte sie noch nicht gewusst, was in der *Bild*-Zeitung stand (und die war bekanntlich immer hervorragend informiert): dass der Täter behauptete, er habe mit dem dreifachen Mord einen Amoklauf verhindern wollen. Sie hatte den Artikel online gelesen, fassungslos.

Das hatten die sich nicht ausgedacht.

Ganz sicher nicht.

»Ich würde mich gern mit dir treffen«, sagte Karin.

Schweigen. Sie hörte leises Rauschen, wie Wind, der durch Bäume strich.

»Paul?«, fragte sie.

»Ich glaub, das bringt's nicht.«

Sie atmete ein und aus, ließ Rauch zwischen ihren Zähnen hervorstrudeln. Die zweite Zigarette des Tages. Ihr Herz begann zu klopfen. Sie hatte nicht gedacht, dass ihr seine Reaktion so viel ausmachen würde. Es klang, als würde er sie hassen. War das wirklich möglich, hatte Sedlmeier so gute Arbeit geleistet, war ihr Stand in der Dienststelle so miserabel? Sie schluckte ihren Stolz herunter.

»Ich würde dir gern was zeigen«, sagte sie und fügte hinzu, um das Ganze dringlicher zu machen: »Ich muss dir was zeigen, und dann lass ich dich in Ruhe. Ich brauch deinen Rat. Es ist wichtig.«

Wieder langes Schweigen. Das Rauschen wurde lauter; es war kein Wind, sondern ein Wasserfall, erkannte sie. Paul Stettner stand irgendwo draußen in der Natur, neben einem Wasserfall und telefonierte mit ihr. Offensichtlich war er allein.

Warum war er allein – an einem sonnigen freien Wochenende? Wo waren seine Frau, seine Familie, seine Freunde?

»Paul?«

»Ich kann nicht.«

»Was?«

»Es geht nicht.« Immer noch dieser leblose Tonfall ohne Modulationen, als würde er eine Anweisung ablesen. Als wäre er gar nicht Paul, sondern ein völlig anderer Mensch.

»Es ist nur ganz kurz«, sagte sie – schnell, weil sie spürte, dass er sie loswerden wollte. »Ich muss bloß …«

Es klickte. Er hatte sie abgehängt.

14

Donnerstag, acht Monate nach der Tat

Ben saß in seiner Zelle und schrieb sein Geständnis mit einem blauen Kugelschreiber auf liniertes Papier. Ein bisschen kam er sich vor wie in der Schule, wenn er einen Aufsatz verfassen sollte, was ihm meistens nicht besonders gut gelungen war. Außerdem war er so weit weg von alldem. Er hatte es getan, Punkt. Mehr hatte er anfangs gar nicht gewusst und auch nicht an sich herangelassen. Der Alltag im Knast war anstrengend genug. Dazu kam das Gerichtsverfahren. Mord aus Habgier – so lautete die Anklage. Er gab sich große Mühe, das alles an sich abtropfen zu lassen. Zu viele Erinnerungen würden ihn fertigmachen.

Aber jetzt, beim Schreiben, kamen sie Stück für Stück zurück, zusammen mit all den Gefühlen. Das war Stress pur, denn andererseits musste er ja auch einiges ausklammern, Dinge und Zusammenhänge, die niemanden etwas angingen.

Am wichtigsten war es, so jedenfalls schien es ihm und so hatte er auch seinen Verteidiger verstanden, eine gute Story zu verfassen. Eine, die möglichst wenige Fragen offenlassen würde, denn auf offene Fragen würden sich die Richterin und ihre Beisitzerinnen wie die Geier stürzen, das hatte er bei den bisherigen Zeugenvernehmungen beobachtet. Diese drei Frauen waren knallhart, und sie ergänzten sich phänomenal. Sie waren wie eine geschlossene Front aus Panzerglas, Lügen prallten an ihnen ab und schossen den Zeugen direkt ins Gesicht zurück. Er hatte die Zeugen schwitzen und weinen gesehen, und war gegen seinen Willen beeindruckt gewesen.

Ihn allerdings würden sie, das hatte ihm der Anwalt versichert, vergleichsweise mit Samthandschuhen anfassen. Als Angeklagter war er nicht verpflichtet auszusagen, und dieses Recht würde er im Fall des Falles erneut in Anspruch nehmen. In ihrem eigenen Interesse würde die Richterin alles tun, um ihn nicht wieder zum Schweigen zu bringen.

Eine gute Story konnte dennoch nicht schaden. Sie musste so wahr wie möglich und so unwahr wie nötig sein. Verschiedene Interessen mussten unter einen Hut gebracht werden. Ein schwieriger Balanceakt. Am ersten Tag schaffte er nur eine Seite. Die nächsten beiden Tage ging es kaum besser.

Am vierten Tag platzte der Knoten, weil er sich nicht mehr zurückhielt. Es war viel einfacher, alles aufzuschreiben und erst anschließend auszusieben. Sein Anwalt würde eine neue, bereinigte Fassung erhalten, und die würden sie gemeinsam glätten. Er schloss die Augen, genussvoll. Durch das vergitterte Fenster fiel die Abendsonne. Draußen war es sehr heiß, ein schöner Sommertag. Drinnen staute sich die Wärme. Es fiel ihm trotzdem nicht schwer, sich zurück in den Januar zu beamen. Wenn man einfach drauflosschrieb ohne nachzudenken, geschah etwas Komisches, eine Art Zeitreise; Blockaden lösten sich, Bilder, Geräusche und Gerüche waren wieder da, farbig und satt.

Es war ein Freitag. An diesem Tag, hatte er sich vorgenommen, sollte es passieren. Natürlich hatte es auch ein wenig Druck gegeben; Felix hatte ihm sehr deutlich klargemacht, dass die Zeit drängte, und Felix war derjenige, dem er gefallen wollte.

Wenn du das schaffst, bist du ein Mann.

Wie meinst du das?
Wie ich es sage. Dann bist du EIN Mann. (Vertrauensvoller Blick, unter dem Ben heiß wurde vor Stolz. Felix war viel älter als er, aber so verdammt cool.)

Der Tag X: kalt und neblig. Martin fuhr ihn zu Leon und setzte ihn vor der Haustür ab. Ben hatte die Glock 17 dabei, die Leon ihm geschenkt hatte. Es gefiel ihm, dass Leon durch seine Waffe sterben sollte und dass sie danach endgültig Ben gehören würde (häufig hatte Leon sogenannte Geschenke wieder zurückgefordert, und das wäre bei dieser Waffe auch nicht anders gewesen). Leons Tod würde ein Schlusspunkt sein, danach würde Bens echtes Leben beginnen. Wie ein Computer, den man auf Reset zurücksetzte und dann neu startete.

Alles auf Anfang. Sauber und blank.

Damals: Er hatte ein Ziel und das Gefühl, das Richtige zu tun. Mehr brauchte ein Mann nicht. Ein Mann würde Leon daran hindern, zum Massenmörder zu werden, und auch wenn das niemand je erfahren würde (was extrem bedauerlich, aber nicht zu ändern war): Es war ein wichtiger Tag für Ben und die ahnungslosen Überlebenden eines niemals stattfindenden Massakers, und Ben würde ihn als Held beenden. Er verabschiedete sich von Martin und nahm ihm das Versprechen ab, ihn abzuholen. Martin war sehr bleich, und seine Lippen zitterten, und Ben rollte innerlich mit den Augen, aber ein besserer Komplize war nun einmal nicht in Sicht.

Er tippte den Code ein, nachdem er sich per WhatsApp erkundigt hatte, ob Leons Eltern da wären, und Leon erwartungsgemäß geschrieben hatte, dass sie da seien. Sie mussten im Haus sein, das hatte Felix ihm erklärt, weil sie von Bens Existenz wussten. Bei einem geringsten Zweifel an der Selbstmordthese würde der Verdacht sofort auf ihn fallen.

Und dann war's das mit den Waffen und dem vielen Geld, die sie bringen würden.

Leider.

Leons Tod würde nicht reichen.

Die Tür öffnete sich mit dem vertrauten leisen Ächzen. Alle seine Sinne waren nun auf Empfang gestellt wie bei einem Wolf auf der Jagd. Er roch den metallischen Dunst nach Kälte und Feuchtigkeit, spürte die ein wenig muffige Wärme, die aus dem Haus drang und ihn einhüllte wie Nebel, sah, wie sich das Licht der Straßenlaterne in den dicken Glasquadern der Tür spiegelte.

All das, nahm er sich vor, würde er nie mehr vergessen, so wie man Dinge nicht vergaß, die man zum letzten Mal tat. Zum letzten Mal in seinem Leben ging er in dieses Haus, schloss er die schwere Tür leise hinter sich, hörte zum letzten Mal das leise, satte Klacken, als das Schloss einrastete. Im Flur brannte Licht. Kein Geräusch, weder aus der Küche noch aus dem Wohnzimmer. Es war nach Mitternacht; die Eltern schliefen vermutlich schon. Der Familienhund kam ihm entgegen, Ben streichelte ihn. Er machte sich nicht viel aus Tieren, konnte aber gut mit ihnen umgehen, selbst die bissigsten Köter wurden in seiner Gegenwart ganz sanft.

Er ging nach oben, in Leons Zimmer, auch das zum letzten Mal, wie er sich bewusst machte. Dabei lächelte er, obwohl sein Gesicht spannte.

Nie zuvor in seinem Leben war er so *sicher* gewesen. Alles würde gut werden, davon war er überzeugt. Er musste nur noch diese Hürde überwinden, dann wäre er frei. Leon konnte ihm nichts mehr tun, ihm nicht und auch niemand anderem. Ein Vollidiot weniger auf der Welt.

Nun ja, drei. Aber zwei hatten ihm nie etwas getan.

»Hi«, sagte Leon. Er lag auf dem Bett, auf seinem Bauch balancierte er die rauchende Bong.

»Hi«, sagte Ben. Er legte seinen Rucksack ab, worin sich die Glock befand, und schob ihn mit dem Fuß unter das Bett. Er umrundete das Bett und legte sich auf die andere Seite neben Leon, der ihm die Bong reichte. Ben zog, aber vorsichtig und nur wenig, und gab sie ihm wieder zurück.

»Das verfickte Berichtsheft«, sagte Leon und nahm einen tiefen Zug. Ben beobachtete sein scharfes Profil im Gegenlicht der Nachttischlampe.

Zum letzten Mal.

»Welches Berichtsheft?«, fragte er, obwohl ihn die Antwort einen Scheißdreck interessierte. Er erinnerte sich, dass Leons Mutter davon geredet hatte. Keine Ahnung mehr, worum es da gegangen war.

»Egal«, sagte Leon. Er wandte den Kopf. »Boi«, sagte er zärtlich, und Ben lief es kalt über den Rücken. Sie hatten ein paarmal zusammen übernachtet, aber das war schon länger her und so schrecklich verkrampft und seltsam gewesen, dass er am liebsten nicht mehr daran dachte. Damals hatte er nicht gewusst, wie krank Leon wirklich war, damals hatte er gedacht, Leon sei cool.

»Lass das«, sagte er brüsk.

»Bitte. *Bitte!* Ich brauch das jetzt.«

»Nein!«

»*Doch!*«

Dieser verdammte Jammerlappen. Würde das Ganze jetzt daran scheitern, dass er sich weigerte, Leon näher an sich heranzulassen.

Fuck! Dann war es eben so!

Aber dann war es doch nicht so weit gekommen. Fast, aber nicht ganz.

Acht Monate später stockte ihm der Kugelschreiber.

Ben übersprang diese Phase. Es war nicht wichtig, nicht von Belang.

Aber der Hass war plötzlich zurück, eiskalt und messerscharf: der Ekel vor Leon, seinem Mundgeruch, seinem verdreckten Körper, der schmutzigen Bettwäsche, diesem ganzen abgefuckten Zimmer, wo man noch das Loch im Boden sah, wo Leon reingeschossen hatte, nachdem er ihm die geladene Waffe an den Kopf gehalten hatte.

Du verdienst es nicht zu leben.

Das dachte er danach.

Leben musste man sich verdienen, Leon hatte es verkackt.

Leon döste ein, zumindest hatte er die Augen geschlossen und atmete einigermaßen regelmäßig. Ben wartete. Es war sehr still. Die Stille vor dem Schuss, dachte er; irgendwas kam ihm daran bekannt vor, vielleicht war das ein Filmtitel oder so. Jedenfalls passte es zu seiner Stimmung. Ben zündete sich eine Zigarette an, um nicht selber einzuschlafen. Sobald er sie aufgeraucht hatte, würde er es tun, versprach er sich selbst. Aufgeben war keine Option mehr. Wenn er sich jetzt drückte, würde er sich das nie verzeihen.

Er schnippte den Stummel in den übervollen Aschenbecher auf dem Nachttisch und rollte sich vorsichtig vom Bett. Ging drum herum, kroch auf der anderen Seite darunter und zog seinen Rucksack hervor. Er nahm die Glock heraus, kniend, und richtete sie auf Leons Schläfe, die ihm plötzlich sehr weiß, wehrlos und verletzlich erschien, aber nun war es zu spät für solche Überlegungen. Er entsicherte die Waffe und gab den Schuss ab.

Der Rückstoß kam unerwartet, obwohl er ja nicht zum ersten Mal schoss. Er setzte sich auf den Hintern.

Es war sehr laut. Zu laut.

Seine Ohren dröhnten, sein Hintern tat ihm weh, und er schwitzte wie ein Schwein. Fuck! Es war passiert. Ein Schock. Langsam stand er auf, mit wackligen Beinen, sah von oben auf Leons blutenden Kopf herunter, registrierte das Zucken seines Körpers, nahm wahr, wie das Leben aus ihm wich. So leicht war es, einen Menschen zu vernichten, seine Festplatte zu löschen. Nur dass es hier keinen Reset geben würde. Leon war einfach nicht mehr da.

*

Als Stettner am Vorabend seiner Entlassung mit der Psychiaterin sprach, die ihn die letzten Monate hauptsächlich begleitet hatte, spürte er leises Bedauern. Die Psychiaterin war um die sechzig, kräftig, aber schlank und hatte lange graue, sehr gepflegte Haare. Ihr Gesicht war immer leicht gebräunt, als würde sie sich viel im Freien aufhalten. Sie wirkte gesund und stabil. In ihrer Gegenwart hatte sich Stettner immer gut gefühlt, egal wie schlecht es ihm gegangen war.

»Ich werde Sie vermissen«, sagte er.

»Ich Sie auch, das heißt aber nicht, dass ich Sie wiedersehen will«, konterte die Psychiaterin.

Stettner grinste. »Das war ehrlich.«

»Sie kennen mich. Kein Drumherumgerede. Wie geht es Ihnen?« Während der Gruppentherapien, wo man alles von sich preisgab, wurde sich geduzt, hier gesiezt. Das waren die Regeln.

Stettner horchte in sich hinein. »Ganz gut«, sagte er.

»Aber?«

»Mein Leben ist ein Trümmerhaufen. Wie gehabt.«

»Sie haben immer noch einen Job. Das ist mehr, als viele hier von sich sagen können.«

»Ja, mein Arbeitgeber war sehr fair. Keine Ahnung, wie das dann praktisch aussehen wird. Burn-out ...«

»Sie wissen, dass es kein Burn-out war. Ich hasse dieses Modewort.«

»Ja.« Er schaute hinter sie, aus dem Fenster heraus. Ein üppig begrünter Kastanienbaum stand da, den Stettner in so vielen Seinszuständen gesehen hatte – fast kahl, zart begrünt, geschüttelt von einem Gewittersturm, regennass –, dass er ihm vorkam wie ein alter Freund.

»Es war eine Depression, Herr Stettner. Und es hat Sie wirklich schlimm erwischt. Sie waren wochenlang kaum ansprechbar.«

»Ich weiß.«

»Eine Depression hat manchmal Auslöser wie in Ihrem Fall das Schuldgefühl Ihrem toten Kollegen gegenüber ...«

»Bernd Obermeier. Er hieß Bernd Obermeier.«

»Aber sie kann auch ohne Auslöser immer wieder auftreten. Sie sind vielleicht genetisch vorbelastet. Ihr Vater hat sich das Leben genommen, das heißt, dass Sie sich vorsehen müssen.«

Die Erinnerung an den Selbstmord seines Vaters wieder hervorzuholen und in der Gruppe auszubreiten war das Schwierigste gewesen. Gleich danach erfolgte die Einsicht, dass ausgerechnet Paul Stettner, der beliebte Kumpel, der coole Polizist, der lustige Familienvater, der lässige Frauenversteher ebenfalls zu Depressionen neigte. Er hatte alles getan, um es nicht wahr werden zu lassen. Er hatte sich von dem Fall abziehen lassen. Er hatte Grippesymptome simuliert und sich krankschreiben lassen, dann wieder gearbeitet wie ein Pferd, dann eine erneute Krankschreibung, dann zwei Wochen so getan, als wäre alles in Ordnung, dann den nächsten Zusammenbruch erlitten, als er herausfand, dass Giulia eine Affäre mit seinem besten Freund hatte. Weinkrämpfe, aggressive Ausbrüche, Einweisung in die Psychiatrie. Freiwillig, weil er hatte einsehen müssen, dass er nicht mehr klarkam. Während Giulia und die Kinder in eine Villa mit romantisch verwildertem Parkgrundstück gezogen waren. Da konnte ein gestresster Polizist mit Reihenhaus und Handtuch-Gärtchen nicht mithalten.

»Ich hab so ziemlich alles verloren«, sagte er. »Meine Frau, meine Familie, meinen besten Freund. Ich möchte den sehen, der da nicht ...«

»Das hatten wir doch schon, Herr Stettner.«

»Ja, aber ...«

»Es gibt Leute, die trotz derartiger Tiefschläge keine Depression bekommen. Das ist gemein und ungerecht, aber die Wahrheit. Sie trauern, aber sie sind weiter funktionstüchtig.«

»Ich nicht.«

»Sie nicht. Aber jetzt sind Sie gut eingestellt. Ihr Hirnstoffwechsel ist im Gleichgewicht. Das kann sich aber wieder ändern. Dann müssen Sie sich helfen lassen, und zwar rechtzeitig.«

»Ja.« Er rutschte unruhig auf dem Stuhl herum.

»Fürs Erste müssen Sie Ihre Medikamente nehmen und weiter zur Therapie gehen. Ihr Therapeut in Fürstenfeldbruck möchte Sie einmal wöchentlich sehen, die Termine sind vereinbart. Das ist Ihr Pflichtprogramm.«

»Klar.«

Die Psychiaterin lehnte sich zurück und lächelte. »Die Kür ist: Genießen Sie Ihr Leben. Lassen Sie es langsam angehen. Überfordern Sie sich nicht. Machen Sie Dinge, die Sie lieben.«

»Versprochen.«

»Haben Sie jemanden, der Sie morgen abholt?«

»Ja«, log er. Giulia wusste Bescheid, aber ob sie erscheinen würde, stand in den Sternen. Sie hatte ihn nach ihrem letzten bösen Streit nicht einmal mehr besucht.

»Ihre Frau?« Sie sah ihn scharf an.

»Nein, ein Freund«, improvisierte er.

Sie zögerte, dann stand sie auf, ging um den Tisch herum und nahm ihn fest in den Arm. Das hatte nichts Mütterliches, Freundschaftliches oder gar Sexuelles, es war Teil der Therapie. Es diente dazu, Kraft zu spenden und die Fähigkeit zu trainieren, Hilfe anzunehmen. Stettner erwiderte die Umarmung, auch wenn er sich dabei immer noch seltsam vorkam. Sie roch nach einem frischen Parfum, das ihn an Waldblumen erinnerte.

»Alles Gute.«

»Danke. Danke für alles.«

Am nächsten Morgen verabschiedete er sich von den Menschen, die ihm in den letzten Monaten zur Seite gestanden hatten, in seinen allerschwärzesten Stunden, als er nur noch hatte sterben wollen. Sie hatten ihn begleitet auf dem ewig langen Weg zurück in eine hellere, freundlichere Gegenwart. Sie waren seine Engel gewesen. Sie hatten zusammen gelacht, geweint und gewütet. Sie hatten sich angeschrien und versöhnt. Manche Patienten waren schon weg, andere dazugekommen, wieder andere zurückgekehrt, weil sie es in der realen rauen Welt nicht ausgehalten hatten.

Stettner liebte sie alle und hoffte, nie wieder etwas mit ihnen zu tun zu haben.

Er nahm seinen Rollkoffer und ging durch die grau geflieste Eingangshalle ins Freie. Die Hitze umfing ihn, drang in ihn ein, durchströmte ihn. Es war schön. Ein paar Kilometer weiter befand sich eine S-Bahn-Station, zu der ein Bus fuhr. Am Münchner Marienplatz würde er umsteigen, von der S4 in die S6. Das war einfach. Schwieriger würden die nächsten Tage und das einsame Wochenende werden.

Montag würde er zum ersten Mal wieder in der Dienststelle auftauchen. Versuchen, die heimlichen Blicke auszuhalten, speziell von den Kollegen, die fanden, dass jemand wie er bei der Polizei nichts zu suchen hatte. Von denen gab es eine Menge. Das wusste er, weil er früher auch so drauf gewesen war.

Wer nicht stressresistent ist, sollte sich einen anderen Beruf suchen. Das war seine Meinung gewesen, bevor er selber betroffen war. Wie arrogant.

Andererseits: War nicht auch was Wahres dran?

Er überquerte die Straße auf dem Zebrastreifen. Die Sonne brannte herunter, ihm brach der Schweiß aus. Eines seiner Medikamente förderte verstärktes Schwitzen, ein anderes wirkte wie ein Appetithemmer, weswegen er ein paar Kilo abgenommen hatte. Aber alles war besser als die Dunkelheit, die Mutlosigkeit, die Schwäche, die extreme Gefühllosigkeit, als wäre sein Herz taub geworden.

Die Busstation befand sich hundert Meter vor ihm, er ging langsam darauf zu, neben ihm seinen holpernden Rollkoffer. Das Geräusch war unangenehm, aber kein Grund, sich aufzuregen. Er musste einfach nur langsamer gehen, schließlich hatte er alle Zeit der Welt. Machte ihm das Angst? Noch nicht.

Die Luft flimmerte über dem Asphalt, und er setzte seine Sonnenbrille auf.

Vor ihm parkte ein roter Fiat, der ihn anblinkte.

Giulia konnte es nicht sein, sie fuhr einen Golf. Keiner seiner Freunde besaß einen roten Fiat. Eine Frau stieg aus, die er nicht gleich erkannte. Das war nicht erstaunlich. Er hatte sie bisher nur in dicken Winterklamotten gesehen, nie in einem blauen Sommerkleid, das ihren Hals und ihre Arme freiließ.

»Karin?«, sagte er.
Die Frau lächelte. »Hey, Paul«, sagte sie.
»Was machst du hier?«
»Wonach sieht's denn aus?«

*

Als die Sache mit Leon erledigt war, kam die größte Herausforderung. Die Eltern. Ben horchte an Leons geschlossener Tür, ob sie den Schuss gehört hatten, aufgewacht waren, die Polizei alarmiert hatten, irgendwas in der Art; er hatte schließlich keinen Schalldämpfer benutzt. Er hatte schlicht nicht daran gedacht.

Andererseits schoss Leon immer mal wieder herum, wenn die Eltern da jedes Mal Panik bekommen hätten ... Er öffnete vorsichtig die Tür. Der Flur war dunkel und leer. Unten im Erdgeschoss hörte er den Hund herumtapsen, aber sonst war es still. Das Schlafzimmer der Eltern befand sich direkt hinter einer Kurve, die der Flur in den hinteren Trakt des Hauses beschrieb. So viel wusste er. Drin gewesen war er noch nie.

Er machte die Taschenlampe seines Handys an und beleuchtete den Gang, in der rechten Hand die Waffe. Langsam, Schritt für Schritt, arbeitete er sich vor. Der Schweiß lief ihm in Strömen über das Gesicht, mit dem linken Ärmel wischte er sich über die Stirn. Enthielten Schweißtropfen DNA? Keine verfickte Ahnung. Aber jetzt war es für solche Überlegungen ohnehin zu spät.

Er öffnete die Tür und sah den Schatten eines Mannes, der auf ihn zukam. Er schoss sofort, der Mann fiel um, auf ihn zu. Er war nicht tot, er kroch auf ihn zu und stöhnte. Ben schoss ein zweites und drittes Mal. Es war so wie im Film, wie in einem Spiel. Er zuckte, ähnlich wie Leon, das Blut breitete sich über seinen Pyjama aus, die Flecken bewegten sich aufeinander zu, verbanden sich zu einer brennend roten Insel auf dem Rücken. Mittlerweile war die Mutter aufgewacht und streckte die Arme aus, keine Ahnung, was das sollte. Er schoss auf sie, einmal, zweimal, dreimal, aus unterschiedlichen Winkeln, wie ein Gamer an der Konsole. Er war jetzt in einem Spiel; am liebsten hätte er genauso weitergemacht, Schuss für Schuss für Schuss.

Es war das Coolste, was er je getan hatte.

Dann hörte er auf.

Seine Ohren klingelten.

Ab da lief er wie auf Autopilot.

Er beugte sich zu dem Mann herunter und strich mit der Hand durch sein bereits stockendes Blut. Dann zurück zu Leon, wo er das Blut an seinem Fuß platzierte. Das war so genial, da wäre er selbst nie draufgekommen! Ein super Trick!

Eine WhatsApp plingte auf, er zog sein Handy aus der Hosentasche. Es war Martin.

Ich will sehen, wie du rappst.

Ben nahm das Handy und begann zu filmen. Erst Leon, dann seine Mutter, dann seinen Vater. Zum Schluss sagte er: »Dann schlaft mal schön.« Er steckte das Handy in die Tasche. Jede Nervosität war von ihm abgefallen. Nun kam die richtige Arbeit. Zunächst musste er den Laptop der Mutter finden. Der war Felix aus irgendeinem Grund richtig wichtig gewesen.

Er stockte beim Schreiben. Es war wirklich heiß in dieser Scheißzelle, eine feuchte Hitze, die wahrscheinlich in einem Gewitter münden würde. Wenn er dieses Geständnis vortragen würde, würde er in absehbarer Zeit in den normalen Vollzug kommen und sogar eine Ausbildung machen können. Wenn alles gut ging, würde er zehn Jahre Jugendstrafe kriegen, von denen er bereits ein gutes halbes Jahr abgesessen hatte. Bei guter Führung würde er vielleicht noch früher freikommen. Wichtig war, dass nicht die besondere Schwere der Schuld auf das Urteil draufgesattelt wurde.

Deshalb das Geständnis. Ein Geständnis würde als strafmildernd wahrgenommen werden, hatte ihm sein Verteidiger versichert. Das Problem bei ihm, Ben, war offensichtlich, dass er bislang so ungerührt gewirkt hatte. So gar nicht reuevoll. Das wiederum könnte die Richterin und ihre Beisitzerinnen dazu bewegen, die besondere Schwere der Schuld festzustellen, was auf fünfzehn Jahre herauslaufen würde, also eine halbe Ewigkeit. Ein Geständnis war ein Risiko, und auch die Bereitschaft, vor Gericht auszusagen, konnte die Lage verschlimmern. Aber schlimmer konnte es eigentlich kaum noch werden. Wichtig war nur, dass er bei dieser, seiner Version blieb, auch und vor allem bei Nachfragen. Die Aussage musste glaubwürdig, realitätsbasiert, in sich schlüssig und konsistent sein. So lauteten die juristischen Vokabeln. Hieß im Klartext: Wenn er sich widersprach, würde er ein Problem bekommen. Oder gleich mehrere.

Schaffen Sie das, Ben?

Ich glaub schon. Ja.

Das müssen Sie auch. Sonst schnalzt das Ganze wie ein Boomerang auf Sie zurück.

Ich kann das.

Man wird Sie nach Details fragen. Immer und immer wieder, gern auch in anderen Worten. Merken Sie sich, was Sie dann antworten, und antworten Sie immer das Gleiche, aber möglichst nicht mit identischen Worten, sonst wirkt es wie auswendig gelernt. Nur inhaltlich muss es stimmen. Verstanden?

Ja.

Ich helfe Ihnen. Das kriegen wir hin. Hauptsache, Sie bleiben höflich und lassen sich nicht provozieren.
Natürlich.
Wenn Sie etwas nicht wissen, dann sagen Sie genau das. Wenn Sie sich an etwas nicht erinnern, sagen Sie das. Damit wirken Sie glaubwürdig. Spekulieren Sie nicht und schmücken Sie nichts aus. Bleiben Sie sachlich, aber nicht kalt. Kalt ist ganz schlecht. Sie haben Gefühle, Sie bereuen. Zeigen Sie das.
Mhm.
Aber faken Sie nichts.
Nein.
»Martin hat mich gegen 22:00 Uhr zum Anwesen der Familie Rheinfeld gefahren. Er wusste von meinem Vorhaben, Leon zu töten. Das hatte ich bereits Tage zuvor mit ihm besprochen.

Ich bleibe dabei, auch wenn mir das keiner glauben will, dass mein Motiv, jedenfalls für die Tötung von Leon, ausschließlich dessen Plan war, in den Pasing Arcaden einen Amoklauf zu begehen und sich anschließend selbst zu töten. Er wollte auch, dass ich mich dann töte. Er wollte bis an die Zähne bewaffnet so viele Menschen wie möglich töten und sich dann selbst erschießen. Damit würde er nicht nur in die Zeitungen und ins Fernsehen aller Länder kommen, sondern auch in die Geschichte eingehen. Sein Name würde dann weltweit bekannt werden. So hätte sein Leben dann wenigstens einen Sinn gehabt.

Es trifft auch zu, dass ich zu einem späteren Zeitpunkt nach der Tötung der Eltern mehrere Schüsse auf den Hund abgegeben habe, weil er im Dunkeln auf mich zukam. Ich habe die Waffe vollständig leer geschossen.«

Es war *glaubwürdig* und *realitätsbasiert*, dass er anschließend einiges geklaut hatte, also nicht nur die Waffen, die

Leon im ganzen Haus versteckt hatte, sondern auch Geld aus den Portemonnaies der Eltern. Also schrieb er auch das hin. Er sei vorsichtig gewesen, schrieb er, es sollte ja nicht nach einem Raubmord aussehen, sondern nach einem erweiterten Suizid. Das mit dem Laptop der Mutter verschwieg er wohlweislich. Was da wohl drauf gewesen war, das Felix so wichtig fand, dass er ihn unbedingt haben wollte?

*

Stettner hatte Karin Lakotta nicht mehr gesehen, seitdem sie von Sedlmeier kaltgestellt worden war (dass sie kaltgestellt worden war, verstand sich für ihn von selbst, auch wenn es ihm nie jemand bestätigt hatte). Er hatte seit vielen Monaten nicht mehr an sie gedacht. Es war komisch, sie jetzt wiederzusehen. Komisch im Sinne von peinlich.

Richtig krass peinlich, um genau zu sein.

»Steig ein«, sagte Karin Lakotta und öffnete die Beifahrertür mit der größten Selbstverständlichkeit der Welt. »Oder holt dich wer anderes ab?«

Stettner stieg nicht ein, sondern blieb neben seinem Rollkoffer stehen. Er fühlte sich wie ein Vollidiot.

»Du musst das nicht machen«, sagte er schließlich.

»Ist mir klar.«

»Woher weißt du überhaupt ... Wer hat dir gesagt, dass ich heute entlassen werde?«

»Ist das wichtig?« Sie trat nun von einem Bein auf das andere, ungeduldig.

»Allerdings.«

»Willst du nicht erst mal ...«

»Nein.«

»Okay.« Sie warf die Tür wieder zu, kam nach vorne und

lehnte sich mit verschränkten Armen an die staubige und vermutlich ziemlich aufgeheizte Kühlerhaube. »Worum geht's dir?«, fragte sie, immer noch in diesem quasi augenzwinkernden Tonfall, der Stettner wahnsinnig auf die Nerven ging. Am liebsten würde er sich auf dem Absatz umdrehen und gehen, aber die Bushaltestelle befand sich nun mal hinter ihr, und sich auf dem schmalen Gehweg an ihr vorbeizudrängeln, das wäre dann doch zu lächerlich gewesen. Er benahm sich ohnehin schon wie ein beleidigter Liebhaber.

»Ich will wissen, wer dich benachrichtigt hat. Woher du überhaupt weißt, dass ich hier bin. Soweit ich informiert bin, arbeitest du nicht mal mehr bei uns.«

Sie quittierte seine Bockigkeit mit einem Augenrollen. »Stimmt«, sagte sie dann, nachdem Stettner sich immer noch nicht rührte.

»Was stimmt?«, erkundigte er sich.

»Ich arbeite nicht mehr bei der Polizei. Und benachrichtigt hat mich deine Frau. Beziehungsweise, ich hab gefragt. Schriftlich, weil euer Haus leer steht, dein Handy seit Wochen ausgeschaltet ist, du auf Mails nicht antwortest und die Dienststelle mir nichts sagt.«

»Du hast ihr geschrieben?«

»Ihr? Natürlich nicht, ich kenn sie doch gar nicht.«

»Also?«

»Dir hab ich geschrieben, Paul. Sie hat den Brief aufgemacht, gelesen und mich angerufen. Offenbar wohnt sie da gar nicht mehr. Sie war nur im Haus, um Rechnungen abzuholen und irgendwelchen anderen Kram zu erledigen.«

»Wann?«

»Vor – ich weiß nicht mehr genau – drei Wochen?«

Seit drei Wochen kannte Giulia seinen Entlassungstermin. Wahrscheinlich war sie ganz froh gewesen, dass sie ihn nicht abholen musste, sondern dass eine nette Kollegin das für sie erledigte. Eine bittere Vorstellung, aber egal, er musste sich daran gewöhnen. Besser jetzt als später.

»Hat sie dir nicht gesagt, dass ich komme? Das wollte sie eigentlich tun.«

Er schüttelte den Kopf. »Wir reden nicht miteinander. Also – zurzeit.« Er wollte nicht daran denken, was er ihr alles an den Kopf geworfen hatte. Krank hin oder her, sie hatte jeden Grund, stocksauer auf ihn zu sein.

Ein paar Sekunden lang sahen sie einander nur an. Dann musste Stettner wider Willen grinsen.

»Ich schwitz mir hier einen Wolf«, sagte er. »Können wir bitte endlich losfahren?«

Als Karin nach zehn Minuten auf die A99 einbog, war Stettner weiterhin dabei, sich an diese veränderte zwischenmenschliche Sachlage zu gewöhnen. Der beste Weg dahin bestand darin, Fragen zu stellen. Fragen führten weg von ihm und seiner Situation, über die er mit einer Fremden – und sie war mittlerweile eine Fremde für ihn – nicht reden wollte.

Er erfuhr, dass sie im März bei der Polizei gekündigt hatte und im Moment gar nicht arbeitete.

»Nicht schlecht bei dem Wetter«, kommentierte er.

»Ja, nicht schlecht.«

»Und, welche Badeseen kannst du empfehlen?«

»Tu nicht so, als würdest du dich nicht auskennen.«

»Man kennt nie alles, gerade als Einheimischer.«

»Dann lege ich dir das Nordbad in Tutzing ans Herz. An den Wochenenden ziemlich voll, aber werktags ein Traum. Mit einem Seerestaurant an einem Bootssteg.«

Natürlich war ihm Nordbad ein Begriff, sie waren häufig mit den Kindern dort gewesen, aber auch mit Freunden abends am Steg. Es befand sich an der Ostseite des Sees, also ohne Abendsonne, aber das Licht war ohnehin viel schöner, wenn man nicht geblendet wurde. Blaugrün. Fast magisch. Bessere Zeiten, an die man tunlichst erst dachte, wenn man stabil genug dafür war. Er nickte bedächtig und bedankte sich trotzdem für den Tipp. Falls Karin was von ihm wollte, wäre sie an der falschen Adresse; schon das Wort »Liebe« allein löste richtig schlimme Ängste in ihm aus. Er fragte nach ihrem Mann. Sie lächelte amüsiert, als hätte sie ihn durchschaut.

»Er arbeitet im Moment ziemlich viel und tut das netterweise weitgehend klaglos. Ich falle ja gerade als Mitverdienerin aus.«

»Und soll das so bleiben?«

Sie schaute zu ihm herüber und strahlte ihn an, während sie ein Oldtimer-Cabrio überholten mit einem glatzköpfigen Mann am Steuer und einer mindestens dreißig Jahre jüngeren Beifahrerin, deren blonde Haare im Fahrtwind flatterten.

»Ich hab ein Angebot«, sagte sie und senkte die Stimme, als würde sie ihm ein Geheimnis verraten, ein ganz tolles, eines, das sie vielleicht richtig glücklich machte.

»Freut mich für dich«, sagte er. »Was ist es denn?«

»Sicherheitsdienst. Leibwächterin für eine Politikerin. Ich darf natürlich nicht sagen, welche.«

»Natürlich nicht.« Er fügte nicht hinzu, dass ihn das nicht die Bohne interessierte. Mittlerweile hatten sie Putzbrunn und Hohenbrunn hinter sich gelassen. Bei Taufkirchen fuhr Karin von der Autobahn ab.

»Ich fahre über Grünwald, das ist die nettere Strecke.«

»Du bist der Boss.«

»Es dauert auch ein bisschen länger. Ist gerade Stau vor Schäftlarn.«

»Okay.«

»Man kann sich dann besser unterhalten. Also generell im Auto. Oder auch beim Spazierengehen.«

»Bitte?«

»Gespräche laufen da oft viel müheloser, findest du nicht? Als ob das irgendwas in einem freisetzen würde.«

Ihm wurde schlecht. Die Autofahrt mit Ben Meier. In der Dunkelheit eines eisigen Januarmorgens. Sie beide zusammengezwängt auf dem Rücksitz. Da hatte alles angefangen. Da war einiges *freigesetzt* worden. Vor allem bei ihm.

»Alles okay mit dir, Paul?«

Sie konnte es nicht wissen. Sie war nicht dabei gewesen.

»Ja, alles in Ordnung.«

Lass es so sein. Das war sein Mantra geworden. Ließ man *es* so sein, verlor *es* ganz allmählich seine Macht. Stettner schloss die Augen und ließ *es* vorüberziehen. In ihm klärten sich die Dinge.

Er fragte: »Warum bist du gekommen?«

Sie sah kurz zu ihm rüber, registrierte vermutlich seine Blässe und antwortete: »Wie wär's damit, um unserer alten Freundschaft willen?«

»Hör auf. Du hast einen Grund.«

Sie schaute wieder nach vorn, antwortete nicht. Dann fragte sie: »Willst du den wirklich wissen?«

»Was meinst du damit?«

»Es ist dein erster Tag. Ich will dich nicht überfordern, verstehst du, Paul?«

Stettner horchte in sich hinein, nahm das, was sie gesagt hatte, einfach wörtlich. Würde es ihn überfordern?

Er wusste es nicht.

»Sag, was du sagen willst, Karin.«

»Ich wollte dir damals etwas zeigen, erinnerst du dich?«

»Keine Ahnung. Nein.«
»Okay. Dann hör mir zu. Hör mir einfach nur zu.«

*

Wenn man viel Zeit hatte, kam man auf seltsame Gedanken. Zum Beispiel einen Prozess zu besuchen, mit dem man nichts mehr zu tun hatte. Ganz normal, als Zuschauerin, in Zivil. Karin Lakotta war schon bei mehreren Verfahren als Zeugin geladen gewesen. Sie hatte als Polizistin ihre Aussage gemacht, und damit war der Fall für sie erledigt gewesen. Sie war in ihre jeweilige Dienststelle zurückgekehrt, ohne sich weitere Gedanken zu machen.

Diesmal war es ganz anders. Sie war stille Beobachterin ohne jede Funktion. Sie schaute einfach nur zu. Der Prozess war spektakulär; anfangs waren viele Medien vertreten und der Zuschauerraum rappelvoll, doch dann erlosch das Interesse ganz allmählich. Und irgendwann fiel ihr auf, dass sie oft die einzige sogenannte Öffentlichkeit war. In deutschen Gerichtssälen durften Richter und Richterinnen bestimmen, ob Ton- oder Filmaufnahmen erlaubt waren, und in der Regel war das nicht der Fall.

Sodass es viele Tage gab, in denen außer ihr lediglich die Verfahrensbeteiligten mitbekamen, was in dieser Verhandlung passierte. Von einer echten Öffentlichkeit konnte also eigentlich keine Rede sein, aber das schien in deutschen Gerichtssälen normal zu sein. Immer anwesend waren die Richterin, die beiden Beisitzerinnen zu ihrer Linken und Rechten, eingerahmt von zwei schweigenden Schöffen (neben einem Schöffen saß noch eine Protokollantin, deren Aufzeichnungen aber nur die Verfahrensbeteiligten zu sehen bekamen). Außerdem die Staatsanwaltschaft, die psychologischen Gutachter für Ben und Martin, Ben und Martins Verteidiger, die Anwältinnen der Nebenklägerinnen und zwei Frauen vom Jugendamt, die sich nie äußerten, deren Teilnahme aber Pflicht war, weil es sich um ein Jugendstrafverfahren handelte.

Nach seiner Festnahme hatte Ben Meier zur allgemeinen Verblüffung sein Spontangeständnis wiederholt, weshalb die Aussage des krankgeschriebenen Paul Stettners zum Glück überflüssig war. Bens Verteidiger hatten erwartungsgemäß sowohl ein Beweiserhebungsverbot als auch ein Beweisverwertungsverbot beantragt, weil auch diese Aussage ohne Kamera und ohne Aufnahmegerät stattgefunden hatte. Die Kammer folgte dem nicht; sie glaubte der Polizistin, die versicherte, dass sie den Angeklagten mehrfach belehrt und keine weiterführenden Fragen gestellt habe, weshalb das Ganze nicht als Vernehmung, sondern als Spontangeständnis zu werten und damit zulässig sei. Außerdem war gleich zu Anfang des Prozesses Bens Handyvideo mit den Leichen vorgeführt worden, inklusive seiner sachlich-zynischen Kommentare zum Tatgeschehen, die keine Fragen offenließen. Ein Experte bestätigte, dass es sich mit an Sicherheit grenzender Wahrscheinlichkeit um Bens Stimme handelte.

Im Gerichtssaal gab es demnach kaum eine Person, die nicht an seine Schuld glaubte. In Bens Fall ging es vor allem um die Frage, warum er es getan hatte. Die Staatsanwaltschaft nahm als Mordmotiv Habgier an, weil Ben Meier und Martin Melchior nach der Tat erwiesenermaßen versucht hatten, die Waffen zu verkaufen. Seine Verteidiger brachten hingegen einen angeblich geplanten Amoklauf Leons ins Spiel, den Ben auch in seinem zweiten Spontangeständnis als Grund angegeben hatte. Ben selbst machte von seinem Recht Gebrauch, die Aussage zu verweigern.

Die zweite zu klärende Frage war, ob Martin Melchior von dem Mordplan Bens gewusst hatte, was seine Anwälte bestritten (Melchior selbst verweigerte ebenfalls die Aussage). Hätte er vorab Bescheid gewusst, würde er als Komplize verurteilt werden, wenn auch mit einer geringeren Strafe, da er an der Tat selbst mutmaßlich nicht beteiligt war. Eine anschließende Kenntnis der Tat wäre gar nicht strafbar. Für Martin Melchior war das Ergebnis dieses Prozesses also von ausschlaggebender Bedeutung.

So ging es hin und her.

Martin Melchiors medienaffine Verteidiger (einer von ihnen schrieb im Self-publishing-Verfahren eigene True-Crime-Thriller und hatte mehrere Tausend Instagram-Follower) entwarfen zahlreiche Alternativszenarien, die ihren Mandanten entlasten sollten. Unter anderem mutmaßten sie, Ben und Leon seien eventuell ein Paar gewesen, weshalb es sich bei dem Mord um eine spontane Beziehungstat handeln könnte – eine Behauptung, die es sogar als Tatsache in die Presse schaffte, bevor sich herausstellte, dass es dafür keine Beweise gab (Leon hatte Ben in WhatsApps ein paarmal »Boi« genannt; Boi mit einem i am Schluss galt in Schwulenkreisen angeblich als Bezeichnung für Liebhaber, war aber auch ein Ausdruck in der Rapperszene.).

Sie stellten Beweisanträge, deren Sinn sich Karin nur manchmal erschloss, und Befangenheitsanträge gegen die Richterin und die beiden Staatsanwälte, die ständige Verhandlungspausen erzwangen, auch wenn sie in schöner Regelmäßigkeit abgelehnt wurden. Sie gaben Interviews, um das Interesse der Presse wachzuhalten, und meldeten sich sogar einmal geschlossen krank, weil die juristische Chance bestand, dass unter diesen Umständen die Verhandlungspause so lang werden würde, dass der Prozess komplett hätte wiederholt werden müssen. Die Richterin, eine Frau mit Haaren auf den Zähnen, wusste das zu verhindern. Was Melchiors Verteidiger auch in der Folge nicht davon abhielt, alles zu tun, um von den übrigen Verfahrensbeteiligten gehasst zu werden.

So hielten ständige, teilweise lautstarke Scharmützel zwischen Richterin und Anwälten die Verfahrensbeteiligten auf Trab. In der Zwischenzeit musste man trockene Expertisen und widerspenstige Zeugen anhören, die sich im Zweifel an nichts erinnerten. Ansonsten wurden erschöpfend viele WhatsApps, Handyvideos und Sprachnachrichten zwischen augenscheinlich verwirrten und teilweise auch gewaltbereiten Jugendlichen eingebracht, die nichts bewiesen, aber gehört und gesehen werden mussten, um den Prozess revisionsfest zu machen.

Eines Tages fiel Karin unter den wenigen Zuschauern eine Frau auf, die eine dunkle Langhaarperücke trug. Karins Mutter war Friseurmeisterin – von ihr hatte Karin den untrüglichen Blick für Zweitfrisuren. Abgesehen davon war die Perücke ein billiges Kunsthaar-Ding, und das passte nicht zur sonstigen Aufmachung der Frau in ihrem weich fallenden, perfekt geschnittenem Kaschmirmantel, dem man schon von Weitem ansah, dass er weit über tausend Euro gekostet haben musste.

Während der Mittagspause folgte Karin der Zuschauerin nach draußen. Es war ein kalter, windiger Tag Ende April, und Karin beobachtete die Frau, wie sie versuchte, sich auf dem Weg zum Parkplatz eine Zigarette anzuzünden. Schließlich lief sie hinter ihr her und hielt der Frau ihr Zippo hin. Die Frau bedankte sich scheu und mit gesenkten Augen, doch das hielt Karin nicht ab. Wenn sie eine Begabung hatte, dann war es die, Leute zum Reden zu bringen.

»Sind Sie auch das erste Mal hier?«, fragte sie und zündete sich selbst eine Zigarette an, weil gemeinsame Laster verbanden.

Die Frau nickte und ging weiter, augenscheinlich nicht gewillt, das Gespräch fortzusetzen. Karin demonstrierte nun ihr zweites Talent, das darin bestand, auf Kommando zu weinen.

»O mein Gott«, sagte die Frau erschrocken, als Karin laut und sehr echt aufschluchzte, blieb nun endlich stehen und legte ihr die Hand auf den Rücken. »Alles in Ordnung mit Ihnen?«

»Tut mir leid, das ist mir wahnsinnig peinlich.« Gequetschte, tränenerstickte Stimme. »Haben Sie vielleicht ein Taschentuch?«

»Natürlich.« Die Frau wühlte in ihrer Tasche und förderte schließlich ein vergilbt aussehendes, halb leeres Tempo-Päckchen zutage, das wahrscheinlich schon seit Monaten zwischen Portemonnaie, Lippenstiften, Brillenetui und Handy herumgedrückt wurde.

Karin schnäuzte sich ausgiebig. »Danke«, flüsterte sie und ließ sich ostentativ kraftlos auf ein Mäuerchen sinken, das den Besucherparkplatz einrahmte.

»Brauchen Sie vielleicht einen Arzt?«

»Ich – nein, nein.« Leiser Schluchzer. »Kümmern Sie sich nicht um mich. Ich komme schon zurecht.«

Aus dem Augenwinkel beobachtete Karin, wie die Frau zögerte, hin- und hergerissen zwischen Mitgefühl und dem Drang, sich dieser unangenehmen Situation zu entziehen. Doch schließlich setzte sie sich neben sie. In der Folge ließ Karin durchblicken, dass sie etwas sehr, sehr Persönliches mit diesem Fall verband.

»Wie entsetzlich«, sagte die Frau. »Sind Sie deshalb hier?«

»Im Grunde ja. Ich muss wissen, was dahintersteckt. Verstehen Sie das?«

»Nun – ja.«

»Mein Therapeut hat mir das geraten«, improvisierte Karin. »Aber vielleicht ist es noch zu früh für so eine Konfrontation.«

»Sie sind in Therapie?«

»Ich habe deswegen meinen Job verloren. Ich habe gar nichts mehr.«

»Das tut mir so leid!«

»Ich war Ermittlerin in diesem Fall und bin irgendwann zusammengeklappt. Ich konnte einfach nicht mehr.«

»Sie haben – Sie sind Polizistin?« Karin spürte, wie die Frau zurückschreckte, und ihre Nackenhaare stellten sich auf.

Die Frau war tatsächlich nicht zufällig hier, und sie hatte auch keine Chemotherapie hinter sich. Die Perücke hatte einen anderen Zweck. Die Frau wollte nicht erkannt werden.

»Nicht mehr, wie gesagt«, antwortete sie. »Ich schätze, ich bin nicht hart genug für diesen Job.«

»Das kann ich verstehen.«

»Ich dachte nicht – ich dachte nicht, dass es so furchtbar wird! Ich hatte ja keine Ahnung!« Heute war ein Experte für Blutspurenanalyse als Zeuge vernommen worden, und das war nicht ohne die entsprechenden Fotos möglich gewesen.

»Ich möchte Sie ungern hier alleinlassen«, sagte die Frau. »Kann ich Sie irgendwohin bringen?«

Karin sah sie mit schwimmenden Augen über verschmierter Wimperntusche an. »Könnten Sie … hätten Sie vielleicht Lust, mit mir Mittagessen zu gehen? Ich würde Sie wahnsinnig gern einladen, Sie waren so unglaublich hilfsbereit.«

»Eigentlich … ähm …«

»Oder haben Sie etwas anderes vor?«

»Ich – nicht direkt, aber …«

»Tut mir leid. Ich wollte nicht aufdringlich sein.«

»Das sind Sie überhaupt nicht! Und ehrlich gesagt habe ich auch Hunger.«

Eine schlecht sitzende Perücke und eine halbe Lüge – so hatte ihre Freundschaft angefangen. Ein Vertrauensverhältnis, das sich über die Monate immer weiter verfestigte.

Sie hatte sie besucht, Karins Mann und ihre Tochter kennengelernt, und irgendwann auch Karin eingeladen.

Und schließlich hatte sie ihr alles erzählt.

*

»Und du glaubst ihr das?«, fragte Stettner.

Mittlerweile saßen sie auf seiner Terrasse und aßen kalten Nudelsalat, den Giulia extra für ihn zubereitet und in den Kühlschrank gestellt hatte. Als kleiner Willkommensgruß, wenn sie schon selber nicht aufkreuzte. Dazu gab es Augustiner Hell, Stettners Lieblingsbier. Der Abend war lau und ein bisschen schwül, in der Ferne, Richtung Alpen, braute sich ein Gewitter zusammen.

»Sieh dir einfach das Foto an. Der Typ im Gespräch mit Ben. Sie hat ihn wiedererkannt.« Es war das zweite Foto, das Karin an dem Abend gemacht hatte, als sie ohne Absprache mit Stettner oder ihrem Chef nach Aubing gefahren war. Das Foto, das Stettner damals nicht sehen wollte, weil er dachte, sie hätte sich in eine verrückte Idee verrannt.

»Also ja, ich glaub ihr das«, sagte Karin Lakotta. »Schmeckt übrigens super, der Salat.«

»Stimmt, Giulia kocht gut.«

»Das Rezept muss sie mir mal geben.«

»Du kochst?«

»Na ja. Meistens mein Mann.«

Stettner antwortete nicht darauf. Karin hatte einen Mann,

eine Familie. Er hatte gar nichts. Er nahm einen tiefen Schluck Bier und wischte sich den Schaum von der Oberlippe. Zwischen ihnen lag das Schwarz-Weiß-Foto: Ben, der sich mit einem Mann unterhielt, der im Halbprofil zu sehen war.

Am liebsten würde er Karin jetzt nach Hause schicken, aber ihm war nicht so richtig klar, wie man das machte, ohne unhöflich zu sein. Immerhin hatte sie ihn von der Klinik abgeholt, auch wenn sie dafür ihre Gründe gehabt hatte. Gründe, über die er sich Gedanken machen musste, aber nicht jetzt. Nicht am ersten Abend seiner neuen Freiheit.

»Ich muss dir noch was erzählen«, sagte Karin.

Er seufzte. »Von deinem Mann?«

»Witzig. Nein. Es sei denn ...«

»Was?«

»Wie geht's dir gerade?«

Stettner schwieg. Er war müde, aber wiederum doch nicht so müde, als dass er *wirklich* allein sein wollte. Allein sein war generell nichts, was ihm besondere Freude bereitete, andererseits sollte er sich wohl langsam mal darauf vorbereiten. Auf ein leeres Haus, in das er nach der Arbeit zurückkehren würde. Auf sporadische Besuche seiner Kinder, mit denen er dann spannende Dinge unternehmen musste, damit sie ihn weiterhin cool fanden und liebhatten. Ein Käuzchen schrie in der Dunkelheit, irgendwo raschelte es, ein Blitz erleuchtete den Himmel, gut zehn Sekunden später donnerte es leise. Das Gewitter näherte sich, aber nicht schnell. Vielleicht würde es vorher in sich zusammenfallen. »Schieß los«, sagte er.

»Ich weiß nicht, ob du das weißt, aber ich hab damals nicht gleich gekündigt. Nach meinen drei Wochen Zwangspause bin ich zurückgekommen und wollte es noch mal versuchen. Du weißt schon. Ein echter Teamplayer zu sein. Keine Extratouren mehr.«

»Wann warst du da? Ich hab dich nie mehr gesehen.«

»Du warst krankgeschrieben. Schon zum zweiten Mal. Ich hab wieder versucht, dich anzurufen, aber du hast mich ... Also, du wolltest nicht mit mir reden.«

Ganz langsam kam die Erinnerung zurück. An den Hass auf alle und jeden und vor allem auf sich selbst.

»Ich war ein Arsch«, sagte er. »Ich war nicht in der Lage zu reden. In mir war alles dunkel. Verstehst du?«

»Du musst mir nichts erklären. Dein Kollege hatte sich das Leben genommen, deine Frau hatte dich verlassen. Das war alles zu viel.«

Stettner dachte an die Psychiaterin in der Klinik. Normale Menschen kamen mit solchen Schicksalsschlägen zurecht. Er war nicht normal, er war gefährdet und würde es immer bleiben. Ihn schauderte, und das lag nicht an der frischen Brise, die die Schwüle vertrieb.

»Was wolltest du mir erzählen – damals?«, fragte er.

»Darf ich rauchen?«

»Ja, sicher.« Er stand auf und holte einen Aschenbecher, während sich Karin eine Zigarette anzündete.

»Ich hab's also noch mal versucht«, sagte sie. »Teamwork und so weiter. Aber der Fall hat mich nicht so richtig losgelassen. Also hab ich eines Abends – ich bin einfach noch mal alle Zeugenaussagen durchgegangen, auch die ganzen Aktenvermerke der Kollegen. Einfach alles. Und damals fiel mir die Notiz eines Kollegen ganz am Anfang der Ermittlungen auf, als wir alle noch von Leon als Täter ausgegangen sind. Der berichtete von dem Anruf einer Frau, die sehr aufgeregt war und weinte. Die sagte offenbar immer nur so was wie: ›War das wirklich dieser Leon, sind Sie ganz sicher?‹ Und als der Kollege das Übliche antwortete – »Wir sind noch mitten in den Ermittlungen, mehr können wir zurzeit nicht sagen, bla, bla, bla‹ –, sagte sie: ›Ich will nur sichergehen, dass es sich nicht um einen Karsten-König-Fall handelt.‹ Der Kollege hatte nur Bahnhof verstanden, sie wirkte auch ziemlich neben der Spur, jedenfalls hatte er sie abgewimmelt.«

»Okay.«

»Dann rief sie aber nochmals an und erzählte ihm, dass möglicherweise Barbara Rheinfeld das anvisierte Opfer und dass ihr Mann möglicherweise an dem Mord schuld sei. Ein anderer Kollege hat dann tatsächlich das Alibi ihres Mannes gecheckt – er war zu dem Zeitpunkt in Österreich. Damit endete die Ermittlung. Die Frau wurde aber trotzdem als Zeugin vor Gericht gehört. Nur kam nichts dabei raus. Sie hatte nur eine Vermutung, keine Beweise.«

»Was bitte ist der Karsten-König-Fall?«

Karin lächelte: »Nie gehört, du vielleicht?«

»Nie.«

»Überraschung, den gibt's auch nicht. Ich hab einen Anwalt angerufen, mit dem ich schon mal was zu tun hatte. Ihn gefragt: ›Karsten-König-Fall, kennst du den?‹ Er hat erst gar nichts kapiert, aber dann fiel bei ihm der Groschen, denn er hat sich totgelacht. Also, um es kurz zu machen, gemeint hat die Frau vermutlich den Katzenkönig-Fall.«

»Keine Ahnung, was das sein soll«, sagte Stettner. Er war nicht nur müde, sondern auch leicht angetrunken. Wegen der Medikamente sollte er Alkohol eigentlich vermeiden, aber ein abendliches Bier würde er sich auch in Zukunft nicht verbieten lassen. »Worum geht's da?« Er gähnte und entschuldigte sich sofort, aber Karin war so drin in ihrer Story, dass sie ihn gar nicht richtig wahrnahm. Sie beugte sich vor und legte ihre Hand auf seinen Arm.

»Jeder Jurist kennt diesen Fall. Er ist ein bisschen kompliziert, deshalb beschränke ich mich aufs Wesentliche. Im

Jahr 1988 lebten drei Menschen, zwei Männer und eine Frau, in einer Beziehung zusammen. Alles ziemlich neurotisch, geprägt von mystischen Vorstellungen – jedenfalls sehr merkwürdig und ein bisschen krank. Einer aus diesem Dreiergespann, er hieß Michael R., war Polizeibeamter. Der war ein leicht beeinflussbarer Typ, dem du ohne Weiteres irgendeinen Schmarrn erzählen konntest. Er war verliebt in die Frau und hätte alles für sie getan.«

»Okay. Und was hat das jetzt mit unserem Fall zu tun?«

»Erklär ich dir gleich. Jedenfalls erfuhr die Frau in dem Dreiergespann, dass ihr Ex-Mann eine neue Freundin hatte. Das fand sie offenbar ziemlich unverschämt, weshalb sie die Neue gerne weghaben wollte. Nun kommt Michael R. ins Spiel. Dem hat sie erzählt, dass der sogenannte Katzenkönig, an den sie alle drei angeblich glaubten, ein Menschenopfer verlange, sonst würden Millionen ums Leben kommen. Michael R. sei der Auserwählte. Michael R., dumm wie Brot, glaubt den Scheiß und versucht, die neue Freundin des Ex-Mannes in einer Blumenhandlung zu erstechen. Sie hat zum Glück überlebt. Das Ganze kam vor Gericht; es wurden er und auch seine Anstifterin wegen versuchten Mordes verurteilt. Nun zu unserer Anruferin. Sie hatte ihren Mann von Anfang an in Verdacht. Als Anstifter wohlgemerkt, nicht als Täter. Sie dachte, er sei das Mastermind im Hintergrund, so ähnlich wie die Frau beim Katzenkönig-Fall. Davon hatte sie irgendwo gelesen, und das wurde bei ihr zur fixen Idee. Ich habe also diese Frau angerufen. Sie hat mir all das noch mal erzählt, aber wie gesagt – Beweise: Fehlanzeige. Wo sollte er Ben überhaupt kennengelernt haben? Weiß sie nicht. Vermutet sie nur. Aber Vermutungen reichen nicht. Es war ein Wunder, dass sie vor Gericht überhaupt als Zeugin geladen wurde.«

»Und jetzt?«

»Ist alles anders. Ich erklär dir das gleich. Ist ein bisschen vertrackt.«

»Was hast du vor?«

»Ich? Du. Du musst etwas tun, Paul. Du bist die letzte Chance.«

*

Ben wusste, dass Angeklagte häufig vor Gericht nicht aussagten. Es gab viele Filme, in denen die Verteidiger sogar verzweifelt versuchten, ihre Mandanten von einer sogenannten Einlassung abzuhalten. Weil die Mandanten oft ziemlichen Mist bauten, besonders wenn es zum Kreuzverhör kam. Sie redeten dann viel zu viel, quasselten sich selbst um Kopf und Kragen, widersprachen sich von einem Satz zum nächsten und waren dann leichte Opfer der Staatsanwälte. Kreuzverhöre in dem Sinne gab es zwar in deutschen Gerichten nicht, aber dafür eine Richterin Gnadenlos, die ein erstklassiger Ersatz dafür war. Die stürzte sich auf kleinste Unstimmigkeiten – schlimmer als der schlimmste Staatsanwalt.

Weshalb es kein besonders gutes Zeichen gewesen war, als Bens Hauptverteidiger ihn zu seinem schriftlichen Geständnis gedrängt hatte. Das Problem, hatte er ihm erklärt, sei die Zeugenaussage Ilians gewesen. Und das verstand Ben gut. Ilian war ein verfickter Spast. Bei der ersten Vernehmung war er noch cool gewesen und hatte gar nichts erzählt, bei der zweiten plötzlich alles.

Einfach alles, dieser Wichser!

Und dabei war Ben nicht gut weggekommen. Gar nicht gut.

Als Ben Ihnen bestätigte, dass er den Mord begangen hatte: Hatten Sie da den Eindruck, dass er die Tat bereute?

....
Kommt da noch was, oder haben Sie meine Frage nicht verstanden?
Doch.
Also?
Hm.
Hm heißt was?
Also ... Er wirkte ziemlich cool.
Heißt das nein?
Wie, nein?
Na, dann noch mal: Hat er den Eindruck gemacht, als ob er die Tat bereut?
Weiß nicht.
Sie wissen was nicht?
Ob der das bereut hat. Das weiß ich nicht.
Nee, das können Sie auch nicht wissen, Sie sind ja nicht der liebe Gott. Aber Sie wissen, was er für einen Eindruck machte. Und den sollen Sie uns jetzt schildern.
Nicht so sehr.
Nicht so sehr was?
Reue. Also die hab ich nicht so festgestellt. Aber ich kann mich auch irren.
Irren können wir uns alle. Es geht um Ihren subjektiven Eindruck. Keine Reue?
Nicht so sehr.
Scheiße.
In dieses Geständnis musste also Reue rein. Zumindest aber Gefühle. Man durfte nicht länger den Eindruck haben, dass ihn das alles kaltließ. Und es war ja auch nicht so. Ihn ließ nicht alles kalt, es war nur einfach schon so weit weg, dass er sich gar nicht so richtig an seine Gefühle erinnern konnte. Außer an die Erleichterung, dass Leon endlich aus

seinem Leben verschwunden war. Die hielt bis heute an, trotz Knast und allem, und daran merkte er, wie sehr ihn allein die Existenz dieses Menschen belastet hatte.

Aber das war sicher nicht das, was die Richterin hören wollte.

Er begann zu schreiben. Hörte wieder auf, als die Erinnerungen zurückkamen. Wie er Leons Waffenverstecke ausgeräumt hatte. Wie er zusammen mit Martin die Waffen ins Auto gelegt hatte. Wie sie an einem Waldstück anhielten und er alles auszog, seine ganzen durchgeschwitzten Klamotten, und sich frische anzog, die ihm Martin mitgebracht hatte. Wie sauber er sich gefühlt hatte. Wie rein. Als wäre all das nie passiert und er ein völlig neuer Mensch.

15

Montag, acht Monate nach der Tat

Die Asservatenkammer befand sich im zweiten Untergeschoss, also ziemlich tief unter der Erde, und das hatte etwas Unheimliches, aber anders als man denken würde. Die fensterlosen Räumlichkeiten waren aufgrund eines neuen Lichtkonzepts so hell ausgeleuchtet, dass es praktisch keinen Schatten gab. Dadurch konnte man zwar einerseits besser sehen, andererseits Dimensionen und Entfernungen schlechter einschätzen; alles wirkte überscharf, aber so flach wie auf einem Foto.

Stettners erster Tag in der Dienststelle war weder ganz schlecht noch außergewöhnlich gut verlaufen. Was ihn gefreut hatte, war die Herzlichkeit, mit der er begrüßt worden war, und zwar von jedem Einzelnen, selbst zwei Praktikanten, die er gar nicht kannte, hatten ihm zugelächelt. Sedlmeier hatte ein markiges Gespräch von Mann zu Mann mit ihm geführt, Stettner hatte ihm so glaubwürdig wie möglich versichert, dass er voll einsatzfähig sei, was Sedlmeier mit einem zufriedenen, allerdings sichtlich nicht vollkommen überzeugten Nicken quittierte.

Wenn was is – na kemmas zu mir.
Ja.
Werd scho!

Was weniger schön war: Stettner hatte trotzdem nichts zu tun. Alle waren beschäftigt, nur er musste schauen, wo er blieb. In seinem Büro stapelte sich viel Zeug, aber nichts, was aktuell war. In der Morgenlagebesprechung war er mehr oder weniger übersehen worden. Das, hatte ihm Sedlmeier fest versprochen, würde sich aber bald ändern. Also begann er sich noch mal über den Fall zu informieren, auch wenn er kein gutes Gefühl dabei hatte. Überstand irgendwie die vielen Stunden bis zum Feierabend, und beschloss, spätestens morgen einen kleinen Umtrunk zu geben. Als Zeichen, dass er zurück und der Alte war. Als die meisten weg waren, begab er sich in die Asservatenkammer. Deren Leiter hieß Klaus Beck, wurde aber von allen Zerberus genannt, der Hüter der Unterwelt.

Zerberus war ein kleiner, magerer Mann, der kurz vor der Pensionierung stand. Er war der einzige Mensch, der sich nicht nach Stettners Befinden erkundigte, woraus Stettner schloss, dass er von seiner Krankheit nichts erfahren hatte. Das erstaunte ihn nicht; Zerberus gab nichts auf Bürokontakte und Flurfunk, ihm reichte sein Aufgabengebiet. Er schob Stettner schweigend das Anmeldeformular hin, was Stettner ausfüllte und unterschrieb. Gleichzeitig wurde er von Zerberus in den Computer eingetragen. Jeder, der es wissen wollte, würde von seinem Besuch hier unten erfahren.

Stettner ging zu dem Regal, in dem sich die Asservate im Mordfall Rheinfeld befanden. Es war immens viel Zeug, Kisten über Kisten, immerhin einigermaßen sorgfältig beschriftet. Nach einer Stunde fand er, was er suchte, beschriftet mit »Spur 33«, dahinter ein Rattenschwanz an weiteren Buchstaben und Zahlen. Spur 33: ein primitives Nokia-Handy aus der Steinzeit ohne Aufladegerät. Niemand schien es überprüft zu haben, obwohl es exakt den Telefonen entsprach, die Kriminelle gern benutzten, wenn es darum ging, inkognito zu bleiben.

Stettner nahm es an sich.

»Sie wollen das mitnehmen?«, fragte Zerberus.

»Ja, für den Prozess. Als Beweismittel.«

»Ist die Beweisaufnahme nicht abgeschlossen? Das liegt doch alles schon bei der Staatsanwaltschaft.«

»Nicht alles, wie Sie sehen.«

»Aha.«

»So ist es.«

»Sie sind Ermittler in dem Fall?«, fragte der alte Mann schließlich.

»Sieht ganz so aus«, antwortete Stettner ausweichend. Zunächst musste er das Ding irgendwo aufladen. Dann konnte man weitersehen.

»Scheußlicher Fall«, sagte Zerberus.

»Kann man so sagen.«

»Geht's Ihnen besser?« Er wusste also doch Bescheid. Das machte Stettner etwas aus. Es hatte sich überall herumgesprochen, dass er krank war, selbst bis zu Zerberus.

»Mir geht's wieder gut«, sagte er kurz angebunden.

»Ich kenn das.«

»Was denn?« Stettner unterschrieb mit gesenktem Kopf das Formular, das Zerberus ihm widerwillig herübergeschoben hatte; er wollte nur noch raus hier. Das gleißende Licht verursachte ihm Kopfschmerzen, und ein wenig übel war ihm auch. Nebenwirkung der Medikamente. Immerhin war er deswegen so schlank wie selten in seinem Erwachsenenleben.

»Depression«, sagte Zerberus. »Mein Cousin hatte das.«

»Oh wirklich. Tut mir leid.«

»Na ja, er hat's hinter sich.«

»Das freut mich für ihn.«

»Wie man's nimmt. Hat sich aus dem Fenster gestürzt. Jetzt ist er nur noch Gemüse.«

»Verstehe.« Stettner blieb einen Moment lang die Luft weg, aber Zerberus war noch nie für sein Taktgefühl bekannt gewesen.

»Was ich nicht verstehe: Sie sind monatelang krankgeschrieben und steigen an ihrem ersten Arbeitstag wieder in diesen Fall ein?«

»Sie können gern den Chef fragen, wenn Sie damit Probleme haben«, sagte Stettner. Sein Herz begann schneller zu schlagen, ein dumpfer, beängstigender Rhythmus. Ebenfalls eine Nebenwirkung, die unangenehmste von allen.

»Der ist jetzt daheim. Ich frag ihn morgen.« Zerberus starrte ihn an, suchte in Stettners Gesicht nach Spuren von Unsicherheit, einen Gefallen, den ihm Stettner nicht tun würde.

»Machen Sie das«, sagte er nur. »Schönen Feierabend!«
»Gleichfalls.«

*

Ben lag auf seiner Pritsche, schlaflos. Heute hatte er sein Geständnis vollendet. Handschriftlich, denn es sollte authentisch sein. Niemand sollte annehmen, dass der Anwalt dabei federführend gewesen war. Nun war er aufgeregt. Morgen würde er sich zum ersten Mal in der Öffentlichkeit zu seiner Tat äußern. Er würde sein Geständnis vorlesen, und er würde dabei versuchen, Gefühle zu zeigen.

Gefühle, die er wirklich hatte.

Nur – welche waren das?

Er hatte geschrieben – in seinen eigenen Worten, das war dem Anwalt ganz wichtig gewesen –, dass manche Leute vielleicht den Eindruck hätten, ihm sei alles egal, auch das Schicksal der Familie Rheinfeld, auch die Trauer der Hinterbliebenen. Aber das sei nicht wahr. Es mache ihm sehr wohl zu schaffen, was er getan habe, aber er habe Probleme damit, seine wahren Empfindungen zu offenbaren.

Das stimmte alles, und doch war es nicht die ganze Wahrheit. Er war nun einmal eher cool als warm und hatte eigentlich keine Lust, sich deswegen dauernd zu entschuldigen. Vielleicht waren es die Gene, vielleicht war er in der Schule ein paarmal zu oft gemobbt worden – keine fucking Ahnung, dachte er. Er war, wie er war. Nicht perfekt. So wie alle anderen auch nicht perfekt waren, aber gern mal so taten, weil sie *nie* in eine Situation kommen würden, wo sie ihre Perfektion in Frage stellen mussten.

Morgen würde er sein Geständnis verlesen, und es würden viele Journalisten kommen, das hatte ihm sein Anwalt prophezeit, denn dieses eine Mal hatte er das getan, was die Verteidiger Martins andauernd machten: die Presse vorab informiert.

Ein großer Tag stand ihm bevor. War seine Performance gut genug, würde sie mit einer milderen Strafe belohnt werden. Zehn Jahre Jugendstrafe hatte ihm der Anwalt unter diesen Umständen versprochen. Keine besondere Schwere der Schuld, die das Strafmaß auf bis zu fünfzehn Jahren hochstufen würde. Und vielleicht käme er dann schon nach acht Jahren wieder raus. Dann wäre er immer noch in seinen Zwanzigern, hätte eine Ausbildung und zudem genug Zeit, ein gutes Leben zu führen.

Vielleicht wie Felix.

Manchmal hatte er in den Zuschauerbereich geschaut, gehofft, dass Felix wenigstens einmal ... Aber er war nie gekommen.

Egal, was passiert, ich werde auf dich setzen, Junge.
Wirklich?

Du bist mein Mann. Der mutigste Mensch unter der Sonne. Ich werde da sein. Du wirst nicht allein sein.

Ben dachte daran, wie sie sich kennengelernt hatten. Sein Freund Tom hatte ihn damals mitgenommen. Tom, der Student, der sich solche Sorgen um ihn gemacht, aber dennoch sein Gras geraucht hatte. Tag der offenen Tür bei der Caritas, wo Tom Mitglied war, weil in solchen Organisationen Karrieren geschmiedet wurden und Tom unbedingt Karriere machen wollte. Es gab Reden und ein mittelmäßiges Buffet, und dann waren Felix und er irgendwie ins Gespräch gekommen.

Nein, nicht irgendwie. Felix hatte sich mit jemandem über eine M16 unterhalten, und dabei hatte er etwas Falsches über das Kaliber gesagt, und Ben hatte sich eingemischt, obwohl er so was sonst eher nicht machte – einfach fremde Leute ansprechen –, und plötzlich waren sie mittendrin im Fachsimpeln gewesen.

Und Ben hatte ihm von seiner Sammlung erzählt. Einfach so, weil er spürte, dass ihn dieser Mann nicht verraten würde, und so war es ja dann auch gewesen. Felix würde ihn nie verraten, das wusste Ben einfach, weil Felix, obwohl er so alt war, der coolste aller Männer war.

Er lächelte und schlief ein.

*

»Das ist nicht der richtige Weg«, sagte Paul Stettner.

»Das ist der einzige Weg«, konterte Karin Lakotta.

»Der richtige Weg ist, mich bei der Staatsanwaltschaft oder der Richterin als Zeuge zu melden.«

»Die werden dich ablehnen. Ganz einfach. Morgen wird Ben sein Geständnis verlesen. Das weiß ich von einem Journalisten, der auch da sein wird. Alle werden sie da sein, das wird ein Riesending, alle werden begeistert sein. Ben gibt zu, was wir längst wissen, nämlich dass er es war. Er wird ein bisschen rumheulen, dass ihm alles so leidtut, aber dass er nicht anders konnte wegen Leons geplantem Amoklauf und so weiter. Aber wenn er die Zeit zurückdrehen könnte, würde er zur Polizei gehen. Dann würde er alles richtig machen. Ende der Geschichte. Heißt: Weder die Richterin noch die beiden Staatsanwälte haben Interesse an weiteren Komplikationen. Das dauert denen alles eh schon viel zu lang. Die wollen keinen weiteren Zeugen, der alles relativiert und neue Ermittlungen erzwingt. Die sind schon voll bedient mit Melchiors Verteidigern, die ständig ein neues Fass aufmachen. Die wollen den Fall beenden.«

»Was ist mit Bens Verteidiger?«

»Vergiss Bens Verteidiger. Die wollen nichts anderes. Das Geständnis dient dazu, den Fall schnell zu beenden und eine vergleichsweise milde Strafe für ihren Mandanten auszuhandeln. Das ist dann ihr Erfolg. Du bringst nur die Abläufe durcheinander und verzögerst das Ganze. Du bist Sand im Getriebe! Keiner mag Sand im Getriebe!«

»Also was?«, fragte Stettner.

»Hör mir zu«, sagte Karin. »Hör mir genau zu.«

*

Der Ablauf war immer der gleiche. Im muffigen Vorraum des Gerichtssaals wurde Bens Handgelenk per Handschelle mit dem Handgelenk eines bewaffneten Beamten verbunden. Nicht immer derselbe; es waren vier oder fünf, die sich abwechselten. Anschließend wurde er in den Saal geführt. Das passierte mehrmals täglich, denn wegen den zahlreichen Anträgen der Verteidigung Martins gab es viele Pausen, in denen sich die Richterin und die Beisitzerinnen zur Beratung zurückziehen mussten, um über die Rechtmäßigkeit des Antrags zu entscheiden.

Meistens waren diese Auftritte eine unspektakuläre Sache. Der Zuschauerraum war normalerweise höchstens zu einem Drittel besetzt, häufig von Journalistenschülern oder Jurastudenten zwischen ein paar Rentnern, die nichts Besseres mit ihrer Zeit anzufangen wussten, als den Verfahrensbeteiligten beim Streiten zuzusehen. Presse kam nur sporadisch, und dann gerade mal vier oder fünf Leute. Nur eine Frau war fast jeden Verhandlungstag da. Sein Anwalt hatte ihm erzählt, dass sie einen Roman über diesen Fall schreiben wollte und ihm eingeschärft, nicht mit ihr zu reden, falls sie ihn etwa im Gefängnis besuchen wollte. Aber das hatte sie nicht getan.

Heute war alles anders, und das spürte er, bevor er überhaupt drin war. Es war richtig gewesen, sich ein weißes Hemd und eine schwarze Hose anzuziehen. Der Knastfriseur hatte ihm einen gemäßigten, sehr coolen Undercut geschnitten: Er sah gut aus. Das war auch nötig. Kaum ging die schwere Tür auf, blitzten ihn die ersten Kameras an.

Das machte ihm nicht mehr so viel aus, weil sein Gesicht mittlerweile ohnehin nur gepixelt veröffentlicht werden durfte. Er bemühte sich trotzdem um eine neutrale Miene, während ihn der Beamte, der heute dran war – ein Typ mit Dutt und dünnem rötlichem Hipsterbärtchen –, zu seinem Platz führte. Der Zuschauerraum, das konnte er aus den Augenwinkeln erkennen, war bis auf den letzten Platz besetzt, hauptsächlich mit Medienleuten, genauso wie es ihm sein Anwalt angekündigt hatte. Ein Fernsehteam war ebenfalls da. Er sah an der Filmkamera vorbei, wie es ihm der Anwalt eingeschärft hatte. Ein des Mordes angeklagter Mann in Handschellen, der einen Blick ins Objektiv warf – das ging gar nicht. Falls sie das nämlich mit dem Pixeln »vergaßen«, was durchaus mal vorkam, sahen die Zuschauer einen Mörder, der ihnen direkt in die Augen schaute.

So à la: Du kannst der Nächste sein.

Sein Hauptverteidiger war schon da und nickte ihm zu, während Ben vor ihm Platz nahm. Er saß auf derselben langen Bank, aber glücklicherweise sehr weit weg von Martin, den er mittlerweile wie die Pest hasste. Vor allem, weil Martins Anwälte permanent so taten, als hätte er erst hinterher von der Tat erfahren. Auch das würde heute zur Sprache kommen: Natürlich hatte Martin vorher Bescheid gewusst! Der war so geil auf das zu erwartende Geld vom Waffenverkauf gewesen, an den hatte man gar nicht lange hinreden müssen!

Weil Ben so sauer auf ihn war, hatte er sich entschlossen, in seinem schriftlichen Geständnis zu behaupten, dass die Idee mit dem erweiterten Suizid von Martin gekommen sei. Er hatte sogar überlegt, ob er ihn noch weiter hineinziehen solle, aber eine echte Komplizenschaft war von keiner WhatsApp und keiner Sprachnachricht gedeckt. Also blieb er bei der Wahrheit.

Die Richterin und die Beisitzerinnen kamen wie üblich zu spät. Ben hatte sich daran gewöhnt zu warten, und tat das oft stundenlang regungslos. Zeugenvernehmungen, Expertenurteile liefen an ihm vorbei. Wer ungeduldig oder nervös war, den würde das hier fertigmachen, dachte er manchmal. Er selbst hatte die Fähigkeit entwickelt, sich einfach wegzubeamen. Als wäre er ganz woanders. Am Meer oder so. Er war noch nie am Meer gewesen, stellte es sich aber so paradiesisch vor, wie in dieser uralten Raffaello-Werbung. Sein Vater wollte immer nur in diese megalangweiligen Berge.

Sobald er aus dem Knast rauskam, würde er das Meer sehen, das hatte er sich geschworen.

Die Richterin, ihre Beisitzerinnen und die beiden Schöffen kamen herein, alle standen auf, Kameras klickten, dann wurden die Fotografen und Kameraleute rausgeschickt.

»Setzen Sie sich«, sagte die Richterin und wartete das Knarzen der Stuhlreihen ab. Sie wusste Bescheid über den heutigen Programmpunkt, der vermutlich den ganzen Verhandlungstag in Anspruch nehmen würde. Ihr Blick schweifte hoheitsvoll über den Saal. Sie hatte blonde, kurz geschnittene Haare, trug eine coole übergroße Brille mit dicker schwarzer Fassung und sah in Bens Augen für eine Frau in ihrem Alter – mindestens fünfzig – erstaunlich gut aus. Und sie war streng! Das gefiel ihm irgendwie.

Seine Mutter war das Gegenteil – so süß und liebevoll, dass es ihm das Herz brach, ihr wehgetan zu haben. Vielleicht hätte er mehr Widerstand gebraucht. Vielleicht wäre dann alles ganz anders gekommen.

»Sie haben uns etwas zu sagen?«, fragte ihn die Richterin in einem für ihre Verhältnisse sanften Tonfall. Sie würde ihn nicht hart anfassen, erinnerte sich Ben, sonst könnte er seine Aussagebereitschaft sofort zurücknehmen, und das wiederum könnte unter bestimmten Umständen ein Revisionsgrund sein.

Also keine Sorge, Herr Meier!
Nein.
Sie kriegen das hin.
Cool.

Sein Anwalt erhob sich und kündigte Bens schriftliches Geständnis an, das den Verfahrensbeteiligten vorliege und Ben nun verlesen werde. Er werde im Anschluss Fragen beantworten, allerdings zunächst nur die des Gerichts und die der

Staatsanwaltschaft. Martins Anwälte protestierten erwartungsgemäß und kündigten den hunderttausendsten Antrag an, doch die Richterin fuhr ihnen über den Mund. Der Antrag wurde zurückgestellt.

Ben konnte anfangen. Zu Beginn fühlte er sich unsicher, dann kam er langsam rein in seine Geschichte, und seine Sprache wurde flüssiger und überzeugender. Er musste sich sogar mit der Betonung etwas zurückhalten, um nichts zu dramatisieren – es ging hier schließlich nicht um einen spannenden Krimi, sondern um ein tragisches Verbrechen, das notwendig geworden war, weil sonst noch viel mehr Menschen gestorben wären. Er musste die richtige Balance zwischen Sachlichkeit und Traurigkeit finden.

Es war totenstill im Saal. Nur seine eigene Stimme, verstärkt durch das Mikrofon vor ihm, war zu hören. Er hörte sie in seinem Ohr und gleichzeitig von außerhalb. Ein komisches Gefühl. Als Kind, erinnerte er sich plötzlich, wäre er gern Schauspieler geworden. Manchmal hatte er zusammen mit seinem Bruder kleine Sketche im Familienkreis aufgeführt, und alle hatten immer herzlich gelacht und geklatscht.

Aber vermutlich nur, weil sie Kinder waren und schon deshalb niedlich. In der Schule war er gemobbt worden, weil – er hatte eigentlich nie genau verstanden, warum. Zu Hause und in der Kirchengemeinde war er beliebt gewesen, aber in der Schule funktionierte seine Art irgendwie nicht. In der Folge war er immer stiller geworden, und dann hatten sich diese merkwürdigen Fantasien eingestellt.

Seltsame Träume und Ängste.

Er nahm sich zusammen; es ging nicht, dass seine Gedanken jetzt abschweiften, er musste beim Thema bleiben. Er blätterte zur letzten Seite um. Der letzte Absatz hörte sich –

das fiel ihm leider erst jetzt auf – nicht so richtig sympathisch an. Aber nun war es zu spät.

»Dass das Geständnis erst jetzt kommt, liegt daran, dass Martin Melchior offenbar davon ausgeht, einen Freispruch zu kriegen. Ich wollte abwarten, ob sich seine Einstellung zu seiner Beteiligung an meinen Straftaten irgendwann ändert. Offenbar ist das aber nicht der Fall. Deshalb habe ich mich jetzt dazu entschlossen, von mir aus endlich reinen Tisch zu machen.«

Er hob den Kopf.

Immer noch war es still, als würden die Zuhörer auf etwas warten. Die Richterin sah ihn unverwandt an. Hatte er sie beeindruckt?

»Danke, dass Sie mir zugehört haben«, sagte er, und fast erwartete er so etwas wie Applaus. Natürlich kam nichts dergleichen. Stattdessen kündigte die Richterin eine zehnminütige Pause an.

Martin Melchiors Anwälte schimpften, weil sie ihren Antrag nicht hatten stellen können. Die Richterin vertröstete sie auf nach der Pause, und man sah, dass sie sich gerade erheben wollte, als etwas vollkommen Unerwartetes passierte.

Eine Männerstimme aus dem Zuschauerraum. Sie rief etwas, das Ben nicht verstand. Irgendwas mit »Zeuge«. Das Gesicht der Richterin war so fassungslos, dass Ben beinahe losgelacht hätte. Niemand war bisher in der Lage gewesen, eine derartige Reaktion bei ihr auszulösen. Er sah in den Zuschauerraum. Dort stand ein Mann, der Ben bekannt vorkam.

*

Stettner hatte in dieser Nacht nicht geschlafen, was zum einen an seiner Medikation lag und zum anderen an dem, was der nächste Tag bringen würde. Das, was er im Begriff war zu tun, war legal, sonst hätte er sich nie dazu bereiterklärt. Gleichzeitig würde es ihn maximal unbeliebt machen. Seine anvisierte steile Karriere bei der Polizei konnte er dann in der Pfeife rauchen. Andererseits hatte er sowieso kaum noch Chancen, in der starren Hierarchie aufzusteigen – als Beamter mit mentaler Schlagseite, der jederzeit wieder ausfallen konnte.

Was also hatte er schon zu verlieren?

Morgens beim Rasieren im einsamen Bad redete er im Geiste mit Obermeier.

Soll ich's machen, Bernd?

Und tatsächlich glaubte er ein paar Sekunden, Obermeiers Stimme zu hören, leise und ein bisschen schüchtern, wie Obermeier eben gewesen war.

Mach's nicht wegen mir.

Natürlich, du Depp! Alles wegen dir!

Ich hätt's dir sagen sollen.

Nein. Ich hätt dir sagen sollen, dass Leon vielleicht unschuldig ist. Dass wir's nicht genau wissen. Dann wärst du heut noch hier.

Ach, Schmarrn. Du bist ein Guter, Paul. Das wissen alle. Jetzt redest du Schmarrn.

Zeig ihnen, dass du ein Guter bist.

Leichter gesagt als getan.

Sein Handy brummte neben dem Waschbecken. Er stellte es auf laut.

»Alles klar bei dir?«

»Im Gegenteil.«

»Was?«

»Ich komm trotzdem runter. Zwei Minuten.«

Der Gerichtssaal war so voll, dass Stettner ein paar Minuten lang mit Platzangst kämpfte und ein paar Sekunden lang sogar dachte, dass er es nicht aushalten würde. Andererseits war nicht aushalten keine Option. Er ließ das Gefühl der Unerträglichkeit zu, es schwoll an, drohte ihn zu überwältigen und flaute schließlich ab.

Nur das Schwitzen blieb.

Er sah Ben an. Hörte ihn mit seiner sanften Stimme die grauenhaften Abläufe schildern, als ginge es um Probleme der Gartenarbeit im Hochsommer. Wer war dieser Ben? Was ging in ihm vor? Stettner hatte sich während seiner Krankheit versucht, die Mechanik in seinem Gehirn bildlich vorzustellen. Ein schlecht geöltes Räderwerk, ein stotternder Motor, eine Zündkerze mit abgenutzter Elektrode.

Was stimmte in Bens Maschinenraum nicht?

Ben beendete seine Ausführungen und hob den Kopf, sah sich um, als hätte er geträumt und würde gerade aufwachen. Die Richterin sah ihn an, als würde sie sich die gleichen Fragen wie Stettner stellen. Was war in diesem Leben schiefgegangen?

Karin stieß ihn in die Seite, als die Richterin eine zehnminütige Pause verkündete. Es war halb elf. Die Journalisten würden vielleicht gar nicht mehr zurückkommen – Bens Geständnis reichte locker für einen Aufmacher. Und vermutlich lag ihnen das Geständnis längst in Kopie vor.

Er stand auf und rief das, was man in solchen absoluten Ausnahmefällen zu rufen hatte. Dann, wenn man sich im Zuschauerraum befand und nicht als Zeuge geladen worden war. In Strafprozessen war das erlaubt.

»Ich möchte eine Aussage machen.«

Sehr laut, damit das wirklich alle hörten. Die Journalisten, die Verfahrensbeteiligten, die Richterin.

Köpfe drehten sich, die Journalisten hörten auf zu schreiben. Stille senkte sich über den Saal. Jemand hustete.

Stettner wiederholte: »Ich bin ein präsenter Zeuge und möchte jetzt eine Aussage machen.«

Die Richterin zog ein Gesicht, als ob es ihr die Petersilie verhagelt hätte, und gleichzeitig wirkte sie auf komische Weise resigniert. Karin hatte ihm das vorhergesagt; wegen der überaktiven Anwälte Martin Melchiors war sie Kummer gewöhnt.

»Wer sind Sie überhaupt?«, fragte sie.

Stettner stellte sich und seinen Dienstrang vor und sagte: »Ich war bei der Hausdurchsuchung dabei, und ich bin der Beamte, der das erste Spontangeständnis von Ben Meier bekommen hat.«

»Sie sind das? Sie haben sich krankgemeldet. Das Schreiben Ihrer Psychiaterin liegt mir vor.«

»Ich bin wieder gesund. Ich habe eine Gesundschreibung, die ich vorlegen kann. Ich kann aussagen.«

»Und Sie haben es nicht für nötig gehalten, sich vorher bei mir in der Geschäftsstelle zu melden?«

»Dafür war keine Zeit. Ich möchte jetzt aussagen.«

»Ihre Kollegin hat bereits über das Spontangeständnis des Angeklagten ausgesagt. Wir brauchen Sie als Zeugen nicht mehr. Es sei denn, Sie haben neue Erkenntnisse.«

»Die habe ich.«

Die Richterin fuhr sich durch ihren kurzen blonden Haarschopf, fast grob, als wollte sie ihn sich ausreißen.

»Eine halbe Stunde Pause«, sagte sie dann. »Dann können Sie aussagen. Oder nein« – sie warf einen Blick auf die Journalisten, die nur darauf warteten, Stettner mit Fragen zu bestürmen –, »nein, wir machen das sofort. Kommen Sie nach vorn. Jetzt.«

Die Anwälte Martin Melchiors baten lautstark ums Wort, Bens Anwalt desgleichen. Die Richterin erteilte es ihnen nicht. Stettner ging nach vorne, vorbei an den Anwältinnen der Nebenklägerinnen, den beiden Gutachtern, den Prozessbeobachterinnen vom Jugendamt. Er setzte sich an den Tisch vor der Richterin. Rechts daneben saßen die Staatsanwälte, links die Angeklagten mit ihren Verteidigern, die ihn anstarrten, als würden sie ihm am liebsten ein Messer in die Brust rammen.

Zieh das Mikro zu dir her, Paul. Nicht vergessen!

Herzlichen Dank für den Tipp, Karin. Ich hab schon mal vor Gericht ausgesagt.

Trotzdem. Denk dran, sonst versteht dich hinten bei den Zuschauern keiner, und den Verfahrensbeteiligten ist es egal. Die hören dich gut genug.

Er zog das Mikrofon zu sich heran und drückte auf den Knopf. Ein roter Ring leuchtete auf, das Zeichen, dass es funktionierte.

Die Richterin fragte ihn nach seinem Namen und seiner Adresse. Stettner gab beides an. Auf einer Leinwand war nun sein Gesicht auch für die hinteren Ränge zu sehen. Die Richterin belehrte ihn mit flacher, genervter Stimme, dass er die Wahrheit sagen müsse, und erklärte, welche Folgen es hätte, wenn er das nicht täte. Sie rasselte dieses Sprüchlein herunter und fügte hinzu: »Man kann auch die Unwahrheit sagen, indem man ins Blaue hineinplaudert, ohne genau zu wissen, ob es stimmt. Haben Sie das verstanden?«

»Ja.«

»Dann legen Sie los.«

»Womit?«

»Mit allem, was Sie uns hier zu sagen haben.« Ihre Miene blieb unbewegt, aber ihre Stimme klang gereizt, auch wenn sie sichtlich bemüht war, sich zusammenzureißen.

Er war Sand im Getriebe. Natürlich hasste sie ihn.

Stettner berichtete von Bens Geständnis im Auto, ohne dass sie ihn unterbrach. Sie machte eigentlich gar nichts, außer ihn nicht aus den Augen zu lassen. Das allein war schon Stress genug. Als er fertig war, sagte sie das Erwartbare, feuerte die Worte richtig heraus (und er spürte ihren Zorn deutlicher, als ihm lieb war): »Diese Informationen haben wir bereits von Ihrer Kollegin. Deswegen hätten Sie sich die Mühe dieses Auftritts nicht machen müssen. Meine Frage bleibt: War da sonst noch was?«

»Ja.« Stettner sammelte sich.

»Dann bitte!«

»Ich habe ein Beweisstück, dass auf den Katzenkönig-Fall verweist. Genauer gesagt: drei.«

»Das ist jetzt nicht Ihr Ernst.« Einer der beiden Staatsanwälte lachte grimmig von rechts, ein junger Typ, der aussah, als ob er gerade sein Studium beendet hatte. Stettner wandte sich ihm zu. »Doch. Ich bitte darum, alle drei einbringen zu dürfen.«

»Lassen Sie mich raten«, sagte die Richterin und beugte sich vor: »Kann es sein, dass Sie Kontakt zu Irene Hartmann haben?«

»Nein«, sagte Stettner. »Irene Hartmann hat hier bereits ausgesagt, das ist mir bekannt. Sie hat den Katzenkönig-Fall ins Spiel gebracht, weil sie glaubt, dass ihr Mann der Anstifter der Morde an Leon, Barbara und Markus Rheinfeld ist und damit ebenfalls des Mordes schuldig. Wir haben schon im Januar gegen ihren Mann ermittelt, doch er hatte ein Alibi. Insofern wurden die Ermittlungen eingestellt.«

»Dann verstehe ich nicht, was das hier soll.«

»Es gibt ein Foto, das beide zusammen zeigt. Es beweist eindeutig, dass sie sich kennen.«

»Und das ist alles? Ein Foto?«

»Nein. Meine Informantin ist im Besitz eines Telefons, das, wie meine Informantin mir versichert hat, Felix Hartmann gehört. Sie hat es in einer seiner Anzugjacken gefunden, die Mailbox abgehört und an sich genommen, als sie ihn verlassen hat, weil er sie misshandelt und überwacht hat.«

»Und das ist weshalb genau von Interesse?«

»Sie hat das Telefon in einem Bankschließfach hinterlegt und ihn damit erpresst, damit er sie in Ruhe lässt. Sie wollte nur das: in Ruhe gelassen werden. Aber die Angriffe hörten nicht auf.«

»Das war keine Antwort auf meine Frage, Herr Stettner!«

»Felix Hartmann ist Makler und Bauunternehmer. Er hatte zwei starke Motive. Erstens hatte er ein vitales Interesse daran, Barbara Rheinfeld auszuschalten, die seiner damaligen Frau ein positives Gutachten bezüglich ihrer Erziehungsfähigkeit in Aussicht gestellt hat. Frau Rheinfeld hat Frau Hartmann sogar ein zweites Gutachten versprochen von einem weiteren renommierten Fachmann. Das hätte Herrn Hartmann vermutlich bei der Scheidung das alleinige Sorgerecht der beiden gemeinsamen Töchter gekostet, auf das er spekuliert hat, schon um seiner Ex-Frau weniger Unterhalt zahlen zu müssen.«

»Diesen Teil kennen wir doch schon«, sagte die Richterin erschöpft.

»Zweitens war er scharf auf das Grundstück der Rheinfelds. Mittlerweile hat er es gekauft, für einen sehr guten Preis. Die Tochter befindet sich, wie Ihnen sicher bekannt ist, seit Monaten in therapeutischer Behandlung. Sie hat aus diesem Grund nicht vor diesem Gericht als Zeugin ausgesagt; möglicherweise ist sie nicht einmal geschäftsfähig. Der Abriss des Hauses steht kurz bevor, geplant sind zwei Doppelhaushälften mit maximaler Raumausnutzung. Hartmann darf sogar höher bauen, als in dieser Gegend erlaubt ist. Damit kommt er raus aus seinen immensen Schulden. Wussten Sie das?«

»Nein, und es geht mich auch nichts an! Abgesehen davon hatte Herr Rheinfeld einen leiblichen Sohn, also sparen Sie sich diese Mitleidsnummer mit seiner Stieftochter, die garantiert nichts verkauft hat. Wenn, dann hat sein Sohn das Grundstück verkauft. Wer ist Ihre Informantin?«

»Die ehemalige Freundin von Felix Hartmann. Sie ist ebenfalls bereit auszusagen, aber erst wenn das Gericht die Beweismittel begutachtet hat. Sie hat Angst vor ihrem Ex-Freund. Sie glaubt, dass er, wenn er davonkommt, sich an ihr rächen könnte. Sie bereut, dass sie nicht früher ausgesagt hat, aber sie hatte einfach Angst.«

»Die Beweismittel, Herr Stettner. Was sind das für welche? Außer einem ominösen Foto.«

»Zwei identische Nokia-Telefone. Eines wurde in Ben Meiers Wohnung gefunden, das andere gehört laut meiner Informantin Felix Hartmann. Ich bitte, sie hier einbringen zu dürfen. Es geht um den Inhalt von Felix Hartmanns Mailbox. Genauer gesagt, um eine Sprachnachricht vom 10. Januar, zwei Stunden vor dem Mord an Leon Rheinfeld.«

*

Es war so, dass Ben das Telefon gleich danach weggeworfen hatte. Noch in derselben Nacht. Und *direkt* danach hatte er die noch halb leere Mülltüte zusammengeknotet und zum Container getragen. Er hatte zwar nicht die SIM-Karte rausgenommen, weil der verfickte Verschluss von dem verfickten Behälter geklemmt hatte, aber das Ding war im Container gelandet und montags von der Müllabfuhr mitgenommen worden.

Ganz sicher. Wie also kam dieses verfickte Telefon wieder zurück in seine Wohnung?

Ben sah starr vor sich hin, die Augen halb geschlossen, als würde er sich langweilen. Alle Blicke ruhten auf ihm, er durfte sich absolut nichts anmerken lassen. Vor allem kam es darauf an, keine mörderischen Blicke Richtung Martin zu werfen. Martin musste das Scheißding wieder aus dem Müll herausgeklaubt haben. Wieso? Hatte er Telefonate mit Felix mitbekommen? War er eifersüchtig gewesen? Hatte er Angst vor Ben gehabt und wollte etwas gegen ihn in der Hand haben? Nur so, zur Sicherheit, falls Ben ihn als Mitwisser umlegen wollte?

Nach dem heutigen Tag würde Felix nie wieder ein Wort mit ihm reden. Durch Bens Schuld würde er massive Probleme bekommen, und das würde er ihm nicht verzeihen. Felix war kein Mann, der verzieh, so viel stand fest. Ben konnte froh sein, wenn er den Aufenthalt im Knast überleben würde.

Er bekam so halb und halb mit, wie den Verfahrensbeteiligten Abzüge des Schwarz-Weiß-Fotos ausgehändigt wurden. Als sein Anwalt eine Kopie bekam, warf er einen kurzen Blick darauf. Felix und er. Nachts vor seiner Wohnung. Vertieft in ein konspiratives Gespräch. Gestochen scharf, beide deutlich erkennbar. Kein schrottiges Handybild. Wer das fotografiert hatte, besaß eine erstklassige Kamera.

Schön für denjenigen.

Schlecht für Ben.

Aber das Schlimmste stand ihm noch bevor. Keine einzige der zahlreichen Sprachnachrichten und WhatsApps war ihm so abgrundtief peinlich wie das, was nun folgen würde, nachdem dieser verfickte Polizist namens Paul Stettner das zweite

Telefon in einem transparenten Plastiksäckchen nach vorne gebracht hatte. Ben erinnerte sich an den Mann neben ihm auf dem Rücksitz, dem er alles erzählt hatte.

Fast alles.

Er hatte sich so gut dabei gefühlt. So stark und mutig. Während der Polizist in seiner Gegenwart zu schrumpfen schien, und jetzt wusste er auch, warum. Der Gedanke gefiel ihm: jemand, der seinetwegen in der Klapse gelandet war.

Nur nützte ihm das jetzt nicht mehr viel.

»Meine Informantin hat das Telefon in dieser Plastiktüte verpackt, um keine Fingerabdrücke zu zerstören«, sagte der Polizist, nachdem er wieder am Zeugentisch Platz genommen hatte. »Ich gehe davon aus, dass es die Fingerabdrücke von Felix Hartmann sind.«

»Damit wollen Sie mir nicht weismachen, dass Sie das über Ihre Informantin längst verifiziert haben?«, fragte die Richterin.

»So ist es.« Der Polizist nickte.

Natürlich hat er gelogen, dachte Ben. Diesen krassen Scheiß hätte er nicht in die Wege geleitet, wenn er sich nicht hundertprozentig sicher gewesen wäre. Ben konnte nur sein Profil sehen, nicht wie damals im Auto, als sie sich die ganze Zeit angeschaut hatten. Das war eine coole Atmosphäre gewesen, so frühmorgens, finster und intensiv wie bei einem gefährlichen Ritual, ganz anderes als heute, wo durch die Lamellen an der Decke streifiges Sonnenlicht hereinfiel.

In diesem Moment drehte der Polizist den Kopf und sah Ben direkt in die Augen. Ben hielt den Blick aus, obwohl ihm im Nacken der Schweiß ausbrach. Das war nicht mehr derselbe Mann, den Bens Geständnis eingeschüchtert hatte.

»Auf diesem Telefon ist nur eine Nummer eingespeichert. Die von dem anderen Telefon. Und umgekehrt.« Der Polizist hob beide Handys abwechselnd in die Höhe. »Es gibt eine Menge Anrufe, die teilweise auch länger sind, aber nirgendwo gespeichert wurden. Sie kommen alle von derselben Nummer und vice versa. Die beiden Handys waren ab dem 18. Dezember in Betrieb. Am 10. Januar um 22:10 Uhr hat der Anrufer versucht, Hartmann zu erreichen. Hartmann hat abgehoben, aber den Anruf sofort wieder unterbrochen. Daraufhin gab es einen letzten Anruf zehn Sekunden später, ebenfalls von Bens Telefonnummer. Meine Informantin hat das Handy zwei Tage nach den drei Morden in einer seiner Anzugjacken gefunden und die Mailbox abgehört. Dann hat sie das Telefon an sich genommen und in einem Schließfach deponiert. Aus den genannten Gründen.«

»Spielen Sie die Nachricht ab, in Gottes Namen«, sagte die Richterin.

Der Polizist hielt das Handy vor das Mikro. Ein Flüstern – sein Flüstern – erfüllte den Saal bis in die letzte Ecke, so kam es Ben vor. Es war scheiße. Aber auch megacool.

»Ich bin jetzt bei Leon.« Heiseres Kichern. Fuck, war er so high gewesen? Er hatte sich beim Kiffen doch extra zurückgehalten. »Ich bin jetzt bei Leon, und die Glock – die Glock ist geladen, Alter. Ich schieße, und bald wird es einen Idioten weniger auf der Welt geben. Beziehungsweise drei, haha. Ich bin aufgeregt« – schon wieder das Kichern, fuck –, »aber mach dir keine Sorgen, ich schaffe das. Ich bin ein Held. Dein Held.«

Man hörte Ben atmen, es war eher ein Keuchen. Dann sein letztes Wort.

»Bye.«

»Selbstverständlich brauchen wir einen Experten, der die Stimme analysiert«, sagte die Richterin nach einer langen Pause. Ihre Stimme klang müde, aber entschlossen.

»Selbstverständlich«, sagte der Polizist und sah wieder zu Ben rüber, der diesmal den Blick senkte. Die Verfahrensbeteiligten hatten so viele Sprachnachrichten von ihm gehört, er selbst hatte heute ewig lang vorgelesen – jeder hier im Saal wusste, dass das auf dem Anrufbeantworter seine Stimme war, Flüstern hin oder her. Seltsamerweise ging es ihm trotzdem ganz gut. Sogar sehr gut.

Angst hatte er jedenfalls keine mehr, über dieses Gefühl war er hinaus.

Letztlich – was machte das alles schon aus? Wenn das Gericht tatsächlich diese Oberscheiße von dem verkappten Auftragsmord glauben sollte (und das sollten sie Felix mal beweisen, viel Spaß dabei!), was änderte das schon groß?

Für ihn: genau nichts. Er würde seine Jugendstrafe bekommen und absitzen. Und danach durchstarten. In welche Richtung auch immer.

Ende der Geschichte.

16

September. Neun Monate nach der Tat

Steffi saß in einem Café in der Maximilianstraße und trank ihren ersten Aperol Spritz seit – keine Ahnung mehr, seit wann. Es war immer noch warm und schön. Sie wartete auf den Polizisten, der sie als Erster vernommen hatte. Eigentlich hatte sie sich einen Cappuccino bestellen wollen – es war erst zwei Uhr –, aber dann wurde ihr klar, dass sie den kompletten Sommer verpasst hatte und nicht mehr viel Zeit war, wenigstens ein bisschen sonniges Lebensgefühl nachzuholen.

Bevor der Winter kommen würde. Und mit ihm die Erinnerungen an das schrecklichste Jahr ihres Lebens.

Sie nahm einen Schluck. So süß und kalt. Mit Mam hatte sie oft Aperol Spritz getrunken. Ihr stiegen die Tränen in die Augen, aber sie trank einfach weiter, so lange, bis der Impuls zu weinen aufhörte. Irgendwann hörte er immer auf, schon weil ihr Leben weitergehen musste. Da gab es keine Alternative, wenn man sich nicht umbringen wollte, und sie war nicht der Typ dafür, so viel wusste sie immerhin.

Ihr Leben musste weitergehen, nur anders. Nach der Trennung von Jo – der alles getan hatte, um sie zu unterstützen, aber alles war einfach nicht genug gewesen – war sie noch in der Findungsphase.

Sollte sie ihr Studium beenden?

Und wann? Hatte sie nicht noch Zeit genug – mit siebenundzwanzig Jahren?

»Hallo, Frau Kellermann.«

Paul Stettner stand vor ihrem Tischchen.

»Hallo«, sagte sie und lächelte ihn an. Er deutete auf den einzigen Stuhl ihr gegenüber. »Ist der für mich, oder erwarten Sie noch jemanden?«

»Ihr Platz, Herr Stettner.«

Er grinste, setzte sich auf eine sehr angenehm ungezwungene Art und bestellte bei der herbeieilenden Kellnerin ein Radler. Paul Stettner gehörte zu diesen Männern, bei denen Kellnerinnen herbeieilten. Jo hatte immer rufen müssen.

»Wie geht's Ihnen?«, fragte er.

Steffi lächelte wieder. »Mal so, mal so«, sagte sie. »Es waren harte Zeiten. Und manchmal sind sie das immer noch. Oder vielmehr ganz schön oft.« Sie hatte beschlossen, nicht mehr so zu tun, als ob. Als ob die Zeit alle Wunden heilte. Sobald man begriffen hatte, dass sie das nicht tun würde – im Gegenteil, der Kummer verzog sich nicht, der blieb im Hintergrund, und wenn man es wagte, ihn zu vergessen, stürzte er sich wie ein Raubvogel auf einen drauf –, wurde alles ein bisschen leichter. Man hörte auf, sich dafür zu schämen.

»Ich versteh Sie gut«, sagte Paul Stettner. »Also nicht Ihren Verlust, den verstehen nur Leute, die was Ähnliches durchgemacht haben. Aber dass Sie ehrlich sein wollen.«

»Das Schlimmste ist, dass Ben vielleicht gar nicht gelogen hat mit dem Amoklauf.« Darüber hatte sie noch nie mit jemandem gesprochen. Was, wenn Bens Tat vielen Menschen das Leben gerettet hatte? Eine unerträgliche Vorstellung, aber eine, der sie sich stellen musste.

Nicht sofort, aber irgendwann.

Paul Stettner sah sie nur an. »Daran sollten Sie nicht einmal denken. Das führt zu überhaupt nichts, glauben Sie mir.«

Sie nickte langsam. »Ich wollte mich bei Ihnen bedanken«, sagte sie.

»Bitte?« Er sah ehrlich überrascht aus. »Wollten Sie sich deshalb mit mir treffen?«

»Auch. Ich hab alles gelesen. Sie sind drangeblieben, obwohl es Ihnen lange nicht gut gegangen ist. Das war mutig.«

»Ich hatte kompetente Hilfe.«

»Stellen Sie Ihr Licht nicht unter den Scheffel. Niemand schafft irgendwas ohne Hilfe.«

»Auch wieder wahr.« Er nahm einen Schluck von dem Radler und verzog das Gesicht. »Ich vergess immer, wie süß das Zeug ist.«

Sie sagte: »Ich war im Gerichtssaal und hab meine Aussage gemacht.«

Er sah sie an, fragte sich wahrscheinlich, warum sie ihm das erzählte.

»Ich hab Sie damals angerufen und Ihnen auf die Mailbox gesprochen.«

»Sorry, aber daran kann ich mich nicht erinnern«, sagte er.

»Hab ich Sie nicht zurückgerufen?«

»Nein.«

»Tut mir leid. Ich war in einer beschissenen Verfassung.«

»Dann können wir uns ja die Hände reichen.«

»Dann machen wir das doch.« Er streckte beide Hände aus und nahm ihre, drückte sie und ließ sie wieder los. Sie nickte. Jetzt nur nicht weinen. Sie hatte ihm noch etwas mitzuteilen.

Sie schluckte die lästigen Tränen herunter und sagte: »Wie geht's Ihnen heute?«

»Es geht. Der Job macht mir wieder Spaß, das ist super. Und alles andere kommt schon noch.«

Sie nickte. »Es ist so«, sagte sie, »ich habe Hartmann auch gesehen. Das wollte ich Ihnen damals erzählen. Also, als Sie mich nicht zurückgerufen haben.«

»Was? Wann?«

»In den Medien wurde sein Name abgekürzt, aber als Nebenklägerin ... Meine Anwältin hat mir das Foto gezeigt.«

Paul Stettner beugte sich vor. »Wann haben Sie ihn gesehen?«

»Ein paar Tage, bevor es passiert ist. Er stand an einem SUV gelehnt vor Mams und Markus' Haus und guckte so. Wie jemand, der was will. Er war mir gleich ein bisschen unheimlich. Also bin ich auf ihn zu und hab ihn gefragt, ob ich ihm helfen könne. Er hat Nein gesagt und behauptet, er warte auf jemanden. Als ich drinnen war, habe ich noch mal aus dem Fenster geschaut. Da war er schon weg.«

»Tja«, sagte Stettner. »Ein Haus in Bestlage mit einer Frau drin, die er loswerden wollte. Ich hatte mich damals schon gefragt, warum Barbara Rheinfeld keinen Laptop im Haus hatte. In der Praxis ja, aber nicht im Haus. Vermutlich hat sie dort das Gutachten für Irene Hartmann verfasst. Und irgendwie hat Hartmann das erfahren.«

»Nur zur Klarstellung. Mein Halbbruder hat das Haus geerbt, es gehörte ja Markus, nicht Barbara. Er hat es Hartmann verkauft, nicht ich. Unterhalb des Marktpreises. Ich wusste davon überhaupt nichts.«

»Ärgert Sie das?«

Steffi dachte nach. Schüttelte den Kopf. »Ich kann ihn verstehen. Das hab ich auch vor Gericht gesagt. Also, dass ich Hartmann gesehen habe und dass ich verstehen kann, dass Christoph das Haus so schnell wie möglich loswerden wollte, egal zu welchem Preis. Er wollte nur, dass es verschwindet, darauf hat Hartmann spekuliert. Christoph ist viel sensibler, als er wirkt.«

»Den Eindruck hatte ich auch.«

»Sie kennen ihn? Haben Sie ihn vernommen?«

»Befragt. Ja. Er wirkte erst ganz ungerührt, dann ist ihm schlecht geworden.«

Steffi musste lachen. »Das passt zu ihm.«

Eine kleine Pause trat ein. Steffi musterte Paul Stettner. Er gefiel ihr ganz gut, aber es war nicht die richtige Zeit dafür. Vielleicht später. Vielleicht nie.

»Schade eigentlich, dass das mit dem Katzenkönig-Fall wohl nicht funktionieren wird«, sagte sie schließlich.

»Da wäre ich mir nicht so sicher«, sagte Paul Stettner.

»Man wird Hartmann die Mastermind-Rolle nicht nachweisen können, die Indizien werden nicht für eine Verurteilung reichen. Aber dass er vorab von dem geplanten Mord wusste, das wird man ihm nachweisen können. Es ist nicht glaubhaft, dass er diese Nachricht nicht abgehört hat, nicht nach dem Anruf unmittelbar davor, den er angenommen hat.«

»Das wäre schlecht, wenn man ihm das nicht mehr nachweisen kann, denn dann gäbe das höchstens fünf Jahre. Bei guter Führung nicht mal das. Es sei denn, Ben überlegt es sich und sagt doch noch aus.«

»Ich frag mich die ganze Zeit, warum Hartmann das Handy nicht entsorgt hat.«

»Ich denke, es war so etwas wie eine Trophäe. Er scheint ein sehr extremer Charakter zu sein.«

»Ja. Ich möchte nicht in der Haut der Informantin stecken.«

Stettner nickte langsam. Dann fragte er, was sie heute noch vorhätte.

»Keine Ahnung. Vielleicht ein letztes Mal baden.«

»Guter Plan.«

Er stand auf und sie auch. Schließlich umarmten sie sich lange. Nicht wie ein Liebespaar, eher wie Menschen, die zufällig gemeinsam Schiffbruch erlitten hatten, aber sich in letzter Sekunde retten konnten.

Mit Schrammen und Blessuren.

Aber zurück an Land.

*

Zur selben Zeit saßen Irene Hartmann und Stettners Informantin zusammen bei Tee und selbst gebackenen Keksen. Irenes Töchter spielten im Garten. Es war nicht ihr erstes Treffen, würde aber ihr letztes sein.

»Du gehst weg?«, fragte Irene. Es machte sie traurig. Die nächste Freundin, die sie verlassen würde.

»So weit weg wie irgend möglich. Am liebsten ins Ausland. Goethe-Institut oder so was – ich meine, ich bin eine gute Lehrerin und angeblich werden die doch gesucht, oder?«

»Ich denke schon.«

»Felix darf mich nie finden, sonst bin ich tot.«

Irene nahm ihre Hand. »Übertreibst du nicht ein bisschen?«

Die Informantin entzog ihr die Hand. »Jetzt bist du noch geschützt, Irene, weil du seine Kinder aufziehst. Aber selbst wenn er verurteilt werden sollte, ist er in spätestens fünf Jahren raus. Eher früher. Du weißt, wie er Menschen um den Finger wickeln kann. Und er hat mächtige Freunde und Leute, die ihm was schulden. Männer wie er fallen immer auf die Füße.«

»Ja. Klar.« Irene lächelte ein bisschen, ein bitteres Lächeln.

»Ich melde mich. Irgendwann, von irgendwoher.«

»Okay.«

»Such mich nicht. Und bitte, schon um deiner Mädchen willen: Nimm dich in acht.« Die Informantin langte in ihre große Beuteltasche und legte etwas auf den Tisch.

Irene schreckte zurück, aber die Informantin schob das Ding zu ihr rüber. Schließlich nahm es Irene in die Hand, wendete es hin und her.

»Sicher ist sicher?«, fragte sie zweifelnd.

»Hier ist die Munition dazu. Und denk dran: Selbst die gefährlichsten Narzissten begehen manchmal Selbstmord.«

Irene sah ihr nach, wie sie zum Gartentor ging, es aufmachte und wieder schloss. Sie stand auf und ging ins Haus. Versteckte die Waffe sehr weit hinten im Schrank. Jemand müsste ihr zeigen, wie man damit umging. Vielleicht wäre ein Schützenverein nicht die schlechteste Idee.

Sicher ist sicher.

Dank

Kein Buch entsteht ohne Hilfe. Ich danke ganz herzlich:
Thomas Vieweg, vormals Einsatzlieder beim SEK, jetzt Chef der Neuhauser Polizeiinspektion
Klaus Weitkämper, Rechtsanwalt für Strafrecht
Anita Plattner, Diplompsychologin und öffentlich bestellte und beeidigte Sachverständige für Sorge-und Umgangsrechtsfragen
Dimitri Sagioglou
Jeanette Drauwe
Bernd Binkowski
Regina Carstensen für die tolle Redaktion – es war wieder eine Freude, mit dir zusammenzuarbeiten.
Franka Zastrow (Agentur Schlück) – meine wunderbare Agentin
Katrin Hiller von der Agentur Politicky, die sich so sensationell effektiv um die Pressearbeit gekümmert hat
Und natürlich meiner Lieblingslektorin und Freundin Barbara Heinzius!
Und last not least meinem Mann Wolfgang. Ohne dich geht gar nichts!